KB119432

도와즈가타리
とはずがたり

Towazugatari
by Go-Fukakusain no Nijo
edited with notes by Yoichi Misumi
Annotation copyright 1994 by Yoichi Misumi
Originally published in Japanese by Iwanami Shoten, Publishers, Tokyo, 1994.
This Korean language edition published in 2014
by National Research Foundation of Korea,
by arrangement with the proprietor c/o Iwanami Shoten, Publishers, Tokyo.

이 책은 (재)한국연구재단의 지원으로 학고방출판사에서 출간, 유통합니다.

한국연구재단 학술번역총서 동양편 610

도와즈가타리

とはずがたり

고후카쿠사인 니조 著

김선화 옮김

도와즈가타리는 일본 중세의 여류일기 문학 작품으로 근대에 와서야 발견된 고전이다. 이 작품이 쓰인 것은 1304년경으로 추정되는데 약 650여 년간 세상에 알려지지 않았다. 1940년에 초기 사본이 발견되어 소개되지만 그 내용이 황실의 연애와 관련된다는 이유로 세상에 알려지는 것이 경원시되었다. 전후 이 방면의 금기가 풀려 1950년 궁내청(宮內廳) 서고의 소장본 한 권으로 세상에 알려지게 된다.

고후카쿠사인 니조의 극적인 일생을 그린 일본 여류일기 문학의 걸작

學古房

とはずがたり

다른 사람이 묻지 않았음에도 스스로 이야기하지 않을 수 없다는 의미의 〈도와즈가타리〉가 제목이 되어 있는 이 작품은 작자 니조가 단순히 글을 쓰는 것이 아니라 내발적인 욕구에 의해서 서술한다는, 기록하지 않으면 안 되는 절실한 호소가 느껴진다. 즉 이 작품에서는 글을 쓰는 주체로서의 자기 자신과 읽는 독자를 강하게 의식하여 쓰여 졌음을 확인할 수 있는데, 작자의 이러한 의도와는 상반되게 긴 시간동안 세상에 알려지지 못한 불운한 작품이기도 하다. 그 이유는 『도와즈가타리』에서 그려지는 궁정생활의 애욕 묘사가 황족에 대하여 구체적으로 서술하고 있다는 점에서 세상에 알려지는 것을 기피했기 때문이다.

본서의 번역을 통하여 일본 중세를 살았던 한 궁정여성의 삶을 소개하는 것은 한국 사회에 매우 신선한 자극이 될 것이다. 본서는 13세기 남북조시대라는 전란이 계속되는 역사의 혼란기를 살았던 한 여성, 천황의 애인이자 궁녀인 그녀의 삶을 통하여 정치권력의 소용돌이 속에서 여성은 어떠한 삶을 살아야하는가에 대하여 새로운 시점을 제시해 주고 있다. 상황의 총애를 잃고 궁정에서 쫓겨 난 니조가 비구니가 되어 순례여행을 떠나는 장면에서 "기다리는 여성"으로 상징되는 헤이안 귀족여성과는 상반되는 "주체적인 여성", "행동하는 여성"으로서의 니조의 당찬 모습에서 진보적인 여성상이 제시되고, 이것은 어떻게 살아야 할 것인가 하는 인간의 근본적인 물음과도 연결된다는 점에서 이 번역서가 갖는 의미는 크다고 할 수 있다.

『도와즈가타리』는 당시의 귀족 남녀의 의상 표현에 많은 지면을 할애하고 있다. 옷을 갖춰 입는다는 것은 단순히 남에게 보이기 위한 행위가 아니라 신분관계, 권력구조의 표상이라 할 수 있다. 그런 의미에서 『도와즈가타리』는 중요한 자료라 할 수 있다. 또한 작품 후반부에 주인공 니조가 비구니가 되어 자신이 동경했던 사이교법사의 삶을 쫓아 홀로 전국 각지를 여행하고 와카를 지으며 수행하는 모습에서는 여성 종교자로서의 일면을 읽을 수 있다.

이처럼 본서는 일본 중세여성의 사랑과 성(性), 의상문화, 종교관 등 일본 중세 여성의 일생과 관련하여 다채롭고 풍부한 일본문화가 응축된 텍스트이다. 나아가 여성의 시각에서 서술하고 여성의 교양과 삶에 주목한 작품이기에 한국의 여류문학작품과 비교를 통하여 궁정여성의 삶을 상호 조명할 수 있을 것으로 기대한다.

본서는 일본뿐만 아니라 해외에서도 주목을 받아 미국에서는 1973년 『레이디 니조의 고백』, 1974년 『레이디 니조의 자전』으로 출판되었고, 독일, 러시아, 불가리아, 이탈리아에서도 번역 출판되었다. 특히 불가리아에서는 1981년에 번역되어 3만 5천부가 팔려 베스트셀러가 되었다. 즉, 『도와즈가타리』는 일본을 넘어서 세계 속의 고전문학으로서 자리매김한 것이다. 이러한 『도와즈가타리』를 한국 독자에게 소개할 수 있게 된 것을 진심으로 기쁘게 생각한다.

1998년 어느 가을날에 나고야대학 도서관에서 『도와즈가타리』를 읽고 나서 느꼈던 충격은 지금도 생생하게 기억하고 있다. 『도와즈가타리』는 단순한 개인의 연애기록이 아니라, 상황이라는 왕을 모신 한 여성이 자신이 그 왕과 어떻게 관련되어 있는가 하는 자신의 일생을 기록한 작품이다. 고독한 한 여성이 세상에 좌절하지 않고 정치권력의 이해관계에 번뇌하면서도 중세라는 시대를 힘껏 살았던 니조에게 무한한 애정을 느낀다.

　　이 책은 2011년 한국연구재단의 명저번역 사업의 지원을 받아 결실을 맺게 되었다. 본서의 번역은 2003년 박사학위를 집필할 때부터 시작하였는데 벌써 10년이란 시간이 흘렀다. 이 10년은 원문에 충실하면서도 한국 독자가 읽기 쉽고 이해하기 쉬운 한국어적 표현을 찾는 고민의 시간이었다. 여전히 아쉽지만 10년의 고민이 한국독자에게 많은 도움이 되기를 바란다.

　　본서의 번역서가 나올 수 있도록 손꼽아 기다려 주시고 연구자로서 설 수 있도록 가르쳐주신 나고야대학의 아베 야스로 교수님, 그리고 한국의 첫 독자로서 많은 의견을 조언해준 남편에게도 고맙다는 말을 전한다.

　　끝으로 이 책이 예쁘게 나올 수 있도록 힘써주신 하운근 사장님 그리고 꼼꼼하게 편집을 맡아주신 정향애 편집장님과 박은주 차장님께 감사드린다.

2014년 8월

김 선화

경계를 초월하는 『도와즈가타리』

『도와즈가타리』를 중세 일본궁정의 후궁이 '베일에 쌓여있던 첩의 생애'를 폭로한 센세이션한 기서로서 취급하는 것은 자칫 잘못된 선입관을 한국의 독자에게 심어줄 위험성이 있다. 무엇보다 본서는 기적의 서적이다. 이 책이 유일하게 궁내청宮內廳의 서고황실의 서고를 통해서만 전해져 온 책이라서 하는 말이 아니다. 이 책은 작자의 집필이 끝나고 얼마 지나지 않아 황실의 장서로 지정되었고 계속해서 필사되면서 현재까지 이어지고 있지만 결코 만인에게 알려지거나 유포되지는 않았다. 단지 궁정의 숨겨진 이면에서 잊어서는 안 되는 기록의 하나로서 시대가 아무리 변하더라도 어떤 무언가의 공통된 생각이 반영되어 지금까지 전해진 것이다.

이 서적의 저자이면서 주인공인 고후카쿠사인 니조後深草院二条도 공적 역사 안에서는 결코 등장하지 않는 말하자면 궁정의 역사에서 말살된 여성이다. 이 사실은 『도와즈가타리』의 상당부분을 참고하여 일본 가마쿠라鎌倉시대 궁정의 내막을 서술한 책인 『마스카가미增鏡』에 나타난 그녀의 처우를 보면 쉽게 알 수 있다.

『도와즈가타리』는 니조가 남긴 유물이며 어릴 때부터 궁정에서 자란 그녀를 '아가코吾が子' 즉 '내 자식'이라 부르며 그녀를 총애한 고후카쿠사後深草천황에게 은혜를 입는 것으로 이야기는 시작된다. 이후 이야기는 아버지의 죽음과 자기가 낳은 황자의 요절로 인해 점점 암울해지는 그녀의 운명, 아름다움과 총명함을 갖춘 그녀를 사모하는 귀인들과의 다양한 관계 등이 그려져 있다. 특히, 고후카쿠사와 황권을 둘러싸고 싸운 동생 가메야마龜山와의 갈등으로 인하여 결국 추방이라고 표현해도 좋을 정도의 모습으로 궁을 떠나는 이야기까지는 마치 작자의 내면에서 동질화된『겐지모노가타리源氏物語』속의 여성들의 운명이 작자의 몸에 체현되는 것과 같이 묘사되어 있다. 만약『도와즈가타리』가 남겨지지 않았다면 결코 알 수 없었던 한 귀족여성의 기구한 운명의 이야기인 것이다.

이 책의 진가가 더욱더 빛을 발하는 것은 궁을 떠나 출가하여 비구니가 된 작자가 어릴 때부터 동경했던 사이교西行법사와 같은 은둔자로서 더욱이 작자는 여자임에도 불구하고 세상 구석구석을 여행하며 와카和歌를 짓고 그것을 기록한 후반부이다. 이 여행은 신분과 입장에 얽매이지 않고 권문세가나 사원, 신사 안에 들어가 오직 고후카쿠사 천황을 그리워하고 죽은 천황의 넋을 기리며 스스로에게 부여한 숙원5부대승경의 필사공양으로 표현됨을 이루기 위한 수행이었다. 이는 깊은 종교성으로 가득한 여성 신비론자의 영혼의 편력이라 불러도 좋다.

여자 사이교라고도 불리는 니조가 목표로 한 것, 즉『도와즈가타리』에 투영된 메시지는 무엇이었을까? 그것을 알고 싶다면 먼저 본서를 펼쳐서 읽으면서 작자의 이야기에 귀를 기울이기를 바란다. 이와 같은 책이 한글로 완역되어 한국에서 그 전문이 소개되는 것은 그 자체로 하나의 사건이라 할 수 있다. 다만 반복해서 이야기하지만 본서는 궁정의 비사, 황족과 명망 높은 고승의 스캔들을 성적 피해자가 폭로하는 고발문서가 아니라는 것이다. 독자에게는 결코 지금 현재적 사고가 투영된 현대사회의 시점젠더 편견도 그 일면이다으로 이 책의 단면만을 보지 않기를 바란다는 말을 하고 싶다.

이 텍스트에 담겨져 있는 것은 모노가타리ものがたり: 이야기, 와카和歌: 일본의 전통 시뿐만 아니라 군기軍記: 전쟁을 주제로 한 이야기나 설화에 이르기까지 다양하고 풍부한 문화전통들이 중층적으로 혼합되면서 『도와즈가타리』에 다시 나타나고 새로운 세계로서 창조되고 있다는 것이다. 이 새로운 세계는 먼저 해탈한 사이교에 자신을 비추고 나아가 그의 딸사이교가 직접 출가를 권했다고 전해진다에게도 이입하는 형태로 자신의 삶의 궤적을 되돌아본 그러한 자전自傳으로서 성립하고 있다. 실록인가 허구인가라는 이원론적 방법으로는 느낄 수 없는 놀랄만한 작품 세계를 본서는 만들고 있는 것이다.

역자는 나고야대학에 유학할 때부터 『도와즈가타리』에 몰두하였고 본서는 지난 10여 년간의 업적의 결실이라 할 수 있다. 일본의 고전문학 안에서 『도와즈가타리』와 같은 작품이 탄생할 수 있게 되는 전통적 배경은 분명히 존재한다. 본서는 멀리 거슬러 올라가면 미치쓰나道綱: 일본 헤이안시대의 고관의 어머니가 쓴 『가게로우일기かげらふ日記』를 비롯하여 가깝게는 아부쓰니阿仏尼: 가마쿠라중기의 여류가인의 『우타타네うたたね・이자요일기十六夜日記』이 책도 본 역자에 의해서 완역 출간됨에 이르는 계보 안에서 여성에 의한, 여성을 위한, 여성의 이야기로서 생동감 있는 텍스트로 존재하고 있다. 여성의 이야기를 본서는 훌륭하게 보여주고 있는 것이다.

이러한 책이 한글로 옮겨짐으로써 일본과 마찬가지로 긴 왕조의 역사를 가진 조선의 궁정후궁과 그 주변에 살면서 고뇌하는 여성들의 중요성도 깨닫게 될 것이다. 이렇듯 여러 가지 의미에서 경계를 초월하는 텍스트인 『도와즈가타리』는 시대와 민족을 넘어서는 것이다. 따라서 지금 상식의 사회를 고민하는 한국의 독자가 꼭 읽어야 하는 책이 아닐까 생각한다.

2014년 8월 아베 야스로阿部泰郞

(일본 나고야대학대학원 교수)

주요 등장인물 소개

- 니조(二条) : 작가이자 여주인공.
  고가 마사타다의 딸로 고후카쿠사인의 후궁이자 궁녀.

- 고가 마사타다(久我雅忠) : 작자의 아버지, 다이나곤, 고후카쿠사인의 신하.

- 고후카쿠사인(後深草院) : 남자 주인공. 89대 천황. 작품에서는 상황, 고후카쿠사인.

- 가메야마인(亀山院) : 고후카쿠사인의 동생. 90대 천황.

- 오무로(御室) : 쇼조 법친왕性助法親王으로 여겨짐. 고후카쿠사인의 이복동생으로 니조의 애인 아리아케노쓰키有明の月. 아자리阿闍梨, 오무로로 등장함.

- 사이온지 다이나곤(西園寺 大納言) : 니조의 첫사랑. 니조의 애인으로 등장할 때는 유키노아케보노雪の曙, 공적인 위치에서는 사이온지 사네카네西園寺実兼로 등장함.

- 고노에 오이도노(近衛大殿) : 다카쓰카사 겐페이鷹司兼平로 여겨짐.

- 오미야인(大宮院) : 고사가인後嵯峨院의 황후로, 고후카쿠사인과 가메야마인의 생모.

- 히가시니조인(東二条院) : 고후카쿠사인의 황후.

- 유기몬인(遊義門院) : 고후카쿠사인의 황녀

- 효부쿄 다카치카(兵部卿 隆親) : 니조의 외조부. 다카아키의 부친. 효부쿄, 다카치카로 등장.

- 다카아키 다이나곤(隆顕 大納言) : 니조의 어머니쪽의 숙부. 젠쇼지 다이나곤善勝寺大納言으로 불림.

◀ 일러두기 ▶

1. 이 책 원문은 『도와즈가타리(とはずがたり)』【후쿠다 히데이치(福田秀一) 新潮社 1978년】, 『도와즈가타리(とはずがたり)上・下』【쓰기다 가스미(次田香澄) 講談社学術文庫 1987년】, 『도와즈가타리(とはずがたり)』【미스미 요이치(三角洋一), 新日本古典文學大系 岩波書店 1994년】, 『도와즈가타리(とはずがたり)』【구보타 준(久保田淳) 新編日本古典文学全集 小学館, 1999년】을 참고하여 번역하였다. 또 독자의 편의를 위하여 본문의 각 권을 소단락으로 나누고 각 단락의 첫머리에 제목을 붙였다.

2. 일본 인명과 지명은 일본어 발음을 따르는 것을 원칙으로 하고 국립 국어원이 정한 '일본 가나의 한국어 표기법'에 따랐다. 따라서 같은 단어라도 어두와 어중의 한국어 표기가 다를 수 있고, 한자는 일본 약자로 표기하였다.

3. 관직명은 되도록 일본음으로 표기하는 것을 원칙으로 하였으나 경우에 따라 우리말 발음으로 표기하였다.
   예) 다이나곤(大納言) 우대신(右大臣)

4. 책이름은 일본어 발음을 따르는 것을 원칙으로 하고 '物語'는 '모노가타리'로 옮겼다.
   예) 이세모노가타리(伊勢物語), 신고킨슈(新古今集)

5. 절 이름은 '～샤'(단, 일본어 발음てら는～절로 표기함), 강 이름은 '～강', 산 이름은 '～산'으로 통일하였다.
   예) 닌나사(仁和寺) 다이마절(当麻寺) 오이강(大井川) 히에이산(比叡山)

6. 궁궐 이름, 건물 등은 일본음으로 표기하고 '～전'으로 표기하였다. 스님의 위계는 한글음으로 표기하였다.
   예) 사가전(嵯峨殿), 승정(僧正)

7. 일본 행정구역 표기에 있어 '国'은 '지방'으로 번역하였다.
   예) 오와리 지방(尾張国)

8. 시대나 연호는 서기를 병기하고 인명은 성과 이름 사이에 띄어쓰기를 하였다.
   예) 분에이(文永) 9년[1272년], 야마모모노 가네유키(楊梅兼行)

9. 원문이 잘려져 있어 공백이 되어 있는 부분은 필사본 본문 그대로 표기했다.
   예) 《여기부터 뒷이야기가 칼로 잘려 있다. 어찌된 일인지 궁금하다.》

10. 와카(和歌)의 번역은 될 수 있는 한 원전의 의미에 충실하되 시조의 음수율을 염두에 두고 옮겼다.

• • • Chapter 1

••• Chapter 2

··· Chapter 3

• • • Chapter 4

• • • Appendix

내 소매에 고여 있는 눈물의 바다여
죽은 사람이 저승에 갈 때 건넌다는
삼도강으로 흘러가 주렴
강에 비친 아버지의 그림자라도 볼 수 있게

14세의 봄

하룻밤이 지나면 신년 정월 새 아침. 봄을 알리는 안개를 아침부터 학수고대했다는 듯이 제각기 치장을 한 궁녀들이 아름다움을 다투며 줄지어 있었기에, 나도 다른 궁녀들처럼 단장을 하고 궁궐로 나갔다. 의상은 정월에 걸맞는, 짙은 분홍색의 겉감과 적자색 안감을 댄 일곱 겹저고리 위에 다홍색의 우치기누[1]를 입고 거기에 연두 빛 겉옷 적색 당저고리를 입었던 것 같다. 속에는 중국풍의 울타리에 매화 당초무늬를 수놓아 짠 두 겹의 고소데[2]를 입고 있었다.

정월에 악귀를 쫓기 위해서 상황上皇께서 술을 드시는 의식에는 다이나곤大納言[3]이 그 역할을 담당하셨다. 발 바깥의 공식적인 의식이 끝난 뒤, 상황께서는 발 안으로 아버지 다이나곤을 부르시고 다이반도코로台盤所[4]의 궁녀들도 불려 들어가 매우 성대한

1 귀부인등이 정장할 때 다섯 겹옷의 겉에 입던 옷.
2 원래는 소맷부리가 넓은 옛날 예복인 오소데(大袖)에 받쳐 입는 소박한 통소매의 속옷이었으나, 차츰 겉옷으로 발전.
3 율령제하의 관직명. 3위에 해당한다. 작자의 아버지인 고가 마사타다(久我雅忠). 상황의 신하.
4 궁중에서 음식상을 놓아두는 곳

주연이 베풀어졌다. 조금 전 바깥행사에서도 삼헌배[3·3·9배][5]를 올렸기에 아버지는 "여기서도 같은 숫자로 올릴까요?"라고 여쭙자 "이번에는 9·3[6]으로 하지."라고 분부하시어 신분고하를 막론하고 모두 몹시 취했다. 그 후에 상황께서는 술잔을 다이나곤에게 건네시며 "올봄부터는 논바닥에 내려오는 기러기[7]를 나에게."라고 말씀하신다. 아버지는 더욱 황송해 하며 9·3을 받잡고 물러날 적에 무언가 은밀한 분부가 있으신 것 같았지만 나는 그것이 무슨 일인지는 전혀 알지 못했다.

첫사랑으로부터 편지와 선물

배례가 끝난 뒤 처소로 물러났는데 "어제까지는 눈에 발자국을 남기는 것을 삼가고 있었지만 오늘부터는 적극적으로 마음을 전하려 하오. 영원히…."라고 써진 편지가 있었다. 또 다홍색이 점점 엷어지는 여덟 겹옷에 짙은 주홍색 홑옷, 연둣빛 겉옷, 비단 저고리, 하카마[8], 세 겹의 고소데와 두 겹의 고소데가 보자기에 싸여져 있었다. 전혀 생각지도 못했던 일이기에 난처하여 되돌려 보내려 하는데 소매 위쪽에 엷게 물들인 종이가 있었다.

　　부부가 되지는 못할지언정
　　내가 보낸 옷만큼은 당신 몸에 걸쳐 주오.

라고 쓰여져 있었다. 모처럼 정성스럽게 보내 주신 것을 되돌리

5　과거 정식 주법(酒法)에서 술상을 세 번 갈아들게 하고, 그때마다 대중소 세 잔으로 한 잔씩 권함으로써 모두 아홉 잔을 마시게 하는 것.
6　술잔을 9잔씩 3번 권하는 것을 말함.
7　헤이안 시대 고전 『이세모노가타리(伊勢物語)』에 나오는 구절로, 여기서는 당신의 딸을 나에게 달라는 의미임.
8　일본옷의 겉에 입는 아래옷. 허리에서 발목까지 덮으며 넉넉하게 주름이 잡혀 있고 바지처럼 가랑이진 것이 보통이나 스커트 모양의 것도 있음.

22

는 것도 매정한 생각이 들었지만,

"함께하지 못하거늘 몸에 걸쳐도 될런지요?
함께할 수 없는 슬픔으로
소맷자락은 더욱더 눈물로 젖어 버리리다.

저를 생각해 주시는 마음이 먼 훗날에도 변치 않는다면 언젠가는 받을 수 있겠지요."라고 써서 되돌려 보냈다.

상황의 침소에 들었는데 한밤중에 처소의 뒷문 미닫이를 두드리는 사람이 있었다. 무심결에 일하는 여자아이가 문을 열었는데 물건만 놓은 채로 사람은 없고 조금 전에 되돌려 보내진 것들이 놓여 있었다.

언약했던 마음이 변하지 않는다면,
혼자서라도 이 옷을 깔고 잠자리에 들어주오.

라고 쓰여져 있었다. 다시 되돌려 보낼 길도 없어서 그냥 그대로 놓아두었다.

3일 법황[9]께서 행차하셨을 때 이 옷을 입었더니 다이나곤이 "광택과 향이 평범하지 않은 걸 보니 상황으로부터 하사 받은 것인가."라고 물으셨다. 가슴이 쿵당쿵당 뛰었지만 "도키와이 준후常盤井准后[10]로부터"라고 아무렇지 않은 듯 대답했다.

9 자리에서 물러난 천황이 불문에 들어갔을 때 쓰는 존경어로, 여기서는 고사가 법황(後嵯峨法皇)을 말함. 고사가인은 고후카쿠사인, 가메야마인의 부친임.

10 사이온지 사네우지의 아내인 후지와라 데이시(藤原貞子)를 말함. 준후(准后)는 태황태후, 황태후, 황후에 준하는 대우를 받는 사람의 호칭임. 고후카쿠사인의 조모. 오미야인의 모친임. 작자 어머니의 조부인 시조 다카치카(四条隆親)의 누나이기도 함.

고후카쿠사인과의 첫날밤

15일 저녁 무렵 "가와사키河崎[11]에서 모시러 왔습니다."라며 아버지가 사람을 보내왔다. 갑작스러운 일이어서 내키지 않았지만 싫다고 말할 수도 없었으므로 따라 나섰다. 집에 돌아와 보니 왠지 예년보다도 더 요란스럽게 병풍이랑 다다미, 칸막이 휘장이며 장막까지 쳐져 있어 어쩐지 보통 때와는 다른 느낌은 들었지만 연초라서 그러려니 하고 별 생각 없었고 그날은 저물었다.

날이 밝자 집 안에서는 "드실 것은 무엇으로 하지?"라며 야단법석이었다. "당상관의 말은 어디에 메지? 귀족들의 수레의 소는 어디에 두지?" 등등 야단이다. 고가아마 할머니[12]까지 모두 모여서 떠들썩하기에 "도대체 무슨 일인지?"라고 물었더니 아버지는 웃으시며 "오늘밤 상황께서 가타타가에[13]로 이쪽으로 납시는데 마침 연초이기에 각별히 신경을 쓰는 거다. 오늘 상황을 모시기 위해 일부러 너를 부른 거다."라고 말씀하셨지만 "입춘도 아닌데 무슨 가타타가에?"라고 했더니 "아, 철부지래서 어쩔 수 없어."라고 말하고 모두들 웃는다. 그렇지만 어떻게 그 이유를 알 수 있겠는가. 내가 거처하는 방에도 여느 때와 달리 근사한 병풍과 작은 칸막이가 세워졌다. "이렇게 꾸미는 걸 보니 내 방에도 오늘 손님이 오시는 거예요?"라고 하자 모두들 웃기만 하고 이유를 말해주는 사람이 없다.

저녁 나절이 되자 흰색의 세 겹 홑저고리와 진홍색 하카마를 입으라며 하녀가 가져왔다. 방안에 은은히 풍겨 오도록 향을 피우는 모습도 여느 때와 달리 진지한 모습이다. 등불을 밝힌 뒤

11 현재는 교토시 중심부로 작자의 아버지인 마사타다의 집이 있음.
12 니죠의 아버지인 마사타다의 계모. 산죠아마우에와 동일인임.
13 나들이나 여행을 할 때 목적지의 방위(方位)가 나쁘면 일단 방위가 좋은 곳에서 1박하고 다음 날 목적지로 가는 일.

새어머니가 색상이 산뜻한 고소데를 가지고 와서 "이것을 입도록 하시오."라고 하신다. 또 잠시 후에는 다이나곤이 오셔서 방 안의 옷걸이에 상황이 입으실 의복을 걸어 놓으면서 "상황이 오실 때까지는 잠들지 말고 모셔야 하느니라. 여자란 자고로 무슨 일이든 고집 부리지 말고 남자가 시키는 대로 따르는 것이 최고야."라고 말씀하시지만 무슨 가르침인지 도무지 알 수가 없다. 어쩐지 성가신 기분이 들어 화롯가에 몸을 기대고 잠들어 버렸다. 그 이후 어떻게 된 일인지 아무 것도 모르는 사이에 상황이 벌써 납시어 계셨다.

아버지 다이나곤이 도착한 수레의 마중에서부터 이것저것 지시하는 등 분주하게 움직이며 수라를 준비하던 차에 "그렇게 일러두었건만 말한 보람도 없이 잠들어 버렸구나. 빨리 깨우도록 해라." 하고 소란을 피우는 것을 들으시고는 상황께서 "그냥 내버려두도록 해라."라고 말씀하셨기에 나를 깨우는 사람은 없었다.

나는 미닫이문 안쪽에 놓여있던 화롯불을 쬐면서 잠깐 기대어 있다가 옷을 입은 채로 잠들어 버려 아무 것도 몰랐는데 언뜻 눈을 떠보니 등불도 어둑해져 있고 방 휘장도 쳐져 있질 않은가! 미닫이문의 안쪽에 자고 있는 내 곁에 낯익은 모습으로 자고 있는 사람이 있었다. 이건 도대체 어찌된 일인가 싶어 일어나서 나가려 하였다. 그러자 상황은 일어나려는 나를 말리시며 천진난만하던 어렸을 적부터 너를 사랑스럽게 여기어 열하고도 네 살이 될 때까지 기다렸다는 둥 도저히 다 적을 수 없을 정도로 많은 말씀을 하셨다. 하지만 내 귀에는 전혀 들어오지 않았고 오직 울음 밖에 나오지 않았기에 그분의 소매까지 마른

25

곳이 없을 정도로 다 적셔버렸다.

상황께서는 달랠 방도를 모르는 듯했지만 난폭하게는 행동하시지 않으셨다. "무정하게 세월만 흘러가 버리기에 하다못해 이러한 기회에 마음을 전하려 했건만, 이제는 다른 사람들도 다 그런 사이라고 생각할 텐데 이렇게 쌀쌀맞게 굴다니 난감하구나."라고 말씀하신다. 남들이 모르는 비밀스런 관계가 아니라 이제는 사람들에게도 알려져 하룻밤의 꿈에서 깨어날 새도 없이 괴로워하면서 살아야 할지 모른다는 걱정부터 드는 것을 보니 이러한 순간에도 역시 이성은 있었던 것인지 스스로도 의아하다. "그러면 어찌된 연유인지 미리 말씀을 주시어 아버지랑 이야기하도록 하지 않으셨는지요?" "이제 사람들 얼굴도 차마 볼 수가 없어요."라고 투정하면서 울고 있자 어쩔 도리가 없다는 듯이 웃으시는 것조차도 괴롭고 슬펐다.

밤새도록 결국 한마디 대답도 하지 않았는데 날이 밝았는지 "환궁은 오늘 아침이 아니었던가." 하는 소리가 들려왔다. 상황께서는 "마치 무슨 일이라도 있었던 것 같은 새벽 귀가로구나."라고 혼잣말을 하시고 일어나시면서 "의외의 차가운 태도는 머리를 갈라땋았던 시절부터의 인연도 부질없다는 생각이 드는구나. 남들이 이상하게 여기지 않을 정도로 대해주면 좋으련만. 그렇게 안에만 틀어박혀 있으면 사람들이 어떻게 생각하겠느냐."라며 한편으로는 나에 대한 서운함을 또 한편으로는 위로의 말씀을 하셨지만 끝내 아무 대답도 하지 않자 "어쩔 수 없구나."라며 일어나시어 노시直衣**14**를 입으셨다. "수레를 준비하시오."라는 소리가 들리고, "아침상으로 죽을 올릴까요?"라는 다이나곤의

14 헤이안 시대 이후 귀족이 입던 평상복.

목소리가 들려오는데도 이제는 얼굴을 마주할 수 없을 것 같은 생각이 들면서 이러한 것을 전혀 알지 못했던 어제가 그리워진다.

유키노아케보노의 편지

환궁하셨다는 소리는 들었지만 옷을 뒤집어 쓴 채 그대로 자고 있었는데 상황으로부터 편지가 이렇게 빨리 도착했다니 어이가 없다[15]. 새어머니, 할머니까지 오셔서 "어찌된 일이냐 일어나지도 않고?"라고 하는 것도 슬퍼서 "어젯밤부터 기분이 안 좋아서요."라고 대답했다. 모두들 "첫날밤 탓 일거야."라며 수군거리는 듯하여 괴로운데다 이 편지를 가지고 야단법석들이지만 도저히 읽을 기분이 아니다. 모두들 "답장이 없어서 심부름하는 사람이 돌아가지 못하고 있는데 어떻게 할까요?" 하고 어찌할 줄 몰라 했다. "다이나곤께 알리도록 하시오."라고 하는 것도 견디기 힘든데 "기분이 안 좋다고?" 하시며 아버지가 드셨다. 이 편지로 곤란해 하는 것을 보고 "무슨 그런 망극한 일이. 답장을 아직도 올리지 않았다니." 하시며 건너오시는 소리가 났다.

　친숙히 지내온 지 오래건만
　뜻을 이루지 못한
　옷소매에 남아 있는 당신의 향기!

라고 보라색을 엷게 물들인 종이에 쓰여져 있었다. 이 와카[16]를

15 남녀가 동침한 다음 날 아침에 남자가 집으로 돌아가 여자에게 편지를 보내는 것을 기누기누노 후미(後朝の文)라고 함. 이 편지가 빨리 도착할수록 애정이 깊은 것을 의미함.
16 일본 고유의 정형시로 5·7·5·7·7의 5구(句) 31음으로 되었음.

27

보고 "요즘 젊은 사람 같지 않네."라고 한다. 한층 더 마음이 개운치 않아 누워 있었더니 아버지는 '대필은 오히려 실례일 것'이라며 당혹해 하시며 심부름 온 사람에게 녹禄을 주시고 "본인은 답장도 쓰지 않은 채 누워만 있고 황송한 편지를 아직 읽지도 않고 있으니."라고 전한 듯하다. 점심때 생각지도 못한 사람[17]으로부터 편지가 왔다. 보았더니,

> "한곳으로만 연기가 오른다면
> 이제는 그대를 향한 사모의 정으로 녹아 버릴 것만 같네.

　지금까지는 그대의 사랑에 의지해 하찮은 목숨을 연명해 왔건만 이제는 무엇에 의지해 살아가야 할꼬."라고 쓰여져 있었다. "마음이 사라질 때까지[18]."라고 남색으로 엷게 채색한 종이에 쓰여져 있었다. "시노부信夫 산봉우리."라고 써진 곳을 살짝 찢어서

> 저녁 바람에 흩날리는 연기처럼
> 나부끼지 않고 괴로워하는 연기의 본심을
> 당신은 알지 못하리.

라는 답장을 보낸 것은 도대체 무슨 심산이었는지 내 스스로도 의문이다.

<hr />

17　니죠의 애인 유키노아케보노를 말함.
18　시노부(信夫) 산봉우리에 걸려있는 구름이여. 차라리 사라져 버리렴. 연모하는 마음이 사라질 때까지, 『신고킨슈(新古今集)』후지와라 마사쓰네(藤原 雅経)에 의함.

고후카쿠사인과의 둘째 날

이렇게 하루를 보내고 물 한 모금 마시지 않았더니 '혹시 다른 병인가' 하고 다들 입을 모았다. 해가 저물 무렵 "상황의 행차요."라는 소리가 들렸다. 또 어떻게 해야 할지 생각할 겨를도 없이 미닫이가 열리고 매우 익숙한 얼굴로 들어오시어 "기분이 안 좋다고 들었는데, 좀 어떤가?"라고 물으셨지만 대답할 기분이 아니어서 그냥 누운 채로 있었더니 곁에 와 누우신다. 이러니저러니 애정을 고백하시지만 이제부터 어떻게 될까 하는 생각만 들어 "거짓말이 없는 세상이라면." 하고 얼버무리고 싶은 기분에 덧붙여서 '한곳으로만 연기가 오른다면 사모의 정으로 녹아 버릴 것만 같네.'라고 보내주신 그분_{유키노아케보노}께 내가 이렇게 빨리도 받아들여 버렸다고 알려지는 것은 너무나도 무정한 것 아닐까 등 이런저런 괴로운 생각에 한마디 대꾸도 하지 않자 오늘은 매우 거칠게 다루시어 내 몸에 걸쳐져 있는 옷은 하나하나 풀어져 버렸던가. 남김없이 되어 감에도 "날이 샘을 알리는 새벽녘."이라는 단어가 이 세상에 존재하는 것조차도 원망스러운 기분이 들었다.

본의 아니게 풀여져 버린 치마끈
얼마나 나쁜 뜬소문이 떠돌아 다닐까나.

라고 생각했던 것은 이러한 순간에도 이성은 있었던 걸까 내 스스로도 불가사의하다. "모습은 태어날 때마다 바뀔지언정 부부의 인연은 변하지 않을 것이다. 가령 만나지 못하는 밤이 있더라도 마음이 멀어지는 일은 결코 없을 거다."는 등 상황의 언약을 듣고 있는 사이에 꿈을 꿀 틈도 없는 짧은 봄밤은 밝았고 날이 샘을 알리는 종소리가 났다. 상황께서는 "날이 다 밝아서 모두를 성가시게 하는 것도 편치 않다."시며 일어나시어 "언제까지나 함께하고 싶다는 아쉬움은 없을지언정 배웅이라도 해 주렴." 하고 간절히 말씀하셨기에 배웅조차 하지 않을 정도로 냉담하게 할 수는 없었으므로 밤새 흘린 눈물로 젖은 소매에 엷은 홑옷만 걸치고 나설 때, 때마침 열나흘 날 달은 서쪽으로 기울어 동쪽 하늘에는 옆으로 길게 구름이 뻗쳐져 있었다.

겉감은 황록색에 안감은 연보라색의 상의를 입고 실을 견고하게 메어서 짜낸 바지를 입으신 모습에 평상시보다 훨씬 눈길이 머무는 것은 도대체 누구한테 배웠던가 내 스스로도 의아할 뿐이다.

다카아키 다이나곤隆顕大納言[19]이 엷은 남색의 가리기누[20]를 입고 수레를 대령하였다. 당상관으로는 단 한사람 당시 가게유勘解由[21]차관이었던 다메카타為方卿가 봉사했다. 그 이외 상황의 경호무사 두세 명, 하급 관인 등이 수레를 갖다 대었다. 마치 모든 걸 다 알고 있다는 듯한 닭 울음소리가 끊임없이 들려와 자는 사람을 깨운다. 게다가 가와사키 관음당의 종소리가 내 소매에 눈물을 재촉하는 듯한 기분이 들어 히카루겐지光源氏의 "왼쪽도 오른쪽도[22]."란 바로 이런 걸 두고 하는 말인가라는 생각이 들었다. 상황은 아직도 출발하지 않으시고 "혼자서 돌아가는 길 배웅이라도 해 주었으면 좋으련만." 하고 재촉하시지만 "마음도

19 작자의 어머니 쪽의 숙부. 젠쇼지 다이나곤(善勝寺大納言)으로 불림.
20 헤이안 시대의 귀족들이 입는 평상복으로, 원래는 사냥할 때 입는 옷이었지만 에도시대에는 무늬가 있는 천으로 만들어 예복으로 입었음. 깃이 둥글고 소맷부리를 졸라매며 겨드랑이 밑은 꿰매지 않음.
21 헤이안 시대 이후 조정에서 여러 지방에 파견한 지방관등의 교체 시, 후임자가 전임자의 사무인계에 결함이 없음을 인정하는 서류를 심사하는 직책. 5위에 해당한다.
22 오로지 모든 일이 괴롭기만 하여 왼쪽도 오른쪽도 눈물로 젖어있는 소매구나. 『겐지모노가타리(源氏物語)』 스마(須磨)를 인용.

알지 못하고[23].”를 떠올리면서 여러 가지 생각에 잠겨있는데 온 세상을 비추던 새벽 달빛이 하얗게 엷어져간다. 상황께서는 “아, 괴롭구나.” 하시며 나를 끌어당기시어 수레에 태우셨다. 이렇게 되었다고 말을 전할 틈도 없이 마치 옛이야기의 여주인공이 된 느낌이 들고 이제부터 나의 운명은 어떻게 될 것인가 걱정이 앞서

아침 종소리에 눈을 뜬 건 아니지만
꿈만 같았던 어젯밤의 여운이
슬프기만 한 새벽하늘이여!

라고 중얼거렸다.

가는 도중에도 사랑하는 여인을 이제 막 몰래 훔쳐 가는 사람처럼 변함없는 애정을 맹세하시는 것도 분위기가 있기는 했다. 하지만 괴로움을 안고 가는 길에 나는 눈물 밖에 나오지 않았다. 그러는 사이에 궁궐에 도착했다.

피할 수 없는 숙명

거처하시는 전각 귀퉁이의 동북쪽 중문에 수레를 대게 하여 내리시고는 숙부 젠쇼지 다이나곤에게 “너무나도 애처로워 그냥 둘 수 없어서 데리고 와 버렸네. 당분간은 사람들에게는 알리지 않을 생각이니 잘 보살펴 주게.”라는 말씀을 남기시고 항상 머무시는 거처로 드셨다.

23 유가오 온나기미가 히카루겐지에게 마음이 끌렸을 때의 노래. 『겐지모노가타리』 유가오(夕顔)를 인용.

31

　어릴 적부터 지내서 익숙해진 궁궐인데도 두렵고 멀게만 느껴지고 상황을 따라 나선 것도 후회가 된다. 앞으로 이 몸은 어떻게 되는 것일까 하는 생각으로 또다시 눈물만 흘리고 있었는데 아버지 다이나곤의 목소리가 들려오는 것은 나를 마음에 걸려 하시는 건가 싶어 견딜 수 없이 애달프다. 젠쇼지 다이나곤이 상황의 뜻을 전하자 "이제 와서 이도 저도 아닌 어중간한 입장은 오히려 좋지 않소. 그럴 바에야 차라리 지금까지처럼 그냥 곁에서 모시는 것이 더 낫지. 감추려 하면 소문이 더 나는 법인데 오히려 더 나빠지는 것은 아니겠소."라며 나가시는 소리가 들렸다. 정말로 어떻게 될 것인가, 이제 와서 몸 둘 곳도 없어 슬퍼하고 있는데 상황께서 납시시어 변하지 않는 사랑의 맹세를 해 주시니 점차로 마음이 진정되는 것이었다. 이것이 바로 도저히 피할 수 없는 전생으로부터의 숙명이란 것인가 하는 생각이 들었다.

　열흘 정도 이렇게 지내고 있었는데 상황께서는 하루도 거르지 않고 찾아주셨지만 "연기의 갈 곳은 어딘가."라고 하신 그분이 유키노아케보노 어떻게 생각할까 여전히 마음에 걸리는 것은 내 스스로도 어처구니없다. 그렇지만 다이나곤께서 이런 어정쩡한 상태는 오히려 좋지 않다는 뜻을 계속해서 간청하시어 사가私家로 갔다. 사람들과 만나는 것도 견딜 수 없이 괴로웠기에 여전히 몸이 좋지 않다는 이유로 내 방에 틀어박혀 있었더니 상황께서 "요즘은 함께 보낸 시간에 익숙해져버려 그리움만 쌓여 가는 듯하니 빨리 궁궐로 돌아오렴."이라며 세심하고 자상하게 편지를 보내셨다.

이렇게까지는 생각지도 않겠지.
그대를 그리워하며 남몰래 흘린 눈물로
젖은 소매를 보여주고 싶네.

성가시게만 느껴졌던 편지도 오늘은 왠지 기다렸던 기분이
들어 답장을 썼는데 너무 정성들여 써 버린 것은 아닌가.

나에 대한 그리움 때문은 아니겠지만
눈물로 지내신다니
내 소매 또한 눈물로 젖어오네.

며칠 지나지 않아서 이번에는 그냥 이전 신분 그대로 궁궐에
갔더니 어쩐지 분위기가 어수선하다. 게다가 어느덧 궐 안의 사
람들 사이에 "저 아이는 다이나곤이 특별히 아끼는 딸로 후궁으
로 입궐시킬 생각으로 바쳤다."는 나쁜 소문이 돌아 히가시노조
인東二条院**24**께서 벌써부터 나를 언짢아하신다는 말이 들려서 점
점 더 몸 둘 곳이 없었지만 어정쩡한 상태로 있었다. 납시는 날
이 뜸할 정도는 아니지만 찾아 주시지 않는 날이 쌓여 가는 것
도 언짢았다. 또 밤에 상황을 모시는 여성들의 시중을 드는 것
도 힘들었다. 하지만 다른 궁녀들처럼 이러쿵저러쿵 불평할 입
장은 아니다. 이것이 세상의 도리에 따르는 것이리라 생각하면
서도 너무나 괴로운 일임을 절실하게 느꼈다. 어쨌든 '언젠가 오
늘을 그리워할 때가 있겠지' 하면서 하루하루를 보내는 사이에
가을이 되었다.

24 고후카쿠사인의 황후.

33

히가시니죠인의 출산

8월경이었던가. 히가시니조인께서 상황이 거처하는 동북쪽의 궁에서 출산하시게 되었는데 나이도 많은데다[25] 지금까지 항상 난산이셨기 때문에 모두들 매우 걱정하여 가지기도[26]를 빠짐없이 행하였다. 중생구도를 위해서 일곱 가지 형태로 나타나신다는 칠불약사七佛藥師[27], 오대명왕께 기도드리는 수행법, 보현보살普賢菩薩 금강동자金剛童子, 애염명왕愛染明王께 비는 기도라고 한다. 오대명왕 군다리軍茶利 기도는 오와리지방尾張国에서 항상 그 비용을 부담하는데 이번에는 특별히 정성을 표하고 싶다며 금강동자의 비용도 아버지 다이나곤이 전부 부담하셨다. 가지기도는 조주인常住院[28]의 승려가 행하였다.

스무날 정도가 지났던가. 출산기미가 보인다고 떠들썩했다. "이제 곧, 이제 곧." 하는 상태로 이삼일이 지나 버렸기에 모두들 잔뜩 긴장하고 있는데 왠지 상태가 좀 이상하다고 하여 상황께 아뢰었더니 납시었다. 히가시니죠인께서 매우 쇠약해진 상태여서 상황은 기도승을 가까이 부르시어 칸막이 휘장을 사이에 두고 기도를 올렸다. 애염명왕을 담당하는 오무로御室[29]를 가까이 부르시어 "목숨이 위태로운 것 같은데 어찌하면 좋겠는지요?"라고 물으시자, 오무로는 "정해진 업業은 바꾸기 어렵지만 신심信心이 두터운 사람에게는 그 숙업宿業을 바꾸어 주려는 것이 부처님의 말씀입니다. 크게 걱정 안 하셔도 됩니다."라며 경문을 외운다. 그것에 덧붙여서 기도승은 쇼쿠証空[30]가 목숨을 바꾸었다는 본존이었던가, 부동명왕의 화상畵像을 앞에 걸고 "부동명왕에게 봉사하는 수행자는 여래如来와 같다. 명왕의 비밀주秘密呪를 몸에 지니면 명왕은 그 사람을 영원히 보호해 주신다."라고 외치고 염주를 돌리면서 "나는 어려서는 염불을 읽으면서 날을 보냈고, 성인이 된 지금은 수행으로 하루하루를 보내고 있습니다. 신불神仏의 가호의 영험이 없을 리가 있겠습니까."라고 악령을 쫓아내는 기도를 드릴 때에 금방이라도 곧 태어날 것 같은 기미에 한층 더 힘을 얻어서 기도는 더욱더 열기를 띠었다.

궁녀들이 홑옷을 2장 겹친 저고리와 생사生糸로 짠 옷을 각각 발 안쪽으로 내밀자 분만행사 책임자가 받아서 당상관에게 건네준다. 그것을 상·하 경호 무사가 각각 기도승에게 바친다. 계단 아래에서는 대신들이 착석하여 왕자 탄생을 기다리는 모습이다. 음양사陰陽師는 정원에 팔각단을 세우고 악을 쫓아내는 축문을 천 번 낭독하는 제祭를 올린다. 당상관이 제물을 전달한다. 궁녀들이 소매를 내밀어 차례차례 이것을 받는다. 수행관과 하급경호무사가 신에게 바칠 말을 끌고 온다. 상황의 배례가 있은 뒤 21개 신사[31]에 이것을 헌납시킨다.

인간으로 태어나 더군다나 여자로 태어났다면 한번쯤 이런 대우를 받고 싶다고 생각할 정도로 멋진 광경이었다. 칠불약사 기도승이 부름을 받아 목소리가 빼어난 스님 3명만으로 약사경藥師経을 읽었다. '견자환희見者歡喜'란 구절을 읽을 때 출산하셨다. 먼저 궁궐의 내외 빈은 "경하 드리옵니다."라고 아뢰었다. 시루를 북쪽으로 향하게 하여 황녀출산임을 알린 것이[32] 유감스러운 일이었지만 가지기도를 담당한 기도승에 대한 포상은 다른 때와 변함이 없었다.

31 국가의 중대사에 조정으로부터 신사에 공물을 바치는 봉폐사(奉幣使)가 파견되는 이세(伊勢)·이와시미즈(岩淸水)·가모(賀茂) 이하의 신사를 말함.
32 출산 시 시루를 지붕의 용마루에서 내려뜨리는 풍속이 있어 남아출산은 남쪽으로 여아출산은 북쪽으로 내려뜨림.

고사가법황의 병환과 붕어

이번에 공주가 태어나시기는 했지만 고사가 법황께서는 각별히 5일째·7일째에 행하는 축하연을 성대하게 베푸셨다. 7일째 저녁 모든 행사가 끝난 뒤 상황전에서 좌담을 나누고 계셨는데 축시오전 2시경무렵에 귤나무가 심어져 있는 정원에 심한 바람이 불며 마치 황량한 해변에 파도가 치는 듯한 소리가 심하게 들려왔다. 상황께서 "무슨 일인가 보고 오너라." 하시기에 나가 보았더니 머리는 숟가락 크기만 하고 점차로 술잔 정도 만한 푸른빛을 띤 물체가 연속해서 10개 정도 보이는데 꼬리는 가늘고 긴데다 매우 반짝거리며 상하로 높이 날아 다녔다. "아이 무서워." 하고 도망쳐 들어왔다. 행랑방에 있던 대신들이 "무엇을 보고 소란들인가. 저것은 도깨비불이요."라고 한다. "커다란 버드나무 밑에 청각채를 녹여서 흩뿌린 것 같은 것이 있었다."고 모두들 소란들이다. 곧바로 점을 쳤더니 법황의 혼이 빠져나간 것이라고 아뢰었다. 새벽부터 곧바로 빠져나간 혼을 불러서 되돌리는 행사가 행해지고 태산부군泰山府君**33**을 모시는 행사가 행해졌다.

이렇게 지나고 9월쯤이었던가. 법황께서 병환이라고 하셨다. 옥체가 부어오르는 병으로 뜸을 뜨는 등 떠들썩했지만 별다른 효과도 보지 못하고 날이 갈수록 더 악화되는 상태로 그 해가 저물었다.

새해가 되어도 용태가 나아지지 않아 침울한 분위기였다. 정월 말이 되었지만 도저히 소생할 가망이 없기에 사가전嵯峨殿의 별궁으로 납시었다. 가마로 뫼시었다. 신인新院**34**도 곧바로 납시

33 중국태산의 산신으로 사람의 수명과 복록(福祿)을 맡는다고 해서 원래 도가(道家)에서 모시지만 일본에서는 음양사(陰陽師)나 불가(佛家)가 모심.
34 고후카쿠사인을 말함. 院(上皇·法皇)이 둘 이상인 경우 최근에 院이 된 사람을 신인(新院)이라고 하고, 제일 먼저 된 사람을 혼인(本院), 중간을 주인(中院)이라고 함.

었다. 나는 상황의 수레 뒷자리에 앉았다. 오미야인大宮院**35**과 히가시니조인東二条院은 같은 수레로 납시어 미쿠시게님御匣殿**36**이 배석하였다. 도중에 법황께서 드실 탕제를 의원인 다네나리種成와 모로나리師成가 법황 앞에서 물독 두 개에 조합하여 넣어서 쓰네토経任**37**와 경호무사 노부토모信友에게 운반하게 하였는데 우치노內野에서 법황께 드리려고 보았더니 물독 두 개 다 한 방울도 남아 있지 않았다. 너무나 불가사의한 일이었다. 그 일이 있고 나서 법황은 한층 더 낙담을 하신 탓인지 용태가 더 나빠지는 것 같다고 들었다.

고후카쿠사인께서는 오이전大井殿에 드시어 남자든 궁녀든, 신분이 높든 낮든 가리지 않고 "법황의 용태는 어떠신가?" 묻는 사자를 밤낮 가리지 않고 끊임없이 보냈다. 상황의 심부름으로 별궁 복도를 지나갈 때면 오이강大井江의 파도소리가 등골이 오싹해질 정도로 호젓하게 들려왔다.

2월 초가 되자 이제는 임종을 기다리는 상태가 되었다. 9일쯤이었던가, 가마쿠라 막부가 설치한 남방과 북방의 로쿠하라六波羅**38**의 지방장관이 문병을 왔다. 각 장관이 법황의 병세를 걱정한다는 뜻을 사이온지 다이나곤西園寺 大納言**39**이 전했다. 주상가메야마께서 11일 날 납시어 12일은 머무르시고 13일 환궁하시는 바람에 시끌벅적했지만 궁궐 안은 가라앉은 분위기로 쥐 죽은 듯 조용했다. 신인고후카쿠사인과 주상가메야마께서 대면하시어 서로 눈물을 감추지 못하는 모습을 보니 "아무런 연이 없는 사람마저도 눈물을 자아내게 한다."고 아뢰고 싶은 심정이었다.

그러던 중 15일 유시오후6시경에 미야코**40**쪽에서 엄청난 연기

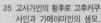

35 고사가인의 황후로 고후카쿠사인과 가메야마인의 생모.
36 고후카쿠사인의 후궁의 한 사람.
37 고사가인의 신하.
38 조큐承久의 난 이후 교토의 로쿠하라에 설치된 관청으로 남방과 북방이 있었으며 조정·중신(公家)의 감시, 교토의 경비 및 긴키(近畿) 지방의 정치·군사를 관장했음. 정식 명칭은 로쿠하라 단다이(六波羅探題)임.
39 작자의 애인으로 등장할 때에는 유키노케보노로 등장하지만 공적인 입장으로 등장할 때에는 관직명으로 명기하고 있음.
40 천황의 궁궐이 있는 수도를 말하는데 여기서는 교토를 말함. 이후 원문의 미야코는 교토로 번역함.

가 피어올랐다. "누구네 집이 타고 있는가?" 물어 보았더니 "로쿠하라의 남방장관인 시키부 다이후式部大輔[41]의 저택이 막부의 명으로 토벌 당해 타고 있는 연기[42]."라고 한다. 어안이 벙벙해서 아무런 말도 나오지 않는다. 지난 9일에는 법황의 병문안을 왔었는데, 당장이라도 어떻게 될지 모르는 법황보다도 먼저 세상을 떠나 버리다니 인간의 죽음은 누가 먼저고 누가 나중이 될지 모르는 것이 세상의 이치인 것은 어제 오늘 일은 아니지만 정말로 애처롭기만 하다. 법황께서는 13일 저녁부터 아무 말씀도 못하셨기에 이러한 세상의 무상함도 알지 못하셨다.

17일 아침부터는 병세가 급변하여 소란스러웠다. 임종 선지식善知識에는 게이카이経海란 승려와 오조인往生院의 장로가 여러 가지 염불을 올리며 "이승에서도 왕좌에 앉으시어 문무백관들에게 섬김을 받으신 몸이시니 황천길도 탈 없이 내세에서도 극락왕생하실 겁니다. 한시라도 빨리 구품정토의 연꽃 위로 옮기시어 사바속세에 남겨둔 중생들도 이끌어 주시기를." 하고 한편으로는 어르기도 하고 또 한편으로는 교화하기도 했다. 그렇지만 이 세상에 대한 3가지 애착[43]이 남아서 좀처럼 참회의 말을 하시지 못하고 결국은 교화의 말로 잡념을 버리시지 못한 채, 법황께서는 분에이文永 9년1272년 2월 17일 유시오후 6시경 53세의 나이로 승하하셨다. 갑자기 온 천지가 컴컴해지고 만민은 슬픔에 잠겨 화려했던 복장도 모두 검은색으로 바뀌었다.

18일 야쿠소인전薬草院殿에 안치되었다. 대궐에서도 도노추조頭中将[44]가 사자로 파견되었다. 고사가인의 왕자이신 오무로, 엔만인円満院, 쇼고인聖護院, 보다이인菩提院, 쇼레인青蓮院등이 모두 납시

41 호조 토키스케(北条時輔),
42 쇼군을 보좌하고 정무를 통괄하는 최고직에 취임한 호조 토키무네(北条時宗)가 로쿠하라 남방직인 호조 토키스케(北条時輔)를 반의(叛意)가 있었다 하여 호조요시무네(北条義宗)에게 명하여 토벌한 사건으로 "이월(二月)소동"이라고 함.
43 임종 시 일어나는 세 종류의 애착심으로 친족과 가산에 대한 애착, 자신의 목숨에 대한 애착, 미래에 좋은 곳에서 태어나고 싶다는 애착을 말함.
44 율령제하의 귀족들의 관직 중 하나로, 당상관이며 천황의 비서격인 구로도 수장(蔵人頭)과 근위부의 차관인 근위추조(近衛中将)를 겸임한 자에 대한 통칭임. 4위에 해당함.

었다. 그날 저녁의 슬픔은 도저히 필설로 형용할 수가 없을 정
도다. 쓰네토는 법황의 총애가 각별했던 사람이니 필시 출가할
거라고 누구나가 생각했는데, 화장하는 날에 하늘하늘한 주름이
잡힌 평상복차림으로 납골이 든 항아리를 들고 있었던 것은 정
말로 의외였다.

　고후카쿠사인의 슬픔은 너무나도 깊어서 밤낮으로 눈물이 마
를 틈이 없을 정도였기에 모시는 사람들도 따라서 옷고름을 적
시는 하루하루였다. 국상 중이라서 궁궐에서 시각을 알리는 소
리나 귀인의 통행을 알리는 소리 등도 금지되었기에 이곳의 벚
꽃조차도 잿빛으로 피는 것은 아닐까 염려되었다. 아버지 다이
나곤은 다른 누구보다도 더 검은 상복을 받으시고는 내게도 상
복을 입을 것을 아뢰었지만, 고후카쿠사인은 "아직 나이도 어리
니 특별히 검은색으로 하지 않더라도 그냥 상복 색깔이면 될 것
이다."라고 말씀하셨다.

아버지의 한탄

　아버지 다이나곤께서는 오미야인과 고후카쿠사인에게 수차
례 출가하고 싶다는 의향을 밝혔지만 더 생각할 여지가 있다며
허락하지 않으셨다. 다른 누구보다도 상심이 더 컸던 탓인지 매
일 돌아가신 법황의 묘에 참배하시고 친척인 사다자네定実 다이
나곤을 통해서 거듭거듭 고후카쿠사인께 출가를 간청하셨다.

　"9살 때 처음으로 돌아가신 법황의 부름을 받아 조정에 봉사

39

한 이래 지금까지 만사가 법황의 은혜 덕택이었습니다. 특히 아버지를 여의고 계모로부터는 절연을 당하였지만 법황의 하해와 같은 은혜를 소중히 여기며 충성을 다하였습니다. 덕분에 관위 승진은 과분할 정도로 순조로웠고 매년 천황께서 관직을 임명하시는 인사이동이 있는 아침에는 임명장을 펼쳐서 웃을 수 있었고 조정 내외에 불만이 없었기에 공무에 봉사하는 것도 힘들지 않았습니다. 상황의 좌에 오르신 뒤에도 도요아카리세치에豊明節會**45**밤은 물론 엔즈이淵醉**46** 아악에 참가한 지 여러 해, 임시의 마쓰리 예행연습 때는 오미노코로모小忌の衣**47**를 입었으며 신사의 경내를 흐르는 미타라시강御手洗河에 그림자를 비추었습니다. 벌써 소신은 정2품 다이나곤의 수석에 일족一族의 장자를 겸하고 있습니다. 이미 태정대신은 제수 받았사오나 고노에近衛 다이쇼를 거쳐야만 한다는 형님이신 우다이쇼 미치타다右大将 通忠가 적어놓으신 취지를 받들어 이 자리를 자진 사퇴하였는데 법황께서는 이제 세상을 뜨셨습니다. 제게는 이 세상에서 달리 의지할 곳도 없으니 어떤 자리에 있든 의미가 없습니다. 나이도 벌써 오십이 되어 버렸습니다. 남은 생애는 얼마나 되겠습니까. 은혜의 연을 버리고 무위의 세계로 들어가는 것이 진실한 보은이라고 합니다. 상황의 허락을 받아 출가의 뜻을 이루어 돌아가신 법황의 공양을 하고 싶습니다." 는 뜻을 간절히 아뢰었다. 그러나 이번에도 허락하지 않는다는 뜻을 밝히시며 직접 여러 가지 말씀이 있으셨다.

이렇게 하루 이틀 지내는 동안 시름을 잊어버리는 풀을 먹은 것도 아닌데 어느덧 돌아가신 법황의 불사등으로 시간이 흘렀

45 음력 11월, 다이조사이(大嘗祭) 또는 니이나메사이(新嘗祭)의 다음날 펼쳐지는 연희.
46 세치에가 끝난 뒤에 세이료전(淸凉殿)에서 펼쳐지는 주연으로 노래와 춤과 여러 가지 음악이 어우러진 가무관현(歌舞管絃)을 동반함.
47 다이조사이나 니이나메사이 등에서 신사에 봉사하는 관료가 신제를 모실 때 입는 옷.

다. 법황의 사십구제가 되어 불사도 끝나고 모두들 교토로 돌아갔다. 그때부터 다음의 정무관계로 조정 쪽에서 관동에 사신을 보내는 등 여러 가지로 번거롭게 되어 가는 동안 5월이 되었다.

아버지의 병환

장마가 드는 5월은 소매가 마를 날이 없어서일까. 아버지 다이나곤의 한탄은 가을 이슬 이상으로 눈물에 젖어서 그렇게도 여자 없이는 하룻밤도 주무시지 않았었는데 그러한 일도 전혀 없이 주연 등도 뚝 끊어 버린 탓인지 몹시 여의고 쇠약해지신 듯하다는 소식이 들려왔다. 5월 14일 밤, 히가시산東山의 오타니大谷라는 곳에서 염불공양을 듣고 돌아오던 중에 가마 행렬의 앞장서는 사람들이 "안색이 너무 황색인데 어찌된 일인지요?"라고 하기에 이상하게 여기어 의원에게 보였더니 "황달입니다. 너무 생각이 많기에 걸리는 병입니다."라며 뜸 치료를 하였지만 도대체 어떻게 되는지 눈앞이 캄캄하다. 병세가 점점 더 무거워져 가는 듯하여 불안하고 견디기 힘든데다가 내 몸도 6월 무렵부터는 평상시와 달라져[48] 괴로웠지만 때가 때인지라 아무 말도 꺼내지 못했다.

아버지 다이나곤은 "아무래도 병이 나을 것 같지 않으니 이제는 하루라도 빨리 돌아가신 법황 곁으로 가고 싶구나."라며 기도도 마다하고 잠시 롯가쿠쿠시게六角櫛笥[49]에 있으시다가 7월 14일 밤에 가와사키의 집으로 옮기셨다. 어린아이들은 롯가쿠쿠

48 니조의 임신을 말함.
49 아버지인 마사타다의 저택 중 하나로 니조의 새어머니가 살고 있음.

41

시계에 남겨두고 조용히 임종을 맞으실 마음의 준비를 하고 계셨다. 나는 다 큰 성인이기에 혼자서 아버지를 따라 갔는데 내가 보통 때와 달리 몸 상태가 좋지 않은 것을 당신의 병을 걱정하여 아무 것도 먹지 않는다고 생각하시어 여러 가지로 위로해 주셨다. 그러던 중 눈치를 채셨던지 "임신했구나."라고 하시더니, 이번만큼은 오래 살고 싶다며 처음으로 히에이산比叡山의 중당中堂에서 법식대로 태산부군을 칠 일간 모시고 히에신사에서 나나야시로노 시치반七社の七番의 시바덴가쿠芝田樂**50**를 봉양하고 야하타에서 1일간의 대반야경, 가모賀茂의 가와하라川原에서 돌쌓기 등 이런저런 공양을 하셨는데, 그것은 당신의 목숨이 아까워서가 아니라 상황의 아이를 가진 나의 장래를 지켜보고 싶기 때문이라고 생각하자 현세에 대한 집착을 갖게 한 내 죄가 크다는 생각이 들었다.

20일경에는 병세가 지금당장 어떻게 될 것 같지도 않아서 나는 입궐했다. 상황은 내가 임신한 것을 안 이후로는 각별하게 애정을 주시는 모습이었지만 이것도 '언제까지 계속될까' 하는 생각이 든다. 미쿠시게님도 6월에 출산하시다가 목숨을 잃었기에 남의 일 같지 않아 무섭고 다이나곤의 병세도 나아질 것 같지도 않아서 '나의 운명은 어찌될런고' 하는 생각에 걱정하다가 7월 말이 되었다.

50 헤이안 시대부터 무로마치 시대에 유행하던 민간예능의 하나로 무대 없이 연기하는데, 여기서는 기도를 위해 히요시사(日吉社)에 바친 것임.

고후카쿠사인의 문병

　27일 저녁이었던가! 평소보다 주위에 사람이 적은 터에 상황께서 "침소에 들라."고 분부하셔서 들었다. 인적도 없는 곳이어서 조용히 이런저런 옛이야기를 꺼내시며 "인생무상이라고 하더니 참으로 덧없구나."라고 하신다. 이야기 끝에 "다이나곤도 결국에는 회복하지 못할 것 같구나. 만일의 경우가 생기면 너는 의지할 곳이 없게 되는구나. 그러면 나 말고 누가 너를 불쌍히 여기겠느냐."라며 눈물을 적시기에 '위로를 받으면 오히려 더 괴로워진다.' 는 말 그대로 더욱더 슬퍼졌다. 달도 떠 있지 않아서 등불만이 희미한 어두운 방 안에서 둘만의 이야기로 밤을 지새우는데 분주한 목소리로 찾는 사람이 있었다. "누구세요."라고 묻자 가와사키에서 "임종하실 것 같습니다."라고 알리러 온 것이었다.

　이것저것 챙길 겨를도 없이 곧바로 집으로 향하는 동안 '벌써 임종하셨습니다.' 란 소리를 듣는 것이 아닌가 싶어 서둘러야겠다고 마음은 바쁘지만 길은 멀게만 느껴져 마치 머나먼 아즈마지東路를 헤치며 가는 듯한 기분이 들었다.

　집에 도착하니 아직 생존해 계시는 것이 너무나 기뻤다. "이 세상에 임신한 너를 남겨두고 떠나야 하다니 바람이 불면 떨어질 이슬인데도 괴롭기 한이 없구나."라며 쇠약해지신 모습으로 눈물을 흘리셨다. 밤이 깊었음을 알리는 종소리가 들려올 즈음 "행차시오."라는 소리가 들렸다. 너무 갑작스러운 일이기에 병자도 어쩔 줄 몰라 하였다.

43

　수레를 대는 소리가 들려 황급히 나가보니 상황께서 하급무사 2명과 당상관 1명으로 남들 눈에 띄지 않는 모습으로 납시었다. 스무이렛날 밤의 이제 막 산등성이에 떠오른 달빛도 황량한데 장미과의 다년초로 짠 적자색으로 무늬를 낸 평상복 차림으로 갑자기 문병을 나서신 모습에 아버지께서는 몸 둘 바를 몰라 하셨다. 아버지는 "이제는 평상복을 입을 기력도 없어서 배알할 수도 없는데 이렇게 납시어 주신 것만으로도 더 이상 여한이 없사옵니다."라는 뜻을 전하였는데, 얼마 안 되어 상황께서 곧바로 문을 열고 납시었기에 아버지는 일어나려고 애를 썼지만 일어나지 못하셨다. 상황께서는 "그냥 그대로 있게."라며 머리맡에 방석을 깔고 앉자마자 소매의 바깥쪽까지 넘칠 정도로 눈물을 흘리셨다.

　상황께서는 "어렸을 때부터 가까이에서 보살펴 주었는데 이제 목숨이 얼마 남지 않았다고 생각하니 너무 슬퍼서 마지막으로 얼굴이라도 한 번 더 보고 싶어서 이렇게 달려왔소."라고 말씀하셨다. 아버지는 "이렇게 달려와 주신 상황의 행차도 너무 기뻐서 황송할 따름이오나 이 아이가 너무 가여워서 마음에 걸립니다. 두 살 때 어미를 여의고 저 하나뿐이라는 생각으로 키웠건만 게다가 홀몸도 아닌 이 아이를 두고 떠나야 한다는 게 너무나 불쌍하고 애처로운 마음을 금할 수가 없습니다."라고 울먹이며 아뢰자, 고후카쿠사인은 "넓지 않은 소매라서 충분하지는 않지만 내가 책임지고 돌볼 터이니 경의 극락왕생의 길에 방해가 되지 않기를 바라오."라고 자상한 말씀이 있으신 뒤 "잠깐 쉬어야겠다."며 자리를 뜨셨다.

동이 틀 무렵 상황은 "이러한 모습이 알려지는 것이 두렵구나."라며 서둘러 나가실 때에 고가 태정대신久我 太政大臣의 유품으로 아버지가 소중하게 가지고 계시던 비파와 고토바後鳥羽상황께서 멀리 오키隱岐로 유배를 가실 때에 태정대신에게 하사하셨다는 보검을 수레에 바치셨다. 자세히 보니 엷은 남색의 고급 안피지가 칼끝에 묶여 있었다.

> 이렇게 이별하지만
> 주종관계는 삼세(전생, 현세, 내세)의 인연이라고 하니
> 오로지 내세를 기약할 뿐이라네.

　　상황께서는 "경의 마음이 갸륵하구나. 아무것도 걱정하지 말고 마음을 편히 먹도록 하게."라는 말씀을 거듭하시고 환궁하신 뒤 곧바로 자필로

> 다음 생에서는 괴로움이 없는 세상에서 만나세.
> 모두가 기다리는 미륵보살이 나타나시어
> 중생을 구제해 주신다는 새벽녘에.

라고 보내셨다. 아버지께서는 "마음에 들어 하시니 너무나 기쁘구나."라고 하시며 마음을 쓰시는 걸 보니 슬프고 애처롭기만 하다.

아버지의 유언

8월 2일 젠쇼지 다이나곤이 상황께서 복대를 하사하셨다며 서둘러 가지고 왔다. "상중이지만 상복이 아닌 복장으로 하라." 는 명이 계셨다며 정식으로 갖춰 입은 평복 차림의 기마병을 아버지가 살아 있는 동안에 보게 하려고 서둘러 보내셨다. 병자도 너무 기뻐서 사자들의 노고를 치하하시고 술을 권하는 등 이것 저것 지시하시는데, 이것도 마지막이라는 생각이 들자 슬프기만 하다. 오무로에게서 하사 받아 소중히 간직해 오던 시오가마_{塩釜} 라는 소를 하사하셨다.

오늘은 기분이 조금 좋아지신 듯하여 혹시나 회복되지는 않을까 기대하면서 밤이 깊었는데 곁에서 잠깐 쉰다는 것이 깜박 잠들어 버렸다. 문뜩 눈이 떠져 일어났더니

"정말 안쓰럽구나. 오늘일지 내일일지 모르는 황천길을 떠나야 한다는 슬픔보다도 너를 홀로 남겨두고 떠나야 한다는 게 괴로운 터에 애처롭게 자고 있는 너를 보니 슬프기 그지없다. 두 살 때 어미를 여의어 혼자서 걱정하며 많은 자식들 가운데서도 오직 네게만 모든 애정을 다 쏟았다. 웃는 네 모습은 애교가 넘쳐나 보이고 우울해하는 네 모습을 보면 같이 한숨지으며 15년 세월을 보냈는데 이제 헤어져야 할 때가 왔구나.

상황을 모심에 있어서 불만이 없거든 매사에 온 정성을 다하여라. 그러나 생각대로 되지 않는 것이 세상의 이치, 만일 상황에게도 세상에게도 불만이 있어 세상을 살아갈 힘이 없을 때는 주저하지 말고 불문에 들어가 네 자신의 내세를 기원하고 부모

의 극락왕생을 빌며 부모의 은혜에 보답하여 극락에서 같은 연꽃에서 만날 수 있도록 빌거라. 세상에 버림을 받아 의지할 곳이 없다고 하여 다른 주군을 섬기거나 또는 남의 집에 몸을 의지하는 것은 내가 죽은 후에도 불효가 될 것이다.

부부의 연이란 이 세상에서만이 아니니 인간의 힘으로는 어쩔 수 없다. 출가를 하지 않은 채 정조가 없다는 평판을 남기지 않도록 반드시 명심하도록 해라. 다만 출가한 뒤에는 무엇을 하든 괜찮다." 라며 여느 때보다 자상하게 말씀하시는 것도 이것이 마지막 교훈이라 생각하니 슬프기만 하다.

날이 샘을 알리는 종소리가 들려오자 나카미쓰仲光[51]가 아버지의 몸 밑에 깔 삶은 질경이 풀을 가지고 와서 "깔개를 교환하겠습니다."라고 했다. 아버지는 "이제 죽을 때가 가까워졌으니 무엇을 해도 의미가 없다. 그보다도 우선 이 아이에게 뭔가 먹이렴." 하고 말씀하신다. 지금 이런 마당에 먹을 게 들어갈 것 같지도 않았지만 계속해서 "내가 보는 앞에서 빨리 먹으렴." 하고 재촉하시기에 지금은 이렇게 아버지가 지켜 봐 주시지만 앞으로는 누가 지켜봐 줄 것인가 생각하니 슬프기만 하였다. 이모마키芋巻[52]를 질그릇에 담아 온 것을 보고 아버지께서는 '임신 중에 먹여서는 안 되는 음식이건만' 하시며 매우 불쾌해 하셨다. 나는 보고 있기 민망하여 얼버무려 먹어치웠다.

51 아버지 마사타다의 하인 나카쓰나(仲綱)의 아들, 작자의 유모의 아들.
52 쌀가루에 참마를 갈아서 넣고 다시마로 말아, 된장 국물에 삶은 후 작게 자른 것.

아버지의 임종-눈물의 바다

　동이 틀 무렵 "임종을 이끌어 줄 스님을 부르라."고 하셨다. 아버지는 지난 7월 경에 야사카사[八坂寺]의 장로를 불러서 머리를 삭발하고 5계[53]를 받아서 렌쇼[蓮生]라는 계명을 받았으므로 이 장로가 그대로 아버지의 인도승[引導僧]이 되리라고 생각했었는데 어찌된 일인지 산조 아마우에[三条尼上][54]가 "가와하라인[河原院]의 장로인 쇼코보 스님이 해야 한다."고 강하게 주장하여서 그렇게 되었다. "용태가 금방 변할 것 같다."고 하는데도 그 스님은 곧바로 오지 않았다.

　그러는 동안 "이제 곧 때가 온 것 같으니 일으켜 주게."라고 나카미쓰에게 말씀하셨다. 나카미쓰는 아버지의 가신이자 내 유모의 남편인 나카쓰나의 적자로 어렸을 때부터 집에서 성장하여 항상 곁에 두시었다. 일으켜 준 나카미쓰를 그대로 등 뒤에 있게 하셨는데 선지식 스님이 앉는 의자 앞에는 시녀 한 명만이 있었다. 나는 아버지 곁에 앉아 있었는데 "손목을 잡아주렴." 하신다. 손목을 잡고 있었더니 아버지는 "스님이 주신 가사[袈裟]는?" 하시며 청하시어 견고한 광택이 나는 예복을 위에만 입으시고 그 위에 가사를 걸치시며 "나카미쓰도 염불을 외어라."고 하시어 둘이서 약 1시간 정도 염불을 계속하였다.

　아침 해가 희미하게 떠오를 즈음 깜박 잠이 드시어 왼쪽으로 기울어지는 듯하였다. 그래서 깨워서 좀 더 염불에 열중하도록 하기 위해 무릎을 움직였더니 그 순간 번쩍 눈을 뜨시는 바람에 나와 눈이 마주쳤다. 아버지는 "이 아이가 어찌 될는지"라고 말

53 재가(在家) 신자가 지켜야할 다섯 가지의 계율로 살생, 도둑질, 간음, 거짓말, 음주의 5악을 금지한 것임.
54 아버지의 계모.

을 채 맺지 못하신 채, 분에이 9년1272년 8월 3일 진시오전 7시에 50세로 세상을 뜨셨다.

염불하고 있는 도중에 세상을 떠나셨으면 극락왕생 하셨을 터인데 당치도 않게 깨우는 바람에 염불 이외의 말로 세상을 마감하시게 한 것이 마음에 걸렸다. 문득 하늘을 우러러보니 해와 달이 땅에 떨어졌는지 빛도 보이지 않는 듯하여 땅에 엎드려 흘리는 눈물이 강이 되어 흐르는 것은 아닌가 하는 생각마저 든다.

어머니를 두 살 때 여의고 철없던 시절에는 별 생각 없이 자랐다. 태어나 41일째에 처음으로 아버지의 무릎 위에 앉은 이래 15년이란 세월을 보냈다. 아침에 일어나 거울을 볼 때도 저녁에 옷을 갈아 입을 때에도 누구의 은혜인가 그것만을 생각했다. 온전한 육신을 물려받은 그 은혜는 우주의 중심에 있다는 수미산의 꼭대기보다도 더 높고 어머니를 대신하여 길러주신 은혜 또한 수미산을 둘러싸고 있다는 바닷물보다도 더 깊다. 어떻게 보답을 해야 할지 얼마나 보답해야 그 은혜를 다 갚을 수 있을 것인가 하는 생각이 들고, 생전의 말씀이 떠올라 잊혀지지 않는다. 이제 만날 수 없다는 생각이 들자 내가 대신 죽는다 해도 그 은혜에는 미치지 못할 것이다.

그냥 이대로 유해가 변하는 모습을 지켜봐 드리고 싶지만 그럴 수도 없어서 4일 밤에 가구라오카神楽岡55라는 산에서 화장을 치뤘다. 덧없이 피어오르는 연기와 더불어 같이 갈 수 있는 길이라면 그러고 싶다는 생각이 들었지만 아무리 생각한들 어쩔 수 없는 일이기에 흐르는 눈물만을 유품으로 가지고 돌아왔다. 집 안 어디를 보아도 아버지는 찾아 볼 수 없고 이제는 꿈속이

55 지금의 교토시 사쿄구(左京區) 요시다 가구라오카(吉田神楽岡)에 있는 요시다산(吉田山)

49

아니면 만날 수 없다고 생각하니 너무 슬퍼서 어제 저녁의 생전 모습을 그려본다. 돌아가시기 직전에 하신 말씀이 거듭거듭 생각이 나서 뭐라고 말로는 다 표현할 수가 없다.

내 소매에 고여 있는 눈물의 바다여!
죽은 사람이 저승에 갈 때 건넌다는 삼도강[56]으로 흘러가 주렴.
강에 비친 아버지의 그림자라도 볼 수 있게.

아버지가 떠난 빈자리

5일 저녁 무렵 나카쓰나가 짙은 먹빛의 옷[57]을 입고 나타났다. 아버지가 태정대신의 자리에 계셨더라면 4품의 집사 자리에는 있었을 텐데라고 생각하니, 게다가 생각지도 않게 이제는 이런 모습을 하게 된다고 생각하니 정말 가엽기만 하다. "산소에 가려고 합니다. 뭔가 전할 말씀은 없습니까?"라면서 눈물로 먹빛 소매를 온통 적시는 것을 보고 울지 않는 사람이 없다.

9일은 돌아가신 지 7일째로 새어머니와 시녀 둘, 하인 둘이 출가를 했다. 야사카사의 스님을 불러서 유전삼계중流転三界中[58]을 외며 삭발하는 것을 보는 내 마음은 한편으로는 부럽기도 하고 또 한편으로는 애달파서 할 말이 없었다. 같은 길을 가고 싶었지만 이렇게 임신 중인 몸으로는 출가할 수도 없기에 어쩔 수 없이 소리 내어 울 수밖에 없었다.

돌아가신 지 삼·칠일이 되는 날은 특히 성대하게 치렀고 상

56 사람이 죽어서 저승으로 가는 도중에 건넌다는 강. 죽은지 7일째 되는 날에 이곳을 건너게 되며 이 강에는 물살이 빠르고 느린 여울이 있어 생전의 업(業)에 따라 산수뢰(山水瀨)·강심연(江沈淵)·유교도(有橋渡)등 건너는 곳이 세 가지 길이 있었다는 데서 붙여진 이름임.
57 출가한 모습을 말하며 색이 짙을수록 깊은 조의를 나타냄.
58 출가를 위해 삭발할 때 부르는 부처의 공덕을 찬송하는 시로, 속세에 사는 우리들은 이 사바세계를 돌고 돌기 때문에 은혜의 인연을 끊을 수는 없다는 뜻.

황께서도 마음을 써 주시어 극진한 조문사절을 보내셨다. 조문
행렬이 하루도 거르지 않고 계속 이어지는 것을 아버지가 보실
수 있었으면 하고 생각하니 슬프기만 하다. 게다가 사네오實雄
좌정대신의 따님이시자 중전마마이신 교고쿠뇨인京極女院은 가메
야마 주상전하의 총애도 각별하시고 동궁마마의 생모이시기에
신분상으로 보나 나이로 보나 뭐하나 손색이 없는 분이셨지만
평소 귀신이 들려 앓으셨기에, '이번에도 또 그러나보다'라고 모
두 생각했는데 "승하하셨다." 하니 좌정대신의 한탄과 주상전하
의 슬픔이 전해져 오는 듯하여 너무 괴롭다.

아버지의 오·칠일이 되었는데 상황께서 수정염주를 여랑화
를 본 떠 금은으로 만든 조화의 가지에 걸어서 시주로 보내셨다.
같은 가지에

> 언제나 가을은 눈물로 젖어있는 소매이거늘
> 고인을 그리는 눈물이 더해졌겠네.

라고 쓰여져 있었다.

생전에 이런 편지를 '어찌하면 좋을꼬'라며 기뻐하셨던 것이
떠올라 "무덤 속에서도 필시 감격하실 것을 생각하니 황송합니
다."라고 아뢰었다.

> 아무쪼록 기억해 주오.
> 그렇지 않아도 젖어있는 소매에
> 사별이란 흰 서리가 얹어져 있는 것을.

51

라고 보냈다. 때마침 가을이라서 밤이 길기만 한데 밤중에 잠에서 깨어 사방을 둘러보면 슬프지 않은 것이 없건만 다듬이질 소리가 헤아릴 수 없이 들려와 흘린 눈물에 적신 옷을 깔고 속절없이 아버지의 모습만을 그려본다.

이슬처럼 돌아가신 아침에는 각 어전에서 보내신 조문사절을 비롯해 높으신 분들의 조문이 줄을 이어 조문사절을 보내지 않은 이가 없었건만 아버지에게 세력 대항의식이 있었던 모토토모豊具 다이나곤만이 조문을 오지 않았다는 것은 세상의 상식으로는 생각할 수 없는 일이다.

유키노아케보노의 위로

돌아가신 그날부터 매일같이 "기분은 좀 어떻습니까?"라고 물어오던 유키노아케보노가 9월 10일쯤 달을 길잡이 삼아 찾아왔다. 국상중이어서 그도 먹색의 상복 차림이었는데 그것마저도 마치 내 상복색깔과 통하는 기분이 들었고 중간에 사람을 통해 이야기할 사이도 아니기에 남쪽 한 켠에 있는 방에서 만났다.

이런저런 지난 이야기를 하다 보니 슬픔이 되살아나는데 "올해는 유난히도 슬픈 일이 많아서 소매가 마를 날이 없습니다. 지난 해 눈 내리던 밤 주연 자리에서 다이나곤께서 '딸을 잘 보살펴 주시오'라고 하신 것은 따님을 생각하시는 애정의 표현이란 생각이 듭니다."라며 울다가 웃다가 밤새 이야기를 나누는 사이에 날이 밝음을 알리는 종소리가 들려온다.

기나긴 가을밤은 함께 있는 사람에 따라 길게도 느껴지고 짧
게도 느껴진다는 말 그대로라는 생각을 하고 있는 사이에 닭이
울었다. "아무 일도 없었건만 이러니저러니 소문이 나는 것은
아닌지 모르겠소."라며 돌아가실 적에 여운을 담아서

사별의 슬픔에
오늘 아침의 이별의 아쉬움이 더해져
소맷자락에는 눈물이 또 겹쳐지누나.

몸종을 시켜서 이 와카를 수레에 달려가 전했더니

이별을 아쉬워하는 눈물이라고는 도저히 생각되지 않네.
사별로 인한 눈물 때문에 소매가 마를 날이 없는 것이리.

라고 보내 왔다. 간밤의 여운이 누구 때문인지 스스로에게 묻고
싶을 정도로 그에 대한 생각으로 간절한데 노송나무 빛깔의 칙칙
한 옷을 입은 무사가 편지가 담긴 궤를 가지고 중문 쪽에서 서성
이고 있었다. 유키노아케보노가 보낸 사람이다. 아주 자상하게

연모하는 마음을 참으며
그저 팔베개만 하고 지낸 하룻밤.
사람들은 둘이서 함께 밤을 보냈다고들 하리.

라고 적혀있었다. 매사 슬프게만 느껴지던 때였기에 이러한 소소
한 위로에도 감명을 받는 듯하여 나도 세심하게 마음을 적었다.

가을이슬은 초목에 맺히는 법.
소매에 맺혔다 한들 그 누가 비난하리.

사십구제에는 이복형제인 마사아키雅顕가 불사를 마련해 가와
하라인의 스님이 아주 흔한 '원앙의 이부자리 부부의 깊은 정의
언약 이었던가, 누구나가 들어서 익히 알고 있는 문구를 낭독하
셨다. 그다음 겐지쓰憲実 법사의 인도로 아버지의 편지 뒷면에
내가 직접 법화경을 쓴 것을 공양했다. 산조보몬 다이나곤三条坊
門59, 마데노코지万里小路60, 젠쇼지 다이나곤등이 들으러 오셔서
각각 애도의 말씀을 올리고 돌아간 다음의 여운이 아쉽고 슬펐
다. 오늘은 방위가 좋지 않다고 하여 유모의 집이 있는 시조오
미야로 향했다. 가는 도중에도 소맷자락을 적시는 눈물을 가눌
길이 없고 모여서 함께 슬퍼해 주던 사람들과 헤어져 혼자가 된
슬픔은 이루 말할 수가 없다.

유키노아케보노와 동침

눈물로 지새는 사십구제 동안에도 상황은 사람들 눈을 피해
찾아 오셔서는 국상중이라 대부분 사람들의 옷차림이 어두운
색이니 상복도 지장은 없다고 사십구제가 끝나면 궁궐에 나오
라는 말씀을 하셨지만 만사가 우울하기만 해서 두문불출하고
있었다. 사십구제는 9월 23일이어서 울음소리가 약해진 벌레들
이 소맷자락에 젖은 눈물의 연유를 묻는 듯하여 더욱 슬프다.

59 작자의 이종형제.
60 작자의 이종형제.

54

상황께서는 "그렇게 사가에만 있는 것은 어찌된 일이냐."라고 하셨지만 움직일 생각이 없어서 그냥 그대로 10월을 맞이했다.

10월 10일경이었던가. 또 유키노아케보노가 사람을 보내왔다. "날마다 연락하고 싶지만 상황의 심부름꾼과 우연히 맞닥뜨리기라도 하면 당신이 다른 남자에게 마음이 있는 것은 아닌가 오해하실까봐 마음은 그렇지 않은데 연락도 못 하고 지내고 있었습니다."라고 쓰여 있었다. 유모의 집은 시조오미야의 모퉁이인데 이 시조대로에 맞닿은 부분과 오미야와의 길모퉁이에 토담이 심하게 허물어진 곳에 청미래 덩굴이 나와 토담위로 타고 올라가 굵게 두줄기가 남아 있었는데, 심부름꾼이 그것을 보고 "여기는 지키는 사람이 있지요?"라고 묻자, 하인은 "그런 사람은 없습니다."라고 대답했다. 심부름꾼은 "그럼 연인을 찾아가는 절호의 길이 될 것이요."라며 덩굴의 뿌리를 칼로 잘랐다는 이야기를 전해 듣고 도대체 무슨 일인가 싶었지만 전혀 짐작이 되지 않았는데 자시경밤 11시 여닫이문을 가만히 두드리는 사람이 있었다.

주조中将라는 아이가 '흰 눈썹 뜯부기인가. 이상한 소리가 나네.'라며 문을 여는 소리가 들렸는데 매우 놀란 목소리로 "저기서 계시는 분이 서 있는 채로라도 잠깐 뵙고 싶다고 하십니다."라고 전했다. 뜻밖의 일이기에 뭐라고 대답해야 할지 몰라서 망연자실해 하고 있었는데 이러쿵저러쿵 이야기하는 것을 핑계 삼아 결국 내 방으로 들어왔다.

단풍무늬로 짠 상의에 연보라색이었던가! 발목을 졸라 맨 바지가 상의와 하의 모두 풀기가 없는 게 사람들 눈에 띄지 않으

려는 것이 역력했다. 몸이 무거운 상태라서 "나를 향한 애정이 있다면 언젠가는 반드시 기회가 있겠지요."라고 말하고 오늘밤은 피해 달라고 강하게 말하였지만 "임신 중이니 결코 이상한 행동은 하지 않겠소. 단지 오랫동안 품어온 마음을 천천히 전하고 싶소. 아무 일 없이 곁에서 지내는 밤잠은 태양신인 아마테라스 오카미天照大神**61**께서도 반드시 허락해 주실 겁니다."라고 맹세하였으므로 언제나 그렇듯이 안 된다고 강하게 말하지 못하고 주저하고 있는 사이에 침소에까지 들어와 버렸다.

기나긴 밤 사이에 이러니저러니 말씀하시는 모습은 정말로 중국의 호랑이도 눈물을 흘릴 정도였기에 목석이 아닌 나의 마음은 목숨을 걸고 이 사람과 함께하고 싶다고까지는 생각하지 않았지만 생각지도 않은 남자와 함께한 밤이 상황의 꿈속에 나타나지는 않을까 너무나도 두렵다.

닭이 우는 소리에 잠이 깨어 아직 어두울 때에 돌아갔는데 다시 꿈속에서 만나고 싶다고까지는 생각하지 않았지만 여운이 남아서 그를 생각하면서 그대로 누워 있었는데 동이 채 트기도 전에 편지가 왔다.

"이별하고 돌아오는 길은 눈물에 젖어
정취 깊은 새벽달마저도 괴롭게 느껴지네.

61 일본신화에 등장하는 태양신으로 이세신궁(伊勢神宮)의 내궁에 모셔져 있는 천황의 조상신으로 알려져 있음. 국가의 최고신으로 조정의 엄숙한 제사를 받으며 일본의 800만 신을 지배하는 신으로 추앙 받고 있음.

어느새 당신을 생각하는 마음이 쌓여 버린 것일까. 날이 저무는 것을 기다리다가는 초조함으로 정신을 잃어버릴 것만 같은데 세상의 눈을 의식해야만 한다는 것이 괴로울 뿐이오."라고 쓰여져 있었다. 다음과 같이 답장했다.

돌아가는 길.
당신의 소매가 눈물로 젖었는지는 모르나
눈물에 젖은 내 소매에
당신의 모습이 묻어나는 새벽녘의 하늘이네.

이렇게 되고 보니 억지로 피하려 애쓴 보람도 아무 소용이 없었고 그를 허락해 버린 내 처사를 누군가에게 하소연할 수도 없어 앞날이 순탄하지는 않으리라 생각하며 남몰래 눈물을 흘리고 있던 낮에 상황한테서 편지가 왔다. "어떤 것에 마음을 뺏겨 그렇게 오랫동안 사가에만 있는가. 요즘은 마음을 달랠 길이 없고 사람도 많지 않아서 쓸쓸하기만 한데."라며 여느 때 보다 더 자상하게 쓰여 있어서 눈앞이 캄캄해졌다.

유키노아케보노와의 두 번째 밤

날이 저물자 오늘은 그다지 밤이 깊지 않았는데 유키노아케보노가 드신 것도 너무 두렵고 마치 처음 만난 사이인 것처럼 낯설게 느껴져 나는 아무 말도 하지 않고 있었다. 아버지가 돌아가셨을 때 출가한 유모의 남편은 출가 후에는 센본千本 통로의 북쪽에 있는 절에 살고 있었으므로 이전처럼 출입하는 남자도 없었는데 하필이면 오늘 "모처럼 집에 돌아오게 되어서"라며 들

렀다. 유모의 자식들도 다 모여 북적거리는 것도 너무 번잡스러
운데다, 유모란 사람은 그토록 유서 깊은 고시라카와後白河 상황
의 황녀이신 센요몬인宣陽門院의 궁에서 자란 사람답지 않게 조심
성이 없고 수다스러운데다가 마치 『사고로모모노가타리狹衣物語』
의 이마희메기미今姫君의 후견인처럼 교양이 없었으므로 어떻게
하면 좋을까 망설였다. 그렇지만 '이러이러한 사람이 와 있으니
까.'라고 내놓고 말할 수도 없기에 침소에 그를 숨겨두고 등불도
켜지 않고 달을 보고 있는 척 하며 미닫이문의 입구에 놓인 화로
에 다가가 있었더니 다른 사람도 아닌 그 유모가 다가왔다.

나는 매우 곤란해 하고 있었는데 유모는 "기나긴 가을밤이니
나카쓰나가 돌 튕기기라도 하자고 합니다. 이쪽으로 드시지요."
라는데 마치 재판에서 호소하는 듯 말하는 모습조차도 아주 시
끄러웠다. 게다가 유모는 "무엇을 하면서 놀까요. 누구누구가
와 있습니다. 그도 와 있습니다." 등등 자식들 이름을 계속해서
말하고 주연을 열어야 된다는 등 이것저것 수없이 나열하는 것
이 어이가 없어서 "기분이 별로 안 좋아서."라고 적당히 둘러대
었더니 "언제나 그렇듯이 제가 아뢰는 것은 새겨듣지 않는군요."
라며 가 버렸다.

유모는 영악하게도 여자아이를 가까이 불러내어 떠들어대는
바람에 모두 모여있는 방이 내가 있는 방하고 정원이 이어져 있
어 모든 것이 다 들려왔다. 이것은 『겐지모노가타리』의 유가오
夕顔의 침소에서 옆집으로 울려 퍼졌다는 디딜방아 소리를 듣고
있는 것 같아서 견디기 힘들었다.

이것저것 전부터 생각했던 것을 입 밖에 꺼내는 것도 흥이 깨

지고 대접을 변변하게 못하는 것도 언짢아서 모두가 빨리 잠들었으면 하고 생각하면서 잠자리에 들었는데 문을 심하게 두드리는 사람이 있었다. 누구일까 생각했는데 나카쓰나의 막내아들인 나카요리仲賴 **62**였다.

나카요리는 "제왕의 일이 늦게 끝나서."라고 말하더니 "그런데 오미야 통로의 모퉁이에 유서 깊어 보이는 팔엽八葉무늬 수레가 서 있기에 가까이 가 보았더니 안에 있는 사람은 쿨쿨 자고 있었고, 좀 떨어진 곳에 소가 매어져 있었습니다. 어느 집에 찾아온 수레입니까?"라고 묻는다. 당혹스러워 하며 듣고 있었는데 다른 사람도 아닌 그 유모가 "어떤 사람인지 사람을 시켜서 알아보게 하세요." 란다. 유모의 남편이 "무엇 때문에 알아본단 말인가. 다른 사람의 일이니 필요 없는 짓이야. 또 아씨가 집에 있는 틈에 사람들 눈을 피해서 숨어든 사람이라면 토담이 쓰러진 곳에서 '지키는 사람은 잠도 안자나?' 하고 탄식할 것이다. 아무리 곱게 자라도 신분이 높고 낮음에 관계없이 여자는 걱정거리인 법이다."라고 말하자 또 그 유모가 "아 당치도 않은 소리를. 누가 와 있단 말입니까. 상황께서 드셨다면 어째서 사람 눈을 피하시겠습니까."라는 목소리가 여기까지 들려온다. "만일 신분이 낮은 사람이 들었다면 당치도 않다고 욕을 먹겠지요."라는 유모의 말을 듣고 있자니 괴롭기만 하다.

유모의 아들까지 하나 더 가세하여 떠들어대서 잠을 잘 수도 없었는데 이전부터 말해 두었던 것이 준비가 되었는지 "이쪽으로 납시라고 여쭈어라."라며 떠들썩하다. 누군가 와서 그것을 알리자 방 앞에 대기하고 있던 하녀가 "기분이 별로 안 좋다고

62 후지와라 나카요리(藤原仲賴). 작자의 유모의 아들로 가메야마를 모시고 있음.

하십니다."라고 말했더니 안쪽의 미닫이문을 황급하게 두드리며 유모가 쫓아왔다.

새삼스럽게 생전 모르는 사람이 찾아온 듯한 느낌이 들어 가슴이 떨리고 두려운데 "기분이 안 좋다니 어찌된 일입니까. 여기 이것 좀 드셔보세요. 자자, 어서 어서."라며 머리맡의 미닫이문을 두드린다. 그냥 모른 척 할 수도 없어서 "기분이 좋지 않아서."라고 했더니 "좋아하는 하얀색 물건이니 권하는 겁니다. 없을 때는 찾으시는 분이 이렇게 권할 때에는 언제나 거절하시다니. 그럼." 하고 중얼거리며 가 버렸다.

평소 때라면 재치 있게 한두 마디 반박했을 터인데 창피해서 어디 쥐구멍이라도 들어가 버리고 싶은 심정이다. 그는 "달라고 보챈다는 하얀색 물건은 무엇이오?"라고 물으신다. 서리라거나 눈, 싸라기눈 등 운치 있는 척 하여도 그가 믿어줄 것 같지 않았기에 그냥 있는 그대로 "남들과 달리 때때로 백주를 찾는 것 가지고 저렇게 과장해서 말하는 것입니다."라고 대답했다. "오늘은 때마침 좋은 때에 온 것 같소. 그대가 나를 찾아 줄 때는 중국까지 가서라도 백주를 준비하리다."라고 웃으셨던 것이 잊히지 않는다. 괴로운 때 이러한 즐거운 추억이 과거든 미래든 또 있으랴 싶다.

외할머니의 죽음

이런 밤이 계속되면서 마음을 감동시키는 일도 생겨 점점 더 입궐할 마음이 생기지 않았다. 그러던 중 10월 20일경부터 외할머니께서 병환이 나셨다는 소리를 들었지만 금방 돌아가시리라고는 생각도 못하고 당분간은 별 생각 없이 지냈는데 며칠 지나지 않아서 "세상을 뜨셨습니다."라고 전한다. 히가시산東山 센린사禪林寺의 아야토綾戸 부근에서 오랫동안 생활하셨는데 이제 세상을 뜨셨다는 소식을 들으니 돌아가신 어머니 쪽의 인연이 끊겨진 불안함과 계속되는 불행에

> 가을 이슬에 겨울을 재촉하는 비까지 내리네.
> 마를 날이 없는 나의 소맷자락이여!

라고 읊었다.

요즈음 상황한테서 소식이 없어서 나의 과실이 알려진 것은 아닌가 불안하던 차에 상황께서 "얼굴을 보지 못하는 요즈음은 어떻게 지내고 있는지."라며 여느 때보다 정답게 쓰신 편지에 해가 저물 때쯤 수레를 보내시겠다고 하셔서 "그저께 할머니가 돌아가셨기에 가까운 상중이라도 지낸 뒤에."라고 아뢰고

> 헤아려 주오.
> 지난 가을의 슬픔에 또 다른 슬픔이 얹어
> 눈물에 젖어있는 나의 소매를.

라고 보냈다. 곧바로 온 답장에는

연이은 슬픔을 알지 못하였거늘
타인인 나의 소매마저 눈물로 젖어 오누나.

라고 쓰여 있다.

11월초에 입궁하였는데 어느새 분위기가 달라져 버린 듯한 기분이 들어 여기저기 아버지의 흔적은 잊히지 않고 또 오랜만이라 어떻게 해야 할지 막막하기만 하다. 게다가 히가시야마인께서도 왠지 달가워하지 않으셨기에 마음이 무겁기만 하다. 상황께서는 외할아버지이신 효부쿄와 숙부 젠쇼지에게 "다이나곤이 살아있을 때처럼 뒤를 돌봐주게. 옷은 상납품으로 갖추어 주도록." 하고 당부하시는 것은 황송하기 짝이 없는 말씀이셨지만 하루 빨리 출산을 끝내고 출가하여 부모의 극락왕생을 빌고 속세를 떠나 불문에 들어가고 싶다고만 생각하면서 이달 말에 궁궐을 나왔다.

연말의 풍경

다이고醍醐 쇼쿠테인勝俱胝院**63**의 신간보真願房란 여스님은 연고가 있는 사람이어서 법문을 들으러 들렀다. 섶나무를 끊어 불을 지피며 '적어도 연기만이라도 끊이지 않게'하는 보잘 것 없는 어려운 겨우살이에, 땅위에 걸쳐놓아 물을 끌어오는 홈통에 걸핏하면 물도 끊겨져 버렸다. 연말연시를 맞이하는 준비도 세상과는 동떨어졌는데 20일경 달이 뜰 즈음 남들의 눈을 피해 상황께

63 교토시 후시미구(伏見区)에 있는 진언종의 절. 다이고절(醍醐寺)은 상·하 두 구역으로 돼 있는데 쇼쿠테인은 아래쪽 다이고에 있음.

서 납시었다. 삿갓지붕을 한 검소해 보이는 수레로 납시었는데 그 뒤쪽에 숙부 젠쇼지가 함께 왔다. 젠쇼지는 "후시미伏見의 별궁에 들렀다가 네 생각이 나서."라고 말씀하셨지만 어떻게 아셨을까 생각했다. 상황께서는 오늘밤 더욱 각별한 말씀을 하시고는 새벽을 알리는 종소리에 쫓기어 자리에서 일어나셨다.

새벽달은 서쪽에 남아 있고 동쪽 산 가장자리에는 구름이 옆으로 길게 걸쳐져 있었다. 드문드문 녹아 있는 눈 위에 다시 내리는 흰 눈도 정취를 아는 듯하다. 아직 국상중이라서 무늬가 없는 검정 평상복에 같은 색의 발목을 졸라매게 되어있는 바지를 입으신 모습도 내가 입은 짙은 쥐색의 상복 색깔과 통하는 듯하여 애처로운 눈으로 쳐다보고 있었다.

새벽 독경에 나온 비구니들이 무슨 행차인지도 전혀 모르고 수수한 복장에 가사袈裟를 살짝 걸치고는 "새벽 불공을 끝마치고 내려왔습니다. 누구누구 스님은 어떻게 된 것입니까. 나무아미타불." 하고 외치며 걷고 있는 것을 보니 부럽기만 하다. 경호무사들도 모두 짙은 쥐색의 상복 복장으로 수레를 준비하고 있는 것을 보고나서야 알겠다는 듯한 얼굴로 도망가는 비구니도 있는 듯하다.

상황께서는 "또 만나자꾸나." 라고 하시며 나서시는 여운은 나의 소맷자락에 남아있고 하룻밤을 함께 보낸 향기는 나의 옷자락에 깊이 스며드는 기분이 든다. 비구니들의 독경을 가만히 듣고 있었는데, "전린성왕転輪聖王은 지위는 높지만 결국에는 삼악도三悪道64를 피할 수는 없다."고 제창하는 소리를 들으니 자신의 공덕으로 다른 중생들을 구하고 싶다고 바라는 것조차도 아

64 중생이 자기의 업으로 인해 다다르게 되는 지옥도, 아귀도, 축생도를 말함.

63

쉬움이 남는다. 날이 밝자 상황한테서 편지가 왔다. "오늘 새벽녘의 아쉬움은 아직 익숙해지지 않은 듯하구나."라고 쓰여져 있어서 다음과 같이 답장했다.

익숙해지지 않았다고 하시니
새벽녘의 여운이 남아있는
내 소매를 보여드리고 싶네.

유키노아케보노의 방문

올 한 해도 이제 삼 일 밖에 남지 않은 저녁 무렵, 여느 때와 달리 왠지 마음이 적적해서 암자의 주인과 함께 있었는데 "이렇게 한적하게 있을 수 있는 날은 또 언제일까요?"라며 조금이라도 나의 무료함을 달래 주려고 나이 많은 비구니들을 불러 모아 이런저런 지난 옛이야기 등을 하고 있었다. 정원 앞의 물을 끌어오는 홈통도 물이 꽁꽁 얼어서 삭막한데다 건너편 산에서 땔나무를 베는 도끼소리까지 들려와 마치 옛이야기에 나오는 듯한 기분이 들어 정취가 있었다. 해가 다 저물어 불전에 켜놓은 빛이 여기저기 보인다. "오늘 저녁은 초저녁 불공을 좀 더 빨리 시작하지요."라고 하는 사이에 옆의 미닫이문을 가만히 두드리는 사람이 있었다. "지금 이 시간에 누구일까, 참 이상하다."고 말하는 사이에 유키노아케보노가 납시었다.

나는 "아, 곤란합니다. 여기서 그런 경솔한 짓을 하면 사람들의 이목도 무서운데다가, 이렇게 절에서 조용히 머물고 있는 기간이어서 경건한 마음으로 불공을 드려야만 부처님의 효험도 있을 것입니다. 상황께서 드시는 것은 어쩔 수 없는 일이지만 이런 부질없는 일로 마음을 더럽혀서는 안되지요. 돌아가 주십시오."라고 쌀쌀맞게 말했다.

때마침 눈이 몹시 내리고 바람까지 심하게 불어 눈보라가 치는 듯한 날씨였으므로 유키노아케보노는 "아 추워서 견딜 수가 없구려. 하다못해 방 안으로라도 들어가게 해 주시오. 돌아가더라도 이 눈이 그친 뒤에."라고 하셔서 입씨름을 했다. 비구니들에게도 들렸는지 "어찌 그리 야박하고 박정할 수가 있습니까. 누구든지 오고자 하는 마음이 있기에 이렇게 일부러 찾아주시는 것이 아닙니까. 바람이 몰아치는 추위에 어인 말입니까."라고 미닫이문을 열어 불을 피우는 것을 핑계로 곧바로 들어왔다.

눈은 원망스럽다는 듯이 산봉우리도 처마 끝에도 새하얗게 쌓였고 그는 밤새도록 휘몰아치는 소리가 무섭다는 핑계로 날이 새어도 일어나려고도 하지 않는다. 스스럼없는 얼굴인 것도 꺼림칙하고 두렵기만 하지만 어떻게 해야 할지 몰라서 곤란해하고 있었다. 해가 중천에 떠오를 무렵 그의 하인 두 명이 여러 가지 물건을 준비하여 가지고 왔다. 유키노아케보노와의 관계가 세상에 알려져 버리는 것은 아닌가 걱정하면서 매우 성가시게 되었다고 생각하고 있는 동안 비구니들에게 각각의 분을 나누어주고 있었다. 비구니들은 "연말의 추위도 잊어버릴 정도입니다."라고 말하고 가사와 옷, 부처님께 올릴 공양이라 생각하니

65

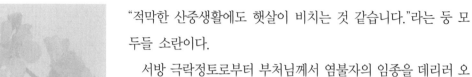

"적막한 산중생활에도 햇살이 비치는 것 같습니다."라는 둥 모두들 소란이다.

서방 극락정토로부터 부처님께서 염불자의 임종을 데리러 오는 것 외에는 제왕의 행차 이상으로 영광스런 일은 없을 터인데 상황께서 납시었을 때는 그냥 형식적으로 전송할 뿐 "매우 황송합니다." "영광입니다."라고 아뢰는 사람도 없었다. "언어도단이다. 이런 일이 있을 수 있는가."라는 사람도 없고 눈앞의 호화로움에 모두들 정신없어 하는 모습은 세상의 이치라고는 하지만 어이가 없다. 나에게는 정월에 입을 엷은 남색이었던가, 여러 장겹쳐 입는 화려하지는 않지만 흰색의 세 겹의 통소매의 저고리까지 골고루 갖추어 주셨지만 우리들의 비밀스런 관계가 세상 사람들에게 알려지는 건 아닐까 걱정하면서 하루 종일 주연으로 시간을 보냈다.

날이 밝자 "언제까지 있을 수도 없고."라며 돌아가려고 할 때 유키노아케보노는 "툇마루까지만이라도 전송해 주시오."라고 재촉하기에 일어났는데 어슴푸레 밝아오는 하늘에 산봉우리의 흰 눈이 빛나서 스산하게 보였는데 색깔이 없는 수수한 옷을 입은 두세 명과 함께 돌아가시는 모습도 참기 힘들게 느껴지는 것은 내 스스로도 어이가 없다.

그믐날에 유모가 강경하게 "신년을 맞이하는 이런 때에 산속에서 지내는 것은 좋지 않습니다."라며 데리러 왔기에 하는 수 없이 집으로 돌아가 신년을 맞이했다.

황자탄생

국상 중이라 온 세상이 활기가 없었으므로 정월 초사흘의 궐 안도 재미가 없고, 내 자신의 소매에 새롭게 눈물이 흘러 넘쳐 마음이 개운치 않는 신년이었다. 신년 초에 항상 제일 먼저 참 배했던 이와시미즈신사石清水神社도 올해는 참배할 수 없는 사정 이므로 문 앞까지만 가서 기도를 올린 심정을 비롯해 꿈에 본 아버지의 모습은 별도로 써 두었기에 여기서는 생략한다.

2월 10일 저녁 무렵 산기가 있었다. 상황도 마음이 편하지 않 은 때였고 내 기분도 그저 그런, 만사가 침울한 때이기는 했지만 숙부 다카아키 다이나곤이 준비하시며 이것저것 분주하다. 상 황께서 닌나사仁和寺의 오무로에게 부탁해 주서서 진언밀교의 불 사인 애염명왕이 거행되었다. 나루타키鳴滝의 한냐사般若寺에서는 보현연명, 보살을 본존으로 모시는 기도였던가. 또 비사몬당毘沙 門堂의 스님, 칠불약사가 각각의 본전에서 거행하였다.

한편 사가쪽에서는 아버지의 이복동생인 신겐親源법사가 성관 음聖観音**65**을 올리는 등 성의를 보였다. 돌아가신 아버지의 동생 이신 시치조도초七条道朝 스님이 때마침 요시노산吉野山에서 내려 와 계셨던 터라 "돌아가신 다이나곤이 마음 아파하신 걸 잊을 수가 없어서."라고 하시며 건너 오셨다.

한밤중부터 아파 오기 시작했다. 숙모인 교고쿠님京極殿**66**께서 상황의 심부름으로 와 계시기에 마음만 조급해진다. 조부인 효 부쿄도 납시셨는데 아버지가 살아 계셨더라면 하는 생각에 눈 물만 흘러내린다. 사람에게 기댄 채 잠깐 졸았었는데 아버지가

65 모든 관음의 근본이 되는 관 음. 6관음의 하나로 정관음 (正観音)이라고 하며 성관음 을 본존으로 기도하는 수법.
66 작자의 생모의 여동생. 고후 카쿠사인의 궁녀.

옛 모습 그대로 걱정스럽다는 듯이 내 뒤로 다가오시는 것처럼 느껴졌는데, 그러는 동안에 황자 탄생이라고 해야 할까. 무사히 출산한 것은 기쁜 일이지만 내가 저지른 잘못의 결과는 어떻게 될지 새삼스레 걱정되었다.

상황께서 사람들 눈을 피해 검을 보내주시고 숙부인 다카아키가 기도승들에게 보내는 사례 등을 과하지 않을 정도로 준비해주셨다. 아버지가 살아 계셨더라면 가와사키 집에서 출산했을 터인데 등등 여러 가지 생각에 잠겨 있는데 황자의 유모가 입을 옷 등을 다카아키가 준비해 주시고 잡귀를 쫓는 활 튕기기 의식을 치러 주시는걸 보니 더욱 슬퍼진다.

올 한 해도 덧없이 저물어만 간다. 화려하지만 괴로웠던 것은 출산이다. 많은 사람들에게 전부를 보여버린 듯하여 부처님의 공덕으로도 우선은 어찌할 도리가 없을 것처럼 여겨졌다.

유키노아케보노와 밀회

12월은 항상 신에게 제사지내는 일로 상황께서는 한가할 틈이 없는 때이다. 나 자신도 연말에는 왠지 불공이라도 드리고 싶어서 사가에 있었는데 정취가 없다고 일컬어지는 그믐달을 길잡이 삼아 유키노아케보노가 또 납시었다. 밤새도록 이야기를 주고받으며 홀로된 까마귀가 외로워 울어대는 사이에 날이 새어 버려 "남들 눈에 뜨이는 것도 모양이 좋지 않다."고 하시며 그냥 그대로 머물러 계시기에 세상에 알려져 버리는 것은 아닌

지 두려워하면서 함께 있었는데 상황으로부터 편지가 왔다. 평상시보다 애정이 가득한 말로,

"꿈을 꾸었네.
그대가 다른 남자와 잠자리를 함께 하는 꿈을…

뚜렷하게 본 꿈이었기에."라고 쓰여 있기에 깜짝 놀라 할 말도 없고 무슨 꿈을 어떻게 꾸신 것일까 정말로 걱정이 되었지만 그렇다고 시름에 잠긴 듯한 답장을 어떻게 쓸 수 있겠는가.

나홀로 외로이 잠든 소매에는
달빛만이 매일 밤 머물러 있네.

내 스스로도 뻔뻔스럽다고는 생각하였지만 얼버무려서 답장을 보냈다.

오늘은 한가로이 마주하고 있었다. 집안사람들에게는 다 알려져 버렸지만 그렇다고 사정을 설명할 수도 없었으므로 걱정하면서 시간은 흘러만 갔다. 그런데 꿈속에서 옻칠을 한 부챗살에 소나무 모양을 금·은으로 본뜬 부채 위에 은빛 머릿기름 종지를 넣어서 유키노아케보노가 주신 것을 사람들에게 보이지 않도록 내 품 안에 넣는 꿈을 꾸다가 문득 잠에서 깨었는데 새벽을 알리는 종소리가 들려온다. 너무 당치도 않은 꿈을 꾸었다고 생각하고 있는데 곁에 있는 사람도 같은 꿈을 꾸었다고 한다. 도대체 어찌된 일인지 불가사의하다.

유키노아케보노의 아이를 임신

해가 바뀌자마자 상황은 로쿠조전六条殿에서 12명에게 법화경을 옮겨 쓰게 하셨다. 작년의 좋지 않은 기억이 되살아나 주변 사람들에게 화를 미치지 않게 한다고 벽장 안의 귀중품을 꺼내시어 그 비용을 충당하셨다. 게다가 정월부터 돌아가신 고사가 법왕 필적의 종이 뒷면에 손수 법화경을 혈서血書로 서사 하신다며 금년 초부터 2월 17일까지는 몸을 정갈하게 하고 마음을 가다듬는다고 여자를 가까이 하시지 않았다.

그러던 중 2월 말경부터 나는 몸이 좋질 않아서 제대로 먹지도 못하였다. 처음에는 그냥 감기려니 했는데 점차로 지난번 꾸었던 꿈과 맞춰 보니 딱 들어맞아서 어쩔 수 없는 업보인가 싶었다. 마음속의 고뇌는 둘 곳이 없지만 어찌 이실직고할 수 있겠는가. 신에게 제사지내는 시기임을 핑계로 주로 사가에만 있었으므로 그분유키노아케보노은 자주 들르셨고, 눈치를 채셨던지 "틀림없이 임신한 건가" 물으신 이후로는 더욱더 배려 깊게 대해 주면서 "상황께 알려지지 않게 할 무슨 좋은 방도가 없을까." 라고 하신다.

순산을 기원하는 기도를 올리면서도 '이렇게 된 것은 누구의 잘못인가'라고 생각하고 있는 동안, 2월 말일경부터는 상황전에도 드나들기 시작했다. 5월경에 상황께는 임신 4개월이라고 아뢰었지만 사실은 임신 6개월이었으므로 2개월 이상 속이고 있어서 앞으로 어떻게 될 지 걱정스럽기만 했다. 자꾸 그가 "6월 7일에 집으로 퇴궐하시오." 라기에 무슨 일인가 싶어 퇴궐해 보니 복대를 몸소 준비하시어 "내가 직접 전해주고 싶었소. 4월에 전했어야 하는데 세상눈이 무서워서 미루다가 오늘이 되어 버렸소. 상황전에서 12일 날 복대를 전달한다는 소문을 들었기에 그 이전에 내가 먼저."라고 하신다. 유키노아케보노의 애정이 보통이 아님을 느끼면서도 한편으로는 이제부터 나는 어떻게 될 것인가 생각하면 괴롭기만 하다.

3일간은 항상 그랬듯이 그가 숨어서 함께 있어 주었다. 원래는 10일에는 입궐하기로 되어 있었는데 그날 밤부터 갑자기 몸이 좋질 않아서 입궐할 수 없게 되었다. 12일 저녁 무렵에 숙부 젠쇼지가 "지난번처럼."이라면서 상황께서 보내신 복대를 가지고 오신 것을 보아도 병상에 계시던 아버지가 "어떻게 대접해야 할까." 하며 분주해 하시던 날 밤의 기억이 떠올라 소매에 눈물이 마를 날이 없다. '눈물의 이슬은 반드시 가을에만 맺히는 것이 아니라는' 말을 뼈저리게 느꼈지만, 한 달 정도도 아니고 그 이상 차이가 나는 것을 어떻게 해야 할까 도저히 방도가 떠오르지 않는다. 그렇다고 해서 물속에 몸을 던질 결심도 서질 않아 속절없이 세월을 보내며 '어떻게 해야 할까'라는 걱정 외엔 별다른 도리 없이 9월이 되었다.

여아 출산

세상 눈도 무서웠으므로 초이틀이 될 즈음에 서둘러서 핑계를 대고 퇴궐하였다. 그날 밤 재빨리도 그가 드셔서 "어떻게 해

71

야 할까." 상의 했는데 "우선 몸이 매우 아프다고 말하시오. 그리고 음양사가 사람들과 격리해야 하는 병이라고 한다고 소문을 내시오."라고 곁에서 말씀하시기에 시키는 대로 하고 낮에는 온종일 누워서 친하지 않은 사람은 가까이 하지 않고 속사정을 아는 시녀 두 명만 곁에 두었다. '물도 넘기지 못한다고' 소문을 내어서인지 특별히 문병을 와 주는 사람도 없었는데 이럴 때 아버지가 살아 계셨더라면 하고 생각하니 슬프기 짝이 없다.

상황께도 "사정이 딱하니 문병은 보내지 말아 주십시오."라고 아뢰었기에 시기를 보시고 편지를 보내주셨다. 이런 내막은 결국 소문이 나는 것은 아닌가 싶어 앞날이 걱정되었지만 당장은 모두들 그렇다고 믿어주었다. 젠쇼지 숙부께서 "그렇게 내버려 둘 수만은 없지 않은가. 의원은 뭐라고 하는가."라며 자주 찾아오셨는데 "옮길 우려가 있는 병이라고 하여서 만나 뵐 수 없습니다."라고 면회도 거절했다. 그래도 "너무 걱정되어서."라고 하실 때는 방 안을 어둡게 하고 옷을 뒤집어쓰고 한마디도 하지 않았으므로 정말이라고 여기고 돌아가시는 것을 보는 게 죄스럽기만 하다. 그 외의 사람들은 아무도 방문하지 않았으므로 그는 항상 곁에 함께 있었는데 이 사람은 이 사람대로 "가스가신사[67]에 기원하러 간다."고 소문을 퍼뜨리고 가스가에는 대리로 사람을 시켜서 사람들로부터 오는 편지에는 대신하여 적당히 답장을 하고 있다고 속삭이는 것 또한 마음이 편칠 않다.

그러던 중 20일경 새벽부터 산기가 있었다. 사람들에게는 비밀이었기에 사정을 아는 시녀 한두 명만이 이것저것 분주하게 움직이고 있었다. 만일 출산하다가 생명이라도 잃게 된다면 내

67 나라(奈良)에 위치한 가스가 신사.

가 죽은 뒤에라도 얼마나 나쁜 소문이 떠돌아다닐까 하는 생각이 들었다. 게다가 이만저만하지 않는 유키노아케보노의 마음씀씀이가 와 닿는 것도 슬프기만 하다. 별일 없이 해가 저물었다.

등불을 켤 때쯤 출산이 임박해온 듯했지만 출산 시 활줄을 튕겨서 그 소리로 잡귀를 쫓는 의식도 별도로 거행하지 않았다. 그냥 이불을 덮은 채 혼자서 슬픔에 젖어 있는데 심야를 알리는 종소리가 들려올 때이었던가! 견디기 힘들 정도로 아파 왔기 때문에 엉겁결에 일어나려 하였는데 유키노아케보노가 "아, 허리를 안아 줘야 하는 건데[68] 그렇게 하지 않았기 때문에 순조롭지 못한가 보다. 자, 참아야 하오." 하며 붙잡아 일으키는 소매에 매달렸더니 무사히 아이가 태어났다. 유키노아케보노가 "아, 정말 다행이오."라며 "미음을 빨리 가져 오라."고 지시하는 모습을 보고 '저런 것을 언제 배우셨을까' 하고 사정을 아는 시녀들은 감동하기도 했다.

남자아인가 여자아인가 하고 등불을 밝혔다. 배냇머리는 새카만데다가 벌써 눈을 동그랗게 뜨고 있는 것을 딱 한번 보았는데도 부모 자식간의 정이기에 귀엽지 않은 데가 없었다. 유키노아케보노는 곁에 있는 하얀 명주옷에 아기를 감싸 안고 베개 머리에 놓아둔 작은 칼로 탯줄을 자르고는 아무 말도 하지 않은 채 갓난아이를 안고 바깥으로 나갔고 나는 두 번 다시 이 아이를 만나지 못했던 것이다.

나는 "그렇다면 한 번만이라도 더 보아둘 것을." 하고 말하고 싶었지만 한번 더 보면 오히려 더 미련이 남을 것 같아서 아무 말도 안 하고 소매에 눈물만 적셨다. 그는 눈치를 채셨던지 "설

68 당시는 좌산(坐産)임.

73

마 두 번 다시 못 만나기야 하겠소. 살다 보면 또 만날 날이 있을 거요."라고 위로해 주셨지만 한 번 눈을 마주쳤을 때의 모습이 잊히지 않고 더군다나 여자 아이였는데 어디로 데리고 갔는지 조차 알지 못한다고 생각하니 슬프기만 했다. 그렇다고 해서 곁에 둘 수도 없는 상황이었기 때문에 남모르게 소매로 울음소리를 숨길 뿐이었다.

날이 밝았기에 상황께는 "너무나도 상태가 안 좋아 새벽녘에 유산했습니다. 공주마마이셨는데."라고 아뢰었다. 상황께서는 "발열이 심할 때에는 그러한 경우도 있으니 의원을 불러 몸조리를 잘 하도록." 하시며 많은 약을 보내 주시는 것도 두렵기만 하다.

특별한 일 없이 하루하루를 보내다가 곁에 있던 사람도 돌아가고 상황께서 "백일이 지나거든 입궁하도록 하라."고 하셨기에 그냥 그대로 집에 머물러 있었다. 거의 매일 밤 거르지 않고 찾아오시는 것도 언젠가는 세상의 소문이 돌게 될 것 같은 생각에 나도 곁에 있는 그 사람도 마음 편할 날이 없다.

황자의 죽음

참, 작년에 태어나신 황자는 남모르게 숙부인 다카아키가 양육해 주셨는데 최근 병환이라고 하는 것을 들으니 이러한 것도 왠지 내가 저지른 잘못의 인과응보같아 잘못 되지는 않을까 걱정하고 있던 찰나에 10월 8일경이었던가. 늦가을에 한차례 지나가는 비가 내린 뒤의 물방울처럼 이슬과 같이 세상을 뜨셨다는 소식을 들으니, 일찍이 각오하고 있었던 일이기는 하지만 허망하고 처참한 내 마음은 말해 무엇하리요. 자식이 부모보다 먼저 저 세상으로 가 버리는 이별, 사랑하는 사람과 헤어지는 괴로움이 모두 나에게 집중된 느낌이다.

어려서 어머니를 여의고 성장해서는 아버지를 잃었을 뿐만 아니라 지금은 이렇게 자식을 잃었으니 슬픔을 하소연할 데도 없다. 익숙해지면 익숙해질수록 연인과 헤어지는 아침에는 그의 여운을 그리워하며 잠자리에서 눈물을 흘리고, 기다리는 저녁에는 밤이 깊어감을 알리는 종소리에 울음소리를 죽이고, 기다리고 기다려 만난 다음에는 또 세상에 소문이 나는 것은 아닌가 괴로워한다.

집에 있을 때에는 상황의 모습을 그리워하고 곁에서 모실 때에는 나 아닌 다른 여성과 잠자리를 보내는 밤을 한탄하고 내게서 멀어져 가는 것을 괴로워한다. 세상의 도리로 괴로운 나날을 보내며 하룻밤 사이에 생겨난다는 8억 4천인가 하는 고뇌도 오로지 내게만 집중된 듯한 생각이 드니 그저 은애恩愛에 고뇌하는 이 세상을 벗어나 부처님의 제자가 되고 싶다.

9살 때였던가, '사이교西行 법사[69]의 수행기'라는 그림책을 보았는데 한쪽에 깊은 산이 있고 앞에는 강물이 흐르고 꽃잎이 나풀거리는 것을 앉아서 응시하면서,

바람이 불면[70] 흩어지는 꽃잎의 흰 물결이
바위를 넘지 못하는 골짜기의 물

69 헤이안 말기, 가마쿠라초기의 가인.
70 『신쵸쿠센슈(新勅撰集)』에 수록된 사이교의 와카.

이라고 사이교가 와카를 읊고 있는 그림책을 본 이후 나는 그를 부러워하였다. 고된 수행은 못할지언정 나도 세상을 버리고 발 닿는 대로 떠돌아다니며 꽃그늘 아래서 이슬을 그리워하고, 단풍이 저 버린 저물어 가는 가을을 아쉬워하는 와카를 읊어서 이러한 수행기를 남겨 내가 죽은 뒤의 유품으로 삼고 싶다고 생각했다. 하지만 삼종三從71은 피할 수 없기에 부모를 따르고 상황을 모시며 오늘까지 괴로운 이 세상을 살아온 것은 나의 본심은 아니라는데 생각이 미치자 쓰라린 세상이 싫어져만 간다.

그해 가을이었던가. 상황전에도 좋지 않은 일이 있었다. 동궁고우다의 재위 중에 선동궁전을 설치72하는 것은 체면이 안 선다고 하시어 태상천황太上天皇의 선지宣旨를 조정에 반환하시고 측근들을 소집하시어 봉록을 나누어주시고 자리에서 물러나게 하였다. "히사노리久則만 뒤처리를 위해서 남거라."고 하셨기에 모두들 눈물을 흘리며 물러났다.

상황은 출가하실 것이라 하여 함께 출가할 사람을 정하는데 "궁녀 중에서는 히가시노 온카타東御方73와 니조二条74."라고 정하여졌기에 이러한 괴로운 일을 계기로 바라고 바라던 불문에 들어갈 수 있는 기회가 온 것이 기쁘기만 하다.

그러나, 가마쿠라 막부 측에서 만류하여 히가시노 온카타 소생의 황자75를 동궁으로 봉하셨기에 상황전의 분위기도 밝아졌다. 상황전의 동북쪽의 전각에 고사가인의 초상이 있었던 것을 오기마치正親町 전으로 옮기시고 그곳을 동궁전으로 쓰신다고 한다.

그리고 상황전에 든 교고쿠님京極殿은 옛날의 신스케님新典侍殿이여서 이 사람과는 그다지 친하게 지내지 않았지만 돌아가신

71 여자의 덕으로 일컬어지는 삼종. 여자가 따를 세 가지 도리로 어려서는 부모를 따르고, 결혼하면 남편을 따르고, 남편이 죽으면 아들을 따라야 함.
72 천황 재위 중에 설치해 두는 선동(仙洞)궁전. 이것을 두는 것은 왕위를 물러난 뒤에도 인정(院政)을 행하게 됨을 표시하는 것으로 동궁인 고우다가 가메야마왕의 황자이므로 그 자체는 당연하지만, 가메야마가 정권을 잡게 되는 것을 의미하므로 고후카쿠사인은 한층 앞날을 비관하는 계기가 됨.
73 도인사네오(洞院実雄)의 딸이자 후시미인(伏見院)의 생모. 1288년에 겐키몬인(玄輝門院)이란 원호를 받음.
74 작자의 궁녀명.
75 고후카쿠사인의 황자인 히로히토 친왕(熙仁親王). 나중에 후시미인(伏見院).

76

아버지 쪽의 핏줄이라고 생각하고 있었는데, 재빨리 태도를 바꾸어서 다이나곤스케로 동궁마마를 모시는 것을 보니 세상이 재미가 없고 마음은 단지 은둔만을 생각하고 있었다. 하지만 전생의 무슨 질긴 인연 때문에 좀처럼 벗어날 수 없는 것인가 한탄하면서 또 한 해가 저물어 갈 무렵 상황께서 여러 차례 찾으시기에 과연 버리지 못하는 이 세상이기에 입궐하였다.

히가시니조인의 불만

외조부 효부쿄께서 복장 등을 준비해 주시는 등의 배려는 언제나 형식적이지만 뒤를 봐 주시는 것은 항상 고마운 일이다. 황자가 세상을 떠난 이후 유키노아케보노의 죄와 나의 잘못이 절실히 느껴져 괴로운데다, 천진난만하게 웃으시던 모습이 상황과 꼭 빼 닮으셨기에 상황께서도 몰래 납시어 "정말로 거울로 비치듯 나를 꼭 빼 닮았구나."라고 말씀하셨던 기억이 떠올라 슬픔에 잠겨 마음을 달랠 길 없이 하루하루를 보내고 있었다.

그러던 중 상황의 황후이신 히가시니조인께서는 내가 딱히 이렇다 할 잘못을 범한 것도 아니어서 무슨 연유인지 짐작할 수도 없건만 히가시니조인 궁전의 출입을 금지시켰다. 궁녀의 이름을 표시하는 명찰도 없어져 제명시켰기에 세상이 더욱더 싫어졌지만 상황께서는 "그렇다고 해서 나마저 너를 버리지는 않을 것이다."고 말씀해 주셨다. 어쨌든 성가신 일이 있어서 살고 싶은 마음도 없어 모든 일에 소극적으로만 변해 가지만 한편으

로 상황께서 그런 나를 오히려 불쌍히 여겨 주심에 전적으로 의지하여 입궐하였다.

아참, 사이구斎宮[76]는 고사가인의 황녀이신데 고사가인의 붕어崩御로 사이구 자리에서 물러났지만 정식적인 허가가 안 나서 이세伊勢에서 3년 동안 더 머무시다가 올 가을쯤 상경하신 이후로 닌나지仁和寺의 기누가사衣笠 부근에 살고 계셨다. 이 사이구는 돌아가신 아버지와 연고가 있으시기에 사이구가 되어 이세로 내려가실 때에도 아버지가 각별히 신경을 쓰셨던 기억이 나 그리워지는 데다, 찾아오는 사람도 적은 곳에 사시는 것도 어쩐지 가엽게 여겨져 자주 찾아가 적적함을 달래곤 하였다.

11월 10일경이었던가. 사이구께서 오미야인을 뵈러 사가전으로 드시기로 되었는데 오미야인은 상황에게 "혼자서는 서먹서먹하니까 건너오시지요."라는 말씀이 있었다. 고사가인이 돌아가신 뒤 정계의 문제, 즉 동궁을 책봉하는 건으로 떠들썩할 때에는 오미야인쪽과는 소원하게 지내셨는데 요즘은 오미야인쪽에서 종종 친밀한 말씀이 있으셨으므로 상황은 "또 이래저래 말 나오는 것도 귀찮으니."라며 납시었다. "너는 전 사이구쪽에도 출입할 수 있는 몸이니 함께 들라."고 하시기에 나 혼자만 동승했다. 노란색 겉감에 연한 파란색 세 장을 겹친 겉저고리에 다홍색의 옅은 명주를 바쳐 입었다. 동궁 책봉이 있은 이후로는 모두 비단저고리를 겹쳐 입었으므로 나도 빨간색 비단저고리를 겹쳐 입었다. 음식을 차리는 궁녀도 동반하지 않은 채 나 혼자만 모시었다.

오미야인이 계신 곳에 납시어 한가로이 세상 이야기를 하시

76 이세 신궁(伊勢神宮)에 봉사하는 미혼의 황녀. 여기서는 고사가인황녀 야스코 내친왕(愷子内親王). 고후카쿠사인의 6살 연하의 이복동생임.

던 참에 상황은 "저 아이는 어렸을 적부터 궁궐에서 자라 거기에 걸맞게 궐 안 일도 세세히 알고 있기에 항상 곁에 두고 있었는데 그것이 당치도 않게 오해를 사서 히가시니조인으로부터는 출입을 금지 당하는 일까지 있었지만 저마저 버릴 수는 없습니다. 저 아이의 어미 스케다이典侍大도 아비 마사타다도 충성을 다해줬고 이 아이를 잘 부탁한다는 유언을 남기고 세상을 떴으니."라고 말씀하셨다. 오미야인은 "정말이지 결코 버릴 수는 없지요. 게다가 궐 안의 일은 익숙해진 사람이 잠깐이라도 없으면 불편한 법이지요."라고 말씀하시며 "무슨 일이든 꺼리지 말고 내게 상담하거라."라고 자비롭게 말씀하시지만 '언제까지 이 행복이 지속될 것인가' 하는 생각만 든다.

오늘 저녁은 한가롭게 세상이야기를 나누시더니 식사도 오미야인 쪽에서 드셨다. 밤이 깊었으므로 "잠자리에 들어야겠다."고 하시며 축국蹴鞠77 경기를 하는 정원 쪽에 맞닿은 방으로 드셨지만 곁에서 모시는 사람도 없다. 사이온지 다이나곤, 젠쇼지 다이나곤, 나가스케, 다메카타, 가네유키, 스케유키助行 등이 동행했다.

꺾기 쉬운 꽃

날이 새자 "오늘 사이구를 맞이하러 사람을 보낸다."고 하여 오미야인쪽에서 수레를 끄는 사람과 궁궐에 봉사하는 관료, 경호 무사를 사이구가 계시는 곳에 보냈다. 상황께서는 특별히 정

<hr/>

77 옛날 귀인의 유희로 정원 위에 여러 명이 가죽 구두를 신고 공을 걸려있는 나무 밑가지보다 높게 차 올리는 것을 계속하여 땅에 떨어뜨리지 않도록 하는 놀이.

79

성을 다하여 채비를 하시고 "사이구와 만나기로 했다."며 겉감은 노란색 안감은 연녹색인 평상복과 보라색으로 무늬를 낸 연분홍 옷, 겉감은 보라색 안감은 녹색인 바지를 입고 짙은 향내를 배게 하셨다.

저녁 무렵이 되자 "납시었다."는 전갈이 왔다. 전각의 남쪽 장지문이 치워지고 진한 쥐색의 칸막이가 세워졌다. 대면하셨다는 소식을 들은 지 얼마 안 되어서 오미야인께서 궁녀를 보내시어 "전前 사이구가 드셨는데 너무나도 서먹서먹하고 적적해 하시니 상황께서 납시어 말상대라도 하셔 주시지요."라는 전갈이 있기에 재빨리 상황은 그 방으로 드셨다. 나는 보검을 들고 항상 그렇듯이 동반했다.

오미야인께서는 엷은 먹색의 얇은 명주옷에 짙은 쥐색의 옷을 겹쳐 입으셨고 방에는 같은 빛깔의 작은 칸막이가 세워져 있었다. 사이구는 겉감은 홍색 안감은 보라색인 세 겹저고리에 녹색 홑저고리를 입어서 오히려 산만하기만 하다. 사이구를 곁에서 모시고 있는 궁녀는 겉감은 적자색으로 안으로 갈수록 색이 엷어지는 다섯 겹저고리를 입어 정장 차림은 아니다.

스무살이 넘어 성숙하신 모습은 이세의 신께서도 이별을 아쉬워 붙잡아 두려 하셨던 것이 당연하고 벚꽃에 비유하더라도 손색이 없을 정도이다. 얼굴을 가리고 있는 동안에도 누구라도 어쩌면 좋을까 하고 동요할 것이 틀림이 없는 아름다운 자태였다. 하물며 그냥 지나칠 리 없는 상황의 의중은 어떤 기분일까 하는 생각이 들자 옆에서 보기에도 사이구가 가엾게 여겨진다.

이런저런 이야기를 나누셨는데 사이구는 이세에 계시던 때의 이야기를 드문드문 말씀하셨다. 상황께서는 "밤도 완전히 깊었습니다. 내일은 천천히 아라시산嵐山의 낙엽이 다 떨어진 나뭇가지라도 보시고 돌아가시지요."라고 말씀하시고 자신의 방으로 돌아오셔서 곧바로 "어떻게 해야 할꼬, 어찌하지." 하고 물으신다.

나는 예상했던 대로라서 우스꽝스러웠는데 "어렸을 적부터 나를 섬겨온 증표로 사이구와의 오늘밤 일을 성사시켜 주면 너의 충성심을 의심하지 않겠다."고 말씀하셨기에 곧바로 심부름을 갔다. 흔히 하는 것처럼 "만나 뵙게 된 것을 기쁘게 생각합니다. 낯선 곳에서의 잠자리는 살풍경이지는 않는지."라고 쓴 인사말과는 별도로 숨겨진 편지가 있었다. 겉과 안이 흰색빛깔에 무늬가 없는 고급 안피지의 종이였던가.

당신은 상상도 못하리…
조금 전의 당신의 모습이 내 마음에서 떠나지 않고 있다는 것을!

밤이 깊어지자 사이구를 곁에서 모시는 사람도 모두 붙어서 잠들어 있었다. 사이구 본인도 칸막이를 둘러 세우고 잠들어 계셨다. 가까이 다가가 사정을 아뢰었더니 얼굴을 붉히신 채 아무 말씀도 없으시고 편지도 보려고도 하지 않으시고 그냥 놓아 두셨다. "무어라 말씀 드릴까요."라고 여쭙자 사이구는 "생각지도 않았던 말씀이라 뭐라고 아뢰어야 할지 알지 못해서."라고 하시더니 다시 그냥 그대로 주무시고 계시는 것이 마음에 걸리지만 돌아와서 그대로 아뢰었다. 상황은 "그냥 잠들어 있는 곳으로 안내하거라."고 보채시는 것도 번거로웠지만 함께 가는 정도라

81

면 못할 것도 없다 싶어 안내하였다.

겉옷은 너무 거추장스럽다며 속옷 차림으로 몰래 드셨다. 내가 먼저 들어가서 자고 계시는 방의 미닫이문을 가만히 열자 조금 전의 그 모습 그대로 잠들어 계신다. 곁에 있는 궁녀도 깊이 잠 들어 버렸는지 인기척을 내는 사람도 없는데 몸을 작게 웅크리시고 침소로 기어서 들어가셨다. 그 뒤는 무슨 일이 있었을까. 그냥 그대로 내버려두고 나올 수도 없었기에 곁에 잠들어 있는 궁녀 옆에 누웠더니 그제서야 잠에서 깨어 "누구세요?"라고 묻는다. "사이구 곁에 사람이 너무 적은 것이 딱해서 들어 왔소." 라고 대답했더니 정말인줄 알고 이것저것 물어왔지만 대답할 준비가 되어 있지 않아서 곤란하였기 때문에 "아 졸려라. 밤이 으슥해졌네."라고 말하고는 잠든 척하고 있었다.

사이구가 계시는 방의 칸막이도 그다지 멀지 않았는데 그다지 애를 쓰지 않았는데도 쉽게 꺾여 버린 게 너무나도 싱거웠다. 매정하게 저항하여 밤을 새워 버렸다면 얼마나 재미있었을까라고 생각하고 있자니 날이 채 밝기도 전에 상황은 방으로 돌아오시어 "벚꽃은 향기는 아름답지만 가지가 약하여 꺾기 쉬운 꽃이었다." 라고 말씀하시는 걸 보니 '역시 내 예상대로야'라고 생각했다.

해가 중천에 떠오를 때까지 주무시고 점심 때쯤 잠에서 깨어 나시어 "아뿔싸 이런 늦잠을 자 버렸다."고 하시며 곧바로 편지를 쓰셨다. 사이구로부터 곧바로 답장이 와 "꿈만 같았던 어젯밤의 모습은 아직 눈앞에 아른거립니다."라고 쓰여 있었던가.

숯을 파는 노인

상황께서는 "오늘은 귀한 손님을 즐겁게 해드릴 무슨 계획이라도."라고 오미야인쪽에 물으셨는데 "특별한 일은 없습니다."라는 대답이었다. 다카아키경에게 주연을 베풀 준비를 하라는 명이 계셨다. 저녁 때가 되자 주연 준비가 되었다고 아뢰었다. 오미야인쪽에 사람을 보내어 그러한 뜻을 전달하고 초대하셨다.

나는 오미야인과 사이구쪽 모두 드나들 수 있는 사람이기에 술자리에 참석했다. 사이구는 삼헌배$^{3 \cdot 3 \cdot 9}$배까지는 빈 술잔이었기에 오미야인께서 "이래서는 너무 흥이 나지 않으니." 라고 하시며 술잔을 사이구에게 건네고 나서 상황에게 권하셨다. 칸막이를 사이에 두고 아래쪽 방에는 사네카네와 다카아키가 배석해 있었다. 상황의 잔을 내가 받아서 사네카네에게 권했더니 "오늘 애쓰신 분이니."라며 다카아키에게 양보한다. 그러나 "지명이니 어쩔 수 없다."며 다시 사네카네에게 건넨다. 그 뒤 다카아키에게. 오미야인께서는 "고사가인께서 세상을 뜨신 이후로는 주연다운 주연도 없었는데 오늘밤은 마음껏 즐기시구려."라고 말씀하셨다.

오미야인은 궁녀를 부르시어 거문고를 타게 하시고 상황께 비파를 청하셨다. 사이온지 사네카네도 청하셨다. 가네유키는 피리를 부는 등 밤이 깊어감에 따라 흥이 더해진다. 귀족 두 명이 신에게 바치는 무악의 노래를 불렀다. 또 젠쇼지가 항상 부르는 이마요[78], '세리후의 고향芹生の里'을 박자에 맞춰 불렀다.

아무리 권하여도 사이구께서는 술잔을 받지 않는다는 뜻을

78 헤이안시대 중기부터 가마쿠라 초기에 걸쳐 유행한 새로운 양식의 노래로 7·5조(調)의 4구(句)로 된 가요.

아뢰자 상황께서 "직접 따르지요." 라시며 술잔을 잡으셨을 때 오미야인께서는 "술을 드셨으면 고유루기노 이소[79]는 아니더라도 안주로 뭔가 여흥을 보이시지요."라고 말씀하셨기에,

> 숯을 파는 노인은 불쌍토다.
> 옷이 얇음에도 불구하고 땔감을 모아
> 겨울을 기다리는 것이야말로 슬프기만 하여라.

는 이마요를 부르셨다. 너무 즐겁게 듣고 있었는데 오미야인께서는 "이 잔을 내가 받지요."라고 말씀하신다. 석 잔을 드신 후에 사이구에게 권하신다. 또 상황께서 술잔을 가지고 앞에 가시자 오미야인은 "임금에게는 부모가 없다고 하지만 왕위에 오르시게 된 것도 다 천한 나의 덕택이 아닙니까."라고 은밀하게 말씀하시고 이번에는 자신을 위한 여흥을 소망하셨기에 상황께서는 "세상에 태어난 이래 임금의 자리에 올라 상황의 존호를 받기까지 당신의 은혜가 아닌 것이 없는데 어찌 가볍게 여긴단 말입니까."라고 말씀하시고,

> 그대의 연못에서 거북이와 더불어
> 학이 떼를 지어 노는구나.
> 학과 거북이의 천년만년 장수는 당신을 위한 것이니
> 천하도 태평하여라.

라는 이마요를 세 번 정도 부르신 뒤 삼배를 권하셨다. "이 술잔

79 고유루기노이소(こゆるぎの磯)는 원래 사가미(相模)의 지명으로 풍속가(風俗歌)인 『다마타레(玉垂れ)』를 인용한 것. 노래는 옥으로 장식한 작은 병은 손님들에게 드리고 주인은 낚시를 하고 이소(磯)의 미역을 따러 가자는 뜻임.

은 제가 받지요."라고 자진하여 술을 드신 뒤 "사네카네는 미인의 지명을 받아서 부럽구려." 라시며 술잔을 다카아키에게 건네셨다. 그 후 당상관에게 술잔을 내리시고 주연은 끝났다.

오늘밤도 틀림없이 사이구에게 드실 것이라 생각했는데 "술을 너무 많이 마셔서 괴롭구나. 허리를 두드려라." 하시더니 잠자리에 드시어 그대로 날이 밝았다. 사이구는 오늘 돌아가셨다. 상황께서는 오늘은 이마바야시전今林殿**80**으로 납시었다. 오미야인의 어머님이신 기타야마 준후**81**께서 감기 기운이 있으시다 하셔서 그 병문안으로 들리시어 그날 밤은 거기서 머무시고 다음 날 환궁하셨다.

히가시니조인의 질투

환궁하신 날 저녁 무렵 히가시니조인의 심부름으로 궁녀인 주나곤中納言이 들었다. "무슨 일인가." 하여 듣고 있었다. 히가시니조인이 "니조의 행동이 납득이 가지 않는 일이 많아서 이쪽으로의 출사를 금지시켰던 터이나 상황께서 특별히 총애를 하시어 상황 행차 시에 고귀한 여성에게만 입도록 허락된 세 겹 저고리를 입고 동승한 것을 보고 사람들은 모두 히가시니조인께서 동승했다고들 합니다. 이것은 도저히 저로서는 용납할 수 없는 일입니다. 모든 일이 체면이 안서는 일 뿐이니 날짜를 받아 후시미에 들어가 출가하고자 합니다."라는 편지를 보내왔다. 상황께서는 다음과 같이 답장을 했다.

80 오미야인의 어머니인 준 황후의 저택이 있음.
81 도키와이 준후를 말함. 고후카쿠사인 · 가메야마인의 조모. 작자의 대백모.

"말씀하시는 취지는 잘 알았습니다. 니조의 일은 이제 와서 이러니저러니 할 일은 아니라고 생각합니다. 니조의 어미인 故 다이나곤스케가 낮이나 밤이나 곁에서 보살펴 주었기에 특별히 가상히 여기어 언제까지라도 곁에 있어 주리라고 믿었었는데 허무하게 세상을 떠나 버렸습니다. '저의 유품이라고 생각하시어 부디 제 딸을 잘 보살펴 주십시오.'라고 하기에 그러하기로 약조하였습니다. 또 故 다이나곤 마사타다가 세상을 뜨기 전에 남긴 말도 있습니다. '주군이 주군다운 것은 신하의 충성에 의해서이고 신하가 신하다운 것은 주군의 은총에 의함입니다.'라고 하였습니다. 마사타다가 세상을 뜨기 직전에 남긴 말을 흔쾌히 승낙한 것입니다. 그래서 그도 극락왕생에 방해됨이 없이 안심했다는 말을 남기고 이 세상을 하직 하였습니다. 한 번 말하면 두 번 다시 주워 담을 수 없는 것이 임금의 말입니다. 마사타다 부처는 필시 무덤 속에서 지켜보고 있을 겁니다. 본인의 잘못도 없는데 어찌 궐에서 내쫓아 방랑하게 한단 말입니까.

또 니조가 세 겹저고리를 입는 것은 이번이 처음 있는 일이 아닙니다. 4살 때 처음으로 입궁했을 때 마사타다가 '제가 아직 지위가 낮으므로 조부 고가 태정대신의 자녀로서 입궐 시키겠습니다.'라는 의사가 있었기에 특별한 신분에게만 허락된 다섯 갈래의 발을 늘어뜨린 수레와 속저고리 두 겹 직물이 허락되었습니다. 그 외에 또 다이나곤 스케는 기타야마 태정대신의 양녀로 출사하였기 때문에 이 아이도 그에 준하여 기타야마 준후의 양녀로서 3살 때 행하는 하카마 의식 때는 준후께서 손수 허리끈을 매어주셨는데, 그때 이제부터는 언제든지 얇은 명주 흰 하카마의 착용을 허락한다는 뜻을 밝히셨습니다. 수레를 대어 타고 내리는 것까지 허락된 지 이미 오래되었는데 이제 와서 그렇게 말씀하시는 것은 납득이 가지 않습니다. 하찮은 북면의 하녀들 사이에서 소곤거리고 있는 것은 아닌가요. 만일 그러한 일이 있었다면 자세히 들은 연후에 응분의 조치를 취하도록 하지요. 그렇다 하더라도 궁궐에서 추방하여 행방을 알지 못하고 방랑하게는 할 수 없으므로 하급 궁녀로 신분을 낮추어서 부리도록 하지요.

니조라는 궁녀명이 부여되어 있던 것을 故 다이나곤이 반납했던 것은 세상 사람들이 다 아는 사실입니다. 그런 연후로 니조라고 부르는 사람도 없고 부르게 할 수도 없습니다. 故 다이나곤이 '내 신분이 낮은 이유로 조부의 자녀로서 출사한 이상 고우지小路**82** 의 이름을 붙여서는 안 됩니다. 당장은 우선 이대로 '아가코내아이' 로 해 두지요. 여하튼 언젠가 대신의 자리에 오르는 것은 결정되어 있는 거나 마찬가지이니 그때 동시에 이름을 짓도록 하지요.'라고 제의하였습니다.

태정대신의 자녀로서 얇은 명주를 입는 것은 당연히 허락되어 있는데다가 여러 집안에서 너도 나도 얇은 명주를 입기를 소망하고 있습니다만 가잔花山, 간인閑院 모두 단카이淡海공의 후손이니 그 이외는 더 이상 말할 필요도 없습니다.

고가 집안은 무라카미村上 천황의 자손으로 레이제이冷泉 · 엔유円融상황의 동생인 일곱째 황자 도모히라具平 황자 이래 황족에서 분리된 집안으로서는 아직 역사가 깊지는 않습니다. 그래서 아직까지 이 집안의 여자는 입궁하는 것은 바라지 않았었는데

82 교토(京都)의 거리의 이름을 딴 궁녀명. 여기에도 상하가 있으며 니조(二条)는 그 중에 위에 속함.

87

그 어미가 출궁한 인연으로 내가 간절히 소망하여 어렸을 때부터 곁에 두고 있는 것입니다.

필시 이러한 사정은 알고 계실 터인데 이제 와서 그런 말씀은 의외입니다. 출가 건에 대해서는 전생에 쌓아올린 공덕이 쌓여 비로소 시기가 찾아오는 법이니 뭐라고 말씀 드릴 문제는 아닙니다."

라고 답장했다. 그 이후로는 한층 더 사태가 험악해지는 듯하여 괴로웠지만 상황 단 한 분의 애정이 두터운 것에 의지하면서 봉사했다.

전 사이구와의 그 이후

아참 사가노嵯峨野에서의 꿈만 같던 일이 있은 뒤로 상황께서 전 사이구를 찾는 일도 없으셨기에 사이구께서 애를 태우실 생각을 하면 안쓰러운 마음이 들고 내가 중간에 길 안내를 하였는데 너무 소식이 끊어져 버리는 것도 마음이 아파서 "이대로 해를 넘겨서야 되겠습니까."라고 상황께 여쭈었더니 "정말 그렇구나." 라시며 편지를 보냈다. "잠시라도 짬이 나시면 와 주시오." 라는 상황의 의향을 아뢰었던 터, 사이구를 길러준 양모養母인 여승 고젠尼御前이 결국 알게 되어 버렸다.

양모는 곧바로 원망스러워하며 흐르는 눈물이 소매를 흘러 넘칠 정도였다. "이세의 신神 말고 다른 인연은 없다고 생각하고 있었는데 당치도 않은 꿈과 같았던 그날 밤부터 근심거리가 생겨서."라고 하소연하는 것도 번거로워서 "틈이 나시면 드시라는 전갈이십니다."라고 아뢰었더니 여승 고젠은 "이쪽은 언제라도 괜찮습니다."라고 말하였다고 전했다. 상황은 "산속을 헤쳐 나가다 보면 뜻하지 않는 초조함 정도는 있는 법인데 산을 넘어 버린 듯하니..."라고 말씀하셨지만 그래도 12월경이었던가! 남몰래 사이구에게 수레를 보내셨다.

먼 길이어서 밤이 으슥해져서야 도착하였다. 교고쿠 도로에 면한 밀회의 장소가 지금은 동궁전이 되어 버렸으므로 오야나기전大柳殿의 연결 통로에 수레를 대고 낮에 거처하시는 방 옆의 4평 크기의 방으로 사이구를 뫼시어 언제나 그렇듯이 병풍을 사이에 두고 봉사하고 있었다. 꿈만 같았던 그날 밤 이후로 전혀 찾아 주시지 않은 채 여러 날이 지나버린 것을 사이구가 원망하시는 것도 당연하게 여겨졌다. 그러던 중 날이 밝음을 알리는 종소리에 이별을 슬퍼하시면서 돌아가시는 소맷자락의 눈물은 다른 사람에게도 눈물을 자아내게 하였다.

한 해가 다 저물어 가는데 마음속의 번뇌를 달랠 길이 없고 사가로 갈 기회조차 없었다. 오늘밤은 히가시노 온카타의 침소로 납실 것 같은 의향이시기에 저녁 식사가 끝날 즈음 "배가 아프다." 는 핑계로 방에 돌아왔더니 "벌써 밤이 깊었다."고 하시며 유키노아케보노가 방문 앞에 멈춰서 있었다.

세상 눈들이 두려워서 어찌할까 망설였지만 그는 요즘 이런저런 이유로 너무 오랫동안 만나지 못하고 지냈다고 하시기에 그 말씀도 일리가 있어서 남몰래 방으로 들어오게 하여 날이 새

기 전에 헤어졌는데 그 석별의 여운이 오늘로서 한 해가 다 끝나 버리는 여운보다 더 아쉽게 느껴지는 것은 내 스스로 생각해도 당치도 않는 근심거리였다. 지금 생각해도 눈물로 소매가 젖어온다.

Chapter **2**

두견새야
내 소매에 적신 눈물의 연유를 물어주렴
괴로움에 젖어 새벽달이 떠있는
하늘을 바라보네

18세의 봄

말이 벽의 틈새를 날쌔게 지나가듯이 한번 건너면 다시 돌아오지 않는 강물처럼 내 나이를 세어보니 올해로 열여덟 살이 되었다. 온갖 새들이 지저귀는 화창한 봄 햇살을 한가로이 보고 있어도 왠지 모를 마음속의 번민을 잊은 적이 없기에 활기찬 모습도 기쁘지 않다.

정월에 악귀를 쫓기 위해서 상황께서 도소주를 드시는 올해 의식의 역할에는 가잔인花山院 태정대신이 맡았다. 작년에 가메야마 천황의 고인벳토[1]가 되셨기 때문에 어쩐지 이쪽 고후카쿠사인은 유쾌하게 생각지는 않지만 이쪽의 황자가 동궁[2]이 되셨기 때문에 정치상의 불만도 어느 정도 해소되었고 또 언제까지 책망할 수도 없기에 이 의식에 드신 모양이다. 각별히 궁녀들 의상의 소매 색깔도 아름답게 보이도록 정성을 들였고 다이반

---

[1] 천황 재위 중에 설치해 두는
    선동(仙洞)궁전의 장관.
[2] 고후카쿠사인의 아들인 히로
    히토 황자가 동궁이 됐다는 뜻
    으로 나중에 후시미인이 됨.

도코로 궁녀들의 옷 색깔에도 각별히 신경을 쓴 것 같다. 작년에 아버지 다이나곤이 이 역할을 맡은 일이 생각이 나서 해가 바뀌었음에도 여전히 그리워서 눈물로 소매가 젖어온다.

가유즈에 사건

동궁 측은 15일 안에 빨리 좌우로 편을 나누어 승부를 내자며 떠들썩하다. 언제나 그렇듯이 상황과 동궁이 두 편으로 나뉘어 남자와 궁녀들은 각각 제비뽑기를 하여 편이 나뉜다. 남자의 상대는 모두 궁녀를 맞춘다. 동궁 측은 후대신[3]을 비롯하여 모두 남자이고 상황 측은 고후카쿠사인 이외에는 모두 궁녀로 상대를 제비뽑기로 결정했는데 나는 후대신의 상대가 되었다. "제각각 선물을 준비해 두고 여러 가지 놀이를 궁리하도록 하라." 는 명령이었다.

궁녀들에게 있어서 도저히 견디기 어려운 것은 흥에 겨운 나머지 상황께서 자신뿐만 아니라 측근들까지 부르시어 타다 남은 장작으로 궁녀들의 엉덩이를 때리게 하는 것[4]이었다. 억울한 생각이 들어 18일에는 상황의 엉덩이를 때리자고 히가시노 온카타와 모의하였다. 18일 아침 식사가 끝났을 때 다이반도코로에 궁녀들이 모였다. 오유도노노우에[5] 입구에는 신다이나곤, 곤추나곤, 바깥쪽에는 벳토도노가 대기하고, 평소에 상황께서 계시는 어전에는 주나곤님이 대기하고, 두 건물을 연결하는 복도에는 마시미즈가 대기하고 있고 나는 히가시노 온카타와 둘이

3 동궁의 보좌역으로 대부분은 대신이 겸직. 여기서는 좌대신 니조 모로타다(二条師忠)를 말함.
4 가유즈에(粥杖), 헤이안 시대 이후의 행사로 정월 15일에 죽을 끓일 때 사용한 타다 남은 장작을 깎아 만든 지팡이(粥杖)로 여자의 엉덩이를 때리면 남자 아이를 잉태한다고 여겼음.
5 천황의 옥실인 오유도노와 복도를 사이에 두고 마주하는 세이료전(淸凉殿)의 방 중 하나.

서 맨 끝쪽의 한 방에서 태연하게 잡담을 하면서 "상황께서는 분명히 이쪽으로 납시실 거예요."라며 기다리고 있었다.

예상대로 상황께서는 전혀 모르시기에 오구치 하카마[6]만 입으시고 "어째서 이렇게 어전에 사람이 없는 것이냐. 게 아무도 없느냐."라고 말씀하시며 들어오신 것을 히가시노 온카타가 껴안았다. 상황께서는 "아, 낭패로군. 누구 없느냐. 아무도 없는 것이냐."라고 말씀하시지만 곧바로 달려오는 사람도 없다. 히사시노마[7]에 있던 모로치카 다이나곤이 들어오려고 하는 것을 복도에 있던 마사미즈가 "이유가 있어 지나가실 수 없습니다." 라한다.

장작을 가지고 있는 것을 보고 다이나곤이 도망가 버리는 틈을 타 마음껏 상황의 엉덩이를 쳤다. 상황께서는 "이제부터는 결코 다른 사람이 때리게 하지는 않을 것이다."라고 몇 번이고 사과하셨다.

그리하여 제대로 했다고 생각하고 있었는데 저녁식사를 드실 무렵 상황께서는 중신들이 평상시에 있는 어전을 향하여 말씀하시기를 "나는 올해 33세가 되는데 악운이 드는 해라서 이런 꼴을 당했다. 전생에서 10가지 선행을 행한 공덕으로 현세에서 받는다는 왕좌에 오른 몸이 장작으로 맞은 일은 지금까지 그 유례가 없을 것이다. 어째서 그대들은 나를 도와주지 않았는가. 궁녀들과 공모한 것인가."라고 한 사람 한 사람에게 원망의 말씀을 하시자 중신들은 각자 이런저런 변명을 늘어놓았다. "아무리 궁녀라 해도 상황을 때리는 것은 그 죄가 결코 가볍지 않습니다. 과거 역적들도 이처럼 괘씸한 짓은 하지 않았습니다. 상

6 헤이안시대 이후 정장차림에서 속대용의 흰 하카마 속에 입은 하카마로 붉은 면직물로 제작하여 옷자락이 크고 넓은 것.
7 옛날 귀족주택에서 침전을 만들 때 건물의 중심부인 몸채(母屋) 주위에 만든 조붓한 방으로 행랑방이라고도 볼 수 있음.

93

황을 섬기는 자는 그림자조차 밟지 않아야 하거늘 하물며 옥체를 장작으로 때렸으니 그 죄가 무겁다고 할 것입니다."라고 니조 좌대신, 산조보몬 다이나곤, 젠쇼지 다이나곤, 사이온지 신다이나곤, 마데노코지 다이나곤 등이 한목소리로 아뢰었다.

특히 젠쇼지 다이나곤이 늘 그렇듯이 앞장서서 "그런데 그 궁녀의 이름이 무엇입니까. 알려주시면 서둘러 중신들과 죄를 논하겠습니다."라고 했다. 그러자 상황께서는 "본인만으로 해결되지 않는 중죄라면 친족들까지 누를 끼치게 되는가."라고 물으셨다. "여부가 있겠습니까. 친족 모두에게 그 죄가 미칩니다."라고 모두들 말하자 상황께서 "나를 때린 것은 바로 故 나카노인 다이나곤 마사타다의 딸, 시조 다이나곤 다카치카의 외손녀, 젠쇼지 다이나곤 다카아키의 조카딸. 아니 경이 수양딸로 소중하게 생각하는 니조의 소행이기 때문에 누구보다 다이나곤 다카아키에게는 남의 일이 아닐 것이네."라고 말씀하시니 어전에 있던 중신들 모두가 크게 웃었다.

"연초부터 궁녀를 유형流刑에 처하는 것도 번거로운데 하물며 친족에게까지 그 죄를 묻는 것은 더욱 번거롭다. 과거에도 그런 사례가 있으니 서둘러 속죄를 하게 해야 한다."라고 소란스럽다. 그때 나는 "이번 일은 제가 생각해 낸 것이 아닙니다. 15일에 상황께서 저희들을 너무 과하게 때리신 것도 모자라 중신들과 당상관까지 불러 때리시게 하신 일이 너무나 유감스러웠지만 이 몸은 보잘 것 없는 몸이기에 아무것도 못하고 있었습니다. 그러나 히가시노 온카타께서 '이 원한을 되갚아 드립시다. 동참하세요'라고 하셔서 저는 '알겠습니다.'고 말씀드리고 상황을 때린 것입니다. 지금 저 혼자만 죄를 받을 이유가 없습니다."라고 말씀드렸지만 "어쨌든 상황의 옥체를 장작으로 때린 사람이 가장 죄가 무거울 것."이라고들 했고 결국 내가 속죄하는 것으로 결정되었다.

죄값을 치르다

젠쇼지 다이나곤이 사자로 자신의 아버지인 다카치카^{隆親}경에게 사정을 아뢰었고 다카치카경은 "아무리 생각해도 무례한 행동이었습니다. 당장 속죄를 올리겠다."고 하셨다. "시일이 너무 지나면 좋지 않으니 빨리빨리."라며 재촉하셔서 20일 궁궐에 드셨다. 매우 성대하게 상황에게는 노시^{直衣}**8**, 단풍색 고소데 열 벌, 칼 한 자루를 바쳤다. 니조 좌대신을 비롯한 6명의 중신들에게는 칼 한 자루씩, 또 궁녀들에게는 두껍고 매끈한 참빗살나무로 만든 종이 100장을 주었다.

21일에는 곧바로 젠쇼지 다이나곤이 속죄에 나서 상황께는 자주색 비단과 명주로 거문고와 비파를 만들고 은으로 된 야나기바코**9**에 유리잔을 넣어 바쳤다. 중신들에게는 말과 소, 궁녀들에게는 염색한 천에 오이를 수놓은 호카이^{行器}**10** 열 상자를 보냈다.

주연이 평소보다 성대하게 치러지고 있었는데 때마침 그곳에 젠쇼지 다이나곤의 동생인 류벤^{隆弁} 스님**11**이 드셨다. 그는 곧장 어전으로 나아가 주연에 참석하셨다. 마침 잉어가 나온 것을 보

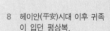

8 헤이안(平安)시대 이후 귀족이 입던 평상복.
9 원래는 버드나무의 가는 가지를 엮어 만든 상자로 여기서는 은으로 버들가지를 만듦.
10 음식을 넣어 나르는 그릇으로 바깥에 3개의 다리가 달려 있음.
11 젠쇼지 다카아키의 동생.

시고 상황께서는 "우지승정宇治僧正의 사례가 있고, 요리의 명가에서 태어난 몸이 어찌 못 본 척 할 수 있겠는가. 자르거라."고 승정에게 명하신다. 승정은 강하게 거절했지만 명령이 거듭되자 다카아키도 도마를 가져와 스님 앞에 놓는다.

품 안에서 식칼과 생선요리용 젓가락을 꺼내 그 옆에 둔다. 상황은 "이렇게 된 바에야." 하시며 계속 재촉하신다. 상황 앞에 술잔이 있었다. 스님이 어쩔 수 없이 연한 황갈색 법의를 입은 채 잉어를 자르는 장면은 정말 굉장했다. 조금 자르더니 "머리는 도저히 자를 수 없습니다."라고 했지만 "그런 일은 허락할 수 없네."라고 다시 말씀하시자 능수능란한 손놀림으로 잉어의 머리를 자르고 서둘러 어전을 떠났다. 상황은 매우 감동하셨고 어전을 나선 스님에게 조금 전 다카아키가 올린 유리잔이 담긴 야나기바코를 하사하셨다.

한편 다카아키가 "니조의 조부, 숙부란 이유로 속죄를 하였지만 모두 외척입니다. 전해들은 바에 따르면 아직 부친쪽 조모님이 건재하시고 백모님 역시 건재하십니다. 이들에게는 왜 속죄를 명하지 않으십니까?"라고 말했다. 상황께서는 "맞는 말이기는 하나 직접 핏줄로 연결된 이들도 아니다. 그들에게까지 속죄를 명하는 것은 너무 지나친 처사일세. 너무 과한 것도 좋지 않을 것이다."라고 하셨지만 다카아키가 "당치도 않습니다. 니조 본인을 사자로 명하시지요. 또 기타야마 준후야말로 니조님을 어릴 적부터 돌봐주셨고 니조님의 어미인 故 다이나곤 스케도 살피셨습니다."라고 했다. 그러자 상황도 사이온지 다이나곤 사네가네에게 "준후와의 인연이라면 자네에게도 책임이 있지 않겠는가."라고 물으신다. 사네가네는 "너무나도 근거 없는 분부십니다."라고 거듭 말했지만 "변명이 되지 않는다."라고 뜻을 굽히지 않으시니 사이온지 다이나곤도 배상하게 되었다.

속죄의 방법은 전과 동일하다. 침향으로 만든 배에 수컷 사향노루의 배꼽 부근에서 채취한 제향 3개로 뱃머리를 제작한 것과 의복을 상황에게 올린다. 니조 좌대신에게는 소와 칼, 나머지 중신에게는 소, 궁녀들에게는 금박과 은박, 금과 은가루를 뿌린 종이, 나시지梨子地**12**, 참빗살나무로 만든 붉은 매화빛 종이 100장을 보냈다.

한편 그대로 둘 수 없다며 다카아키쪽에서 고가노 아마우에ス我尼上에게 "이런 사건이 있었고 친척들은 각자 니조의 죄를 배상했는데 어떻게 하실 것인지."라는 내용의 서신을 보냈다. 답장에는 "그렇습니다. 2살 때 어미와 사별하였습니다. 아버지인 다이나곤이 가여운 마음을 갖고 길렀고, 아직 기저귀도 떼지 못한 어린 아이를 상황이 불러들이시니 사가에서 자라는 것 보다 여러 모로 좋을 것이라고 생각했는데 그렇게 상황 곁에서 분별없고 철없는 아이로 자랐다는 사실을 전혀 알지 못했습니다. 이는 상황의 불찰이라 생각해야 할 것입니다. 니조의 행동이 위아래를 구분하지 못하는 성격 탓인지, 아니면 상황의 과분한 총애를 받아 버릇이 없는 것인지 그것 역시 저는 알 길이 없습니다. 죄송한 말씀이지만 저에 대한 죄과는 상황께서 직접 사자를 보내주셨으면 합니다. 저는 전혀 연루되고 싶은 생각이 없습니다. 마사타다가 살아있었다면 니조가 가엾은 나머지 속죄를 했겠지요. 저는 특별히 니조가 불쌍하다고 생각하지 않기 때문에 의절

12 마키에(蒔絵)의 바닥을 꾸미는 기법의 하나로 옻칠을 한 위에 금·은 가루를 뿌리고 마른 후에 투명한 옻을 칠해 무늬가 배의 껍질처럼 비춰 보이도록 표면을 갈고 닦은 것.

하라는 의향이시라면 말씀에 따르겠습니다."라고 적혀 있었다.

　다카아키가 이 편지를 가져와 어전에서 공개하자 중신들이 "고가 아마우에의 말은 일리가 있습니다. 니조가 궁에서 자란 것이 이번 사건의 발단이라고 하는 주장은 지당합니다. 또 상황께서는 삼도강을 등에 업고 건너야 하는데요^{여자가 삼도강을 건너갈때}_{는 첫번째 남자가 등에 업고 건너감. 여기서는 니조의 첫 남자가 고후카쿠사인 임을 말함.}" 라고 했다. 그러자 상황은 "이건 대체 무슨 경우인가. 피해자인 내가 보상을 받아야 하는데 오히려 내가 보상을 해야 한다는 것인가."라고 하시자 중신들 사이에서는 "윗사람으로서 아랫사람에 대해 죄가 있다고 말씀하신다면 아랫사람 역시 윗사람의 죄를 말씀 올리는 것도 당연합니다."라고 아뢰어서 상황 역시 배상을 하시는 것으로 결정이 났다. 배상에 관한 일은 쓰네토가 맡았다. 귀족들은 칼 한 자루씩을 받았다. 궁녀들은 옷 한 벌씩을 받았다. 참으로 우스꽝스러운 일이었다.

아리아케노쓰키로부터 사랑의 고백

　고시라카와인^{後白河院}의 법화팔강^{法華八講}[13]은 3월이 되면 항상 열리지만 로쿠조전에 있던 조코당^{長講堂}이 화재로 소실됐기 때문에 올해는 오기마치^{正親町}의 조코당에서 열렸다. 법회 마지막 날인 13일 상황이 법회 참석차 자리를 비우신 사이 궁궐에 납신 분[14]이 있었다. 그 분은 "환궁을 기다리겠습니다." 라 하시며 후타무네[15]의 복도로 납시었다. 내가 가서 뵙고 "곧 환궁하실 것입

13 법화경 여덟 권을 아침저녁에 한 권씩 나흘간 독송하고 공양하는 법회.
14 아리아케노쓰키를 말함. 앞에서는 오무로, 아자리로 등장하였음.
15 헤이안 시대의 귀족 주택의 건축양식에서 두 건물을 잇는 복도를 2동으로 만든 것.

니다."라고 말하고 물러나려 하자 "잠시만 이곳에 계셔주십시오."라고 하신다. 달리 용건이 있는 것 같지는 않지만 침착치 못하게 도망갈 정도의 인품은 아니어서 그곳에 있자 느닷없이 "당신의 아버지 故 다이나곤이 항상 말씀하시던 것을 잊지 않고 기억하고 있습니다."라며 옛이야기를 꺼내시기에 너무 그리운 마음이 들어 차분하게 마주앉아 있었다. 그러자 뭐랄까. 전혀 생각지도 못한 "부처님도 잡념 가득한 예불이라고 생각하실 겁니다."라고 하신다.

어떻게 해서든 얼버무리고 물러나려 하였으나 내 소매를 붙잡고 "아무 때라도 좋으니 틈나면 만나주겠다고 약속이라도 해주오."라며 도저히 거짓말이라고 여길 수 없을 정도로 소매로 눈물을 훔쳐 곤혹스럽던 찰나 "환궁."이라며 소란스러워지자 손을 뿌리쳤다. 너무나 뜻밖의 일이라 기괴한 꿈이라고 해야 하는가라고 생각하고 있는데 상황께서 이 분을 대면하시고 "오랫만이다."라며 술을 권하신다. 술자리 시중을 들면서도 다른 사람들은 내 마음속을 모를 것이라고 생각하니 기분이 묘해진다.

고후카쿠사인과 가메야마인의 축국蹴鞠경기

그러는 사이 가마쿠라 막부에서 상황과 가메야마인의 사이가 좋지 않은 것을 탐탁치않게 여긴다는 소문이 들렸기에 가메야마인께서 고후카쿠사인의 처소로 행차하신다는 전갈을 보내왔다.

축국경기장을 둘러보기로 하였는데 경기를 직접 하게 되어서

"어떻게 어떤 방식으로 맞이하면 좋겠는가?"고노에 오이도노^{近衛}大殿**16**에게 물으신다. "경기가 시작되고 얼마 되지 않아서 주연이 있고, 축국을 하는 도중에 옷차림을 고치실 때 말린 감을 갈아 담근 가키히타^{柿漬}를 올리면 됩니다. 궁녀에게 시키세요."라고 하신다. "궁녀는 누구로 할까요?"라고 물으니 "나이도 그렇고 품성도 적당한 사람."이라고 해서 내가 그 역할을 맡았다. 주황빛 일곱 겹으로 겉감은 황금빛으로 다홍색 안감의 상의, 청색 당의**17**, 붉은 우치기누, 비단으로 만든 하카마 차림을 했다. 거기에 돈을 무늬 직물로 만든 홍매색의 세 겹 짧은 소매옷, 능직비단으로 만든 두 겹 짧은 소매옷을 겹쳐 입었다.

가메야마인이 행차하시어 상황과 마주보게 자리를 만들어 놓은 것을 보시고 "故 고사가인이 계셨을 때 이미 정해졌거늘 이러한 자리 배치는 좋지 않다." 하시며 자신의 자리를 문턱 아래로 끌어내리시자 상황이 나오시어 "스자쿠인^{朱雀院}은 행차하시어 내려 앉아있던 주인의 자리를 마주앉게 고쳤거늘 오늘 행차에서 자리를 내려앉는 것은 적절하지 못한 일입니다."라고 말씀하셨는데 사람들은 "우아하게 들렸다."고 말했다던가!

관례대로 삼헌배를 드신 후 동궁이 드시자 축국이 시작된다. 축국이 절반쯤 진행됐을 때 가메야마인이 후타무네 동쪽 출입문으로 들어오시자, 야나기바코에 술잔을 넣고 금으로 된 술 주전자에 가키히타를 담아서 겉감은 연둣빛에 안감은 보랏빛의 다섯 겹옷에 다홍색의 우치기누, 겉감은 흰색에 안감은 엷은 청색의 겉옷, 겉감은 황금빛 안감은 다홍색의 당의를 입은 벳토도노에게 들게 하고 내가 술잔을 들어서 올렸다. 가메야마인은

16 당시 전 관백이었던 고노에 가네쓰네(近衛兼経)의 동생. 다카쓰카사 겐페이(鷹司兼平)로 여겨짐.
17 헤이안 시대 궁녀 등이 정장할 때 맨위에 껴입은 길이가 짧은 비단 옷.

"먼저 그대가 마시라."고 말씀하신다. 날이 저물 때까지 축국을 하시고 저녁때쯤 돌아가셨다. 다음 날 가메야마인께서는 나카요리편에 편지를 보내셨다.

어찌하리.
현실에서는 함께할 수 없는 그대의 모습이 떠오르네.
꿈인가 싶지만 깨지도 못하는 괴로운 꿈이라네.

버들가지에 얇은 붉은 색 종이가 매어져 있었다. 그대로 답장 조차 하지 않는 것도 한편으로는 도리가 아닌 듯하여 엷은 남색 종이에 답장을 적고 벚나무 가지에 매어 보내드렸다.

꿈이면 어떠하고 현실이면 어떠하리
벚꽃이 피었는가 싶으면 곧바로 져버리는
덧없는 세상이거늘.

이후에도 종종 편지를 받았지만 모로치카 다이나곤이 사시는 곳에 수레를 보내 달라 부탁해 돌아와 버렸다.

아 참 잊고 있었는데 상황께서는 로쿠조전의 조코당이 지어지 자 4월에 그곳으로 이사하셨다. 조코당의 공양은 만다라曼茶羅**18** 를 내세워서 실시하는 법회로 하여 고고승정公豪僧正이 맡았고, 찬 불하는 승려 20명이 참여했으며 조초당定朝堂 공양은 겐지쓰憲実 스님의 주재로 이사 후에 실시됐다.

이사에는 궁녀들이 타는 수레 5대가 동원됐고 나는 첫 번째 수레의 왼쪽에 탔다. 같은 수레의 오른쪽에는 교고쿠님이 탔다. 나는 겉감은 붉고 안감은 자주빛인 일곱 겹옷에, 겉감은 파랗고 안감은 붉은 매화빛인 상의를 입었다. 교고쿠님은 겉감은 연보라색에 안감은 청색의 다섯 겹옷을 입고 있었다.

이사하는 사흘 간은 하얀 옷에다 진한 다홍빛 옷차림이었다. 상황께서 "쓰보니와아와세壺庭合**19**를 하자."고 하셨고 중신, 당상관, 조로上臈**20**, 고조로小上臈**21**들이 안뜰을 각각 배정받았다. 나는 늘 있던 궁궐의 동쪽 안뜰 두 칸을 받았다. 조초당 앞 두 칸의 통로를 받아 거기에 물을 끌어와 흐르게 하고 가운데가 솟은 둥근 다리를 아담하고 예쁘게 걸쳐 놓았는데, 젠쇼지 다이나곤이 그것을 밤에 훔쳐가서 자신의 정원에 놓아 둔 것은 정말로 재밌는 일이었다.

아리아케노쓰키와 밀회

이렇듯 세월이 흘러 8월경이었을까. 상황은 특별히 큰병은 아니지만 몸이 계속 좋지 않으셨다. 수라도 드시지 못하고 식은땀이 나는 날이 계속되었다. 이것이 무슨 일인가 다들 걱정하기 시작했고 의원이 들어서 10군데 정도 뜸을 뜨기 시작했지만 증상에 차도가 없었기 때문에 9월 8일부터 연명을 위한 불공이 시작되었다. 일주일이나 지났지만 여전히 차도가 없었기에 "이것이 도대체 무슨 일인가." 하고 걱정하던 차에 아자리阿闍梨**22**가 납시었다.

19 저택의 정원을 좌우로 해서 편을 나누고 정원을 장식하고 그 완성 상태와 모양새를 놓고 겨루는 놀이.
20 대신의 딸 또는 손녀로 궁녀나 상궁(女官)이 된 사람. 上臈女房의 준말.
21 귀족의 딸로 궁녀나 상궁(女官)이 된 사람을 말하며, 조로(上臈)와 주로(中臈) 사이 중간 신분의 궁녀.
22 천태종·진언종의 승려의 직위. 이후 등장할 아리아케노쓰키(有明の月)가 아자리로 참석했다는 의미임.

아리아케노쓰키는 올봄에 연모의 눈물을 보이신 후에도 상황의 심부름으로 방문할 때면 늘 사랑을 고백하셨으나 이리저리 둘러대며 지나쳤는데 요전에는 다정한 편지를 보내시고는 답장을 자꾸 재촉하시었다. 너무도 난처하여 얇은 머리 끈의 끝을 잘라 '꿈夢'이라는 글자를 한자 적어서 그냥 그대로 두고 와 버렸다. 또 뵈러 갔을 때 붓순나무 가지 하나를 이쪽으로 던지셨다. 집어들어 구석으로 가서 보니 나뭇잎에 무어라 적혀 있었다.

이른 새벽 붓순나무를 꺾다가 소매를 적시네.
이루지 못한 꿈의 결말을 알고 싶네.

와카가 멋스럽고 아름다워서 조금씩 마음이 열리는 듯하다. 심부름차 뵙는 일이 생기면 마음이 들떴고 말씀에도 즐겁게 대답할 수 있을 정도의 사이가 되었다. 아자리가 궁궐에 드시어 상황과 대면하시고 "어찌 이리 차도가 없으신 것인가."라고 탄식하시며 "기도를 시작할 때 가타시로形代23를 설문을 듣는 청문소聴聞所로 보내 주십시오."라고 하신다.

첫날 밤 기도가 시작될 무렵 상황께서 "내 옷을 가지고 청문소로 가라." 하셔서 가보니 사람들 모두 도사導師를 수행하기 위해 옷을 갈아입으러 각자의 방으로 갔는지 아무도 없다. 나는 아리아케노쓰키가 혼자 계신 곳으로 갔다. "가타시로를 어디에 두면 되겠습니까?"라고 아뢰었다. "도장道場 옆에 있는 방으로"라고 하셔서 그곳으로 가보니 신불에게 올리는 등불이 밝게 켜진 그 방에 뜻밖에도 아자리가 평상복 차림으로 불쑥 들어오신다.

23 신에게 빌어 재앙을 떨쳐낼 때 입는 의복이나 재앙을 쫓는 종이 인형을 일컬음.

103

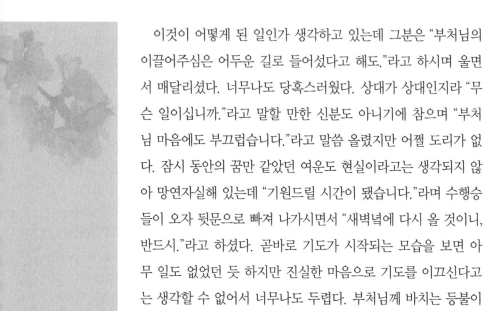

이것이 어떻게 된 일인가 생각하고 있는데 그분은 "부처님의 이끌어주심은 어두운 길로 들어섰다고 해도."라고 하시며 울면서 매달리셨다. 너무나도 당혹스러웠다. 상대가 상대인지라 "무슨 일이십니까."라고 말할 만한 신분도 아니기에 참으며 "부처님 마음에도 부끄럽습니다."라고 말씀 올렸지만 어쩔 도리가 없다. 잠시 동안의 꿈만 같았던 여운도 현실이라고는 생각되지 않아 망연자실해 있는데 "기원드릴 시간이 됐습니다."라며 수행승들이 오자 뒷문으로 빠져 나가시면서 "새벽녘에 다시 올 것이니, 반드시."라고 하셨다. 곧바로 기도가 시작되는 모습을 보면 아무 일도 없었던 듯 하지만 진실한 마음으로 기도를 이끄신다고는 생각할 수 없어서 너무나도 두렵다. 부처님께 바치는 등불이 밝게 비추고 있는 그분의 모습은 내세의 어둠같아서 슬퍼진다.

그분을 애타게 그리는 마음은 없었지만 새벽녘 사람이 없는 틈을 타서 가보니 이번에는 기도가 끝난 후라 조금은 차분하게 만날 수 있었는데 흐느끼시는 모습은 보기에도 괴롭다. 날이 밝아오는 소리가 나자 "정표"라며 내가 입고 있던 속옷과 자신의 것을 억지로 바꿔 입으시고 일어나서 떠나실 때는 묘한 기분이 들었다. 그립기도 하고 애처롭기도 한 그분의 모습을 잊기 힘든 가운데 내 방에 돌아와 자려 하니 속 옷자락에 무언가 있었다. 살펴보니 참빗살나무로 만든 종이를 조금 잘라

꿈인지 생시인지 여전히 알 수 없네.
가을밤 달을 봐도 슬프기 그지없어라.

라 적혀 있는데 대체 어느 틈에 쓰신 것일까 싶다. 여간하지 않은 그 분의 마음을 알게 되어서 기도를 하시는 동안 눈치를 보면서 거의 매일이라고 할 정도로 자주 만났다. 이번 기도는 정갈하지 못했기 때문에 부처님의 마음을 떠올리는 것조차 부끄러웠는데 상황의 병이 14일 무렵부터 차도가 있었고 21일째에 기도가 끝나자 그분은 궁궐을 떠나셨다.

궁을 떠나기 전날 밤 그분은 "이제 또 어떤 기회를 기다려야 하는가. 앞으로 염불을 멀리할 것이고 호미護摩24의 도장에도 연기가 끊길 것이다. 그대의 마음이 나와 같다면 검은 승복을 입은 은둔자가 되어 깊은 산속에 틀어박혀 그리 길지 않은 이 세상을 근심 없이 지내고 싶다."고 하신 것이 너무나 불길한 느낌이 든다. 아침을 알리는 종소리에 일어나 이별할 때의 모습은 언제 배워두신 말인지 너무나 애절하게 느껴진다. 소매로 눈물을 가려보지만 '좋지 않은 소문이 퍼질까?' 싶어 마음이 괴롭다. 그러던 중 법회가 끝났기 때문에 그분은 궁궐을 떠나셨는데 과연 그분이 마음에 걸리는 것은 쓸데없는 근심거리를 또 하나 보탠 기분이 들었다.

두 상황의 후시미 행차

9월에는 새로워진 로쿠조전에서 불전에 꽃을 올리는 공양이 화려하게 열려 가메야마인까지 행차하셨다. "궁녀 한 명 한 명에게 꽃을 하사하신다."고 하셨기 때문에 궁녀들은 각별히 치장

24 부동명황(不動明王), 애염명왕(愛染明王) 등을 본존으로 하여 그 앞에 단을 쌓고 화로를 마련하여 호미목을 태우며 재앙과 악업을 없애줄 것을 기도하는 밀교(密教) 의식.

하느라 법석을 떨고 있었지만 나는 여러 가지로 우울한 기분이 들어 계속 틀어박혀 있었다. 불전에 꽃을 올리는 공양이 끝나고 두 상황께서 옮겨심을 소나무를 고르러 후시미전으로 행차하셨는데, 고노에 오이도노도 함께 오시기로 되어 있었는데 무슨 일이 있었는지 오시지 않고 대신 서신을 보내셨다.

> 후시미산은 영원히 번성하리.
> 작은 소나무가 오늘을 시작으로 무성해지듯이
> 천년만년 오래오래 번성하리.

고후카쿠사인의 답장은

> 날이 갈수록 무성해지는 후시미산의 소나무처럼
> 천 대를 이어 오래오래 번영하리라.

였다. 꼬박 이틀간 머무시면서 후시미전으로 행차하셔 즐거운 주연을 즐기시고 환궁하셨다.

다마가와 마을

재작년 7월에 잠시 사가에 가 있었다가 환궁할 때 부채를 만들기 위해 안팎에 작은 금은박 가루를 뿌리고 중앙은 엷은 남색 종이에 다른 것은 아무것도 없이 물만 그리고 그 위에 하얀 진흙으로 "피어오르는 연기여."라고만 쓴 종이와 녹나무 살에 덧붙여 부채를 만들기 위해서 어떤 사람에게 보냈다. 그 사람의 딸도 그림을 잘 그렸는데 이것을 보고 물 한쪽 면에 가을 들녘을 그리고 "다른 해변에 떠있는 맑은 달을 보더라도."라고 적은 것을 보내와 부채를 교환했다. 그것을 가지고 궁궐에 들어왔는데 상황께서 "지금까지 본적이 없는 필체인데 누구와의 정표인가."라고 집요하게 물으시는 것도 귀찮아서 있는 그대로 말씀드렸다.

상황은 아름다운 그림을 계기로 종잡을 수 없는 연정에 갈피를 잡지 못하셨다. 3년동안 틈만 나면 사랑의 길잡이를 하라고 계속 말씀하시어 마음 편할 날이 없었는데 어떻게 된 일인지 10월 10일 초저녁 그녀가 궁궐에 들어오게 되었다. 상황은 안절부절 못하며 각별히 공을 들여 옷을 갈아입으셨다. 그때 스케유키 주조가 "분부하신 여성을 모시고 왔습니다."라고 아뢰자 "수레에 태워 교고쿠대로 남쪽 끝에 있는 쓰리전釣殿25근처로 데려가라."고 명하신다.

초경오후 8시경을 알리는 종이 칠 때쯤 지난 3년간 사모했던 분이 드셨다. 나는 겉감은 청색 안감은 주황색인 두 겹옷에 보라색 실로 담쟁이 덩굴 수를 놓은 암홍색 얇은 옷을 겹쳐 입고 붉은 색 당의를 입고 있었다.

늘 그렇듯이 "안내하라."고 하셨기에 수레 근처에 가 보니 수레에서 내리는 소리며 옷을 스치는 소리가 상당히 심하게 나는 것이 너무나 의외다. 항상 상황이 계시는 거실 옆쪽에 네 칸 크기의 방을 특별히 치장하여 미리 향도 피워 둔 곳으로 그녀를

25 헤이안시대 이후 귀족 주택 양식으로 침전(寢殿)을 에워싼 건물이 각기 복도로 연결돼 있음. 쓰리전은 연못가를 마주보고 세운 건물로 낚시를 하기위해 세웠다고 함.

안내했다.

　그녀는 한 척 정도의 범부채 무늬를 새긴 옷에 안감이 청색인 두 겹옷에 붉은색 하카마를 입으셨는데 풀을 너무 매겨 옷들이 모두 빳빳한데다 별로 입어본 적이 없는지 옷이 마치 고승의 가와고皮籠**26**처럼 뒤로 크고 높게 튀어나와 보인다. 용모는 정말로 요염하고 이목구비가 또렷해서 상당한 미인이지만 아무래도 귀인의 딸이라고 하기는 힘들다. 살집이 좋고 키도 크고 살결이 고와서 대전의 의식 등에 참여하는 수석 궁녀로 머리를 틀어 올려 천황의 검을 받드는 역할을 맡겨보고 싶은 생각이 들었다.

　"이미 드셨습니다."라고 말씀드렸더니 상황은 국화를 수놓은 연보라색 노시에 통이 넓은 하카마 차림으로 드셨다. 백 발자국 떨어진 곳까지 퍼질 정도로 진한 향냄새가 병풍 이쪽까지 전해져온다. 상황의 말씀에 또박또박 대답하는 것만으로도 상황의 기분을 상하게 만들지 않을까 흥미진진했는데 상황께서는 자리에 드셨다.

　언제나 그렇듯이 나는 근처에서 숙직에 들었고 사이온지 다이나곤 역시 바깥 문턱 아래에서 자리를 지켰다. 그런데 밤도 별로 깊지 않았는데 벌써 모든 일이 끝난 것인가. 너무나 어이없는 일이다. 어느새 바깥으로 나오셔서 나를 부르시기에 가보니 "다마가와玉川 마을의 우노하나는 아니지만 우울하다**27**."라고 하신 것은 다른 사람의 일이지만 슬프기 그지없다. 심야를 알리는 종도 치지 않았는데 여인을 돌려보내셨다. 상황은 기분이 울적하신지 옷을 갈아입으시고선 야식조차도 드시지 않고 "이쪽을 두드려라. 저쪽을 두드려라." 하시다가 잠들어 버리셨다. 비

26 겉에 가죽을 씌운 뚜껑이 있는 바구니.
27 우노하나가 피어있는 다마가와의 마을을 널리 바라보니 파도에게 방해받은 것만 같네. 『고슈이슈(後拾遺集)』를 인용. 우노하나(댕강목 꽃)가 유명한 곳으로 꽃인 우(卯)와 근심을 나타내는 우(憂)의 중의법으로 마음에 들지 않았음을 나타냄.

가 너무나 심하게 내렸기 때문에 여인의 돌아가는 길도 눈물과 비로 소매가 젖었을 것을 생각하니 염려되었다.

버림받은 여성의 출가

아 그러고보니 새벽이 되어서야 "스케유키가 모셔온 분은 어찌할까요?"라고 아뢰었다. 상황은 "까맣게 잊고 있었구나. 보고 오거라."라고 하신다. 일어나 밖으로 나가 보니 벌써 해가 뜨고 있었다.

쓰리전 앞에 밤새 비를 맞았는지 흠뻑 젖은 데다 지붕까지 심하게 부서진 수레가 보였다. 안타까운 생각에 "수레를 가까이 옆으로 붙이라."고 하자 수행했던 이들이 문 아래에서 곧바로 나와 수레를 댄다. 살펴보니 겉감은 흰색, 안감은 파란색의 두 겹 명주옷에 그림을 조잡하게 그리기도 했지만 마차가 비가 샜기 때문에 완전히 젖어서 안감의 꽃문양이 겉감으로 비치고 아래의 두 겹 명주옷으로 번져서 보기 괴로울 정도다.

여인은 밤새 울었는지 소매는 눈물로 젖었고 머리는 수레의 물이 새서 그런지 막 물에 감은 듯하다. 여인은 "이런 모습으로는 오히려 뵙지 않는 것이 좋을 듯합니다."라며 내리지 않는다. 너무나 안쓰러워서 "내 방에 아직 새 옷이 있으니 그것을 입고 상황을 뵙도록 하지요. 어젯밤엔 공교롭게도 중요한 일이 있어서."라고 해도 여인은 울기만 하면서 손을 비비며 "돌아가게 해주십시오."라고 하는 모습이 너무 가엾다. 날이 환하게 새서 낮

109

이 된 데다 어떻게 할 도리가 없어 돌려보냈다.

상황께 이러이러하다고 아뢰니 "정말로 심한 일을 했구나."라며 곧바로 편지를 보내신다. 여인의 답장은 없고 "듬성듬성한 이슬 끝에서 갈팡질팡하는 거미"라고 적은 벼루 뚜껑에 연한 남색 종이에 싼 물건만 얹어 보내왔다. 상황이 보시니 "당신 때문에 어찌할 바를 모르고[28]"라고 채색한 종이에 머리를 조금 잘라 담았고

> 하찮은 이 몸이 세간의 이야기거리가 될 것을 생각하니
> 헛된 꿈을 꾼 것이 후회스럽기만 하네.

라고 썼을 뿐 별다른 것은 없었다. 상황은 "출가라도 한 것인가. 너무나 허무한 일이다." 라시며 여러 차례 여인의 행방을 수소문하셨지만 결국 찾지는 못했다.

여러 해가 지나 가와치 지방의 사라사更荒寺라는 절에 오백계五百戒의 비구니가 됐다는 소식을 전해 들었다. 진정한 불도의 길을 걸을 수 있는 계기가 됐다는 생각에 슬픔이 오히려 즐거움으로 바뀌었으리라 추측했다.

아리아케노쓰키와 그 이후

아리아케노쓰키로부터 뜻하지 않게 아자리를 모시는 소년의 연고를 찾는 편지를 받았다. 의외로 진실한 마음이 보였기 때문

28 산봉오리의 눈, 강변의 얼음을 헤치며 당신 때문에 어찌할 바를 모르고 있지만 길을 잃지 않고 곧장 만나러 온 것이다. 『겐지모노가타리』우키후네(浮舟)를 인용.

110

에 어찌할 바를 몰라 편지로는 가끔 답장을 올리기는 했지만 직접 만날 기회가 전혀 없어 이제 한숨 돌려도 되겠다고 생각하고 있던 차에 해가 바뀌었다.

올봄에는 가메야마인과 고후카쿠사인께서 하나아와세[29]승부를 벌인 탓에 아무도 모르는 산 깊숙이 좋은 벚꽃을 찾으러 가는 등 여유가 없어 남의 눈을 피해가며 사랑을 나누기도 힘들었고 만날 수 없어 아쉬운 마음만을 편지에 담아 유키노아케보노에게 보냈다.

올해는 궁궐 안에서만 줄곧 지내다 가을이 되었다. 9월 10일이던가. 숙부 젠쇼지 다이나곤이 편지로 세심하게 적어서 "말씀드리고 싶은 것이 있으니 이곳으로 오세요. 저는 이즈모지出雲路 근처에 있습니다만 당신을 만나고 싶어 하는 여인이 있으니 어떻게든 틈을 내주셨으면 합니다. 제가 드리는 부탁이니 꼭 들어주세요."라고 하시기에 정말로 그래야 한다고 생각하였다. 이 다이나곤은 어릴 적부터 아자리아리아케노쓰키와 막역한 사이이고 나 역시 다이나곤과 가까운 사이이기 때문에 다이나곤을 의지하여 이런저런 궁리를 했다고 생각하니 아자리의 집착이 예사롭지 않다고 느껴질 정도다.

항상 그렇듯 나의 망설이는 성격 탓에 아자리가 원망스럽고 멀게만 생각되는데다가 무서운 기분마저 들어 한마디 대답도 못하고 잠자리에 들지도 못하는데, 그런 내 모습이 마치 옛날 와카에 나오는 "발밑에서도 사랑이 쫓아오니[30]"와 같은 모습일 것이라고 생각되니 나 역시도 제정신이 아니었던 것이다.

아자리가 밤새 울며 애정을 약속해도 나와는 상관없는 일처

29 사람들이 좌우 조로 나뉘어서 꽃(주로 벚꽃)을 내보여 비교하며 그 꽃에 대한 와카를 읊어 우열을 겨루던 놀이.
30 베개 머리에서도 발밑에서도 사랑이 쫓아오니 어찌할 수 없어 그저 잠자리에 있네. 『고킨슈(古今集)』를 인용.

111

럼 여겨지고 '이런 관계도 오늘 밤이 마지막'이라고 마음속으로 맹세했음을 누가 알겠는가. 새벽을 알리는 닭의 울음소리가 헤어짐을 재촉하는 것처럼 들리자 아자리는 이별의 슬픔을 애절하게 표현하지만 내 마음은 그렇지 않으니 매정한 일이었다. 젠쇼지 다이나곤이 헛기침을 했고 두 사람은 무언가 이야기를 나누며 돌아가다가 아자리는 다시 와서 여러 말씀을 하시며 "최소한 배웅은 해다오"라고 하시지만 나는 "기분이 나쁘다"며 일어나지 않았다. 울며 방을 나서시는 모습이 정말로 내 소매에 영혼을 남겨두신 것처럼 보이는 것은 죄가 많다고 생각하였다.

젠쇼지 다이나곤의 의중도 원망스러워서 날이 별로 밝지 않았는데도 일이 있다는 핑계를 대고 서둘러 궁궐로 돌아와 내 방에 누웠다. 조금 전 아자리의 모습이 생생한 것도 무서웠는데 점심 때 보내준 편지의 세심한 말은 한치의 거짓도 없다는 생각이 들었다.

> 슬프다고도 괴롭다고도 말할 수 없네.
> 잠시 만난 그대의 모습이 벌써 그리워지네.

라고 쓰여져 있었다.

지금에 와서 마음이 변한 것은 아니지만 너무나도 울적하고 괴롭다는 생각에 대꾸도 하지 않았던 것을 생각하니 나는

> 내 마음이 바뀔지는 알 수가 없네.
> 그대 마음이 변한다 해도
> 남의 일이라 생각하리.

라고 편지에 적힌 여러가지 일에 대해 뭐라 드릴 말도 없기에 그냥 이 와카만을 답장으로 드렸다.

아리아케노쓰키와 절교

그 후에는 아자리가 이런저런 말씀을 해도 답을 하지 않았고 하물며 뵙는 것은 생각지도 않았다. 이렇게 저렇게 구실을 만들어 어떻게든 만나지 않았지만 그러는 동안 한 해가 저무는 것이 맘에 걸렸던지 편지가 왔다. 젠쇼지 다이나곤의 편지에는 "아자리님의 편지를 보냅니다. 이런 상황이 됐다는 사실이 너무 유감스럽습니다. 당신도 아자리님을 피해서는 안됩니다. 인연이 있어 아자리님은 이렇게까지 당신을 열렬히 사모하는데 당신이 매정하게 말씀하셨기 때문에 이런 괴로운 사태가 벌어졌다는 것이 저는 정말로 안타깝습니다. 이 편지에도 마찬가지로 답장을 하지 않으시면 거듭거듭 두려울 뿐입니다."라고 소상하게 적혀 있었다.

아자리의 편지를 보니 다테부미[31]로 빳빳한 종이에 밥알을 으깨 만든 찰진 풀로 위아래가 봉해 있었다. 열어 보니 구마노熊野의 어느 절인지 모르지만 본사本寺라는 것인지, 고오[32]라고 써진 것 안쪽에 우선 범천왕梵天王[33], 제석천帝釋天[34]을 시작으로 해서 일본국 60개의 신불을 나열한 후에

"내 나이 일곱 살 때부터 부처님의 깨달음을 찾아 출가하여 수행하는 승려가 된 이래 호마단護摩壇에 인계를 맺고 고행을 거

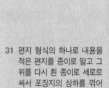

31 편지 형식의 하나로 내용을 적은 편지를 종이로 말고 그 위를 다시 흰 종이로 세로로 싸서 포장지의 상하를 꺾어 접는 편지의 겉봉투.
32 고오호인(牛王宝印)절에서 만드는 액막이 부적으로 종종 그 안쪽에 맹세의 말이나 기원문을 적었음.
33 불교에서 욕계(欲界)위에 존재한다는 청정한 세계의 주인인 범천왕.
34 범천과 함께 불법을 지키는 신.

듭하며 가깝게는 황실의 안위를 위해 기도를 올리고 멀게는 모든 중생과 함께 속죄와 작은 선행을 기도해 왔소. 마음속으로 반드시 호법천동護法天童[35], 여러 명왕明王들이 영험한 힘을 주실 것이라고 생각했는데 어떠한 악마의 소행인지 좋지 않은 생각 때문에 지난 2년간은 밤새 그대의 얼굴만을 생각하며 눈물로 소매를 적시고, 본존을 향해 불경을 펼칠 때도 우선 그대가 한 말을 떠올리고 호마단 위에 그대의 편지를 놓고 불경으로 삼아 등불 아래서 펼쳐 마음의 양식으로 삼았소.

이런 마음을 억누르기 힘들어 젠쇼지 다이나곤과 상담하면 그대와 쉽게 만날 수 있을 것이라 생각하였소. 또 무슨 일이 있어도 그대도 나와 같은 마음일 것이라 생각했던 것 역시 모두 공허한 꿈일 뿐. 이제 이 생에서는 편지를 보내거나 말을 주고받으려는 생각을 접으려고 하오.

그렇지만 마음속에 있는 그대를 잊는 것은 다시 태어난다 해도 있을 수 없는 일이기 때문에 나는 정말로 악의 길로 떨어질 것이오. 때문에 이 원망이 다할 때가 있을 리가 없고, 금강金剛, 태장胎藏의 예비수행 이래 관정灌頂[36]에 이르기까지 불도 수행과 대승경전 통독, 승려가 지켜야 할 4가지 행동 등 일생 동안 수행해 얻은 것은 모조리 삼악도三惡道로 향할 것이오.

또 이 법력에 의해 이승에서는 결국 공허하더라도 내세에는 악도에 다시 태어날 것이오. 무릇 태어난 이래 어린 시절, 기저귀 차던 시절의 일은 기억을 못하고 지나버렸소. 하지만 일곱 살에 머리를 깎고 승려가 된 후 여성과 잠자리를 하거나 애욕을 품는 것은 생각하지도 못했고 앞으로도 있을 리가 없소. 그대가

내게 하는 말이 전부 남에게 하는 말처럼 생각되니 다리를 놓아
준 젠쇼지 다이나곤마저도 거듭거듭 아쉽게 생각하는 것이오."
라고 적어 아마테라스 오카미^{天照大神}·쇼하치만궁^{正八幡宮} 등 많은
신들의 이름을 엄청나게 적어 놓은 글을 보니 소름도 끼치고 기
분도 나쁘지만 그렇다고 어떻게 할 수 있겠는가. 이것을 모두
모아 답장을 보내는 편지에 나는

> 이것으로 끝이라는 그대의 편지
> 소매가 눈물로 젖어오네.

라고만 적어 처음대로 봉해서 보낸 이후에는 방문도 뚝 끊기고
소식도 없다. 그리고 나서는 다시 뭐라 드릴 말씀도 없었고 그렇
게 허무하게 해가 바뀌었다.

봄이 되면 아자리는 언제나 일찍 상황을 찾아뵙게 되어 있기
에 올해도 입궐하시어 술을 올린다. 특별한 외부인은 없는 호젓
한 술자리인데다 늘 그렇듯이 궁에서의 일인지라 나는 도망갈
수도 없어 어전에서 시중을 들고 있었다. 상황이 "술을 따르라."
고 하셨고 술을 따르기 위해 일어난 순간 코피가 나고 현기증이
났기 때문에 어전을 나왔다. 그리고 나서 열흘 정도 심하게 앓
았지만 이것이 도대체 무슨 일인지 두려운 생각이 들었다.

고후카쿠사인과 가메야마인의 소궁경기

그리하여 2월경이던가, 가메야마인이 궁에 납시어 상황과 대

면하시어 소궁^{小弓} 경기를 하셨는데 가메야마인께서 "만일 지면 그쪽 궁에 있는 궁녀들을 상하를 불문하고 모두 보여 주십시오. 제가 지면 똑같이 하겠습니다."라는 제안을 했다. 경기는 상황께서 지셨다. 상황은 "모임은 이쪽에서 통보하지요."라고 하셨고 가메야마인이 환궁한 후 스케스에^{實季} 다이나곤 뉴도^{入道}37를 불러서 "어떤 방식으로 하면 좋겠는가. 무언가 새로운 것이 없을까."라고 상의하신다. "정월 의식처럼 궁녀들을 다이반도코로에 늘어세우는 것은 별로 새로울 것이 없겠지요. 아니면 궁녀들을 점쟁이나 관상가와 만나는 것처럼 한 사람씩 가메야마인 앞으로 보내는 것은 어떠할까요." 등등 중신들은 저마다 이야기한다.

상황께서는 "용두익수^{龍頭鷁首}38의 배를 만들고 궁녀들에게 물항아리를 들게 하여 『겐지모노가타리』에 나오는 "봄을 기다리는 정원은 나의 집."이라는 아키고노무 중궁의 와카에 대한 답가처럼 하면 어떨까."라는 의향을 보이셨지만 배는 만들기 너무 번거롭다고 해서 포기했다.

스케스에 뉴도가 "지위가 가장 높은 궁녀 8명, 그다음 신분과 가장 낮은 신분의 궁녀 각각 8명씩을 상·중·하로 나눠 축국을 하는 아이들로 꾸미고 귤나무가 심어진 안뜰에서 축국을 하는 모습을 연출하면 재미있을 듯합니다."라고 한다. 모두들 "그게 좋겠다."라고들 하여 그렇게 결정됐다.

궁녀 각각에게 가장 신분이 높은 궁녀는 중신들, 그다음 신분은 당상관, 그리고 그 아래 신분은 승전이 허락된 5품의 경호무사들이 맡아 궁녀들을 준비시키기로 했다. 궁녀들은 "스이칸 하카마^{水干袴}39를 입고 칼을 차고 신발과 버선 등을 신고 나서야 한

37 불문에 들어가 수행하는 사람을 말함.
38 옛날 귀인들의 놀잇배. 두 척이 한 쌍으로 한 척에는 뱃머리에 용의 머리를, 다른 한척에는 상상속의 물새의 머리를 조각했음.
39 스이칸은 풀을 먹이지 않고 물에 적셔 널빤지에 펴 말린 천을 말함. 스이칸(水干)은 사냥용 옷을 간소화한 것으로 스이칸에 하카마를 입는 것은 남장을 하는 것임.

다.”고 한다. 이건 정말 참기 힘들다. 궁녀들은 “그렇다면 밤도 아니고 한낮일 것이다.”라며 모두들 당혹해했다. 그렇지만 어쩔 수 없기 때문에 각자 준비한다.

사이온지 다이나곤이 나의 후견을 맡았다. 엷은 남색 안감의 스이칸 하카마에 붉은색 우치기를 겹쳐 입었다. 왼쪽 소매에 침향으로 만든 바위를 꿰매 붙이고 하얀색 실로 폭포가 떨어지는 자수를 놓고 오른쪽 소매에는 벚꽃을 연결해서 부치고 빈틈없이 꽃잎을 수놓았다. 하카마에는 바위와 못둑^洑등을 그리고 역시 빽빽이 꽃잎을 수놓았다. 『겐지모노가타리』의 “눈물을 자아내는 폭포소리여.”라는 와카의 마음을 표현한 것일 것이다.

곤다이나곤權大納言님은 스케스에 뉴도가 살피신다. 곤다이나곤님의 옷차림은 연둣빛 안감의 스이칸 하카마, 소매 왼쪽에 청루西楼, 오른쪽에 벚꽃을 그렸다. 하카마는 왼쪽에 대나무를 연결하고 오른쪽에 등대 하나를 그렸다. 거기에 다홍색 홑옷을 겹쳐 입었다. 궁녀들 모두가 이런 차림이다. 궁 안쪽에 있는 넓은 공간을 병풍으로 둘러막고 우리들 24명이 준비하는 모습은 제각각 멋이 있었다.

그리고 멋스럽게 장식한 공을 만들었는데 그것을 그냥 가메야마인 앞에 두면 될 것을 굳이 축국을 하는 정원 위로 높이 차올려서 공이 떨어지면 소매로 받아 신발을 벗고 가메야마인 앞에 두라는 지시가 내려졌다. 궁녀들 모두가 공을 차는 역할을 울면서 고사했지만 그런 방면에 능숙하다는 히가시니조인쪽 궁녀인 신에몬노카미新衛門督님을 지위가 높은 궁녀 8명 무리에 넣고 그 역할을 맡겼다. 이것도 그 상황에서는 멋있었다고 말할

수 있겠지만 부럽거나 하지는 않았다. 공을 소매로 받아서 가메야마인 앞에 두는 일은 그날 8명 중에 가장 신분이 높다는 이유로 내가 맡았다. 정말로 영광스러운 일이었다.

남쪽 정원쪽의 발을 들어 올리니 상황과 가메야마인, 동궁이 계시고 그 아래로는 양쪽으로 중신들이 앉아있었다. 당상관들이 여기저기 서 있었다. 우리들이 울타리 아래를 지나서 남쪽 정원을 통과할 때 후견인 역할을 맡은 이들도 모두 제각기 가리기누를 입고 시중을 들기 위해 대기한다. 가메야마인께서는 "궁녀의 명부를 보고 싶다."고 하셨다. 가메야마인의 행차는 낮부터 있었고 주연도 일찍부터 시작되어서 "늦었습니다. 공을 빨리빨리."라고 행사를 진행하는 다메카타爲方가 재촉하지만 궁녀들은 "지금 시작합니다."라며 시간을 끌어서 벌써 횃불을 켤 시간이 되었다.

이윽고 각각의 후견인들이 지촉紙燭**40**을 들고 "누구누구이며 어디어디 처소에 있습니다."라고 말하고 특히 가메야마인을 향해 소매를 모으고 지나갈 때 창피해서 도저히 아무 말도 나오지 않았다. 가장 신분이 낮은 궁녀 8명부터 차례차례 정원으로 들어가 각각 나무 아래에 있는 모습은 내가 봐도 멋지다. 하물며 지위고하를 막론하고 남자들이 즐거워했을 것은 당연한 일이다.

내가 공을 가메야마인 앞에 두고 황급히 물러나려는데 가메야마인께서 잠시 부르셨고 그런 차림으로 술을 따른 것은 너무나 창피해서 견디기 힘들었다. 2~3일 전부터 궁녀들 모두가 처소별로 머리를 올리고 스이칸이나 신발을 신는 연습을 하는 동안 후견인 역할을 하는 남자들은 자신이 담당한 궁녀들을 보살

40 옛날 궁중 등에서 썼던 조명 기구의 하나. 소나무 막대 끝에 숯불을 그을려서 그 위에 기름을 발라 불을 켬.

118

핀 바, 그들 간에 여러 가지 일이 있었던 것은 충분히 상상할 수
있을 것이다.

소궁의 복수전

한편 소궁의 복수전에서는 상황께서 이기셨다. 가메야마인이
사가전으로 상황을 초청하셨고 아제치^{按察使}**41**가 양육하고 계신
이마고쇼^{今御所}라는 당시 13세의 황녀가 고세치^{五節}**42**를 추는 소
녀로 나서셨고, 신분이 높은 궁녀들이 어린 소년들과 하녀로 분
장해서 고세치 춤을 연기했다. 또 중신들은 아쓰즈마^{厚褄}**43**를 입
고 당상관과 육위^{六位}는 어깨를 드러낸 모습으로 대기소를 건넌
다. 고세치 춤을 출 때의 하급하녀의 모습을 빠짐없이 연기했고
지붕이 없는 노천 무대의 난무^{亂舞}**44**, 천황이 고세치 춤을 감상하
는 의식까지 그 재미는 이루 말할 수 없었다. 그러나 너무 아쉽
다고 해서 다시 복수전까지 가서 이번에는 이쪽 상황이 패하셨
다. 패배에 대한 행사는 후시미전에서 하신다고 하셨는데『겐지
모노가타리』의 로쿠조전에서 열렸던 온나가쿠^{女樂} 여성 현악4중주를
연주하게 됐다.

무라사키노 우에^{紫の上} 역할은 히가시노 온카타, 온나산노 미
야^{女三の宮} 역할은 원래 7현금이어야 하지만 대신 13줄인 거문고
를 다카치카의 딸인 이마마이리가 맡았다. 다카치카가 일부러
그렇게 했다고 들었을 때부터 왠지 불쾌한 기분이 들어 행사에
참가하고 싶지 않았지만 일전 축국 행사때 가메야마인께서 각

41 원래 지방의 행정상황을 시찰
하는 관직이었으나 이름만 남
아 다이나곤이나 참의가 겸직
했으며 후에는 신분이 높은
궁녀명의 하나가 됨. 여기서
의 아제치 2품은 가메야마인
의 유모를 칭함.
42 음력 동짓달 중 축일·인일
·묘일·진일 나흘에 걸쳐
하던 궁중의 소녀 무악(舞樂)
행사로, 4~5명의 소녀가 함
께 춤을 춤.
43 옷단이나 옷자락에 면을 넣은 옷
44 고세치 때 당상관들이 당시의
유행가를 부르며 형식없이 즉
흥적으로 춤을 추던 일 또는
그 춤.

119

별히 말씀을 걸어주셔서 안면이 있는 사이라며 "아카시노 우에^{明石}^{の上}로 분장해서 비파를 타는 역할로 참여하라."는 것이었다.

비파라면 7세 때부터 숙부인 마사미쓰 주나곤^{雅光中納言}에게 처음으로 2~3곡을 배웠지만 별로 열심히 하지 않았었고 9세 때부터 또 한동안 상황께서 가르쳐주셔서 삼비곡^{三秘曲}까지는 아니라고 해도 소고후^{蘇合香}**45**나 만주라쿠^{万秋樂}**46** 정도는 모두 탈 수 있었다. 故 고사가인의 50세 축하연 때나, 시라카와전^{白河殿}에서 열린 행사에서도 10살의 나이로 상황이 타는 비파에 의지해서 너무 귀엽게 비파를 연주했기에 고사가인께서 모과나무 한 장으로 몸통을 만들고 비파로 자단^{紫檀}의 조현용 주감이를 붙인 비파를 붉은색 비단 주머니에 넣어 주신 일 등이 있어 그 후에도 때때로 비파를 탄 적은 있었다.

그러나 그다지 열심히 했던 것도 아니었고 지금 "비파를 연주하라." 는 말을 듣고도 마음이 내키지 않았지만 마지못해 준비했다. 버드나무 빛깔의 옷에 붉은색 우치기, 연둣빛 상의, 겉감은 노랗고 안감은 붉은색 고우치기를 입으라고 하였는데 내가 왜 다른 사람보다 심하게 신분이 낮은 아카시노 우에가 되어야 한단 말인가.

무라사키노 우에를 맡은 히가시노 온카타도 평소에 와곤^{和琴}**47**을 익숙하게 잘 탔던 것도 아니고 단지 요새 배우는 정도다. 온나산노 미야의 7현금 대신에 이마마이리가 13줄의 거문고를 맡은 것은 7현금이 익숙하지 않아 그렇게 한 것이 아닌가. 게다가 아카시 뇨고노 기미^{明石女御の君} 역할은 하나야마인^{花山院} 태정대신^{太政大臣} 미치마사^{通雅}의 딸 니시노 온카타^{西の御方}가 맡았기 때문

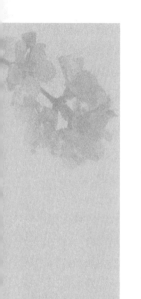

45 무악의 곡명.
46 아악의 곡명.
47 일본 아악에 쓰는 오동나무로 만든 일본 고유의 6현금으로 비단실로 만들기도 함.

에 무라사키노 우에와 나란히 앉으셨다.

나에게 "아카시노 뇨고노 기미와 마주앉게 놓인 다다미의 오른쪽 상석에 앉으세요. 축국 행사 때의 서열과 같아야 하니."라고 했는데 어쩐지 이것은 타당하다고는 생각되지 않는다. 이마마이리는 온나산노 미야의 역할이기 때문에 나보다 윗자리라고 생각하면서도 상황의 의향이 그러하신가 싶어 일단 후시미전으로 상황을 수행하고 왔다. 이마마이리가 당일 날, 가문의 문양이 박힌 수레에 시녀를 데리고 입궁한 것을 보고 있자니 화려했던 내 과거가 떠올라 왠지 침울해졌는데 그때 가메야마인이 납시었다.

니조의 행방불명

이미 주연이 시작되어서 이쪽에는 궁녀들이 순서대로 나와서 제 나름대로 악기를 앞에 두고 『겐지모노가타리』를 본딴 순서도에 따라 각자의 자리에 앉았다. 시간이 되자 주인공 역할인 상황은 히카루겐지의 역할인 로쿠조인이 되고 가메야마인은 유기리夕霧 다이쇼大将가 되신다.

도노 주나곤추조殿の中納言中将와 도인 삼위추조洞院三位中将는 피리와 아악용 세로피리 역할로 계단 아래로 납시신다고 하기에 일단 먼저 궁녀들이 자리를 가지런히 맞춰 나란히 앉았다. 건너편에서는 상황, 가메야마인의 술자리가 있었고 술자리가 무르익으면 이쪽으로 오실 것이다.

그런데 조부인 효부쿄 다카치카경이 와서 "궁녀들의 자리는 어떤지." 하고 보셨는데, "이런 방식은 옳지 않다. 온나산노 미야의 자리는 책상 앞이다. 이쪽이마마이리은 숙모이고, 저쪽작자 니조은 조카이다. 당연히 이마마이리가 상석에 앉아야 할 사람이다. 게다가 나는 니조의 아버지보다 신분이 높았다. 어째서 내 딸이 니조보다 아래에 있는 것인가. 자리를 바꿔라 자리를 바꿔."라고 큰 소리로 말했기 때문에 젠쇼지 다이나곤, 사이온지 다이나곤이 달려왔고 "이는 상황의 특별한 지시가 있어 그리한 것입니다."라고 했지만, "이런 일이 있을 수 있는가."라고 지적하자 한번은 설명했지만 더 이상 항변할 사람도 없고 상황은 저쪽에 계시기에 누군가가 상황에게 고할 형편도 아니어서 결국 나는 아래로 내려왔다.

로쿠조전 재건 시 이다시구루마凸L車**48**상석에 앉았던 일이 새삼스레 생각이 나서 너무 슬프다. 조카니 숙모니 어째서 집착하는 것인가. 비천한 어미에게서 태어난 사람도 많다. 그런 사람까지 숙모니까, 할머니니까 하고 섬겨야 된단 말인가. 이것은 무슨 이치인가. 너무나 심한 처사다. 이렇게 어이없는 행사에 참가하는 것도 부질없다는 생각에 자리를 박차고 일어나 버렸다.

내 처소로 와서 "상황께서 물으시면 이 편지를 전해주세요."라고 말해두고 고바야시小林라는 곳을 찾아갔다. 고바야시라는 곳은 내 유모의 어머니로, 센요몬인宣陽門院을 섬겼던 이요伊予님이라는 궁녀가 자신이 모셨던 분이 돌아가셨을 때 출가해서 지키는 소쿠조인卽成院**49**의 무덤 근처이다. 상황께 드릴 편지에는 하얀 얇은 종이에 비파 줄 하나를 쪼개 둘로 나눠 묶고

48 행사 시 궁녀가 타기 위해 관에서 빌린 우차(牛車). 로쿠조전(六条殿) 조코당(長講堂) 재건 시 최상석에 앉았던 과거의 영광과 그때의 행복함을 생각한 것으로 당시 작자는 숙모인 교고쿠님 보다 상석에 앉음.
49 다치바나노 토시쓰나(橘俊綱)가 후시미(伏見)의 산장에 세운 절로 후시미절이라고도 함. 후시미 별궁 위 처소부근에 있음.

보잘것없는 내 처지를 잘 알았기에
더 이상 이승에서는 비파를 타지 않으리.

라고 써서 "혹 찾으시면 교토를 떠났다고 해주세요."라고 해 놓고
나왔다.

그러던 중 주연이 무르익자 상황과 가메야마인은 예정대로
납시셨지만 아카시노 우에 역할의 비파를 켜는 이가 없었다. 상
황이 자초지종을 물으시자 히가시노 온카타가 있는 그대로 설
명했다. 상황은 들으시고 나서 "당연한 일이다. 아가코^{상황이 작자}
^{를 부르는 애칭가} 자리를 박차고 일어난 것은 당연하다." 하시면서
내 처소를 찾으셨다. 궁녀가 "벌써 교토를 떠나셨습니다. 부르
심이 있으면 전하라는 편지가 있습니다."라고 말했다. 그래서
"어처구니없는 일이다."며 흥이 깨져버렸고 조금 전의 와카를
가메야마인께서도 보시고는 "정말 기품이 있었다. 오늘 밤 여성
현악 4중주는 재미없을 것이다. 나는 이 와카로 만족하겠소."라
고 말씀하시고 가셨다고 한다. 이렇게 된 이상은 이마마이리가
거문고를 타는 일도 없다. 제각각 "다카치카경이 어찌된 것이
아닌가. 노망인가. 아가코의 행동은 풍류가 있었다."라고들 하
면서 일이 마무리됐다.

니조의 행방을 찾아다니다

다음날 아침 일찍 상황께서 시조오미야에 있는 유모의 집, 롯

가쿠쿠시게에 있는 조모祖母의 집 등에 사람을 보내서 내 행방을 물으셨지만 "어디로 갔는지 모릅니다."라고 아뢰었다. 그 후에도 백방으로 수소문하셨지만 누구도 내 소식을 알 리 없다. 이참에 출가하겠다고 마음먹었지만 12월경부터 몸 상태가 심상치 않다는 것을 알았기 때문에 출가도 마음대로 못하고 잠시 숨어 있으면서 아이를 출산한 후 출가해야겠다고 생각하고 있었다.

앞으로는 절대 비파의 술대50를 잡지 않겠다고 맹세하고 고사가인께서 주신 비파는 이와시미즈 하치만궁에 바쳤는데 그때 아버지가 적어주신 글 뒤에 법화경을 적고 그 법화경을 포장한 종이에 다음과 같이 적었다.

이승에서는 더 이상 비파를 타지 않으리란 증표로
아버지 편지 뒷면에 경문을 적어 바치네.

곰곰이 생각하면 재작년 봄 3월 13일에는 아리아케노쓰키로부터 '반드시 그대를 내 것으로 만들겠다.'는 고백을 처음으로 받았고, 작년 12월이던가. 너무나도 엄청난 맹세 편지를 받고나서 얼마 되지도 않았는데 올 3월 13일에는 오랜 세월 정든 궁에서도 지내기 어렵게 되고 비파까지도 영원히 포기했다. 아버지가 돌아가신 후 부모님처럼 생각했던 조부 다카치카도 나를 탐탁치 않게 여겨 "내 말을 못마땅하게 여겨 궁을 떠났기 때문에 내가 살아있는 동안에는 다시 돌아올 일이 없을 것이다."라고 했다는 소리를 들으니 길이 꽉 막혀버린 듯한 기분이 들었고 도대체 어째서 이렇게 되었을까 너무나 불안하고 두려웠다.

50 비파를 탈 때 쓰는 막대.

예상했던 대로 상황은 여기저기 내 행방을 수소문하셨고 유키노아케보노 역시 방방곡곡 구석구석 찾아다녔다고 들었지만 나는 조금도 움직일 마음이 없어 숨어서 법문을 듣다가 부처님과 연緣을 맺을 수 있을 것이라는 생각에 신간보라는 여스님이 계시는 승방에 또다시 숨어버렸다.

그러고 있는 사이 효부쿄가 4월 가모마쓰리賀茂祭 관람을 위한 자리를 준비해 상황과 가메야마인을 맞이하는 일로 분주하다고 전해 들었다.

다카아키와 니조의 재회

역시 4월경이었던가. 주상고우다 천황과 동궁니중에 후시미인의 성인식에는 연륜 있는 다이나곤이 해야 하거늘 현직이 아니면 곤란하다고 하자 효부쿄가 자신의 충정을 드러내려 했는지 아들인 젠쇼지 다이나곤의 관직을 하루 빌려 현직으로 참여하고 싶다고 말씀드렸다. 탄복할 일이라 하여 효부쿄는 입궐하여 임무를 수행했다. 임무가 끝난 후에는 당연히 젠쇼지에게 돌려주어야 할 다이나곤 관직을 약속을 어기고 쓰네토経任에게 건네버린 것이다.

이 일로 젠쇼지 다이나곤은 이유도 없이 관직을 박탈당한 것이 모두 아버지의 음모라고 생각하고 깊이 원망했다. 그즈음 마침 다카아키의 이복동생인 다카요시추조隆良中将에게 참의參議를 맡기실 것을 부탁했던 때였기 때문에 "쓰네토를 다이나곤으로

등용하고 다카요시를 나보다 출세시키려 한다."고 생각해 아버지와 한집에 사는 것도 의미가 없다며 장인인 구조 주나곤의 집에 칩거했다는 것이다. 정말로 생각지도 못했던 일이어서 곧장 찾아가 위로하고 싶은 마음이었지만 세간에 소문이 퍼지는 것이 무서워서 "이러이러한 곳에 있으니 한번 들러주세요."라고 편지를 보냈다. 그러자 "당신의 실종 소식을 들은 후 어디에 말도 못하고 걱정만 하고 있었는데 이렇게 소식을 알려주는 것만으로도 기쁘다. 오늘밤 곧장 찾아가 괴로웠던 그간의 사정 등을 이야기하고 싶다." 는 답장이 왔고 다이나곤은 그날 저녁 찾아왔다.

4월 말경으로 신록이 우거진 나뭇가지들 사이에서 늦게 핀 벚꽃이 더한층 또렷하게 하얗게 남아 있었고 달빛이 밝게 비추고 있었다. 나무 그늘은 여전히 어두웠지만 그사이로 사슴이 우두커니 서 있거나 돌아다니는 모습은 그림으로 그려두고 싶을 정도이다. 사찰에서 치는 초야 종소리가 울렸는데 이곳은 삼매당三昧堂에 이어진 복도라 초야 염불이 가깝게 들려온다.

회향문回向文[51]을 읽고 나오는 여스님들의 삼베옷이 너무나 쓸쓸해 보였다. 별 걱정 없이 자긍심이 강했던 숙부 다이나곤도 완전히 풀이 죽어 윤택 있는 비단옷의 소매를 눈물로 적시었다. 다이나곤은 "이제 은혜와 사랑으로 맺어진 끈을 놓고 진정한 불도에 들어서려고 결심했지만 돌아가신 다이나곤이 그렇게 당신을 부탁하셨는데 나마저 출가해버린다면 하고 생각하니 당신이 걸립니다."라고 한다. '나는 정말로 누구를 의지해야 하나.' 하는 생각도 들고 헤어져야 하는 섭섭함에 슬퍼서 얇은 홑겹 옷소매

51 회향(回向)은 자기가 쌓은 공덕을 남에게도 돌려 함께 깨달음을 얻고자 하는 것을 말하며 여기서는 그러한 내용의 회향문.

126

를 눈물로 적시었다. 나는 "출산하고 나면 산속 깊숙이 들어가 세상을 등지고 지낼 생각이니 우리는 같은 모습이 되겠군요."라고 말하며 서로 절절하게 마음을 털어놓던 중 다이나곤은

"그런데 언제였던가. 아자리님이 보낸 두려운 편지를 보았습니다. 내 실수는 아니지만 이게 어찌된 일인가하고 소름이 끼쳤는데 이렇게도 빨리 당신과 나에게 이런 불운이 닥친 것은 정말로 그 원한 때문이라고 생각하게 됩니다. 그런데 '당신이 어디에도 보이지 않는다'고 해서 이곳저곳 수소문하던 때 아자리님이 궁에 오셨다 돌아가시는 길에 '정말인가. 이런저런 소문이 들리는데.'라고 물으셔서 '오늘까지도 아무도 행방을 모른다고 들었습니다.'라고 말씀드리자 아자리님은 무슨 생각을 하시는지 중문 근처에 우두커니 서서 한동안 아무 말도 않으시고 떨어지는 눈물을 쥘부채[52]로 감추시면서 '삼계무안 유여화택三界無安 猶如火宅[53]'이라고 읊조리며 나가시는 모습은 평범한 이들이 '그립다, 슬프다, 비참하다, 괴롭다'라고 하는 슬픔보다도 훨씬 더 애처롭게 보였기 때문에 본존을 향해 불공을 드리는 모습을 미루어 짐작할 수 있었습니다." 라고 말하는 것을 들으니 "가을 밤 달을 봐도 슬프기 그지없네."라고 읊조렸던 달빛이 새삼스럽게 생각나서 그때는 왜 그토록 매정했던가 하며 후회하는 마음도 들어 내 소매까지 눈물로 젖어온다.

날이 밝았기 때문에 젠쇼지 다이나곤은 "세간에 소문이 퍼지는 것을 조심해야 한다."며 돌아가시면서도 "마치 뭔가 일이 있었던 것처럼 보인다."고 말하신다. 곧바로 "지난밤의 애처로움과 오늘 아침의 석별의 정을 불도의 길에 들어서더라도 잊지 말

52 노송나무를 얇게 잘라서 엮어 만든 쥘부채로 옛날 귀족들이 정장할 때 지녔으며 부채의 매수(枚數)는 신분에 따라 정해짐.
53 법화경의 경문. 이 세상이 평안하지 않고 살기 힘든 것은 마치 화재로 불타오르고 있는 집과 같다는 경문.

아 주십시오."라고 편지가 왔다.

　　이 세상은 부질없다는 이치를 문득 잊어버리고
　　이 몸의 괴로움을 참지 못해 눈물을 흘리네.

라고 덧붙여져 있었다. 답장으로는 "정말로 괴로운 것은 세상의 모든 이치가 그렇다는 것을 알면서도 문득 한탄하고 싶어진다는 것이 이런 것인가 싶어 슬픔이 더합니다."라고 말하고

　　나의 괴로움도
　　덧없는 세상의 이치와 똑같은 슬픔인 것일까!

라고 읊었다.

유키노아케보노의 방문

　　유키노아케보노는 나의 실종을 한탄하시면서 가스가신사에 27일간 틀어박혀 기도를 올리셨다고 한다. 11일째 되는 날 밤 꿈에 내가 가스가신사 제2신전 앞에 예전과 같은 모습으로 있는 것을 보고 서둘러 나왔는데 후지노모리 부근이었던가. 작은 편지함을 들고 있는 젠쇼지 다이나곤의 주겐仲間[54]과 우연히 마주쳤다고 한다. 왠지 짐작이 가는 바가 있어 주겐이 말하기도 전에, "쇼쿠테인에서 돌아오는 참인가. 니조님의 출가는 언제인가.

54 젠쇼지 다이나곤의 심부름을 하는 소사.

128

확실하게 정해졌다고 들었는가."라고 말하자 주겐은 사정을 모두 알고 있는 사람이라고 여겨 안심하며 "지난 밤 젠쇼지 다이나곤이 구조九条에서 오셨습니다. 저는 오늘 아침 다이나곤의 심부름으로 니조님에게 갔다가 막 돌아가는 길입니다만 출가는 언제라고까지는 확실하게 듣지 못했습니다. 하지만 출가하시는 것이 확실한 듯 보입니다."라고 말씀 드렸고 '역시 그런가' 하고 기뻐하시면서 수행하는 무사가 탔던 말을 뺏어 곧장 가스가로 달려가 신사에 말을 바치고 낮이라 세간의 소문이 나는 것을 염려해 자신은 연고가 있는 위쪽에 있는 다이고醍醐 승방으로 들어갔다.

그런 일이 있었던 것도 모르고 여름날 무성한 나무숲을 바라보면서 승방의 주인인 아마고젠尼御前 앞에서 선도대사善導大師[55]에 대해 배우고 있던 저녁 무렵에 아무런 예고도 없이 툇마루로 올라오는 사람이 있었다. '여스님들인가' 하고 생각했다. 사각사각하는 옷자락 소리에 뒤를 돌아보니 옆에 있는 장지를 조금 열고 유키노아케보노가 "매정하게 이리 몸을 숨기셨지만 신의 계시로 이렇게 찾아왔습니다."라고 한다. 이것이 어떻게 된 일인가 하고 가슴이 두근거렸지만 이제와서 어떻게 할 수도 없다. 나는 "세상이 너무 원망스러워 마음을 굳게 먹고 이렇게 궁궐을 나온 이상 누구든지 특별하게 생각할 수는 없습니다."라고만 말하고 그 자리에서 나왔다.

늘 그렇듯이 어디에서 저런 말이 나오는 것일까 생각할 정도로 다정하게 말씀을 하셨다. 정말로 슬프기 그지없지만 굳게 마음 먹은 길이기에 두 번 다시 궁궐로 돌아가겠다는 생각 따위는

55 당나라의 스님으로 중국 정토교의 완성자.

하지 않았다. 이렇게 무거운 몸 누가 나를 가엾다 생각하며 찾아줄 것인가. 유키노아케보노는 "그대에 대한 상황의 애정이 소홀했던 것도 아니다. 나이 많은 효부쿄의 잘못된 판단 때문에 당신이 이렇게 하는 것은 좋지 않지요. 그저 이번만은 상황의 뜻에 따라 궁으로 돌아가는 것이 좋겠소."라고 계속 설득했고 다음 날은 이곳에 머물렀다.

유키노아케보노는 젠쇼지 다이나곤에게 위로의 편지를 써서 "니조님이 이곳에 계셨는데 저도 뜻하지 않게 오게 됐습니다. 만나고 싶습니다."라고 보냈다. "꼭, 이쪽으로."라고 간절히 말씀하기에 젠쇼지 다이나곤은 그날 저녁 무렵 다시 찾아왔고 유키노아케보노는 "무료함을 달랜다."며 밤새 술자리를 가졌다. 아침에 돌아가실 때 유키노아케보노는 젠쇼지 다이나곤에게 "이번에는 당신이 니조님의 거처를 들었다는 식으로 궁궐에 말씀드리는 것이 좋을 듯합니다."라고 서로 상의했고 이날 아침 유키노아케보노도 돌아갔다.

두 사람 다 돌아가는 것도 서운하여 참기가 힘들었으나 배웅만이라도 하려고 일어나자 편백나무 판자를 엇갈리게 엮어서 만든 울타리에 박 덩굴이 얽힌 무늬로 오그라드는 견직물로 짠 가리기누를 입은 젠쇼지 다이나곤은 "날이 새 버리면 돌아가는 길이 체면이 서지 않겠지."라고 망설이다 밤늦게 돌아갔다.

또 한 사람 환한 달빛아래서 옅은 주황색 가리기누를 입은 유키노아케보노는 마차를 준비하는 동안 암자의 가장자리에 나와 이곳의 주인인 신간보에게도 "예상하지 못했던 만남이었지만 기쁘게 생각합니다."라고 하셨고 신간보도 "십념+念[56]성취 끝에

56 나무아미타불의 명호를 열 번 염불하는 것.

130

아미타 삼존이 맞이하러 오심을 기다리고 있는 이 초라한 암자에 뜻밖에도 니조님 덕분에 이토록 귀한 분들이 방문해주시는 것이 미천한 이 산골에는 광영입니다."라고 인사한다.

유키노아케보노는 "그건 그렇고 가지 않은 산이 없을 정도로 니조님을 찾았는데도 찾을 수가 없었던 찰나 미카사三笠 신의 인도인가 싶어 가스가로 오니 꿈속에 보였던 당신의 모습."이라고 말씀하시는 것이 마치 스미요시 쇼쇼少將가 히메기미姬君를 꿈속에서 찾았다는 『스미요시모노가타리住吉物語57』와 같은 느낌이 들었다. 새벽을 알리는 종소리가 헤어짐을 재촉하는 듯한데 길을 나서던 그가 무언가 읊조리기에 억지로 물으니

    헤어짐의 고뇌를 알고 있는 듯 울어대는 종소리
    새벽녘 하늘을 보면서 아쉬워하네.

라고 하신다. 그 뒷모습도 슬퍼서

    종소리를 들으니
    슬픔과 괴로움이 또다시 떠올라
    이별의 여운이 남아있는 새벽달이여.

라고 중얼거렸다.

57 하세절(長谷寺)에 머물며 기도하자 계모의 구박을 피해 출가한 자신의 연인이 스미요시(住吉)에 있다는 사실을 꿈을 통해 알 수 있다는 이야기로 일종의 신데렐라 스토리.

131

고바야시로 옮기다

오늘은 일편단심 생각한 불도의 길에 또 장애물이 생겼다는 기분이 들었지만 암자의 주인인 여스님께서는 "아무래도 그 분들은 발설하지는 않겠지만 그동안 상황께서 여러 차례 보내신 사자들에게 단호하게 말했던 것도 정말 미안한 마음이 드니 당신은 곧바로 고바야시小林**58**로 가시는 것이 좋겠어요."라고 하신다. 그럴 수도 있을 것 같아서 젠쇼지에게 수레를 부탁해서 후시미의 고바야시라는 곳으로 갔다.

그날 밤은 달리 아무 일 없이 날이 저물었다. 유모의 어머니인 이요님은 "상황께서 '이곳에 니조가 오지 않았는가'라고 여러 번 물으셨습니다. 기요나가清長도 여러 번 왔습니다."라고 하는 것을 듣고서 "삼계무안 유여화택三界無安 猶如火宅"이라고 하셨던 아자리의 얼굴이 떠오르고 왜 이렇게 여러 가지 근심이 떠나지 않는 신세가 되었는지 내 스스로도 정말 슬프다.

4월 하늘은 걸핏하면 소나기가 내리는데 오토와산音羽山**59**의 푸른 나무잎 끝에 머물렀던 것일까, 올해 처음 우는 두견새 울음소리를 들으니 이런 생각이 든다.

두견새야!
내 소매에 적신 눈물의 연유를 물어주렴.
괴로움에 젖어 새벽달이 떠있는 하늘을 바라보네.

58 작자의 유모의 어머니인 이요
님이 있던 곳으로 후시미(伏
見)의 지명.
59 교토시(京都市) 야마시나구
(山科区)와 오쓰시(大津市)
와 경계를 이룬 산.

아직 어두운데 비구니들이 일어나서 새벽 근행[60]을 시작하였다. 소쿠조인의 종소리가 잠을 깨우기에 나도 일어나서 불경 등을 읽고 있었다. 그러는 동안 해가 떠올랐는데 예전에 시조오미야 집 통로의 가시나무를 잘랐던 사람을 통해 유키노아케보노가 또 편지를 보냈다.

낳자마자 꿈처럼 헤어졌던 아이는 그 후에는 얼굴도 모르기 때문에 어쩔 도리가 없다고 생각하며 지내고 있었는데 요전의 아쉬움 등을 적고 그 뒤에 "올봄부터 아팠는데 병세가 심상치 않아 음양사들에게 물으니 생모인 당신이 그 아이를 마음에 걸려 하고 있기 때문이라고 합니다. 정말로 부모와 자식의 정은 끊을 수 없는 것이기에 그런 일도 생기는 것이겠지요. 교토에 오실 때 만나게 해드리겠습니다."라고 적혀 있었다.

대체 어찌된 일일까. 사실 사랑한다, 가엾다고까지 생각하지는 않았지만, "생각치도 못했던 산봉우리조차도 '한탄'이라는 나무는 생겨나는 법[61]."이라는데, 올해 몇 살 정도나 되었을까 하고 그 아이를 생각할 때는 그저 단 한 번 보고 헤어진 그날 밤 모습을 그리워하는 마음이 왜 없겠는가. 그래도 지금까지 만나지 않고 있었는데 그것이 불행의 씨앗이 되었단 말인가. 내 스스로도 그러할 것이라고 생각되기에 "무엇보다 너무 놀랐습니다. 적당한 기회라도 있다면."이라고 답장을 했는데, 오늘은 이 일까지 마음에 걸리고 아이에 관한 어떤 소식이 올런지 괴롭기만 하다.

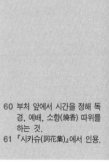

60 부처 앞에서 시간을 정해 독경, 예배, 소향(燒香) 따위를 하는 것.
61 『시카슈(詞花集)』에서 인용.

133

궁궐로 돌아가다

날이 저물자 평소처럼 초야 근행이 시작되어 나도 수행을 하려고 지부쓰당持佛堂**62**에 들어가자 굉장히 나이가 많으신 여승이 앞에 앉아서 경을 읽고 있는 듯하다.

멀리서 "보다이노엔菩提の縁**63**."이라고 말하는 소리가 들려 마음 든든해하고 있는데 그때 접이문이 열리는 소리가 나면서 인기척이 가까워진다. 생각지도 못한 일이라 누구라고 짐작도 못한 채 불전의 장지를 조금 열어보니 다고시手輿**64**에 경호무사 한두 사람과 하급 관리만을 데리고 상황이 납시었다.

전혀 생각하지 못했던 일이라 놀랐지만 눈까지 마주친 터라 도망가 숨을 수도 없기에 애써 태연한 척 앉아있는 곳에 얼마 안 있어 가마를 댔다. 상황께서 내리셔서 "힘들게 찾아왔다."라고 하셨지만 내가 아무 말도 하지 않고 있었더니 "가마를 돌려보내고 마차를 준비하라."고 지시하신다.

마차를 기다리는 동안 상황께서는 "그대가 출가를 결심했다고 판단했기 때문에 이렇게 찾아온 것이다."라며 여러 가지를 말씀하셨고 "효부쿄에 대한 미움이 큰 나머지 나까지 함께 원망하는가."라고 하시는 것도 지당하신 말씀이지만, 나는 "이번 기회에 너무나 괴로운 이 세상에서 벗어나고 싶다." 는 뜻을 아뢰자 상황께서는 "사가전으로 갔다가 뜻밖에도 그대가 이곳에 있다고 들었기에 예전처럼 다른 사람을 시키면 또 어떻게 어긋날까 싶은 생각이 들어 후시미전으로 간다."고 하고 일부러 온 것이다. 그대가 어떻게 생각하고 있든 네가 없는 동안의 나의 근

62 평생 신앙으로 하는 불상, 즉 염지불(念持佛)을 안치한 당.
63 불도수행의 결과 깨달음에 이르는 연(緣)이 되도록 이라는 의미.
64 주로 산길에 쓰이는 뚜껑이 없는 의자 비슷한 작은 가마로 앞뒤 각각 두 사람이 어깨에 메게 되어 있음.

심들도 차근차근 들어주렴." 하고 이런저런 말씀을 하시니 언제나 그렇지만 마음 약한 나는 그대로 마차에 오른다.

밤새도록 상황은 "이번 일은 나는 전혀 몰랐다. 또 앞으로도 무슨 일이 있더라도 다른 사람보다 가벼이 여기는 일은 없을 것이다."라며 나이시도코로內侍所65와 하치만 대보살의 이름을 걸고 맹세해 주시니 너무나 황송해서 궁으로 돌아가겠다는 뜻을 밝혔으나 역시 속세를 떠날 기회는 아직 멀었는가 싶어 우울해하고 있는데 날이 샐 때쯤 상황께서 환궁하셨다. "이대로 함께 환궁하자."고 말씀하시는 터라 결국 그럴 수밖에 없겠다고 생각하여 궁으로 갔다.

내 방의 짐을 모두 사가로 보내버렸기 때문에 교고쿠님의 처소로 갔다. 한번 끊으려 했던 세상을 다시 따르는 것도 새삼스레 괴롭고 4월 말경에 상황께서 복대를 준비해 주시니 생각나는 일이 너무 많았다.

유키노아케보노의 딸과 재회

한편 유키노아케보노와의 사이에 낳았던 꿈만 같은 여자 아이는 아직 병세가 걱정이라며 생각지도 못했던 사람의 집으로 불러서 만나게 하신다. 나는 "돌아가신 어머니의 명복을 빌기 위해 5월 5일에 궁을 나와야 하기 때문에 그때에 맞춰 아이와 만나고 싶다."고 했지만 유키노아케보노는 "5월은 삼가야 한다고 하는데다 성묘를 다녀오는 길에 만나는 것도 불길하다."고

65 궁중 나이시도코로(內侍所)에 안치된 신령으로 모시는 거울인 신경(神鏡), 3종신기(三種神器)의 하나.

135

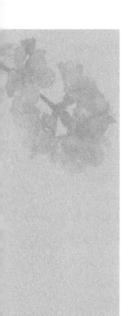

강력하게 주장했기 때문에 4월 30일 알려준 곳으로 갔다.

홍매색 돌을무늬 직물의 고소데였던가. 2월부터 자라서 탐스러운 머리칼을 가진 여자아이는 그날 밤 얼핏 본 모습과 다름없이 귀엽다. 유키노아케보노님의 정실부인이 때마침 출산을 했지만 그 아이는 죽었고 대신 내 아이를 데려왔기 때문에 사람들은 모두 그저 정실부인의 아이라고만 생각하고 있었다.

성장하면 천황에게 시집보내겠다고 마음먹고 소중하게 키우고 있다는 소리를 들어도 이제는 다른 사람의 소중한 보물이라고 생각하니 마음이 편치 않다. 이런 두마음이 있는 것을 상황은 전혀 알지 못하시고 상황이 알고 계신 것 이외에 다른 비밀은 전혀 없을 것이라 생각하고 계시니 정말로 두렵다.

고가가문을 이야기하다

8월경이었던가. 고노에 오이도노가 궁에 납시었다. 고사가인이 돌아가시면서 "고후카쿠사인을 부탁한다."고 말씀하신 터라 자주 궁에 드셨다. 상황께서도 언제나 환대하셨기 때문에 늘 그렇듯이 이번에도 궁에서 은밀하게 술자리를 벌이시고 계셨는데 오이도노가 나를 보시고 "아니, 당신은 행방불명이라고 들었는데 어느 산에 숨어 있었던 것인가."라고 하신다.

상황께서 "도무지 도사의 능력이 아니라면 찾기 어려웠을텐데 신선이 산다는 호라이산蓬萊山에서 겨우 찾았다."고 하시자 오이도노는 "애당초 효부쿄가 부린 노망은 당치도 않은 일입니다.

다카아키의 칩거 역시 너무나 놀랐던 일로 어떻게 이런 분부가 내려진 건지 유감스럽게 생각됩니다. 그런데 비파는 이제 완전히 그만두신 것인가."라고 하신다. 내가 달리 대답을 하지 않으니 상황이 "니조는 자신이 살아있는 동안은 물론이고 자손까지 비파를 타지 않을 것이라고 이와시미즈 하치만궁에 맹세했다 합니다."라고 하신다.

오이도노는 "아직 나이도 어린데 정말 유감스러운 결정입니다. 원래 시조가문의 사람들은 어떤 가문보다 가풍을 중시합니다. 다카아키 건은 쓰네토가 예전부터 다이나곤 관직을 소망했었다는 사정 등도 있을 것입니다. 무라카미 천황때부터 계속 이어져 지금 쇠퇴하지 않은 가문은 고가久我 가문뿐입니다.

니조님의 유모인 나카쓰나는 고가가문 조상대대로 이 집안을 섬긴 사람이지만 오카노야岡の屋 전 관백前 関白**66**께서 그를 총애하신 사정이 있어 겸참兼參**67**하라고 말씀하셨습니다. 그러나 나카쓰나는 자신은 고가 집안사람이라며 "어찌할까요?"라고 묻자 오카노야 전 관백께서는 "고가대신 가문은 다른 일반 가문과는 다르기 때문에 겸참을 해도 지장이 없을 것이다." 고 자필로 그 뜻을 전하셨다고 전해집니다.

다카치카가 "자신의 딸이 니조의 숙모이기 때문에 상석에 있어야 한다."고 했다는 것도 당치도 않은 처사입니다. 전 관백고노에 오이도노의 장남이 가메야마인을 찾아와 잠시 이야기를 나누는 동안 가메야마인께서 "미인의 재능으로 와카만큼 좋은 것은 없다. 이토록 유쾌하지 못한 사건들이 벌어지는 가운데서도 니조의 와카만큼은 귀에 아련하게 남았다. 도모히라 친왕이래 8대를 이

66 고노에 가네쓰네(近衛兼経). 전 섭정관백 태정대신이며 고노에 오이도노의 형.
67 두 집안을 섬기는 일로 여기서는 고가(久我)家와 고노에(近衛)家를 말함.

어오는 오랜 전통이 있었다고는 하지만, 니조는 아직 젊은데도 훌륭한 소양을 가졌다. 여기서 시중을 들고 있는 나카요리는 니조의 집안사람인데도 니조의 행방을 모른다며 모든 산과 사찰을 찾아다닌다고 들었는데 니조는 대체 어떻게 됐는가 궁금해 마음이 진정되지 않는다."는 등 여러 가지 이야기가 있었다고 하신다.

이마요 비법전수와 주연

오이도노는 "그런데 주나곤추조[68]가 이마요에 소질이 있습니다. 가능하시다면 상황의 이마요 비법을 전수해 주십시오."라고 아뢰자 상황도 "여부가 있겠는가. 다만 교토의 궁에서는 번거롭기 때문에 후시미전에서."라고 약속하셨다.

상황은 모레가 이마요 비법 전수라며 급하게 행차하신다. 공적으로 알리지 않았기 때문에 수행원도 많지 않았고 식사도 간단하게 해결하셨다. 요리를 담당하는 다이도코로의 장관 한 사람 정도가 있었을 것이다. 나는 이곳저곳 외출이 계속되는데다 임신 때문에 모습도 수척해져 있던 시기였지만 참가하라고 말씀하셨다.

효부쿄와는 그 사건 이후에는 전혀 연락을 하지 않은 터라 어떻게 해야 할까 고민하고 있던 차에 유키노아케보노가 파랑색에 연둣빛이 들어간 홑옷을 겹친 옷과, 소매에 가을 들판을 수놓고 이슬이 맺힌 듯한 붉은색 당의, 명주로 만든 고소데와 하카마

68 가네타다(兼忠), 고노에 오이도노의 차남.

138

등 여러 가지 옷을 준비해 보내주신 것을 보니 정말 다른 어떤 때보다 기뻤다.

오이도노, 전 관백, 주나곤추조, 고후카쿠사인쪽은 사이온지, 산조보몬, 모로치카가 참석했다. 상황께서는 "젠쇼지가 있는 구조의 숙소는 가깝다. 내 쪽은 신경 쓰지 않아도 된다."고 여러 번 부르셨지만 다카아키는 칩거하고 있는 시기라는 이유로 황송하다는 뜻을 전하고 오지 않았다.

그러나 기요나가를 보내 다시 부르시니 결국은 참석했다. 생각지도 않게 시라뵤시白拍子**69** 두 사람을 데리고 왔지만 아무도 눈치채지 못했다. 후시미전의 아래쪽 궁의 넓은 방에서 이마요 비법 전수가 있었다. 시라뵤시는 위쪽 궁에서 마차에 탄 채로 대기중이다. 주연이 시작되고 나서 상황에게 젠쇼지가 알렸다.

상황은 흥미를 느끼시곤 부르신다. 두 명의 시라뵤시는 자매라고 한다. 언니는 스물 정도 돼 보이고 겉감은 엷은 홍색, 안감은 적색의 홑옷을 겹쳐 입고 하카마를 입었고 동생은 파랑색에 연둣빛이 들어간 옷, 무늬가 없는 스이칸에 소매에 싸리를 수놓은 오구치 하카마를 입고 있었다.

언니는 하루기쿠春菊, 동생은 와카기쿠若菊라고 한다. 시라뵤시의 노래를 조금 들은 후에 상황은 춤추는 모습을 보겠다고 하신다. 시라뵤시가 "북잡이를 데리고 오지 않아서."라고 말해서 주변에서 북을 구했고 젠쇼지가 치게 됐다. 우선 와카기쿠가 춤을 춘다. 그 후에 언니에게도 춤을 추라고 하신다. 언니는 춤을 그만둔 지 너무 오래되었다면서 계속 고사했지만 상황의 정중한 권유에 결국 춤을 추었다. 언니는 하카마 위에 동생의 스이칸을

69 헤이안시대 말부터 유행하기 시작한 가무(歌舞) 또는 그 춤을 추는 유녀.

139

입고 춤을 췄는데 굉장히 특별하고도 재미있었다. 좀 긴 춤을 추라는 요구가 있자 축하의 의미가 담긴 춤을 추었다. 상황이 많이 취하신 후 밤이 깊어지자 시라뵤시는 물러갔다. 상황께서는 시라뵤시가 물러간 것도 모르시고 오늘 밤은 모두 상황 옆에서 지내고 내일 함께 환궁할 예정이다.

고노에 오이도노와의 정사情事

상황께서 주무시는 동안 나는 잠깐 볼일이 있어 쓰쓰이簡井 궁 쪽으로 나왔는데 소나무 사이로 부는 바람도 가슴에 사무치고 누군가를 기다리는 듯 청귀뚜라미의 울음소리도 소매의 눈물에 슬픔을 보태는 듯한 생각이 든다. 늦게 떠오른 달도 청명할 무렵이었는데 왠지 서글픈 기분이 들어 상황이 계신 곳으로 돌아가려고 하였다. 산속에 있는 궁의 밤이기에 모두들 잠이 들어 조용하다 싶어서 나는 가케유마키[70] 차림이었는데, 쓰쓰이 궁 앞의 발 속에서 내 소매를 잡아채는 사람이 있었다.

틀림없이 요괴인 것 같아서 거칠게 "아이 무서워."라고 소리질렀다. "밤에 소리를 지르면 나무의 혼령이 나온다고 하는데 너무나 불길하다."고 말하는 그 목소리는 오이도노인가 싶었지만 너무 무서워서 그대로 소매를 뿌리치고 도망치려고 하자 소맷자락이 죄다 뜯어졌지만 놓아주지 않는다.

주변에는 인기척도 없어서 발 속으로 끌려들어갔지만 궁 안에는 아무도 없다. "이게 도대체 무슨 일입니까."라고 말했지만

70 옛날 귀인이 목욕할 때 입던 홑옷, 또는 그 시중을 들던 여성이 방수용으로 옷 위에 두르던 치마로 여기에서는 편안한 복장을 의미함.

140

놓아주질 않는다. "오랜 세월동안 당신을 마음에 담아두었네." 라고 하지만 항상 많이 들었던 문구이기에 일이 성가스럽게 됐다는 생각이 들었다. 이것저것 사랑의 언약을 하시는 것도 역시 귀에 들어오지 않는다.

그저 서둘러 상황이 계시는 곳으로 가고 싶다는 생각이 들고 "밤이 길기 때문에 상황이 깨시면 저를 찾으십니다."라며 그것을 핑계 삼아 나오려고 하자 "언제 짬을 내서 다시 한번 이곳에 들르겠다고 언약해 주시오."라고 한다. 도망갈 방법이 없어 여러 신사의 이름을 걸고 약속했지만 그 약속을 지키지 않았을 때의 결과가 무서운 생각이 들어 그곳을 얼른 나왔다.

또다시 주연을 벌이시겠다고 하여 사람들이 모여서 북적거린다. 상황은 몹시 취하시어 와카기쿠를 일찍 돌려보낸 것이 아쉽기 때문에 내일도 머물 것이라며 그녀들을 다시 부르라는 분부시다. 알겠다는 대답을 듣고서야 만족하시어 술을 많이 드신 후 잠자리에 드셨는데 나는 조금 전의 일이 꿈인지 생시인지 알 수 없어 잠시 눈도 붙이지 못하고 있는 사이에 날이 밝았다.

오늘은 상황이 주최하는 자리이기 때문에 스케다카가 주연을 성대하게 준비한다. 어제 왔던 시라뵤시도 참석하여 떠들썩한 술자리이다. 상황이 주최하는 것이기 때문에 더욱 떠들썩하다. 침향沈香 나무 쟁반에 금으로 만든 술잔을 놓고 제향臍香을 3개 넣어 언니에게 준다. 금테를 두른 나무 쟁반에 유리로 만든 작은 그릇을 얹고 제향 하나를 넣어 동생에게 준다. 새벽을 알리는 종이 칠 때까지 여흥을 즐기셨지만 다시 와카기쿠에게 춤을 추게 하시자 와카기쿠는 "소오와코의 깨어진 부동[71]"이라고 불

71 소오와코(相応和尚)는 부동명왕의 수행자로 소메도노 황후에게 씐 혼령을 불러내는 기도를 드리던 중, 본존의 부동상(不動像)이 깨지면서 와코의 기도가 이루어졌다는 설화를 기본으로 한 이마요의 곡명임.

141

렀는데, "가키노모토노 기노柿本の紀 승정, 허망한 집착이 남아있겠지[72]."라는 대목을 부르던 찰나에 힐끗 젠쇼지가 이쪽을 쳐다봤고 나도 짐작 가는 구석이 있는 터라 너무 무서운 생각이 들어 꼼짝하지 않고 있었다. 술자리는 사람들의 왁자지껄한 목소리와 어지러운 춤판이 벌어지면서 끝났다.

상황은 잠이 드셨고 내가 허리를 두드려 드리고 있으니 쓰쓰이 궁에서 어젯밤 나를 붙잡았던 고노에 오이도노가 여기까지 오셔서 "잠시 부탁드릴 일이 있소."라고 나를 부르지만 어떻게 일어날 수 있겠는가. 미동도 하지 않고 있으니 "상황이 잠드신 동안만이라도."라며 여러 가지 이야기를 하신다. 그러자 상황께서 "어서 가거라. 별 지장이 없으니."라고 조용하게 말씀하시는 것이 오히려 죽을 만큼 슬프다. 상황의 발 밑에 있던 나를 손까지 잡고 일으켜 세웠기 때문에 마지못해 일어서자 오이도노가 "상황께서 부르실 때는 이쪽으로 보내 드리지요."라며 칸막이 저쪽에서 이야기하는 것을 상황은 잠든 척하며 모두 듣고 계셨던 것은 비참한 일이었다. 나는 정신없이 울고 있었지만 술에 취해 거나한 기분이었는지 결국 날이 샐 때쯤 겨우 돌려보냈다. 내가 저지른 과실은 아니지만 서글픈 생각이 들어 상황 앞에 엎드려 있는데도 아무 일 없었다는 듯 밝은 표정이신 것은 정말로 참을 수 없었다.

오늘은 환궁하실 예정이었는데도 오이도노가 "시라뵤시 자매가 헤어지기 섭섭하다는 뜻을 아뢰어 아직 머무르고 있습니다. 오늘 하루만 더."라며 오이도노쪽에서 주연 준비를 하신다며 또 하루 더 묵게 되었다. 이건 또 무슨 일인가 싶어 슬프고 방이라

72 가키노모토노 기노 승정이 황후를 사모하여 그 혼령이 소메도노 황후에게 씌었다고 전해짐.

고 할 수도 없는 곳에서 잠시 자고 있는데 그곳으로 와카가 들렸다.

"짧은 밤 꿈에 본 듯한 당신의 모습은 사라지지 않고
소매에 깃든 당신의 향기처럼 가슴에 남아있네.

곁에 계신 상황께서 잠에서 깨시지는 않았을까 오늘 아침은
두렵기도 하고." 라고 한다. 그 답가로

꿈인지 생시인지 분간하기조차 어렵네.
남몰래 억지로 참고 있는
내 소매의 눈물을 보여주고 싶네.

라고 보냈다. 상황께서 여러 번 나를 찾으셨는데 내가 괴로워하고 있는 것을 아셨던 것인지 일부러 밝게 대하셔서 오히려 부담스러운 생각이 든다.

주연이 시작됐고 오늘은 많이 어두워지기 전에 배를 타고 후시미전으로 가신다. 밤이 깊어갈 때쯤에 상황께서 우카이鵜飼73를 부르셨고 우카이에 쓰는 배를 맨 뒤에 따르게 하여 물고기를 잡게 하신다. 우카이 장인 3명에게 내가 겹쳐 입고 있던 홑옷 두 장을 하사하셨고 환궁하신 후에 다시 술을 드시고 취하신 모습도 오늘 밤은 예사롭지가 않다.

날이 새고 상황이 주무시는 거처로 또다시 고노에 오이도노가 오셨고 "여러 날 계속되는 객지 잠은 재미없는 일이지요. 그

73 가마우지를 길들여 여름밤에
횃불을 켜 놓고 은어 따위의
물고기를 잡게 하는 일 또는
그것을 업으로 삼는 사람.

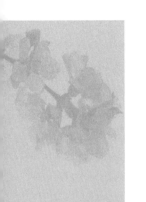

렇지 않아도 후시미전에서는 잠들기 어려운데."라고 하시며 "불을 밝혀 주십시오. 성가스러운 벌레들이 있을지도 모릅니다."라고 너무나 집요하게 말씀하시는 것도 괴로운데 상황께서 "어째서 가지 않는가."라고 말씀하시니 정말로 슬픈 일이다.

오이도노는 "노친네의 망령을 용서해주시겠습니까. 무례하다고 생각할지 모르지만 이렇게 해서 후견인이 되어 드린 예는 옛날에도 많았지요.[74]"라고 상황의 배갯머리에서 나에게 말씀하시는데 도무지 할 말도 없고 괴롭다는 말로는 부족할 정도다. 상황은 언제나 그랬듯이 명랑하게 "나 역시 혼자서 자는 것은 외로우니 멀지 않은 곳에 있어주게."라고 하셨기 때문에 어제 머물던 방에서 밤을 보냈다.

오늘 아침은 아직 날이 어두운데도 환궁한다고 하셔서 소란스러웠기 때문에 일어났다. 이별하면서도 "괴로움이 남는다."고 말하는 듯했지만 나는 환궁하는 상황의 수레에 동승했고 사이온지도 수레에 타셨다. 기요미즈 다리 근처까지는 모든 수레가 함께 나아갔지만 교고쿠부터 상황의 행렬은 북쪽으로 향하고 나머지는 서쪽으로 향하며 갈라질 무렵 어쩐지 섭섭한 마음이 들어 오이도노의 수레의 뒷모습을 배웅하고 만다. 이것은 도대체 언제부터 몸에 배인 습성인가 싶다가도 내 마음이지만 잘 모르겠다는 생각이 들었다.

74 고노에 오이도노는 겐치(建治)3년[1277년] 당시 50세임.

144

Chapter 3

근심어린 눈물을 견주고 싶네
누구의 소맷자락이
더 흥건히 젖어 있는지

아리아케노쓰키와 니조의 대화를 엿듣다

세상을 살아가는 것이 너무 힘들다는 생각이 들자 대체 언제
까지 같은 생각만 해야 하는 것인지 우울하기에 속세를 떠나 은
둔하고 싶다고만 생각하고 있었다. 그러나 그것도 뜻대로 되지
않는다고 생각하자 역시 아직 세상을 버리기는 어려운 것이라
고 나 스스로를 원망하고 있었다. 그러다 잠이 든 밤의 꿈에 상
황의 곁에서 멀어지게 된다는 운명이 보이기에 그 악몽을 어떻
게 좋은 방향으로 바꿔야하나 생각해 보았지만 아무런 보람도
없이 2월 중순이 되었다.

모든 꽃들이 차츰 꽃을 피울 준비를 하고 매화 향기를 실은
바람이 불어오지만 마음은 여전히 무언가 채워지지 않아 여느
해보다도 허전함과 슬픔이 더없이 한탄스럽다.

누군가를 찾으시는 상황의 목소리가 들려 무슨 일이신가하고

가보니 상황 곁에는 아무도 없이 궁녀들의 대기실에 홀로 서 계신다. "요즘은 궁녀들이 모두 사가로 돌아가서 너무나 적적한데 그대까지 늘 처소에만 틀어박혀있는 걸 보니 혹시 다른 누군가에게 마음을 빼앗긴 것인가."라고 하시지만 또 그러신가 싶어 곤란해 하고 있는데 아리아케노쓰키가 드셨다고 전갈이 왔다.

곧바로 아리아케노쓰키를 자신의 거처로 드시게 했기에 어쩌지 못하고 그저 그대로 상황 앞에 대기하고 있었다. 그 무렵 이마고쇼^{今御所}라 불리고 나중에는 유기몬인^{遊義門院}으로 불리시는 황녀께서 병세가 나아지지 않고 있어서 쾌유를 비는 여법애염왕법[1] 기도를 올리라는 뜻을 전하신다. 그 이외에 상황 자신을 위해 북두법^{北斗法}[2]기도를 명하신다. 이것은 나루타키^{鳴滝}[3]가 담당했다.

두 사람이 평소보다 허심탄회하게 이야기를 나누시는 동안 나는 곁에서 시중을 들었지만 아리아케노쓰키의 심중은 어떠실까 생각하니 무섭기만 하다. 상황께서는 황녀의 용태가 좋지 않다는 전갈이 왔기 때문에 서둘러 그쪽으로 드시면서 "돌아올 때까지 기다려 달라."고 하시기에 말씀드렸다.

마침 그때 아무도 없고 나 혼자 있었는데 아리아케노쓰키께서 괴로운 날들의 연속이었다는 말로 시작해 지금까지의 일 등을 말씀하시며 눈물을 흘리시는데 주위사람들이 이상하게 생각할 정도이다. 나는 달리 대답할 말도 없어 잠자코 듣고 있었는데 상황께서 곧바로 돌아오신 것도 몰랐다. 나를 연모한다고 계속해서 말씀하셨는데 문 너머로까지 들렸던 것이리라. 상황이 잠시 멈추어 서 계셨지만 어떻게 알 수 있었겠는가. 남녀간의

1 애염명왕(愛染明王)을 본존으로 불도를 닦는 밀교의 수행 방법.
2 북두칠성을 본존으로 하는 수행 방법.
3 반야사(般若寺)의 시조 류조(四條隆助) 승정을 말함.

관계는 그 누구보다도 눈치가 빠르신 상황이시기에 무슨 일이 있었으리라 짐작하시는 것이 곤혹스럽다.

비밀의 고백

상황께서 들어오시자 아리아케노쓰키는 아무 일도 없었다는 듯이 행동하셨지만 짤 수도 없을 만큼 많이 흘린 눈물이 소매에 남아있기에 얼마나 수상하게 생각하셨을까 가슴이 조마조마했다. 등을 켤 때쯤 아리아케노쓰키가 돌아가셨고, 그 후 매우 적막하고 인기척도 없는 초저녁에 상황은 나에게 발 등을 주무르라 하시고 잠자리에 드시면서 "그런데 너무나 의외의 이야기를 듣고 말았다. 도대체 무슨 일인가. 아리아케노쓰키와는 어릴 적부터 서로 흉금을 털어놓는 사이라고 생각했고 더군다나 출가한 몸이라 이런 일과는 전혀 인연이 없을 것이라고 생각하고 있었는데."라고 되풀이하여 말씀하신다.

그런 일은 없다고 말해봤자 별 소용이 없다는 생각이 들어 두 사람이 처음 만났을 때부터 헤어지게 된 날 밤의 일까지 조금도 숨김없이 말씀드리자

"정말로 이상한 인연이구나. 그러나 그렇게 생각다 못해 다카아키에게 다리를 놓게 했는데 네가 매정하게 말했다는 것도, 또 아리아케노쓰키의 원망의 결과도 아무리 생각해도 좋지 못한 일이 될 것이다. 옛날에도 그랬듯이 이러한 마음은 사람을 가리지 않고 생겨나는 법이다. 가키노모토柿本 승정은 소메도노染殿

황후에 대한 연정 때문에 모노노케[4]가 되었고 황후는 많은 부처와 보살의 힘에 의지했지만 결국 애욕의 길에 몸을 던지고 말았다. 또 시가사志賀寺의 스님의 경우에는 교고쿠 미야슨도코로御息所가 '나를 인도해 달라.'고 정을 남기신 덕분에 헛된 망상에서 벗어날 수 있었다.

아리아케노쓰키의 경우도 예삿일이 아니다. 그의 마음을 이해하고 받아들이도록 하거라. 내가 하라는 대로 하면 아리아케노쓰키는 전혀 눈치채지 못할 것이다. 이번에 여법애염왕법 기도를 위해서 올 테니까 적당한 기회가 있을 때 평소 그대에게 품었던 원망을 잊어버릴 수 있도록 배려해야 할 것이다. 부정한 몸으로 기도를 올리는 것은 좋지 않은 일이지만 내가 깊이 생각해 둔 바가 있다. 걱정할 일은 없을 것이다."라며 자상하게 말씀하시며 "내가 너에게 아무런 격의가 없기에 이렇게 상의하는 것이다. 어떻게 그렇게 할 수 있겠는가 생각하지 말고 거듭거듭 아리아케노쓰키의 원한이 풀릴 수 있도록." 하는 말을 삼가 듣고 있자니 어째서 괴롭지 않겠는가.

상황께서는 "누구보다 먼저 그대를 알았고 오랜 세월을 함께 보냈기 때문에 그대에 관한 것이라면 무엇 하나 소홀하지 않도록 마음을 써왔건만 어찌된 일인지 내 생각대로 되지 않는 일뿐이고 내 마음속을 다 보여주지 못하는 것이 너무 유감스럽다. 나는 돌아가신 그대의 어머니 스케다이 다이나곤에게 잠자리를 배워서인지 남몰래 그녀를 그리워하고 있었다. 아직 고백할 만큼 성장하지 않았다는 생각에 만사 조심스러운 나날을 보내는 동안 후유타다와 마사타다 등의 사랑을 받게 되어버려서 체면

4 사람을 괴롭히는 사령(死靈), 생령(生靈), 원령(怨靈), 사기(邪氣), 귀신을 말함.

148

이 서지 않지만 만날 기회만을 엿보고 있었다. 그대가 뱃속에 있었을 때도 차분하게 기다리지 못했고 그대가 사람들의 손에 안겨 있을 때부터 '어른이 되는 것은 언제일까'하고 기다리고 있었다."며 옛날 일까지 말씀하시는데 이렇게 된 것도 다 내 탓이지만 괴로움을 참기 힘들었다.

날이 밝았고 오늘부터 황녀의 병을 고치기 위한 기도를 올리기 위해 단壇을 준비하느라 사람들이 부지런히 움직이며 몰려들고 있는 광경을 보고 있었는데 남몰래 마음속에 간직한 가슴 아픈 생각이 밀려들었기 때문에 얼굴빛이 달라지고 있는 게 아닐까 나 스스로 남의 눈이 신경 쓰이고 걱정이 됐다. 이미 아리아케노쓰키가 입궁했다는 소리를 듣고도 모른 체하며 상황 앞에서 시중을 들고 있었는데 상황의 심중을 생각하니 너무나 곤혹스럽다.

고후카쿠사인, 니조의 임신을 예언

매번 아리아케노쓰키에게 심부름차 보내어질 때에는 평소보다 더한 양심의 가책 때문에 어찌할 도리가 없었다. 초저녁 근행이 시작되려면 아직 시간이 좀 남았는데 상황께서 진언眞言에 대해 아리아케노쓰키에게 물어볼 것이 있다며 의심스러운 것들을 적어주신 종이를 들고 아리아케노쓰키를 찾아갔다.

평소와 달리 인적도 없고 그 모습마저 희미하게 보이는 봄의 달빛이 아련하게 비쳐 오는데 아리아케노쓰키가 홀로 사방침에

149

기대어 염불을 외우고 계셨다. 아리아케노쓰키는 "당신과 헤어진 날 밤의 괴로운 기억을 이대로 잊겠다고 부처님께 맹세 했건만 이토록 참기 어려운 것을 보니 역시 목숨을 잃더라도 사랑을 선택해야만 하는 것인가. '다른 세상에서 살게 해 주십시오'라고까지 부처님께 기도했지만 이 길만은 아무리 죄를 씻는다고 해도 신도 받아들이지 않으니 어떻게 할 도리가 없다."며 한참동안 붙잡아두셨다. 자칫 이상한 소문이 퍼질까 두려운데 꿈만 같은 잠자리가 채 끝나기도 전에 "기도 시각이 됐다."며 술렁거리는 소리가 들린다.

나는 뒤쪽 문으로 나왔는데 두 사람 사이를 갈라놓는 관문 같은 생각이 들고 아리아케노쓰키는 "새벽 근행이 끝날 때 다시 만나자."고 거듭 말씀하시지만 또다시 괴로운 일에 매달릴 수도 없어서 내 처소로 돌아왔다. 그러나 "슬픔이 남는 가을 밤의 달."이라고 아리아케노쓰키가 읊조렸던 그 밤보다 오늘 밤은 특히 아리아케노쓰키의 모습이 눈물 젖은 소매에 그대로 남아있다는 생각이 든다. '이것이 바로 피할 수 없는 인연이라는 것인가'라고 스스로 반문하면서 이런 인연을 만든 전생까지 알고 싶어진다.

내 방에서 잠깐 잠을 청했지만 곧 날이 밝아와 그대로 있을 수는 없기에 상황의 수라 시중을 들고 있었다. 마침 사람들이 별로 없는 시간인지라 상황께서는 "어젯밤은 내가 생각한 바 있어 너를 보냈지만 아리아케노쓰키는 눈치채지 못했을 것이다. 내가 알고 있다는 사실을 알아서는 안 된다. 아리아케노쓰키가 나를 의식하는 것도 안쓰럽다."고 하시는데 나는 오히려 할 말도 없다.

기도를 올리는 아리아케노쓰키의 정갈하지 못한 마음을 생각하면 괴롭지만 기도 6일째 되는 밤이 2월 18일이었고 상황은 예년보다 훌륭한 히로고쇼弘御所5 앞의 홍매화를 감상하셨고 밤늦게까지 곁에서 모시고 있었는데 그사이 새벽 근행이 끝나는 듯하자 상황께서는 "기도도 오늘 저녁이면 끝이고 밤도 너무 깊어지고 말았다. 짬을 내 다녀오거라." 하시는 것도 곤혹스러웠다.

밤이 깊었음을 알리는 종소리가 들린 후에 상황께서는 히가시노 온카타를 부르셔서 다치바나의 방에서 주무셨다. 물론 분부 때문만은 아니지만 만날 수 있는 것 역시 오늘 밤 뿐이라는 사실도 애석해서 항상 만났던 곳으로 갔더니 아리아케노쓰키도 혹시나 하며 기다리고 있던 기색이 역력하다.

단념하지 않으면 좋지 않은 결과가 벌어질 것이라는 생각도 들고 지금까지 여러 가지 말씀하신 상황의 말이 귓가에 남아있다. 또 상황의 소매의 향기가 내 소매에 남아있고 거기에 보태어 아리아케노쓰키의 소매 향기가 다시 겹쳐지는 슬픔을 그 누구에게도 하소연할 방법도 없다.

아리아케노쓰키가 오늘 밤이 최후의 이별이기라도 한 듯이 울며 슬퍼하기에 좀처럼 어떻게 할 방법이 없다는 생각이 들었다. 지난번 헤어진 채로 끝나버렸더라면 하는 생각이 들지만 짧기만 한 봄날의 밤과 엇저녁의 만남이 이슬에 비친 빛처럼 덧없이 느껴졌다. 날이 밝아 아침에 이별하는 것은 또 어느 저녁에 만날 것을 기약하는 것이건만 그럴 기회도 가망도 없는 사이라서 다음과 같이 읊었다.

5 도미노코지전 안의 북쪽에 있는 별채.

151

괴로워서 이별하였던 그대이건만

이제는 만남을 기약할 수 없는 슬픔으로

눈물이 머물러 있네.

이런저런 생각을 해도 아무 소용도 없고 황녀의 병이 점차 좋아졌기 때문에 아리아케노쓰키는 초저녁 기도만 마치고 궁을 나서셨다. 마음에 남아있는 모습은 역시나 너무나 참기 힘들었다. 그러나 정말로 이상한 일은 아직 채 어둠이 가시기도 전에 일어나서 내 처소에 누워있는데 상황께서 우쿄노 곤노다이부 키요나가를 내게 보내셔서 "빨리 오라."고 하신다. "어젯밤은 히가시노 온카타 처소에서 묵으셨는데 왜 서둘러 사자를 보내신 것인가." 하는 불안한 마음에 가슴을 졸이며 가보니 상황께서는 "어젯밤은 너무 늦기는 했으나 기다리고 있을 아리아케노쓰키의 괴로운 마음을 생각해 그대를 그쪽으로 보냈고 그저 보통 사람들의 일이라면 이렇게까지 사정을 다 알고 있는 듯한 행동을 취하지 않았을 것이다. 아리아케노쓰키의 인품을 알기에 그냥 두고 볼 수 없어서 용서할 생각이 든 것이다.

그런데 어젯밤 이상한 꿈을 꾸었다. 아리아케노쓰키가 항상 소지하는 고코五鈷[6]를 받은 그대가 그것을 몸에 감추고 가만히 주머니에 넣는 것이다. 내가 그대의 소매를 붙잡고 '모든 상황을 속속들이 다 알고 있는데 왜 그렇게 감추는가'라고 물으니 그대가 너무나 슬픈 듯이 흐르는 눈물을 닦으며 주머니에서 꺼낸 것을 보니 그것은 은으로 된 고코였다. 돌아가신 고사가 법황의 물건이기 때문에 '내가 갖도록 하겠다'고 말하고 선 채로 그 고

6 밀교(密敎)의 법기(法器) 가운데 하나로 양쪽 끝이 다섯 개로 갈라져 있는 금강저(金剛杵).

코를 잡으려는 순간 꿈이 깼다. 오늘 밤은 반드시 그 꿈의 전조가 현실이 될 만한 일이 있을 것이라는 생각이 든다.

만일 그렇다면 틀림없이 그대는 『겐지모노가타리』에 나오듯이 이와네^{岩根}의 소나무^{아리아케노쓰키의 자식}를 얻게 될 것이다."라고 말씀하시는 것이었다. 상황의 그 꿈을 믿지는 않았지만 그러고 나서 다음 달이 될 때까지 침소로 부르시는 일이 없었다. 어쨌든 나에게 잘못이 있기 때문에 원망도 못한 채 지내고 있었는데 그사이 내 몸에 짐작이 가는 징후도 있었다. 도대체 앞으로 내 운명은 어떻게 될 것인지 알 수 없다.

3월 초순이었던가. 상황께서는 평소보다도 수행원도 적고 저녁 식사도 거르시며 별채에 드시어 나를 부르셨다. 상황은 후타무네쪽으로 드셨는데 그때 부르신다. 무슨 말씀을 하시려는 것인가 생각했지만 상황께서 끊임없이 다정한 말로 애정을 언약해주시는 것을 기쁘다고 해야 할지 구차하다고 해야 할지 잘 모르겠다. "그 꿈을 꾼 후에 일부러 그대를 부르지 않았다. 그리고 달이 바뀌기를 기다리는 동안 너무나 마음이 괴로웠다."고 하신다. 그러면 역시 생각하신 바가 있어서 그리하신 것인가 생각하니 어찌할 바를 모르겠다. 정말로 그 달부터 홀몸이 아니었기 때문에 이제는 아리아케노쓰키의 아이를 가졌다는 사실은 의심할 여지가 없지만 새삼스럽게 뱃속의 아이의 장래가 마음에 걸리는 것은 덧없는 일이다.

153

유키노아케보노노와의 그 이후

내게는 사실 첫 순정을 바친 사람이라고 할 정도로 서로 깊은 애정을 갖고 있던 유키노아케보노노와는 일전에 후시미전에서의 일이 있고 난 후 관계가 소원해졌다. 당연한 일이지만 그것이 늘 마음에 걸리는 걱정거리였다. 5월 초 돌아가신 어머님의 기일이기 때문에 잠시 사가에 내려와 있을 때 그에게서 편지가 왔다.

괴로워하는 내 마음과 꼭 닮은 뿌리는 없을까.
찾아보는 사이에 눈물로 젖는 내 소매여!

라고 자상하게 쓰시고 "고향에 머무는 동안 보는 이가 없다면 아주 잠시라도 만나고 싶다."라고 적혀있었다. 나는 답장에 그저 와카를 적어 보냈다.

"생각치도 못했던 괴로움이 겹쳐져
내 소매는 언제나 마를 날이 없네.

어떤 세상에서도 당신과는 영원할 것이라고 생각했었는데…"
라고 쓰면서도 정말로 부질없다는 생각이 들었는데 그 분은 으슥한 밤에 오셨다.

괴로웠던 지금까지의 일들을 아직 말도 꺼내지도 못했는데 주위가 소란스럽다. '산조쿄고쿠三条京極 도미노코지富小路 근처에 불이 났다' 고 사람들이 말한다. 이렇게 있을때가 아니었기 때문에 그 분은 서둘러 궁으로 돌아갔다. 그사이 짧은 밤은 곧 밝아서 내가 있는 곳으로 다시 돌아올 수도 없었다. 날이 완전히 밝아졌을 때 쯤 유키노아케보노에게서 "오늘밤의 장애물이 멀어져 가는 우리들의 운명을 알려주는 것 같아 우울할 뿐입니다." 라고 적고

끊어질 듯 말 듯 흐르는 물처럼
맞물리지 않는 우리 인연은 끊어져 버리리.

라는 와카가 있었다. 정말로 하필 어젯밤에 일어난 장애물은 예삿일이 아니라는 생각이 들어 답가로

우리 인연은 여기까지 이지만
내 마음에 흐르는 눈물의 강은 언제까지나 마르지 않으리.

조금이라도 더 사가에 머물러 있었다면 유키노아케보노와의 만남은 오늘 밤으로 끝나지 않았을텐데 이날 저녁 상황께서 "급한 용무가 있다."며 수레를 보내셨기에 궁으로 돌아갔다.

아리아케노쓰키에게 사실을 고백

초가을이 되고 나서 언제 좋아질지 기약이 없었던 입덧은 진

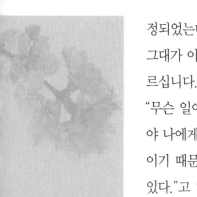

정되었는데 "복대를 할 때가 된 것이 아닌가. 아리아케노쓰키는 그대가 아이를 가진 사실을 알고 있는가?"라고 하신다. 나는 "모르십니다. 말씀드릴 기회도 없었기 때문에."라고 아뢰자 상황은 "무슨 일이든지 나에 대해 조금도 신경 쓸 필요는 없다. 처음에야 나에게 마음을 쓰겠지만 인간의 힘으로는 어쩔 수 없는 숙명이기 때문에 결코 마음 쓸 필요가 없다고 알려주려고 생각하고 있다."고 하신다.

나는 무어라 드릴 말씀도 없고 아리아케노쓰키의 마음도 그럴 것이라고 생각하지만 설령 내가 "아니 그것은 곤란합니다."라고 말씀을 드린다면 그것 역시 내가 아리아케노쓰키에게 마음이 있는 것처럼 보여서 내 스스로도 얄밉게 들리겠지라는 생각에 "알아서 조치해 주십시오."라고 말하는 것 외에 아무 말도 하지 못했다.

그 무렵 진언眞言교리와 관련한 설법회가 시작됐고 사람들이 질문 등을 할 때 아리아케노쓰키도 궁에 드셔서 4~5일간 상황 곁에서 지낸 일이 있었다. 법문에 대한 이야기를 마치고 술을 조금 드셨다. 내가 시중을 들고 있었는데 상황이 아리아케노쓰키에게 말씀하신다.

"그건 그렇고 널리 묻고 깊이 배운바 남녀간의 애욕은 죄가 아니라고 알고 있다. 피할 수 없는 전생의 인연은 인간의 힘으로는 어쩔 수 없는 것이다. 그러고 보니 과거에도 그러한 사례는 많았다. 조조淨蔵라는 행자行者는 미치노 지역의 여인이 자신과 전생에서 인연이 있었다는 것을 알게 되자 이 여인을 살해하려고 했지만 그렇게 하지 못하고 결국 그 여인과 부부가 됐다고

한다. 소메도노 황후는 시가사^{志賀寺}의 고승에게 "나를 인도해 달
라."고 말했다. 인간은 애욕을 참지 못하기 때문에 푸른 귀신이
되기도 하고 망부석이라는 돌도 사랑 때문에 생겨난 것이다. 또
가축이나 짐승과 연을 맺는 것도 모두 전생의 업보로 인한 결과
이다. 인간이 어떻게 할 수 없는 일이다." 라고 말씀하시는 것도
문득 나를 두고 하시는 말씀처럼 들려 몸둘 바를 몰랐지만 크게
소란스러운 일 없이 모두 물러갔다.

아리아케노쓰키도 물러나려고 하는 것을 상황은 "이렇게 밤
이 깊어 조용하니 차분하게 법문에 대해 이야기를 나누자."며
붙잡아두셨는데 나는 거기 있으면 거북해질 것 같다는 생각에
어전을 나왔다. 그 이후 두 사람이 나눈 대화가 무엇인지 모른
채 처소로 돌아왔다.

한밤중이 지날 무렵에 상황께서 부르셔서 가보니 "전에 이야
기했던 것을 이번 참에 좋게 알려주었다. 어떤 부모의 마음이라
도 나만큼 깊은 애정은 없을 것이다."라며 눈물을 글썽이셨기
때문에 무어라 대답할 말도 없고 우선 흘러내리는 소매의 눈물
을 참기 힘들었다. 상황은 평소보다 자상하게 말씀하신다.

상황께서는 아리아케노쓰키에게 "일전에 남녀의 인연은 피하
기 어렵다고 말했던 것을 그대도 들었을 것이다. 그 후 나는 뜻
밖에 두 사람이 하는 말을 듣고 말았네. 필시 꺼림칙하겠지만
목숨을 걸고 맹세했던 일이기에 서로 마음의 벽을 두어서는 안
될 일이요. 무엇보다도 세간에 이런 소문이 퍼져나가는 것이 바
람직하지 않은 신분이다. 참기 힘든 마음도 전생의 업보로 인한
결과라고 생각하니 조금도 이상하게 생각하지 않는다네. 니조

157

도 올봄부터 심상치 않은 몸이 된 것이 눈에 띄고 전에 내가 꾼 꿈도 예사롭지 않게 여겨져 니조와의 인연의 깊이도 알고 싶고 내가 꿨던 꿈의 결말도 확인하기 위해 3월이 될 때까지 니조를 침소에 부르지 않았던 내 마음도 헤아려주길 바라오. 만일 내말이 거짓이라면 이세伊勢, 이와시미즈石淸水, 가모賀茂, 가스가春日 등이 나라를 지키는 신들의 가호를 받지 못할 것이요. 마음에 두지 마시오. 이렇게 되었다고 해도 내 마음은 조금도 변하지 않을 것이니."라고 말씀하시자 아리아케노쓰키는 한동안 아무 말도 못하고 계속 흐르는 눈물을 훔치시며

"이렇게까지 말씀하시는데 감추는 일이 있어서는 안 되겠지요. 정말로 전생의 업보는 유감스러운 일입니다. 이렇게 생각해 주시는 은혜는 이승에서만 그치지 않고 영원히 잊을 수 없을 것입니다. 이렇게 나쁜 길로 인도하는 마음을 억누르기 힘들어 3년이나 지났음에도 그저 단념해야겠다고 생각만 할 뿐이고 염불을 외우며 불경을 들고 기도를 해도 니조를 잊을 수가 없었습니다. 생각다 못해 맹세한 기원문을 니조님에게 보냈지만 집착은 여전히 멈추지 않으며 또 톱니바퀴 돌듯이 우연히 만나는 것조차 괴롭다고 생각하지 않는 저 자신을 원망하고 있는데 그토록 확실한 인연의 증표까지 있기 때문에 상황의 황자 한 분께 모든 것을 맡기고 저는 깊은 산중에 은거하는 은둔자가 되겠습니다. 오랜 세월 마음씨가 늘 깊으셨지만 이번 일에 대한 기쁨은 후세까지 이어질 기쁨입니다."라며 울며 자리를 떠났다. 니조 너만을 한결같이 생각하는 모습에 정말로 큰 감동을 느꼈다는 말씀을 듣는데 "좌우로 모두 젖는 소매여." 란 바로 이런 것

을 말하는구나 싶어 눈물이 넘쳐흘렀다.

피하기 힘든 숙명

사정을 알고 싶어서 다음날 법사法事를 마치고 나서는 시각이 임박한 야밤에 상황의 심부름을 가장해 아리아케노쓰키의 방으로 들어갔다. 아리아케노쓰키 앞에는 사찰에서 심부름하는 어린 동자승 한 명만 자고 있었고 그 외에는 아무도 없다. 항상 만나던 곳으로 오시면서 "지금의 이 괴로움이 오히려 후에 기쁨의 계기가 되기도 할까라고 생각하는 내 마음을 스스로도 애처롭다고 생각하오."라고 말씀하신다. 이전에 괴롭게 이별을 할 때의 달빛 아래서 보았던 아리아케노쓰키를 생각하면 역시 도망치고 싶은 심정이지만 내일은 진언교리 설법 마지막 날이기에 오늘밤뿐이라고 생각하니 헤어지는 것이 섭섭한 것도 사실이다.

밤새도록 흐르는 눈물도 참을 수 없을 정도이다. 앞으로 이 몸이 어떻게 될 것인지 생각하니 상황에게 들었던 것과 조금도 다르지 않게 말씀하시고 "오히려 일이 이렇게 되고 보니 당신과 만날 수 있는 기회를 얻을 수 있을 것이라는 생각이 들고 예사롭지 않은 내 마음을 알았소. 임신이라는 뜻하지 않은 일까지 있기 때문에 이번 세상만으로 끝나는 인연이라고 대수롭지 않게 생각할 수도 없는 것이오. '태어날 아이는 내가 진심을 다해 기를 것'이라는 상황의 말씀을 받자와 기쁨도 애절함도 더할 나위 없소. 그래서인지 태어날 아이가 걱정이 됩니다."라며 웃다가

159

울다가 이야기하시는 동안 날이 밝는 소리가 들려왔다. 자리에서 일어나 나오려 하자 "또 어느 저녁에 만남을 기약할 수 있을까." 하고 흐느껴 우는데 나 역시도 정말로 그렇게 생각되었다.

눈물에 젖은 내 소매에 머무는 아리아케노쓰키님
날이 밝아도 언제까지나 머물러 있었으면 싶네.

라고 생각한 것은 아리아케노쓰키와 마음이 통해서일까.

'이것이 피하기 힘든 숙명이란 것일까' 계속 생각하며 처소에서 잠이 들었는데 상황이 사람을 보내셨다. "어젯밤은 마음속으로 은근히 그대를 기다리다 결국 홀로 밤을 새고 말았다."고 하시며 아직도 침소에 계신 것이었다. 상황께서 "지금도 헤어짐이 아쉬워서 이별의 슬픔만을 생각하고 있는 것인가."라고 말씀하셔도 나는 뭐라 대답할 말도 없고 세상에는 그렇지 않은 사람들이 많은데 왜 나는 이렇게 괴로워해야 하는가라고 생각하니 눈물이 흐른다. 상황은 이것을 또 어떤 식으로 생각하신 것인가. "불쾌하구나. 하다못해 꿈에서라도 편안하게 보고 싶다고 생각하는 건가."라고 당치도 않은 쪽으로 오해하신 모습이고 평소보다 심하게 귀찮은 것을 물으시는 것이 역시 걱정했던 대로다. 결국 암담한 내 앞날을 알려주는 것 같아서 계속 눈물만 쏟아지는데 나를 몰아붙이며 "그대는 오로지 아리아케노쓰키와의 석별의 정을 그리워하며, 내가 부른 것을 불쾌하다고 생각하는구나."라고 말씀하시는 것도 곤혹스러워서 처소로 돌아왔다.

기분까지 좋지 않아 저녁때까지 어전을 찾지 않았는데 이 일로 또 어떤 말씀을 하실까 싶어 괴로웠다. 어전에 출사하면서도 새삼 이 괴로운 세상에서 하루빨리 벗어나서 은둔자가 되고 싶은 생각만 든다.

오늘은 법문法文의 마지막 날이기 때문에 아리아케노쓰키도 참석하셔서 상황과 평소보다 한가롭게 말씀을 나누시는 것을 보니 심란한 기분이 들어 자리에서 일어나 오유도노노우에로 나왔더니 유키노아케보노가 "요즘은 숙직이라서 상황을 곁에서 모시고 있는데도 우연히라도 말을 걸어 주시지 않으시군요."라고 하신다. 어떻게 할 수 없어 그저 듣고 있으니 어전에서 나를 부르신다.

무슨 일인가 싶어 가보니 술을 드시려고 하던 참이었다. 은밀하고 조용한 방에 상황 앞에는 궁녀 한두 사람밖에 없는 것이 어쩐지 허전하다시며 히로고쇼에서 모로치카와 사네카네 등의 목소리가 들렸다고 하시고는 이들도 부르셔서 흥에 겨운 모습으로 노신다. 아직 여흥이 남아 있는데 주연이 끝나버렸고 아리아케노쓰키는 유기몬인의 처소에서 초저녁 기도를 올리고 떠나셨다. 그 이별의 아쉬움은 하늘의 구름을 쳐다보아도 하소연할 길이 없다. 호들갑스럽지 않게 복대를 준비해주신 상황의 마음을 헤아리니 너무나 슬프기 짝이 없다. 그날 밤 상황을 곁에서 모셔야했는데 밤새도록 이야기해 주시며 조금도 격의 없이 상냥하게 대해 주시니 어찌 괴롭지 않았겠는가.

부채 심부름

9월에 불전앞에 꽃을 바치는 법회는 평소보다 격식을 차려서 올리라는 말씀이 있어 이전부터 그 준비로 분주했다. 임신 중인 몸은 삼가야 할 것 같아 휴가를 달라고 말씀드렸지만 아직 특별히 눈에 띄지 않기 때문에 인원수를 채우기 위해 참석하라고 하신다. 연보라색 옷에 붉은 색 당의, 불그스름한 황색 홑옷을 2장 겹쳐 입고 그 위에 청색 당의를 입고 저녁 당번이라 어전에 가 있었는데 "아리아케노쓰키가 드셨습니다."라는 소리가 들린다.

그 소리를 들으니 왠지 가슴이 두근두근거리는데 법회를 통해 부처님의 가호를 빌기 위해서라고 하시며 불당에 드신다. 내가 여기에 있다는 것을 들으셨을 리가 없었는데도 잡무를 맡아보는 쇼지承仕스님이 내 쪽으로 와서 상황께서 '법당에 부채가 떨어지지 않았는지 찾아봐 달라'는 전갈을 전했다.

좀 의아해하면서도 안쪽 미닫이를 열어 살펴봤지만 부채 같은 것은 없다. 그대로 미닫이를 닫고 "없습니다."라고 하자 쇼지는 그대로 돌아갔다. 아리아케노쓰키가 미닫이를 조금 열고 "만날 수 없어서 괴로웠는데 이런 때는 특히 남들에게 들키기 쉬운 법. 누군가 믿을 만한 사람을 통해서 당신의 사가로 소식을 전하겠습니다. 결코 남들에게 들켜서는 안되니까."라고 하신다. 그렇지만 어떤 계기로 세간에 말이 퍼져나갈지도 모르고 아리아케노쓰키의 명성에 흠집을 내는 것도 염려되기 때문에 완강하게 거절하지 못하고 그저 "어쨌든 세상에 소문만 나지 않는다면."이라고 말하고 미닫이를 닫았다. 아리아케노쓰키가 돌아간

후 시간이 지나서 어전으로 가니 상황께서는 "부채 심부름은 어찌 되었는가?"라고 웃으셨고 비로소 상황이 '나와 아리아케노쓰키를 배려해 보내신 사자였던가' 하고 알아차렸다.

사가전에서의 주연

10월경이 되자 오락가락하는 가을비가 내리는 하늘의 모습도 내 소매에 깃든 눈물과 서로 경쟁이라도 하는 것 같고 예년과 달리 만사가 불안하고 마음을 달랠 길이 없어 사가에 살고 있는 새어머니가 있는 곳으로 내려가 그 근처에 있는 호린사法輪寺에 틀어박혀 있었다.

아라시산嵐山[7]의 단풍도 우울한 세상을 날려버리는 바람의 유혹에 빠져 오이강大井川[8]의 여울에 물결치는 단풍이 마치 비단인가 싶은 마음이 드는데 공사를 막론하고 잊기 힘든 옛날 일들이 떠오른다. 그중에서도 돌아가신 고사가인이 친필로 법화경 사본을 만드셨을 당시의 사람들 모습과 부처님께 바치는 공물까지 이것저것 떠올라서 '부럽게도 되돌아가는 파도구나[9]'라고 생각했다. 바로 옆 근처에서 우는 사슴소리는 누구랑 함께 울고 있는 것일까 슬퍼져서

나야말로 언제나 눈물이 마를 틈이 없거늘
사슴은 대체 무엇을 괴로워하며 우는가!

7 교토시 서부에 있는 산으로 벚꽃, 단풍으로 유명함.
8 아라시산의 산기슭을 흐르는 강.
9 옛날이 그립다는 의미. 『이세모노가타리』 7단 인용함.

163

라고 읊었다.

　평소보다 서글픈 저녁에 무언가 사정이 있는지 당상관이 찾아왔다. 누군가하고 보니 주조 야마모모노 가네유키楊梅兼行**10**였다. 내 침소 근처에 와서 안내를 부탁했기 때문에 평소와 다른 느낌이 들었다. 갑자기 오미야인의 용태가 좋지 않다고 하셔서 상황께서는 오늘 아침부터 병문안 차 행차하셨는데 당신이 계신 곳을 물으셨고 이곳에 계신 것을 알고 다시 말씀하시길 "급하게 오느라 궁녀들도 데려오지 못했다. 숙원이라면 다시 날을 잡아 기도드리면 될 것이니 일단 이쪽으로 건너오라." 는 전갈이었다.

　이곳에서 기도를 올린 지 5일째라 앞으로 이틀을 채우지 못하는 것이 마음에 걸리지만 나를 데리러 수레를 보내신데다 내가 사가에 있는 것을 아시고 궁녀들도 데려오지 않았다고 말씀하시는지라 이런저런 사정을 말할 수도 없어서 곧바로 오이전의 궁으로 갔다. 궁녀들은 모두 사가에 내려가거나 하여 도움이 될 만한 사람도 없는 데다 내가 이곳 사가에 있는 것을 믿고 두 상황이 같은 수레로 오셨기 때문에 시중드는 이도 없었다. 수레 뒤쪽에는 사이온지 다이나곤도 함께 오셨다. 마침 오미야인의 처소에서 식사를 준비하고 있었다.

　오미야인의 환후는 각기병으로 대단한 것은 아니어서 다행이라며 두 상황께서는 축하 연회를 열기로 하시고 우선 형님이신 상황의 분부를 받자와 동궁다이부 사네카네가 준비했다. 화려한 색색의 그림들로 장식된 찬합 10개에 식사와 안주를 차려 차례차례 사람들의 앞에 상이 놓인다. 이것으로 삼헌배를 드신 후

10 고후카쿠사인, 후시미인의
　가까운 신하.

164

그 상을 물리고 또다시 백미白米* 식사, 그 뒤 다양한 요리로 술을 드신다.

오미야인께는 짙은 복숭아 빛과 보랏빛 직물로 몸통은 네리누키練貫[11]로 만든 비파와 염색된 직물을 사용해 만든 거문고를 올렸다. 가메야마인께는 호쿄方磬[12]의 모형을 만들어 보랏빛 천을 감아 부분부분 짙고 그 주변은 연하게 염색한 천을 네 모서리에 대고 부적을 넣는 주머니의 가는 끈을 묶어 늘어뜨렸고 침향沈香의 자루에 수정을 넣어 북채로 만들어 헌상한다.

궁녀들에게는 고급 종이 백첩, 염색물 등으로 여러 가지를 만들어 내놓고 남자들에게도 시리가이鞦[13]와 색을 입힌 가죽 같은 것을 쌓아놓고 성대한 연회를 밤새도록 벌이셨다. 나는 여느 때처럼 술시중을 위해 들었다.

상황께서 비파, 가메야마인께서 피리, 도인洞院[14]이 거문고, 오미야인께서 양육하고 있던 황녀가 거문고, 동궁다이부 사네카네는 비파, 긴히라는 쇼노후에[15], 가네유키는 히치리키篳篥[16]를 각각 연주하신다. 날이 밝아짐에 따라 아라시산嵐山의 소나무 사이로 부는 바람소리가 엄청나게 들리고 조콘고인淨金剛院[17]의 종소리도 가깝게 들려올 때쯤 상황께서

도후로(都府楼)는 저절로 [18]

라고 읊기 시작하셨을 때는 흥이 최고조에 달했다. 오미야인이 "지금 술잔은 어디에 있습니까?"라고 물으셨고 가메야마인 앞에 있다고 하자 오미야인께서는 가메야마인에게 "그대의 목소리를

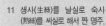

11 생사(生絲)를 날실로 숙사(熟絲)를 씨실로 해서 짠 명주.
12 타악기의 하나로 상하 두단으로 장방형의 철판을 8장씩 걸어 2개의 망치로 쳐서 소리를 냄. 여기는 견직물로 악기의 모형을 만든 것을 말함.
13 소나 말의 엉덩이에 걸어 수레의 나룻이나 안장의 뼈대를 이루고 있는 부분을 고정시키는 끈.
14 후지와라씨(藤原氏) 홋케(北家)의 사이온지 가문의 이름.
15 중국에서 전래된 아악에 쓰이는 관악기의 일종.
16 아악용의 세로피리의 한 가지로 나라(奈良)시대에 중국에서 전래됨.
17 사가전(嵯峨殿)에 있던 사원.
18 도후로는 저절로 기와의 색을 보고 관음시는 오로지 종소리를 듣네. 『와칸로에이슈(和漢朗詠集)』의 스가와라노 미치자네의 로에이를 변용함. 여기에서의 도후로는 다자이부(大宰府) 청사의 다른 이름.

165

안주 삼아 잔을 듭시다."라고 하셨다. 가메야마인께서 황송해하며 망설이고 계시자 고후카쿠사인께서는 술잔과 술병을 들고 안채의 발 안으로 들어가시어 오미야인에게 한 번 더 권하시고 나서

이 복되고 경사스런 날을 맞이하여 즐거움은 끝이 없구나.[19]

라고 읊으시자 가메야마인도 이에 합세하셨다. 오미야인께서는 "늙은이의 넋두리를 좀 들어주시게. 내가 이 혼탁한 말세에 태어난 것은 서글픈 일이지만 감사하게도 황후의 자리에 즉위하여 그대들 두 상황의 어미로서 2대에 걸쳐 국모였습니다. 나이는 이미 예순을 넘어 이 세상에 미련은 없습니다. 그저 내세에 극락왕생을 바랄 뿐입니다만 오늘 밤의 즐거움은 상품상생上品上生의 연꽃 대좌[20]에서 새벽에 듣는 영묘한 극락의 음악과 같이 생각되고 극락정토에 사는 가릉빈가迦陵頻伽[21]의 울음소리도 두 분 목소리의 훌륭함에는 미치지 못하리라 생각됩니다. 이마요 한 토막을 더 들려주시길 청하며 다시 한 번 술잔을 듭시다." 라고 말씀하셔서 가메야마인도 발 안쪽으로 들어가셨다. 동궁다이부 사네카네가 발의 가장자리에서 칸막이를 끌어당기고 발을 절반정도 말아 올리셨다.

사무치게 잊을 수 없는 추억들
남몰래 님을 기다리던 은밀한 밤
언제까지나 함께라는 약속들
달그림자에 드러나는 두 사람의 모습
생각하면 서글프기 그지없어라.

19 『와칸로에이슈』의 축하구절로 축하하고 싶은 날에는 기쁨이 한이 없고 축하할 때의 음악은 언제까지나 계속된다는 뜻.
20 극락세계에 왕생하는 사람이 앉는 극락세계의 연꽃 대좌(臺座)로 평생 지은 업이 깊고 얕음에 따라 아홉 가지로 차등을 두어 나누는데 그 중에서 가장 높은 곳.
21 불경에 나오는 상상의 새로 극락에 살고 있으며 여자 얼굴을 하고 그 울음소리가 매우 고움.

라고 두 상황이 읊으시는 소리는 그 무엇에도 비할 데 없이 훌륭하다. 마지막에는 취해서 우는 것인지 옛날 일들을 말씀하기 시작하셨다. 모두들 숙연해져 자리에서 일어나셨고 고후카쿠사인께서는 오이전으로 드셨다. 배웅이라며 가메야마인께서도 함께 오셨다. 동궁다이부 사네카네는 감기 기운이 있다며 물러났다. 상황께서는 젊은 당상관 두세 명과 함께 들어오셨다.

가메야마인과의 정사情事

상황께서는 "시중드는 이도 많지 않으니 머물라."고 나에게 이르시고 두 상황께서는 잠자리에 드셨다. 결국 혼자서 대기하고 있자 고후카쿠사인께서 "다리를 주물러 다오."라고 말씀하시는데 썩 내키지는 않았으나 누구에게 미룰 수도 없는지라 시중을 들고 있자니 가메야마인께서 "우리 두 사람 곁에서 그녀를 함께 자게 하시지요."라고 여러차례 말씀하셨다.

고후카쿠사인께서는 "실은 홀몸이 아니라서 사가에 머무르고 있는 니조를 이번 행차가 갑작스러운데다 시중드는 이도 데려오지 못했기 때문에 특별히 불러냈는데 앉고 서는 것도 힘들어하는 것 같습니다. 이러한 때가 아니라면 몰라도."라고 하셨으나 가메야마인께서는 "형님께서 곁에 계시니 염려 없을 것입니다. 『겐지모노가타리』의 스자쿠인은 동생인 겐지에게 온나산노미야마저 허락하셨는데, 그것은 단지 모노가타리에서만 그러한 것일까요. '일찍이 저는 궁녀들 누구라도 마음에 드시는 궁녀가

있다면 허락하지요'라고 말씀드렸었는데 그 약속도 아무 보람이 없네요."라고 말씀하셨다. 마침 그때 아제치 2품의 거처에 와 계신 전 사이구에게 "이쪽으로 와 주십시오."라고 말씀을 올렸다. 사이구에게 공을 들이고 있던 무렵이었던가.

상황께서는 "곁에 있어라."라고 말씀하시지도 않고 곧바로 몹시 취하신 듯 잠이 드셨다. 어전에 변변한 사람도 없는 탓에 가메야마인께서 "밖으로 나갈 것까지 없다."고 말씀하시고 병풍을 뒤로 나를 불러내시는데도 고후카쿠사인은 전혀 알지 못하셔서 난처했다.

새벽녘이 가까워지자 가메야마인께서는 고후카쿠사인의 곁으로 돌아오셔서 흔들어 깨우기 시작하시자 겨우 눈을 뜨셨다. 고후카쿠사인께서 "내가 잠들어 버린 탓에 곁에서 자던 니조도 달아나버렸구료."라고 하시자, 가메야마인께서 "조금 전까지 여기에 있었습니다."라고 말씀하시는 것도 너무나 두려웠지만 내가 저지른 죄도 아니기에 그저 선처해 주기만을 바라고 있었는데 별다른 분부는 없었다.

또 저녁이 되자 오늘은 가메야마인의 주최로 가게후사景房**22**가 주연 준비를 했다. "어제는 사이온지 사네카네가 주연을 준비하고 오늘은 가게후사가 가메야마인의 대리인이라고는 하지만 사이온지와 같은 역할을 맡게 되는 것은 신분상으로 격이 걸맞지 않다."며 소곤거리는 자도 있었으나 주연은 평소와 같은 요리와 술로 특별하지 않다. 오미야인에게는 염색한 직물에 바위를 수놓고 지반에 물 모양을 그리고, 침향의 배에 정향나무를 쌓아서 헌상했다. 상황께는 은銀으로 버들가지를 짜서 만든 상

22 가메야마 상황의 가까운 신하.

자에 침향베개를 놓아서 바쳤다. 궁녀들에게는 실과 솜으로 산과 폭포 등의 경치를 수놓은 것을 주었다.

중신들에게는 염색한 가죽과 옷감으로 감柿을 만들어 선물했는데, "특별히 니조는 곁에서 시중을 들었으니."라고 하시며 중국비단의 무늬인 가라아야唐綾, 보랏빛 무라고斑濃23 옷감 10장씩, 전부 54첩의 서책의 형태로 만들어 『겐지모노가타리』의 각 권의 제목을 적어서 주셨다. 주연은 어젯밤에 흥을 다했는지 오늘밤은 별일 없이 끝났다. 동궁다이부 사네카네는 감기 기운이 있다며 오늘은 나오지 않았다. "꾀병이 틀림없어." "아니, 정말이겠지."라고 사람들이 수군거렸다.

오늘 밤도 사지키전에 두 분 상황께서 납시어 저녁 수라도 그곳에서 드셨다. 두 분 곁에서 식사 시중을 들었는데 밤에도 함께 잠자리에 드셨다. 시중을 들기 위해 침소에 드는 것이 썩 내키지는 않지만 도망갈 방법도 없어서 봉사하면서도 새삼스레 세상살이의 어려움을 통감하게 된다.

이리하여 두 분 상황께서 환궁하시는데 "저는 호린사에서의 불공도 아직 남아있는데다 몸도 무겁기에…"라고 아뢰고 남았다가 사가로 돌아가기로 하였다. 두 상황께서는 오실 때와 마찬가지로 떠나셨다. 상황은 동궁다이부 사네카네가, 가메야마인은 도인 다이나곤이 배승하셔서 돌아가셨다.

떠들썩하게 두 상황께서 돌아가신 이후 오미야인께서 쓸쓸하니 "오늘은 여기서 머무르라."고 말씀하셔서 사가전에 들었더니 히가시니조인께서 보냈다는 편지가 있었다. 무슨 내용인지 전혀 짐작도 못하고 있었는데 오미야인께서 보신 후에 "이건 무슨

23 염색 방법의 하나로 부분부분 진하게 염색하고 그 주변 등은 연하게 염색하는 기법.

169

일인가. 제정신이 아니구나."라고 하신다. "무슨 일이시옵니까?"라고 여쭈어 보자 "내가 그대를 이곳에서 황후 대우를 하고 '그것을 알리려고 여러 가지 주연이 있었다고 들었는데 너무나 부럽습니다. 아무리 나이가 많은 몸이지만 저를 버리지는 않으셨을 것으로 압니다.'라고 거듭거듭 말하고 있다."라며 웃으시는 것도 거북스러워서 시조오미야의 유모집으로 갔다.

아리아케노쓰키의 아들 출산

어떻게 알았는지 아리아케노쓰키로부터 편지가 왔다. 이곳에서 얼마 떨어지지 않은 총애하는 동자승 집에 오셨다기에 사람들의 이목을 피해 그곳에 드나들었다. 그런 일이 반복되자 말 많은 사람들의 입방아에 오르내리게 되고 점점 세상의 이야깃거리가 되는 것은 아닐까 하는 생각에 가슴이 덜컥 내려앉는다. 그런데 아리아케노쓰키는 "내 한 몸 파멸하는 것은 상관없다. 그렇게 되면 깊은 산속의 초가 오두막에서 살자."고 하시며 계속 드나드시니 곤혹스러울 따름이다.

10월 말이 되자 전보다도 몸 상태가 나빠져서 마음이 불안하고 서글픈데 상황의 지시로 조부인 효부쿄가 출산 준비를 해주었다. 이슬처럼 덧없는 내 신세를 어찌해야 할지 한탄하고 있었는데 야심한 한밤중에 남의 눈을 피해 수레 소리가 나며 누군가 문을 두드린다. "도미코지전에서 교고쿠 궁녀께서 드셨습니다."라고 한다. 왠지 이상하다는 생각이 들어 문을 열어보니 상황께서 아지로구루마[24]로 납시었다. 예상치 못한 일인지라 몹시 놀라 어쩔 줄 몰라 했더니 "반드시 일러둬야 할 말이 있어서 왔다."라고 하시며 장황하게 이야기를 시작하신다.

"아리아케노쓰키와 그대와의 일이 세간에 널리 퍼지고 말았다. 나까지 구설수에 올라 있는 일 없는 일까지 꾸며대서 말하고 있다고 해서 정말로 난처하게 생각하고 있었는데 얼마 전 다른 곳에서 산기가 있었던 여자가 바로 오늘 밤에 사산死産을 했다고 한다. 그래서 "아무에게도 알리지 마라."라고 이르고 아직 태어나지 않은 것으로 했다. 당장이라도 그대가 낳은 아이를 그쪽으로 보내고 그대는 사산했다고 하는 편이 좋겠다. 그리하면 그대의 소문도 조금은 잠잠해질 테지. 나쁜 소문이 떠도는 것이 견디기 어려워 이렇게 조처하는 것이다."라고 하시며 새벽을 알리는 닭 울음소리에 부랴부랴 돌아가셨다. 깊이 걱정해 주시는 마음은 감사할 따름이지만 옛날이야기 속에 나오는 것처럼 내 아이가 남의 집 자식이 된다는 부모 자식 간의 인연도 서글프고, 괴로웠던 인연이 그냥 지나가지 않고 불행이 겹치는 내 운명도 괴롭구나 하고 생각하고 있는데 상황으로부터 편지가 왔다. "어젯밤 행차는 평소와 달라서 잊혀지지 않는구나."라고 자상하게 쓰시고

황폐한 집의 판자 차양마저
과연 잊히지 않네.

라고 쓰여 있지만 언제까지 이 마음이 지속될까 불안해서

24 대나무, 노송나무등으로 차체의 지붕과 양쪽에 입힌 우차를 말함.

171

불쌍히 여겨 찾아주시는 것도 언제까지일까.
생각하면 처량하기 그지없는 내 신세여.

라고 답장을 보냈다.

이날 저녁 무렵에는 아리아케노쓰키도 근처에 오셨다고 들었다. 그러나 출산이 임박해서인지 낮부터 기분이 좋지 않아서 찾아갈 엄두도 내지 못하고 있었는데 밤이 깊어지자 몸소 나를 찾아주셨다. 예상치 못했던 일이라 몹시 놀랐지만 사정을 알고 있는 두세 명 이외에는 드나드는 사람도 없기에 들어오시라 하여 지난밤에 상황께서 하신 말씀을 들려드렸다. 아리아케노쓰키께서는 "내가 아이를 거둘 수 없는 것은 그렇다고 해도 그대 곁에도 둘 수 없는 것은 참으로 유감이요. 세상에는 이러하지 않은 예도 많은데…" 라 하시며 참으로 안타까워하셨지만 "상황의 뜻이 그러하니 따를 수밖에 없지요."라고 하신다.

그러는 사이 새벽녘의 종소리와 함께 사내아이가 태어났는데 어떻게 생겼는지 분간도 되지 않는 갓난아이를 아리아케노쓰키는 무릎에 누이며 "전생의 깊은 인연이 있었기에 이렇게 태어난 것 일테지." 하며 눈물을 억누르지 못하고 마치 어른에게 말하는 것처럼 아이에게 이런저런 이야기를 하는 사이 날이 밝아져 가자 석별을 아쉬워하시면서 자리를 뜨셨다.

이 아이를 상황의 분부대로 보냈고 내 쪽에서는 아무런 연락도 없자 '니조님의 아이는 죽어 버린 것 같다'라고 말한 이후로는 세간의 수군거림도 완전히 사라졌는데 이는 전적으로 세심하게 배려해주신 상황의 덕분이니 여러모로 감사할 따름이다.

172

사정을 알고 있는 사람이 그 아이를 위해 여러 가지 도움을 주고 생활비를 보내는 일도 있어서 이러다가 결국 감출 수 없는 일이 되고 마는 건 아닌지 너무나 괴롭다.

아리아케노쓰키의 마지막 방문

출산은 11월 6일이었는데 눈에 띨 정도로 아리아케노쓰키의 방문이 잦은 것도 너무나 두려운데 13일 한밤중에 여느 때처럼 납시셨기에 여러 가지로 신경이 쓰였다. 재작년부터 교토에 있었던 가스가신사의 신목神木**25**을 이번에 돌려보낸다고 모두들 소란스러운데다가 전염병이 돌아서 일단 이 병에 걸리면 며칠을 버티지 못하고 죽는다는 소문을 들었다.

아리아케노쓰키는 "특히 주변에서 그 병으로 사망한 사람들의 소식을 듣기에 나도 언젠가는 죽은 사람들 숫자에 들어가는 것은 아닌지 불안해져서 이렇게 찾아왔소."라며 평소보다 불안하고 의기소침한 모습으로 이런저런 말씀을 하신다. "내세에서 어떤 모습으로 태어날지 모르지만 그대와의 만남만 끊기지 않는다면 상관없다. 극락세계의 연꽃대좌라고 할지언정 그대와 함께가 아니라면 괴로울 것이 자명하니 비록 허름한 초가집이라 할지라도 당신과 함께 할 수만 있다면 좋겠소."라고 한숨도 주무시지 않으시고 이야기로 밤을 지새우는 사이 날이 밝았다.

돌아가시는 출구와 울타리가 이어진 안채 쪽에 사람들이 있는데다가 몰래 변장을 한 모습이 오히려 눈에 띄기 때문에 오늘

25 신사 경내에 있는 나무. 특히 그 신사와 깊은 연이 있어 신성시(神聖視) 되었으며 일반적으로 부정한 것의 침입을 막는 의미의 줄을 둘러 쳐서 경계를 지음.

173

은 그냥 이곳에 머무시기로 했다. 너무나 두렵기에 사정을 아는 동자승 한 명을 제외하고는 아는 사람이 없는데 이 집에서는 뭐라고 수군거리고 있을지 걱정이 되건만 당사자인 아리아케노쓰키는 그다지 신경을 쓰지 않으니 뭐라고 드릴 말씀이 없다.

오늘따라 아리아케노쓰키님은 하루 종일 느긋하게 이야기를 하시는데 "괴로워하며 헤어졌던 그 새벽 이후, 그대가 갑작스럽게 모습을 감춰버렸다고 들었을 때도 속내를 털어놓을 상대가 없어 5부대승경五部大乘經**26**을 직접 손으로 적고 그대가 보낸 편지의 필적을 한 권에 한 글자씩 경문 속에 적어 넣은 것은 반드시 이 인간 세계에서 그대와 다시 한 번 맺어지고 싶은 염원 때문이었소. 너무나 심한 집착이기는 하지만 이 경문의 서사는 끝났지만 내세에 당신과 같은 곳에 태어나서 그때 할 작정으로 공양은 하지 않았소. 이것을 용궁의 보물 창고에 보관해 두면 200여 권의 경문의 공력으로 반드시 다시 태어났을 때에 공양할 수 있을 것이요. 그러니 만일 내가 이 세상을 떠난다면 화장시킬 때 이 경문을 장작과 함께 쌓아 태우려고 마음먹고 있소."라고 하셨다.

갑작스런 말씀에 "그저 같은 극락에서 하나의 연꽃대좌 위에서 태어나기를 기원하시지요."라고 대답하자 "아니요. 역시 현세에서 당신과의 사랑에 미련이 남았으니 다시 한 번 인간 세계에서의 생을 부여받고 싶다고 생각한 것이오. 세상의 이치로 죽음을 맞이한다면 허무하게 하늘로 솟아오르는 연기가 되어서라도 그대 주위를 떠나지 않을 것이오."라며 애처로울 정도로 진지하게 말씀하시고 잠자리에 드셨는데 심하게 땀을 흘리시며

26 천태종의 화엄경(華嚴經)·대집경(大集經)·대반야경(大般若經)·법화경(法華經)·열반경(涅槃經)의 다섯 불경을 이르는 말.

눈을 뜨셨다. "무슨 일이십니까?"라고 여쭙자 "꿈에서 내가 원앙
새가 되어 당신 몸으로 들어가는 것을 보았는데 이처럼 땀범벅
이 된 것은 지나치게 집착해서 내 혼이 당신의 소매 안에 머물
러 있는 탓이겠지." 라시며 "오늘까지 이곳에 머무르는 것은 좋
지 않을 테지."라며 일어나 나가셨다.

　달이 걸려있는 산꼭대기를 옆으로 길게 뻗은 구름이 하얗게
감싸고 동녘의 산 쪽에서는 희미하게 날이 밝아오고 있었다. 새
벽녘의 종소리에 헤어지기 아쉬워 눈물을 숨기고 돌아가시는
모습을 평소보다 더 애잔하게 생각하고 있었는데 동자승을 통
해서 편지를 보내오셨다.

　　내 영혼은 모두 그대 곁에 두고 왔건만
　　무엇이 남아서 이처럼 근심스러운가.

"평소보다도 더 슬픔과 애처로움을 주체하지 못하고 있소."라
고 되어 있기에

　　근심어린 눈물을 겨주고 싶네.
　　누구의 소맷자락이 더 흥건히 젖어 있는지…

라고 지금의 심정 그대로를 써내려갔다.

175

아리아케노쓰키의 죽음과 니조의 슬픔

아리아케노쓰키께서는 그날 그대로 입궐하셨다고 들었다. 그런데 18일부터인가 세상에 돌던 전염병 증세가 있으셔서 의원을 불렀다고 한다. 갈수록 병세가 심해진다는 말을 듣고 그저 마음만 아파하고 있던 중 21일이었던가. 아리아케노쓰키에게서 편지가 왔다. "지난번 그대와의 만남이 현세에서의 마지막이라고는 생각하지 않았는데... 이렇게 병에 걸려 죽어가는 내 목숨보다도 세상에 미련을 남기는 것이야말로 죄가 무겁습니다. 그날 밤 원앙을 보았던 꿈의 결말은 어떻게 되는 것일지." 라 쓰시고 그 끝에

내 몸은 이렇게 연기처럼 사라지지만
그 연기만은 당신이 있는 하늘에 나부꼈으면…

라는 와카가 있는 것을 보니 어찌 예삿일이라 할 수 있겠는가. 정말로 그날 새벽의 만남이 마지막이었나 싶어 슬퍼져서

나부끼는 연기를 당신의 흔적이라고
오래 살아야 알 수 있으리.

라고 썼다.

어수선한 때에는 오히려 폐가 될 것이기에 마음에 있는 말들을 모두 전하지 못하였으나 설마 이것이 영원한 이별이라고 생

각지도 않았는데 11월 25일쯤 아리아케노쓰키님께서 허망하게
이 세상을 뜨고 말았다는 소식을 들었다. 그저 꿈을 꾸는 것보
다 더 허망해서 아무 말도 할 수 없었는데 내 스스로도 죄스럽
기 그지없었다. "못다 이룬 꿈의 결말을 알고 싶소."라고 한탄
하시던 일, "슬픔이 남아 있는 가을밤의 달."이라고 낭송하시던
모습을 비롯해 가슴 아프게 헤어졌던 채로 있었더라면 이렇게
까지 그립지는 않았을 것이라고 생각하고 있는데 오늘 밤 따라
소나기가 내리고 구름의 움직임도 범상치 않아 밤하늘까지 서
럽게 여겨졌다.

"그대가 있는 하늘에"라고 적혀 있던 편지는 허무하게도 상자
속에 남았고 그 분의 향기는 그저 팔베개를 해 드렸던 내 소맷
자락에 한껏 배어 있었다. 불자의 길로 들어가는 것은 항상 예
전부터 염원해왔던 길이건만 사람들이 뭐라고 할지 두렵고 오
히려 돌아가신 아리아케노쓰키께 누가 되리라 생각하니 그리할
수 없어 안타까울 따름이다.

날이 완전히 샐 무렵에 언제나 드나들던 그 동자승이 왔다고
하는 소리를 들으니 꿈을 꾸는 듯 멍한 기분이 들었지만 서둘러
나가보았다. 동자승은 겉감은 노란색에 안감은 연한 파란색으
로 꿩을 수놓은 겨울옷을 입고 있었는데 지친 모습이었다. 밤새
흘린 눈물로 소매가 젖었음이 짐작이 가는데 또다시 울면서 하
는 이야기는 정말 필설로 다 형언할 수 없는 심정이었다.

이전의 '가을밤 달을 보아도 슬프기 그지없네'라고 읊으셨던
밤에 나와 바꿔서 입으셨던 고소데를 작게 접으셔서 항상 염불
하시는 방에 두셨는데 24일 저녁이 되자 그것을 몸에 걸치시고

177

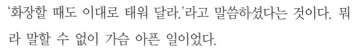

'화장할 때도 이대로 태워 달라.'라고 말씀하셨다는 것이다. 뭐라 말할 수 없이 가슴 아픈 일이었다.

또 동자승이 '이것은 당신께 전해드리라고 하셨습니다.'라며 비쭈기나무를 마키에蒔絵**27**로 한 커다란 상자 하나를 주었는데 그 속에는 편지로 짐작되는 종이가 들어 있었다. 새의 발자국 같아서 글자의 형상이라고는 보기 어려웠다

"지난밤의"라는 말로 시작되는데 "이 세상에서는"이라는 대목에서 전후를 짐작하여 읽어도 뭐라고 썼는지 알 수 없는 부분을 보자니 내가 흘린 눈물의 강과 그분이 건너실 삼도강이 하나가 되는 듯한 기분이 들었다.

> 저 세상으로 가는 삼도강에서
> 당신을 만날 수 있는 곳이 있다면
> 이 몸을 던져서라도 당신 뒤를 따라가고 싶네.

라고 하염없이 생각하였다. 이러한 상황에서도 와카를 읊을 정신이 남아 있었던 것일까. 그 상자 안에는 잘 싸진 금이 많이 들어 있었다. 그 후 동자승은 몸에 걸치셨던 추억이 담긴 고소데를 그대로 태운 일, 또 손으로 직접 적으신 5부대승경을 화장할 때 장작과 함께 쌓아 사용한 일 등을 이야기하며 양쪽 소매가 마를 새도 없이 울다가 돌아갔는데 그 뒷모습을 배웅하자니 마음이 어두워져 슬플 뿐이었다.

27 칠공예의 하나로 옻칠을 한 칠기 표면에 금·은 가루나 색 가루를 뿌려, 기물의 표면에 무늬를 놓는 일본 특유의 미술공예.

178

고후카쿠사인과의 증답

상황과도 각별한 사이셨기에 상황의 한탄도 예사로운 일이 아니었을 것이다. "너의 심정이 어떨지." 하고 편지를 보내 오셨는데 도리어 근심거리였다.

"덧없이 세상을 떠난 아리아케의 모습
분명 그대 가슴 속에 남아있으리.

괴로운 것이 이 세상의 이치라고는 하지만 그대에 대해 각별했던 마음도, 탄식도 안타깝기 그지없구나."라고 쓰여 있는데 뭐라 말씀드려야 좋을지 도무지 생각나지 않아서 그저,

미천한 저의 서러움도
세상을 떠나신 그 분의 모습도
모두 예삿일이 아니리.

라고만 썼다. 그저 마음도 말도 다 표현할 수 없어 눈물로 지새는 사이에 올해는 봄이 온 지도 모르고 벌써 연말이 되고 말았다.

상황의 연락은 끊이지 않았으나 "어째서 오지 않는가."라고만 하시고 이전과 같이 "곧바로 들라." 는 말씀은 없으셨다. 어쩐 일인지 얼마 전부터 딱히 이거라고는 말씀하시지 않으시지만 애정이 식어간다는 느낌이 들었다. 내가 스스로 저지른 잘못은 아니지만 여러 번 반복되었기에 그러시는 것도 무리가 아니구

179

나 싶어 출사가 내키지 않았다.

오늘내일 하는 사이 연말이 되었는데 "올해도 나도 오늘이 끝이구나." 싶어 너무나 서글펐다. 예전에 받은 편지를 뒤집어 법화경을 적고 있을 때에도 아리아케노쓰키께서 5부대승경을 쓰시면서 그것을 부처님의 가르침을 찬양하여 사람들을 불법의 세계로 이끌기 위함이라고는 말씀하시지 않은 것이 내 죄인가 싶어 슬프기만 하고 내세가 어떻게 될까 걱정이 되어 심란해 하며 지내고 있는 사이 새해가 되었다.

새해가 되었음에도 말 못하는 탄식의 눈물로 기분이 흐렸다 밝았다 했는데 정월 15일이었던가. 아리아케노쓰키의 사십구제가 되었기에 특별히 신뢰하던 스님이 계신 곳에 가서 후사쓰布薩**28** 하는 김에 방문하여 아리아케노쓰키님께서 주신 금을 조금 나눠서 추선공양을 위한 불사를 하면서 보시로 바쳤다. 그것을 싼 종이에,

> 이대로 끊어져 버린 인연이지만
> 다음 생에서는 극락정토에서 만날 수 있도록
> 이끌어주소서.

라고 적었다. 설법을 잘 하시는 스님이신지라 경문의 낭송이 특히 절절하게 와 닿아 경청하는 보람이 있어 눈물로 소맷자락이 젖어가는 사이 또다시 아리아케노쓰키께서 생전에 하시던 말들이 귀에 역력하게 들려오는 것 같았다.

바깥 출입을 피하며 2월 15일이 되었다. 석가모니가 열반하신

28 불교 교단에서 출가한 승려들이 보름마다 모여서 계율 주문을 읽고 서로에게 자신의 죄를 참회하는 의식.

옛날을 그리워하는 것은 어제오늘 시작된 것이 아니다. 나는 근심에 차있던 여느 시절보다 더 슬프다. 지난번 찾아갔던 스님의 승방에서 피안회彼岸会[29]에 이어서 14일간 계속해서 법화강찬을 행하고 있는 때와 맞아떨어진 것도 기뻤다. 하지만 요즘에는 매일 후주문諷誦文[30]을 청하면서도 누구를 위한 것인지 이름을 밝히지는 않고 그저 "잊을 수 없는 인연."이라고만 적는 것이 늘 아쉬웠다. 오늘은 경문을 읽는 마지막 날이기에 언제나 적는 후주문의 마지막에,

> 극락정토의 달을 기다리는 새벽은 아득하기만 한데
> 지금 막 세상을 떠나신 그분의 모습이
> 가슴에 사무치네.

라고 써두었다.

아리아케노쓰키의 아이를 임신

히가시산에 머무르고 있는 동안에도 상황으로부터는 편지도 전혀 없어서 역시나 마음이 식어버린 것인가 싶어 불안해져 내일은 교토로 돌아가려고 마음먹었다. 매사가 너무나 서글펐고 열반회에 거행하는 법회가 계속 이어져 스님들도 자지 않고 밤을 지새우기에 나도 설법에 귀를 기울이다가 소맷자락을 펼쳐 깔고 잠깐 눈을 붙였다. 잠깐 잠든 사이에 아리아케노쓰키가 생

29 봄과 가을에 2번, 7일간 행해지는 법회로 절에 불공을 드리고 성묘를 하는 등의 불교 행사를 벌임.
30 죽은 이의 명목을 비는 불교 의식을 행할 때 시주가 불사의 취지나 보시(布施)의 내용 등을 적어 승려에게 읽어주기를 청하는 글.

181

전과 다름없는 모습으로 "괴로운 이 세상의 꿈은 기나긴 어두운 밤길"이라고 하시며 끌어안으려고 하는 꿈을 꾼 후 나는 중병에 걸려버렸다.

의식도 뚜렷하지 않은 상태라 스님께서 "오늘은 여기에 머물면서 기도를 해 보시지요."라고 말하였으나 이미 수레 등을 준비해 둔 탓에 난처하지만 교토로 향했다. 도중에 기요미즈의 서쪽 다리 부근에서 꿈에서 본 아리아케노쓰키의 모습이 수레 안으로 들어오시는 듯한 기분이 들더니 그대로 정신을 잃고 말았다. 옆에 있는 사람이 이것저것 처치를 해주어 겨우 시조오미야 유모의 집에는 당도하였으나 물조차 넘길 수 없었다.

위중한 상태로 3월을 허무하게 절반이나 보내고 나서 임신인 것을 알아차렸다. 아리아케노쓰키와 만난 그날 새벽 이후로는 정갈한 마음으로 생활했고 눈도 마주친 사람도 없었기 때문에 그 분의 유복자를 가진 것은 의심할 여지가 없는 일이었다. 가슴 아픈 인연이었지만 다른 사람이 모르는 인연이 오히려 반가운 마음이 들면서 벌써 어떤 아이가 태어날지 궁금해지는 것은 어이가 없다.

가메야마인과의 소문

4월 10일경이었던가. 용무가 있으시다는 상황으로부터의 연락이 있었는데 여러 가지로 몸을 조심해야하고 썩 내키지 않아 이러이러한 병에 걸려 꼼짝 못하고 있다고 알렸더니 상황으로

부터 온 답장에는,

"이미 이 세상 사람이 아니거늘
떠나버린 사람만을 어째서 그토록 사모하는가.

　소맷자락이 마를 새가 없으리라고 짐작하고 있었다. 이제 과
거가 되어 버린 내게는 전혀 관심도 없는 것이겠지."라고 하시
기에 내가 그저 일편단심 아리아케노쓰키만을 깊이 생각하는
것도 마땅치 않아 하시는 것인가 싶었으나 실제로는 그게 아니
었다.
　가메야마인의 재위 시절에 내 유모의 아들이었던 나카요리라
는 자가 6위 구로우도[31]로 일하고 있었는데 양위시에 그대로 5
위로 승진하여 다이부쇼겐大夫将監[32]이 되어 가메야마인을 모시
던 중에 가메야마인과 나의 사랑의 길잡이가 되어 내가 밤낮으
로 더할 수 없는 총애를 받아 고후카쿠사인과는 관계가 멀어져
간다는 줄거리의 소문이 있었다는 것이다. 내가 어떻게 알 수
있었겠는가.
　기분도 진정이 되었고 더 이상 상황이 나빠지기 전에 다녀오
자는 생각이 들어 5월 초순경에 찾아뵈었는데 어찌된 일인지 별
말씀도 없으셨고 또 특별히 평소와 다른 점도 없었다. 내 마음
속은 우울하고 재미도 없다. 6월 무렵까지 봉사하고 있었는데
때마침 친척이 돌아가시어 상복을 핑계대고 궁궐을 나왔다.

31 천황과 천황가에 관한 사적인
　요건의 처리나 궁중의 물자
　조달, 경비 등을 담당하던 관
　청인 구로우도도코로(蔵人
　所)의 직원을 구로우도(蔵人)
　라 함. 6위 구로우도(六位蔵
　人)는 벼슬이 6위(六位)인 관
　리 중 특별히 구로우도로 임
　명한 자로 매일 교대로 천황
　의 수라상에서 시중을 들거나
　궁중의 잡일을 담당.
32 근위부(近衛府)의 판관(判
　官)을 말함.

183

남자아이를 출산

　이번의 출산은 더욱더 사람들 눈을 피하고 싶어서 히가시산 근처의 친척집에서 머물렀는데 특별히 찾아오는 사람도 없어 완전히 딴 세상에 온 듯한 기분으로 지냈다. 8월 20일경 산통이 시작되었다. 지난번에는 임신 사실을 숨겼어도 찾아오는 사람이 있었지만 이번에는 산봉우리의 사슴 소리만을 동무 삼아 하루하루 보낼 뿐이었다. 그리하여 별 탈 없이 사내아이를 출산하였는데 그 아이가 어찌 예쁘지 않을 수 있겠는가.

　아리아케노쓰키께 들었던 '원앙이 되었다는 꿈'처럼 되었다고 생각하자 얼마나 깊은 인연이었을까 싶어 슬퍼졌다. 나는 2살 때 생모가 세상을 떠나 얼굴조차도 알지 못하는 것을 슬퍼했는데 이 아이는 또 엄마 뱃속에 있을 때 아버지를 여읜 것이 안쓰러워서 아이를 곁에서 한시도 떼어놓지 않았다.

　공교롭게도 젖이 나오는 여인이 없어서 유모를 구하지 못한 채 내 곁에서 재우는 것조차 안타까운데 아이가 자고 있는 밑이 흠뻑 젖어 있는 것이 불쌍해서 안아 올려 내 쪽으로 가까이 끌어당겨 재우며 더없이 깊다는 모정을 처음으로 통감하였다.

　잠시라도 이 아이를 떼어놓는 것이 아쉬워서 40일 넘게 스스로 아이를 돌보고 있었는데 야마자키라는 곳에서 적당한 여자를 유모로 불러오고 나서도 여전히 잠자리를 나란히 했다. 그러한 연유로 상황께 출사도 하지 않아 마음에 걸려하면서 지내던 중에 겨울이 되었고 상황께서 "그렇게만 지내는 것은 무슨 일인가." 하는 연락이 있어서 10월 초순부터 다시 출사하여 해를 넘졌다.

새해는 정월 3일에 상황께 출사했는데 마음에 걸리는 일이 많았다. 딱히 어디가 마음에 들지 않는다고 하시지는 않으나 어쩐지 상황과는 마음의 벽이 있는 것처럼 느껴져 궁궐생활도 너무 괴롭고 불안해졌다. 지금은 과거의 사람이라고 해야 할 유키노 아케보노만이 "원망스러워 헤어졌건만."이라며 끊임없이 말을 건네주었다.

2월에는 피안 설법이 있어서 고후카쿠사인과 가메야마인께서 사가전으로 행차하셨다. 작년 이맘때에 보았던 故 아리아케노쓰키의 모습이 잊히지 않는다. 가라앉은 기분으로 중생구제를 위해 인간의 몸으로 태어나신 석가모니께 "천상천하 유아독존[33]의 가르침대로 구천을 헤메고 있을 아리아케노쓰키를 극락으로 인도하여 주소서."라고 한결같은 마음으로 기원했다.

> 그리움을 참는 눈물이 멈추지 않네.
> 오이강에 만남이라는 여울이 있다면
> 몸을 던지고 싶구나.

이런저런 생각을 해도 부질없고 그저 남녀 간의 인연이 원망스러워서 정말 이 와카처럼 물에 뛰어들어 빠져 죽어버릴까 생각하면서 남겨놔도 별 쓸모가 없는 오래된 편지 등을 정리하던 중, 문득 아직 갓 태어난 내 아이의 장래를 나까지 모른 척하고 사라져버린다면 누가 그 아이를 어여삐 여기나 싶어지자 그런 결심도 사라져버렸다. 불도에 들어가는 장애물은 바로 이것이

33 우주 가운데 자기보다 더 존귀한 이는 없다는 뜻으로 석가모니가 태어났을 때 처음 한 말이라고 전해짐.

185

구나 하는 생각이 들면서 당장에 아이가 그리워졌다.

찾아와 주는 이도 없는 물가에
갓 태어난 소나무는
어떤 인연이 있어서 태어난 것일까.

궁궐에서 추방되다

두 상황이 돌아가신 이후에 잠깐 짬을 내 궁을 나와 아이를
만났다. 생각보다 성장이 빨라서 옹아리를 하기도 하고 웃기도
하는 그 모습을 보니 자꾸만 서글퍼져서 오히려 만나지 말걸 그
랬다고 마음에 걸려하면서 출사하고 있었다. 초가을이 되어 외
조부인 효부쿄로부터 "궁궐의 방을 깨끗하게 치우고 궁을 나가
거라. 한밤중에 사람을 보내겠다."라는 편지가 왔다.

영문을 알지 못해 상황께 편지를 가지고 가서 "외조부께서 이
렇게 말씀하십니다. 무슨 일인지요?"라고 여쭈었으나 아무런 대
답도 없으시다. 어찌된 일인지 짐작도 할 수 없었다. 겐키몬인ㅊ
輝門院**34**께서 산미도노로 불리실 때의 일이었던가. 나는 산미도
노께 "어찌 된 일일까요? 이러이러 해서 말씀드리러 왔다고 상
황을 찾아뵈었으나 대답도 해 주시지 않으십니다."라고 여쭙자
산미도노께서도 "나로서도 알 수 없구나."라고 하셨다.

아무래도 궁을 나가야만 하겠기에 그 채비를 하는데 4살 되던
해의 9월에 처음 이곳에 와서 가끔 사가에 내려가 있을 때조차

34 후시미인의 생모로 히가시노
온카타를 말함.

186

마음이 놓이지 않았던 궐 안도 '오늘이 마지막인가' 하는 생각이 들자 하찮은 초목에 이르기까지 눈길이 가지 않는 곳이 없고 눈물이 앞을 가렸다. 때마침 나를 원망하고 계신 유키노아케보노께서 오셔서 "다른 방으로 가시는가?"라고 물으시니 서러움이 복받쳤다. 얼굴을 슬쩍 내비쳤으니 눈물로 젖은 소맷자락이 확실히 보였을 것이다. "어찌된 영문인가?"라고 물으시지만 대답하자니 한층 더 괴로워져서 말을 이을 수도 없었다. 오늘 아침 받은 편지를 꺼내어서 "이것이 서글퍼서."라고만 겨우 말하고 유키노아케보노를 내방으로 들어오시게 하여 울고 있는데 "도대체 이게 어찌된 일일까."라고 하시지만 누구도 그 사정을 알지 못했다.

고참 궁녀들도 나를 위로하며 연유를 물었지만 당사자인 나로서도 짐작 가는 것이 없어서 그저 울고만 있었다. 점점 날은 저물어 가는데 이런 일이 벌어진 것은 모두 상황의 의중이라서 지금 또다시 그 분께 찾아가는 것이 두렵기는 하지만 앞으로는 다시 찾아뵐 일도 없다는 생각에 마지막으로 상황의 모습이라도 한번 더 뵙자는 생각으로 비틀거리며 일어났다.

상황께서는 중신 두세 명과 두서없는 이야기를 하시는 중이셨다. 나는 억새에 칡을 푸른 실로 자수 놓은 얇게 누빈 명주와 생사 비단 상의에 붉은빛 당의를 걸치고 있었는데 상황께서 힐끗 이쪽을 보시며 "오늘 밤은 어찌된 것이냐. 나가는 길인가?"라고 하셨다. 뭐라 드릴 말씀도 없이 잠자코 있자니 "다시 올 기회가 있다면 다시 오겠다는 것인가. 그 푸른색 칡 자수는 전혀 반갑지 않구나."라는 말만 남기시고 히가시니조인에게 가시려는

187

듯 자리에서 일어나셨는데 어찌 그 분이 원망스럽지 않을 수 있겠는가.

아무리 심기를 불편하게 했을지언정 "너와 멀어지는 일은 없을 것이다."라고 수없이 약속하셨으면서 어째서 이제 와서 이렇게 되어버린 것인지. 곧바로 죽어 버리고 싶다고 생각해 보지만 그것도 부질없었고 타고 돌아갈 수레도 당도해 있어서 이곳을 벗어나 어디로든 모습을 감춰버리고 싶었으나 이 일의 경위가 아무래도 궁금하여 니조초二条町에 있는 효부쿄의 집으로 향했다.

효부쿄께서는 나를 보시고 "언제라고 할 것도 없는 나이 드신 분의 심술이라고 생각한다. 최근에 유난히 조정의 큰 행사들로 의지할 이도 없고 너에 관해서는 부친인 다이나곤도 없고 해서 걱정도 되고 오래도록 후견인이 되었어야 할 젠쇼지마저도 세상을 떠나 버려서 그렇지 않아도 걱정이 될 따름이었는데 히가시니조인으로부터 이러한 말씀까지 들으시니 계속해서 있게 할 수 없다고 생각하셔서 그리하신 것이다."라며 히가시니조인으로부터 온 편지를 꺼내 보여주셨다. 거기에는 "상황을 모신다하여 감히 나를 업신여기는 것이 괘씸하니 조용히 그쪽으로 불러들이세요. 니조에게는 모친도 없으니 당신쪽에서 조처를 해야 할 사람이니."라고 히가시니조인 본인이 이러쿵저러쿵 쓴 글이었다.

이러한 상황이니 '더 모시는 것은 어려웠겠구나' 하는 생각이 들어 궁을 떠나 온 것을 스스로에게 납득시킬 이유는 생겼다는 기분이 들었다. 그 이후로 나에게는 기나긴 가을 밤중에 눈을 뜨면 내 팔베개로 찾아오는 것은 다듬이질 소리뿐이라서 쓸쓸해졌다. 구름 사이를 건너는 기러기의 눈물도 근심어린 내 집 싸리나무의 윗 잎사귀에 이슬이 되어 앉은 것 같은 생각이 든다.

그러는 사이에 올해도 다 지나가고 있었다. 해를 보내고 맞이하는 채비도 의욕이 있어 하는 것도 아니다. 오래전부터 기온신사[35]에서 천일 기도를 드리고 싶다는 숙원을 간직하고 있었으면서도 이제껏 여러 가지 일이 많아 하지 못했음이 떠올라 그 결심을 다졌다.

11월 2일은 첫째 묘일卯日이기에 하치만궁의 가구라神楽[36]가 있으므로 우선 그곳에 갔는데 "신에게 마음을"이라고 읊었다는 사람의 이야기도 생각이 났다.

> 항상 신에게 간절히 기원하거늘
> 그 보람도 없는 처량한 내 신세를 한탄하네.

7일 간의 기도도 끝마치고 그 길로 기온으로 갔다.

아리아케노쓰키의 3주기

이제 이 세상에 미련이 남아있지 않으므로 "삼계三界[37]의 집을 나와 해탈의 문으로 인도하소서."라고 기원했는데 올해는 아리아케노쓰키가 돌아가신지 3주기였기 때문에 히가시산의 스님께 7일간 법화강찬과 5종법사[38]를 올려달라고 부탁하고 낮 시간 동안은 그 곳에 갔다가 밤에는 기온으로 돌아오곤 했다. 그 강찬

35 교토(京都) 기온(祇園)의 야사카(八坂)신사.
36 신(神)에게 제사를 지내기 위해 연주하는 무악(舞樂).
37 현세를 총칭하는 단어로 욕계(欲界), 색계(色界), 무색계(無色界)를 말함.
38 『법화경』 법사품에서 말하는 5종을 말함. 수지(受持)·독경(読経)·송경(誦経)·해설(解說)·서사(書寫)법사의 수행.

의 마지막 날이 바로 아리아케노쓰키의 기일이었기에 때마침 울리는 종소리에도 눈물이 흐를 듯한 기분이 되어,

법회 때마다 울리는 종소리에 소리 맞춰 울건만
어째서 이 괴롭기만 한 세상에 미련이 남아 있는가.

라고 읊었다.

아이를 몰래 숨기고 있기에 사람들의 눈이 조심스러웠지만 근심스러운 마음에 위안이 되려나 싶어 가끔 만나던 중에 해가 바뀌었다. 아이는 이리저리 뛰어 다니고 말도 하는 등 커 가지만 아무런 슬픔이나 괴로움도 알지 못하기에 더욱더 슬프다.

그건 그렇다고 하더라도 효부쿄마저도 서글펐던 지난 가을에 이슬과 함께 이 세상을 뜨셔서 슬픔이 한층 깊어졌는데, 생각지도 못했던 괴로움을 한탄할 틈도 없이 그 슬픔이 너무 커서 느끼지 못했던 것일까. 하루 종일 오로지 기도 수행을 하는 중간 중간에 이런저런 일들을 떠올려본다. 어머니의 혈육이라고는 조부이신 효부쿄만이 이 세상에 남아계셨건만……. 이제 와서 가슴이 미어지는 것은 이제야 마음에 여유가 생긴 탓일까.

점차 신사 주위의 담장 옆의 벚꽃이 만개하였는데, 분에이文永**39** 경에 기온신사의 제신인 고즈천왕牛頭天王**40**의 와카로서,

이 신사 담장에 천 그루의 벚꽃이 만개하면
그 벚꽃나무를 심은 사람도 번창하리.

39 가마쿠라 중기. 가메야마(亀山)・고우다(後宇多)천황기의 연호임.
40 고즈천황. 원래 인도의 기원정사(祇園精舍)의 수호신으로 약사여래의 환생. 액을 없애는 신을 말함. 교토 기온사(京都祇園社)의 제신(祭神)임.

라는 시현示現**41**이 있었다고 하여 이곳 기온신사에 많은 벚꽃을 심었다고 한다. 정말로 신의 예언에 의하거나 신의 은총으로 복을 받는다고 한다면 심는 것이 가지든 뿌리든 상관이 없을 거라고 생각하였다. 단나인檀那院**42**의 고요승정公譽僧正이 당시는 아미다인阿弥陀院의 벳토別当**43**로 계시던 때였는데, 신겐호인親源法印이라는 분이 다이나곤의 자제로 나오는 서로 왕래가 있는 사이였다. 이 불당 앞 벚꽃 가지를 하나 받아 2월 첫 번째 오일午日에 절의 사무장이었던 호인엔요에게 홍매화색의 얇은 기모노를 보시로 드리고 축시를 올리며 동쪽의 불당 앞에 그 벚꽃 가지를 헌납했다. 옅은 남색의 고급 안피지에 기록하고 그 가지에 다음과 같이 걸어두었다.

벚꽃이여!
뿌리가 없어도 아름다운 꽃을 피워 주렴.
이 꽃에 굳게 약속했던 마음을 신께서는 아시리.

그 벚꽃 가지가 지금은 뿌리를 내리고 꽃을 피우는 것을 보니 나의 기원도 결코 헛되지는 않으리라 생각했다. 이번 기도에는 천부 경문을 읽기 시작했는데 그렇게 신사의 방에만 계속 있으면 지장도 있고 피해도 줄 것 같아 호도인宝幢院**44**의 뒤에 있던 2채의 암자 가운데 동쪽에 있는 암자를 빌려 그곳에 틀어박혀 지내다 보니 올해도 저물어간다.

41 부처나 보살이 중생을 교화하기 위해 여러 모습으로 몸을 바꿔 나타남 또는 그러한 징후.
42 일본 천태종의 본산인 엔랴쿠사(延曆寺) 사원의 하나.
43 친왕, 섭정, 대신(大臣)의 집안이나 절, 신사 등의 특별기관에 두었던 장관.
44 기온사(祇園社)의 한 사원.

준후의 90세 축하연에 참석

　이듬해 정월 말일경에 오미야인으로부터 편지가 왔다. "기타야마 준후께서 90세를 맞이하셔서 그 축하연을 올봄에 하려고 준비를 서두르고 있다. 사가로 돌아간 지도 꽤 시간이 흘렀는데 무슨 지장이 있겠는가. 이럴 때에 와서 자리를 빛내주길 바란다. 준후님 측에서 봉사해 주길."이라는 내용이었다. "황송한 말씀이오나 상황의 심기를 불편하게 해드려 이렇게 사가에서 머물고 있사온데 무슨 기쁜 마음으로 그러한 화려한 자리에 참석하겠습니까."라고 거절의 뜻을 내비쳤으나, "그런 걱정은 할 필요 없습니다. 특히 준후님으로 말씀드리자면 그대는 물론이거니와 그대의 돌아가신 모친까지도 어릴 적부터 다른 사람들과는 달리 각별히 여기셨는데 이와 같은 준후님의 일생에 한 번 뿐인 경사스런 자리에서 봉사하는 것에 무슨 망설임이 필요하단 말입니까."라며 몸소 이래저래 권유를 하시는데 계속 고집을 부리면 다른 이유가 있는 거라 오해를 살까 싶어 참석하겠노라 말씀드렸다.

　기온신사에서의 기도는 400일이 넘었는데 돌아올 때까지 나 대신 기도할 사람을 구해 놓았다. 오미야인의 명으로 사이온지께서 수레 등을 준비해 주셨는데 이제는 어쩔 수 없는 시골 여자가 되었나 싶은 기분이 들면서 화려한 행사에 나가는 것도 어울리지 않을 것만 같았지만, 홍매화색 세 겹옷에 겉감은 연둣빛 안감은 엷은 적색의 얇은 하의를 입고 참석해 보니 예상대로 행사는 몹시 화려했다.

고후카쿠사인과 가메야마인, 히가시니조인, 아직 황녀이신 유기몬인께서도 전부터 같이 와 계셨던 모양이다. 신요메이몬인新陽明門院**45**께서도 행차하셨다. 축하 의식은 2월 말일로 예정되어 29일에 천황과 황태자께서 행차하신다. 우선 고우다천황께서 오전 2시경에 도착하였다. 문 앞에서 가마를 내리고 신관이 기원을 올리고 악사들이 음악을 연주한다. 오미야인의 사무를 담당하는 사에몬노카미左衛門督인 긴히라가 나와 행차의 경유를 오미야인께 보고 드린 후, 천황의 가마를 중문에 대게 한다. 니조 삼위추조二条三位中将 가네모토兼基가 중문 가운데에서 천황을 상징하는 3종의 신기神器 중에서 보검과 옥새를 확인하는 역할을 담당하려는 찰나에 황태자의 행렬이 도착했다. 일단 문 아래까지 거적을 깐다. 접대를 위해 임시로 만든 처소의 책임자인 아키이에顕家, 관백 겐페이, 사다이쇼 가네타다, 삼위추조 가네모토 등이 준비한다. 동궁 보좌관인 모로타다師忠 대신이 수레에 함께 타고 계셨다.

축하연 첫째 날

당일이 되자 궁의 모습은 남쪽 안채 세 칸의 중앙에 있는 방 하나의 북쪽 발을 따라 불대佛台를 세우고 석가여래상이 그려진 그림 한 폭을 걸었다. 그 앞에는 향화를 드리는 상을 놓는다. 그 좌우로 촛대를 세운다. 불대 앞에는 법회를 이끄는 스님을 위한 상좌上座를 놓는다. 그 남쪽에 스님이 독경을 위해 올라가는 단

45 가메야마인의 후궁(女御) 이시(位子), 고노에 모토히라(近衛基平)의 딸.

이 있었다. 같은 방의 남쪽 툇마루에 책상을 두고 그 위에 경문을 넣어두는 상자 두 개가 놓여 있었다. 그 안에는 수명경寿命経과 법화경이 들어있었다. 발원문의 초안은 모치노리, 정서浄書는 관백이 맡았다던가. 안채의 모든 기둥에 하타幡**46**와 화만華鬘**47**이 걸린다.

안채의 서쪽 한 칸 발 안쪽에 운겐繧繝**48** 다다미 두 첩 위에 중국산 비단으로 만든 깔개를 깔았는데 이것이 천황의 자리라고 한다. 같은 방의 북쪽에는 큰 무늬가 들어간 다다미 두 첩을 깐 고후카쿠사인의 자리, 다음 칸에 같은 다다미를 깐 가메야마인의 자리, 이들과 마주하는 동쪽 칸에 병풍을 세우고 오미야인의 자리, 그리고 남쪽 발에 칸막이의 얇은 천이 보이는 고후카쿠사인의 궁녀들이 대기하는 곳을 힐끗 봤지만 옛날 같았으면 나도 저쪽에 있었을 것이라고 생각하자 감회가 새롭다. 마찬가지로 서쪽 히사시庇**49**에 병풍을 세우고 운겐 다다미 두 첩을 깐 다음 도쿄산 비단으로 만든 깔개를 깔았는데 이것이 준후의 자리다.

이 준후라는 분은 사이온지 태정대신 사네우지공의 부인으로 오미야인과 히가시니조인의 모친이자 고후카쿠사인과 가메야마인의 조모이며, 천황과 황태자의 증조모이기 때문에 90세 생신 축하연을 세상 사람들이 모두 축하한다고 하는 것도 당연한 일이다. 결혼하기 이전에는 와시노오노 다이나곤 다카후사의 손녀, 다카히라경의 따님이기 때문에 나의 모친 쪽과는 끊을래야 끊을 수 없는 친척인데다 특히 내 모친도 어릴 때부터 준후가 계신 곳에서 자랐고 이어서 나 자신도 사랑하며 돌봐주신 추억을 갖고 있기에 이렇게 불려나온 것이다. 평소 차림이면 어떠

46 천이나 종이 등으로 제작해 높이 매달아 표식이나 장식을 하는 것.
47 불전을 장식하기 위해 불당 안쪽의 도리 등에 거는 부채 모양의 장식.
48 채색 방법의 하나로 짙은 색에서 옅은 색으로 차차 층이 지게 나타내는 방법 또는 그런 색조로 짠 직물.
49 몸채 주위의 조붓한 방.

냐고 오미야인의 배려로 보랏빛 의복으로 준후 곁에서 시중을 드는 것이 좋겠다는 결정이 났으나 이상하다고 생각하셨던지 다시 오미야인쪽으로 출사하라는 것이었다.

오미야인의 궁녀들은 모두 홍매색 진한 홑옷에 붉은 우치기누, 붉은색 당의를 입고 있었는데 사이온지의 배려로 나 혼자만 위에는 홍매색의 여덟 겹의, 겉감은 짙은 다홍색에 안감은 연한 다홍색에의 겹옷, 진한 다홍색 홑옷, 겉감은 노란색에 안감은 연두빛의 겹옷과 청색 당의, 붉은색 우치기누, 채색화를 넣은 것을 입는 등 각별하게 신경을 쓴 옷을 받아 입고 참여했다. 이런 것을 바랬던 것은 아니었기에 모든 것이 즐겁지만은 않았다.

축하연이 시작되었을까. 두 상황과 주상, 동궁, 오미야인, 히가시니조인, 이마데가와인今出川院**50**, 유기몬인, 동궁다이부 등이 속속 입장한다. 독경 종소리도 엄숙하게 들린다. 계단 동쪽에는 관백, 좌대신, 우대신, 가잔노인 다이나곤, 쓰치미카도 다이나곤, 겐다이나곤, 오이노미카도 다이나곤, 우다이쇼, 동궁다이부 등이 줄을 맞춰 서 있었지만 곧 자리를 뜬다. 이어 사다이쇼, 산조 주나곤, 가잔노인 주나곤, 사이온지가문의 사무를 담당하는 사에몬노카미, 계단 서쪽에는 시조 전 다이나곤, 동궁 곤노다이부, 곤다이나곤, 시조 재상, 우에몬노카미 등이 앉는다.

천황은 평상복인 히키노시引直衣에 생견으로 만든 하카마를 입으시고 고후카쿠사인은 노시에 푸른빛이 도는 사시누키, 가메야마인은 노시에 비단으로 만든 사시누키, 동궁은 노시에 돋을무늬 직물로 만든 보라색 사시누키를 입으셨다. 모두 발 안에 계신다. 사다이쇼, 우다이쇼와 우에몬노카미는 활을 들고 화살을 메

50 가메야마인의 중궁으로 사이온지 긴스케(西園寺公相)의 딸.

195

고 있었다.

악사들과 무인舞人들이 아악을 연주한다. 한 대의 계루고鷄婁鼓[51]의 선창으로 합주가 시작된다. 좌우의 무희들이 호코鉾[52]를 쥐고 춤을 춘다. 그 뒤 이치코쓰초一越調[53]를 연주하며 악사들과 무희들, 많은 승려들도 좌우로 갈라져 참례한다. 중문을 들어서 무대의 좌우를 거쳐 계단을 올라가 각자의 자리에 앉는다. 경전을 설명하는 강사인 호인겐지쓰法印憲實, 경문의 제목을 읽는 독사讀師인 승정 슈조僧正守助, 법회의 취지를 설명하고 명복을 비는 주원呪願 승정이 자리에 오르자 기원문을 건네는 승려가 석경을 친다.

도도지堂童子[54]로는 시게쓰네, 아키노리, 나카카누, 아키요, 가네나카, 지카우지 등이 좌우로 나눠 대기한다. 바이시唄師[55]가 범패를 부른 후 도도지가 산화散花에 쓸 꽃이 담긴 바구니를 나눈다. 악사가 이치코쓰초를 연주하고 그사이 산화하며 한 바퀴를 돈다. 계루고를 치는 악사가 앞에 무릎을 꿇는다. 수석 무희는 오노히사스케多久資이다. 상황의 보좌관 다메가타爲方가 녹禄을 받아 건넨다.

그 후 지팡이를 물리고 춤을 춘다. 때마침 아주 조금씩 내리는 봄비가 마치 몸에 실을 휘감는 듯했지만 사람들은 싫은 기색도 없이 여기저기 나란히 앉아있는 모습이다. 이런 일이 지금의 내게 언제까지 계속될 것인가 생각하자 우울한 기분이 든다. 왼쪽의 곡은 만자이라쿠万歳楽, 가쿠뵤시楽拍子에 이어 카텐賀殿, 료오陵王, 오른쪽 곡은 치큐地久, 엔기라쿠延喜楽, 나소리納蘇利이다.

두 번째로 오노히사타다多久忠가 조쿠로쿠노테勅禄の手라는 비전秘伝을 춘다. 그사이 우대신이 자리에서 일어나 왼쪽 무인인

51 고대 일본에서 사용됐던 북의 한 종류로 둥근 통 양면에 가죽을 댄 양면고로 왼쪽 겨드랑이에 끼고 오른손 채로 침.
52 쌍날 칼을 꽂은 창 비슷한 옛날 무기.
53 아악 여섯 곡조의 하나로 이치코쓰(壱越) 음을 주음으로 하는 료센(呂旋) 곡조.
54 궁중에서 열리는 대법회 등에서 불공으로 꽃을 뿌릴 때 담는 그릇을 나눠주는 역할.
55 불교의식에서 부르는 성명곡(聲明曲)을 독창하는 역할을 맡은 승려로 비교적 나이가 많은 승려가 낮은 음으로 부르는 것이 특징임.

196

지카야스近康를 불러 녹祿을 하사하신다. 이것을 받은 지카야스는 재배再拜를 해야 했으나 오른쪽 무희인 히사스케, 악사 마사아키政秋도 마찬가지로 녹을 받았기 때문에 지카야스는 재배를 하지 못하고 물러난다. 마사아키가 생황을 쥔 채로 일어났다 엎드려 배무拜舞[56]하는 모습이 너무나 잘 어울린다고 말했다.

강사인 호인겐지쓰가 자리에서 내려오고 악사들이 음악을 연주한다. 그 후 스님들에게 보시가 내려진다. 도노추조 긴아쓰, 사추조 다메카누, 쇼쇼 야스나카 등은 와키아케闕腋[57]에 히라야나구이平胡籙[58]를 메고 있었다. 다른 사람들은 포袍의 양쪽 겨드랑이 아래를 꿰멘 호에키縫腋를 입고 가죽 끈의 가는 칼을 차고 있었다. 스님들이 퇴장할 때 끝을 알리는 가이코쓰廻忽, 조게이시長慶子를 연주하고 악사들과 무희들도 모두 물러났다. 오미야인, 히가시니조인, 준후에게 식사를 올린다. 준후의 상을 차리는 것은 시조 재상 다카야스四条宰相隆康, 상을 받아 전하는 것은 사에몬노카미左衛門督이다.

축하연 둘째 날

다음 날은 3월 1일이다. 천황, 동궁, 두 상황에게 수라상을 올린다. 무대를 치우고 안채의 네 면에 비단으로 칸막이를 세웠다. 서쪽 구석에 병풍을 세우고 가운데에 운겐 다다미 두 첩을 깔고 중국산 비단으로 만든 깔개를 깔아 놓은 곳이 천황의 자리다. 두 상황의 자리는 안채에 마련한다. 동쪽 마주보는 한 칸에 운

56 행사 시 감사의 뜻을 표하며 재배(再拜)하고 좌우좌(左右左: 허리 위쪽을 좌로 향하고 다음으로 오른쪽으로 향하고 마지막으로 왼쪽으로 향해 배례하는 것)를 실시.
57 무관들이 착용하는 속대(束帶)용 상의로 무관의 정장으로 양 겨드랑이 밑을 꿰매지 않은 도포(道袍).
58 무관들이 화살을 꽂아 등에 지는 도구로 주로 행사 시 사용했으며 형태는 평평함.

197

겐 다다미를 깔고 그 위에 도쿄산 비단으로 만든 깔개를 깐 곳이 동궁 자리로 보였다.

천황과 두 상황이 출입할 때 발을 걷어 올리는 역할은 관백이 담당했고, 동궁을 위해서는 모로타다 대신이 늦는 바람에 동궁 다이부가 대신 그 역할을 맡았다. 천황은 늘 입으시던 노시, 붉은색 우치기누에 솜을 넣어 입으셨다. 고후카쿠사인은 가타오리모노固織物[59]로 지은 연한 사시누키, 가메야마인은 씨실을 도드라지게 짜서 무늬를 내어 지은 노시에 같은 사시누키. 이것도 붉은색 우치기누에 솜을 넣어 입으셨다. 동궁은 후센료[60]로 지은 사시누키, 우치기누에는 솜이 들어가지 않았다. 수라를 올린다. 천황께 올릴 상차림은 하나야마인 다이나곤, 상을 받아 전달하는 것은 시조 재상 다카야스, 산조 재상 추조가 담당했다.

고후카쿠사인께 상을 전달하는 것은 오이노미카도 다이나곤, 가메야마인께 상을 전달하는 것은 동궁다이부, 동궁은 산조 재상 추조가 맡는다. 동궁께 상을 전달하는 산조 재상 추조는 벚꽃빛깔 노시, 연보라색 옷, 같은 색의 사시누키, 붉은색 홑옷, 쓰보야나구이壺胡籙[61]와 오이카케緌[62]까지 한 것으로 봐서 오늘을 영광스러운 날이라고 생각하는 듯했다.

식사가 끝난 후 관현악 연주가 시작된다. 천황께는 가테이柯亭라는 이름의 피리를 상자에 넣어 다다요忠世가 올린다. 이것을 관백이 받아 천황의 앞에 놓는다. 동궁께는 황실에서 전해져 내려온 겐조玄象라는 비파를 올린다. 곤노스케 치카사다權亮親定가 가져온 것을 동궁다이부 앞에 놓는다. 물론 신하들의 피리 상자는 따로 있었다.

59 문양을 두드러지지 않도록 실을 굵게 묶어 짠 직물.
60 문양이 드러나도록 씨실을 도드라지게 짜서 무늬를 낸 능직물.
61 화살을 넣어 등에 메는 원통.
62 무관들이 쓰는 갓의 좌우에 매단 장식.

생황은 쓰치미카도 다이나곤과 사에몬노카미가 맡고 히치리키는 가네유키兼行가, 6현금和琴은 오이노미카도 다이나곤, 거문고는 사다이쇼 가네타다, 비파는 동궁다이부와 곤다이나곤, 타악기의 일종인 효시拍子는 도쿠다이지노 다이나곤이 맡았다. 도인 삼위 추조는 거문고, 무네쓰유宗冬는 쓰케우타付歌[63]를 맡고 이상의 역할들과 함께 사이바라催馬楽[64] 료몬[65]의 우타 곡명은 아나토토安名尊와 무시로다席田, 악樂은 도리鳥[66]의 파단破段과 급단急段. 률律의 우타로는 아오야나기青柳, 만세락万歳楽도 여기서 연주했던 것인가. 그리고 산다이三台의 급단이 연주된다.

관현악 연주가 끝나자 와카 경연대회가 있었다. 6위인 당상관이 작은 책상을 놓고 짚으로 엮은 둥근 방석을 깐다. 지위가 낮은 이들부터 와카를 적은 가이시懐紙[67]를 제출한다. 다메미치為道가 포袍의 양쪽 겨드랑이 아래를 꿰멘 호에키縫腋에 가죽끈의 긴 칼, 쓰보야나구이 차림으로 활과 가이시를 함께 들고 계단을 올라 책상 위에 놓았다. 나머지 당상관들의 것은 모두 모아 노부스케信輔가 책상 위에 놓았다. 다메미치가 가이시를 놓기 전에 동궁곤다이진 아키이에春宮権大進顕家가 동궁의 방석을 책상의 동쪽에 깔자, 동궁은 와카를 낭독하는 사람 사이에 앉으셨는데 사람들은 과거 연회가 생각나 오히려 새삼스럽다고 말했다.

중신들은 관백, 좌우대신, 준대신 모토토모儀同三司基具, 효부쿄 요시노리良教, 사키노토前藤 다이나곤, 가잔노인 다이나곤, 우다이쇼, 쓰치미카도 다이나곤, 동궁다이부, 오이노미카도 다이나곤, 도쿠다이지노 다이나곤, 사키노토 주나곤, 산조 주나곤, 가잔노인 주나곤, 사에몬노카미, 시조 재상, 우효에노카미右兵衛督,

63 현악이나 신악(神樂) 등에 붙여서 부르는 노래.
64 헤이안 시대 초기에 성립된 가요의 하나로 나라(奈良)시대 등 상대(上代)의 민요를 당악(唐樂)의 곡조로 바꾼 것.
65 아악의 음계 중 하나로 일본 고유 음악에서 갑(甲)보다 한 단계 낮은 음이며 일반적으로 저음역대임.
66 무악(舞樂)인 가료빈(伽陵頻)을 옮긴 시의 제목. 그 중간부인 파단과 종결부인 급단.
67 와카나 렌가(連歌) 등을 정식으로 기록할 때 쓰는 용지.

199

구조시종 삼위 다카히로九条侍従三位 隆博 등이 있었다. 모든 중신들은 노시 차림이었는데 우다이쇼인 미치모토通基만은 겉에 교료魚綾**68**로 만든 황금색 옷의 소데구치를 내어 긴칼을 허리에 차고 홀**69**과 가이시를 함께 가지고 있었다. 그 밖에 모임과 관계가 없는 무관들은 활과 화살을 메고 있었다.

가잔노인 주나곤이 오늘의 강사를 부르자 긴아쓰가 나선다. 천황의 와카를 전달할 독사讀師는 좌대신 모로타다에게 맡겨졌으나 사정이 있어서 우대신이 맡는다. 효부쿄 요시노리, 도추나곤 등도 분부에 따라 마찬가지로 독사로 나선다.

곤추나곤노 쓰보네權中納言の局의 와카는 붉은색 고급 안피지에 적어 발 안쪽에서 내놓는다. 가메야마인께서 "마사타다경雅忠卿의 딸작자 니조를 말함이 지은 와카는 왜 보이지 않는가."라고 물으시니 오미야인이 "몸이 좋지 않아서인지 읊기 힘들다고 합니다."라고 답하신다. "와카만이라도 지어야 하지 않습니까."라고 동궁 다이부 사네가네가 말씀하시기에 "히가시니조인께서 제 와카는 올리지 말라고 준후께 아뢰었다고 알고 있어서."라고 답하고

**처음부터 오늘 모임에 들어가 있지 않은 몸이기에
새삼 와카를 지을거라고는 생각도 못했네.**

라고 마음속으로만 생각하고 있었다.

천황과 가메야마인의 와카는 관백 겐페이가 강사로 나서 읽으신다. 동궁의 와카는 역시 신하와 같은 줄에서 긴아쓰가 낭독한다. 천황**70**과 가메야마인의 노래를 사에몬노카미가 전달하고

68 상질(上質)의 능직물로 문양을 두드러지게 만든 것이 특징으로 여기서는 물결무늬에 물고기 비늘(魚鱗) 모양이 있는 능직물을 말함.
69 관리들이 정장을 할 때 오른손에 쥐는 가늘고 긴 널조각.
70 여기서 천황은 센테센인(禪定仙院), 지금의 다이카쿠지 법황(大學寺法皇)을 말함.

관백께서 그때그때 낭독하신다. 이렇게 낭독이 끝났고 먼저 동궁이 들어가시고 그때 중신들에게 녹이 주어졌다.

천황께서 지은 와카는 겐페이가 쓰신다.

"종1품 후지와라노 아손 테이시 90세를 축하하는 노래

3월로 넘어가는 오늘까지 이 봄날이 긴 것은
준후께서 장수하실 것을 약속하는 듯하네."

가메야마인의 와카는 내대신內大臣이 쓰신다. 서문은 동일하지만 테이시라는 두 글자를 생략한다.

준후의 90세를 축하하는 봄을 맞이하여
휘파람새는 100세까지도 건강하시기를 바라며 우는 것이리.

동궁의 와카는 사다이쇼 가네타다가 적으신다. "봄날 기타야마의 저택에 행차하시어 종1품 후지와라노 아손의 90세를 축하하며 천황의 명에 따르는 노래"라며 "상上"이라는 글자를 덧붙인 것은 오랜 관례를 따른 것일까.

준후의 연세는 이제 90세가 됐지만
오늘 봄날의 영화로움은 천세만세 이어지리.

다른 와카들은 별도로 기록해 두기로 한다. 그렇다고 해도 동궁다이부 사네가네의

대대로 장수해온 이들을 능가하는 준후의 장수
오늘 이 영화로움을 위해서이리.

라는 와카는 지위고하를 막론한 모든 이들이 정말로 훌륭하다고
느꼈다고 한다. 故 태정대신 사네우지가 주최하였던 대장경 공
양 당시 고사가인께서 "꽃도 이 몸도 지금이 한창때인가."라고
읊자 사네우지 대신이 "우리 가문이 천대까지 번영한다는 상징
으로."라고 읊으신것은 너무나도 훌륭하게 들렸는데 이번 사네
가네의 와카는 그 조부에 뒤지지 않는다는 평판이었던 듯하다.

그 후 축국이 열렸고 각양각색으로 소매가 보이게 상의를 묶
어 올린 천황, 동궁, 가메야마인, 관백, 내대신을 비롯해 각각의
모습은 가히 볼만한 장면이었다. 고토바인의 겐닌健仁[71] 당시를
예로 들며 가메야마인이 직접 축국에 참석하셨다. 축국이 끝나
고 천황은 오늘 밤 환궁하신다. 아쉬워하시며 떠나시는 모습이
있는데 매년 봄에 열리는 관직 임명식이 있는 관계로 그 준비를
위해 서둘러 환궁하신다고 했다.

축하연 셋째 날

그 다음 날은 천황께서도 환궁하신 이후라 무관들의 모습도
보이지 않고 긴장이 풀린 듯한 모습이다. 정오쯤이 되자 기타야
마님의 침전에서 사이온지로 가는 길에 자리를 깐다. 두 상황은
에보시烏帽子[72]에 노시, 동궁은 노시의 끝을 올리고 계신다. 일행

71 쓰치미카도(土御門) 천황 당
시의 연호로 1201년 2월 13
일부터 1204년 2월 20일.
72 옛날 관례를 치른 중신(公家)
이나 무사가 머리에 쓰던 건
(巾)의 하나. 처음에는 검은
실을 붙여 만들었으나 후에
종이로 만들어 옻을 칠해 굳
혔으며 위계에 따라 모양이나
칠이 다른데 지금은 신관(神
官)등이 씀.

202

은 기타야마 저택의 신불을 모신 건물들을 순례하시고 묘온당 妙音堂[73]으로 납시었다. 이곳에 오늘의 행차를 기다린 듯이 마침 늦은 벚꽃이 딱 한 그루 피어 있는데 "다른 벚꽃이 모두 져 버린 후에 피어라."고 누가 가르쳐준 것인지 알고 싶은 기분이 들었다. 아악연주 준비로 떠들썩해졌는데, 기누가즈키[74]를 입은 궁녀들과 함께 사람들이 많이 모였고 모두가 권하기에 나도 가 보았더니, 두 상황과 동궁은 묘온당 안으로 드신다.

히사시에 피리는 가잔노인 다이나곤 나가마사, 생황은 사에몬노카미 긴히라, 히치리키는 가네유키, 비파는 동궁, 거문고는 동궁다이부, 북은 도모아키, 갈고[75]는 노리부시가 맡았다. 곡조는 아악 6조調의 하나인 반섭조盤涉調[76]로 곡목은 사이쇼로採桑老, 소고蘇合의 3첩帖, 파破, 급急, 하쿠추白柱, 센슈악千秋樂이 연주된다.

가네유키가 "쇼엔에 꽃이 피어있네."라고 읊는다. 특별히 악기의 음색과 조화가 잘 맞아 너무나 훌륭하지만 두 번을 읊은 후에 상황께서 "인정 없는 여공을 원망 하네[77]."라고 읊고나서 가메야마인과 동궁이 함께 소리를 하시니 너무나 멋지게 들렸다. 음악이 끝나자 환궁하셨는데 너무나 아쉬워하는 사람들이 많았다.

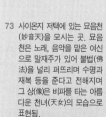

73 사이온지 저택에 있는 묘음천 (妙音天)을 모시는 곳. 묘음천은 노래, 음악을 맡은 여신으로 말재주가 있어 불법(佛法)을 널리 퍼뜨리며 수명과 재복 등을 준다고 전해지며 그 상(像)은 비파를 타는 아름다운 천녀(天女)의 모습으로 표현됨.
74 귀족 여성들이 외출 시에 입던 복장 또는 그 여성.
75 갈고(羯鼓)는 아악에서 쓰는 타악기의 하나로, 장구와 비슷하지만 양쪽 마구리를 말가죽으로 메어 대(臺) 위에 올려 놓고 좌우 두 개의 채로 치는데 합주 시 빠르기를 조절함.
76 반섭조. 아악에 이용하는 6개의 선법명(旋法名)인 6종류의 박자의 하나로 반섭(盤涉)음을 주음으로 하는 선법.
77 『와칸로에슈(和漢朗詠集)』 관현의 구절로 무녀가 입은 얇은 옷조차 무거워서 옷을 짠 여공을 원망한다는 뜻.

처량한 내 신세

아무리 궁궐의 화려하고 재미있는 것을 보아도 너무나 어둡기만 한 내 마음은 이런 장소에 나온 것조차도 후회스러운 기분

이 들었고 묘온당에서 들었던 상황의 목소리가 여전히 귓가에 남아있는 것도 슬퍼 축국이 있다는 소리에도 나가고 싶은 마음이 들지 않던 그 순간 다카요시가 편지라며 가지고 온다. "잘못 가져온 거 아닙니까?"라고 했지만 억지로 두고 갔기 때문에 열어 보니 상황께서 보내신 편지였다.

"그대와 소식을 끊고 살아갈 수 있을까
시험 삼아 헤어져 본 것인데,
그러한 세월을 어째서 원망하지 않는가.

역시 그대를 잊지 못하는 것은 헤어질 수 없다는 의미일까.
오랜 세월 쌓였던 마음의 응어리라도 오늘 밤 만나 풀어보자."
라고 적혀있었다. 답장으로

이처럼 세상에 살아있다고 알려지는
내 신세의 괴로움을 한탄하며 살아왔네.

라고만 올렸더니 축국이 끝나고 저녁 7시쯤 내가 쉬는 곳으로 상황이 불쑥 들어오셨다. "지금 뱃놀이를 할 참이다. 함께 들라."고 하셨지만 내키지 않아 일어서고 싶은 생각도 들지 않는데 상황께서 "그냥 평상복 차림으로."라며 손수 내 하카마의 허리띠를 묶어주시는 것도 언제부터 이렇게 자상하셨는가 싶었다. 지난 2년 간의 원망이 이걸로 풀리지는 않겠지만 계속 거역하기도 어려워 눈물을 닦고 일어섰더니 날이 저물기 시작할 때쯤 쓰리전에서 배를 타셨다.

먼저 동궁이 승선하시고 그 궁녀인 다이나곤님, 우에몬노카미님, 고노나시님이 함께한다. 이들은 예복 차림이다. 두 상황은 작은 배에 오르신다. 나는 세 겹옷에 얇은 기모노, 당의만을 입고 함께했다. 동궁의 배에서 부르심이 있어 옮겨 탔다. 관현악기가 운반된다. 중신들이 탄 작은 배가 사람이나 화물을 육지로 실어 나르는 하시부네와 함께한다. 가잔노인 다이나곤은 피리, 사에몬노카미는 생황, 가네유키는 히치리키, 동궁은 비파, 궁녀 우에몬노카미님은 거문고, 도모아키는 북, 동궁다이부는 갈고를 맡았다.

묘온당에서의 아쉬움을 달래기 위해 오후의 가락을 그대로 이어가 여기서도 반섭조다. 소고^{蘇合}의 5첩^帖, 린다이^{輪台}, 세가이와^{青海波}, 지쿠린라쿠^{竹林楽}, 에텐라쿠^{越天楽} 등이 몇 번이나 반복됐는지 다 셀 수 없을 정도다. 가네유키가 "산에 또 산"이라고 노래를 시작하자 "음악의 음색이 변하는 모습이 멋지구나."**78**라고 하시며 두 상황이 이어서 노래를 부르시는데 수면 아래에서 이 아름다운 소리를 듣고 놀라는 것은 아닌가하는 생각까지 들었다.

쓰리전에서 멀리 배를 저어 나가 보니 오랜 이끼에 덮힌 노송의 가지가 엇갈려 뻗어나가는 모습도 좋고 뜰에 있는 연못의 물도 좋아서 말로는 다 표현할 수 없을 정도다. 넓은 바다 위에서 노를 젓고 있는 듯한 기분이 들었는데 "2천리 밖까지 멀리온 것 같네."라고 하시며 가메야마인께서

구름을 가르고 파도를 가르며 멀리 왔네.

78 『로에이요슈(朗詠要集)』 관현(管絃) 등에 나오는 구(句)로 노래하는 목소리가 아름답게 변하는 모양새가 꿈인지 현실인지 구분하기 어렵다는 뜻임.

205

라고 읊으시고는 "악기는 더 이상 연주하지 않겠다고 맹세를 했다는 이유로 강하게 거절하겠지만 이 와카에 덧붙여 읊어라."라며 나를 지목하셔서 당혹스러웠지만 일단

그렇게 멀리 왔듯이 먼 앞날까지 번창할 그대의 대(代)이기에.

라고 하자 여기에 동궁다이부가 잇는다.

과거 태평성대를 훨씬 뛰어넘는 공물이 진상되리라.

도모아키가

그대의 막강한 권위도 신의 뜻대로 더욱 빛나리.

동궁이

신의 뜻대로 90세보다 더 많은 해를 보내시리.

다시 가메야마인

나이를 먹으면 거동이 힘든 것이 세상의 이치라네.

내가 다시

괴로운 일을 가슴에 담고 참아내기 때문이라네.

206

라고 하자 "이렇게 말하는 니조의 심정은 내가 잘 알고 있다."고 하시고 고후카쿠사인께서

아리아케의 달을 보면 항상 눈물이 흐른다네.

라고 하신다. 가메야마인은 "아리아케가 여기에 나오는 이유가 확실하지 않다."고 말씀하신다.

해가 완전히 저물자 행차를 주관하는 가몬료掃部寮**79**에서 이곳 저곳에 횃불을 켜고 환궁을 재촉하는 모습이 보이는데 평소와는 달리 정취가 있었다. 곧 쓰리전에 배가 도착했고 모두가 배에서 내리셨지만 여흥이 남아 아쉬운 듯했다. 물에 뜬 채 잠이 든 것처럼 떴다 가라앉았다 하는 붙들 길 없는 내 마음은 남 보기에도 그럴 것이라고 짐작되는데 이 연못이 견우와 직녀가 만나는 은하수가 아니기 때문인가, 누구 하나 내 마음을 위로해주는 사람조차 없는 것이 슬프다.

오늘 낮에는 동궁을 모시고 있던 다치와키**80** 기요카게淸景가 소나무와 등나무 자수를 놓은 겉감은 짙은 다홍색 안감은 남색인 우치기누 상하를 입고 있었다. 그의 행동과 관冠에 달린 장식마저도 정취가 있어 멋졌다는 평판이 있었다. 궁에 사자로 보내졌지만 착오가 생겨 궁에서는 도노오구라쿄 타다요頭大蔵卿忠世가 왔다는 것이다.

감사 선물로는 천황에게는 비파, 동궁에게는 일본 고유의 6현금이었다던가. 공로를 치하하는 포상이 내려져서 고후카쿠사인이 하사한 것은 도시사다俊定가 정4품하正四位下로 올라가고, 동궁

79 궁중의 건축 및 설비를 담당
　하던 부서 및 담당자들.
80 동궁에 딸린 무관의 직명.

207

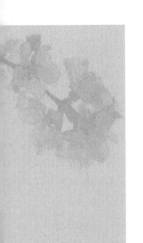

의 하사는 고레스케惟輔가 정5품하正五位下가 되었다. 동궁다이부의 비파상은 다메미치為通에게 양보해 다메미치가 종4품상從四位上이 되는 등 여러 명이 승진했다고 들었지만 특별히 상세하게 기록하지는 않는다.

동궁도 환궁하시자 너무나 조용해져 아쉬움도 많다. 상황은 사이온지 쪽으로 행차하신다고 하시며 여러 차례 사자를 보내 부르셨지만 고달픈 신세는 언제나 슬프고 얼굴을 내밀 처지가 아니라는 생각이 더욱 서글프다.

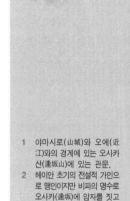

Chapter *4*

여행지의 하늘아래
눈물로 젖어가는 나의 소매
왜 젖어있느냐고 묻는 듯한
기러기의 울음소리가 슬프기만 하네

아카사카의 유녀

2월 20일이 지나 달이 뜬 시각에 교토를 떠나게 되었다. 미련 없이 버린 거처이지만 여기로 다시 돌아올 수 있을지 어쩔지 알 수 없는 것이 세상의 이치라고 생각하니 소매를 적시는 눈물이 새삼스럽다.

소매에 머무는 달님조차 눈물에 젖은 듯이 여겨지는 것은 내 스스로의 마음이 약해서이리라. 이곳이 오사카^{逢坂}[1]의 관문이라고 하는데 '궁궐도 초가집도 영원한 것은 없으니'라고 읊으며 세월을 보냈다던 세미마루^{蟬丸}[2]의 거처도 지금은 흔적조차 없고, 관문의 맑은 물에 비춰지는 나의 모습은 여행을 시작한 첫걸음부터 낯선 여행차림이어서 내 스스로가 너무나 가여워서 무심결에 발을 멈추게 된다.

마침 만발한 벚꽃이 단 한 그루 있는 것을 모른 채 지나치기

1 야마시로(山城)와 오에(近 江)와의 경계에 있는 오사카 산(逢坂山)에 있는 관문.
2 헤이안 초기의 전설적 가인으로 맹인이지만 비파의 명수로 오사카(逢坂)에 암자를 짓고 살았다고 전해짐.

209

어렵다. 시골사람인 듯 보이는데 말을 탄 깔끔한 옷차림의 네다섯 명이 이 벚꽃 근처에 쉬고 있었다. 이들도 나와 같은 마음일까 생각되어

길가는 나그네의 마음을 사로잡는 벚꽃이여!
오사카산에서는 관문지기로구나.

라고 생각을 하면서 이윽고 가가미 여관鏡の宿[3]이라는 곳에 도착했다.

해 질 녘이기에 유녀들이 손님을 구하며 걷는 모습을 보니 참으로 가혹한 세상이라는 생각이 들어 매우 슬프다. 새벽녘 종소리에 다시 출발하면서도 너무나 슬퍼서 다음과 같이 읊었다.

다가가서 비추어본다한들
가가미산(鏡山)[4]은 알지 못하리.
내 마음속 깊숙이 남아있는 마음까지는.

점점 날짜가 지나는 사이에 미노美濃지방의 아카사카 여관赤坂の宿[5]에 도착했다. 익숙하지 않은 여행이 하루하루 쌓여가니 힘겹고 고통스러워서 오늘은 이곳에서 머물렀는데 그곳 여관 주인 곁에 젊은 유녀 자매가 있었다.

거문고와 비파를 타고 있는 풍경이 매우 정취가 있어 지난날 추억이 떠올라 술을 권하고 곡을 청했다. 두 유녀 중에 언니인 듯 보이는 쪽이 몹시 근심이 있는 듯 비파를 타면서 눈물을 흘

3 시가현(滋賀県) 가모군(蒲生郡) 나카센도(中山道)의 역참.
4 시가현 가모군, 야스(野洲), 고가(甲賀)의 세 군에 걸쳐져 있는 산으로 와카의 소재가 된 명승지.
5 기후현(岐阜県) 오가키시(大垣市) 아카사카쵸(赤坂町)에 있는 역참.

리는 것을 보니 나와 같은 처지라는 생각이 들어 눈길이 멈추었
다. 유녀 또한 승복을 입고 눈물을 흘리는 내 모습을 이상하게
여겼던지 술잔이 놓인 작은 쟁반에 와카를 적어서 나에게 보내
왔다.

출가하신 심중은 무엇인지.
그 연유가 알고 싶어지네.

전혀 생각지도 않았던 일이었지만 애잔한 생각이 들어

후지산은 사랑을 하는 산이기에
연모의 불씨가 있어서 연기가 나는 것이리.

라고 답했다.
정들었던 여운은 이런 여인조차도 그냥 지나치기 어려운데
그렇다 하여 마냥 여기서 머무를 수는 없기에 또다시 길을 재촉
한다.
야쓰하시八橋**6**라는 곳에 도착했으나 옛 모노가타리에 물이 흐
르는 강이 있었다더니 다리조차 보이지 않는다. 왠지 벗을 만나
지 못한 기분이 들어

나는 여전히 이런저런 생각으로 번민하건만
유서 깊은 야쓰시는 흔적도 없네.

6 아이치현(愛知県) 치류시(知
立市) 동부, 아이즈미강(逢妻
川) 남쪽에 있는 지명으로 와
카의 소재가 된 명승지.

아쓰타신궁 참배

오와리尾張[7]지방의 아쓰타熱田신궁[8]에 참배했다. 곧바로 신사에 절을 드렸다. 이곳은 돌아가신 아버지 다이나곤이 관리했던 곳으로 아버지께서 무사태평을 기원하기 위해서 8월 축제 때에는 반드시 신령스러운 말을 봉납하는 사자를 보내셨다. 다이나곤이 마지막에 병이 나셨을 때에도 말을 봉납하시며 명주옷을 하나 더하여 올렸는데 가야쓰 여관萱津の宿[9]이라는 곳에서 갑작스럽게 이 말이 죽어버렸다. 깜짝 놀라서 관청의 관리인들이 다른 말을 구하여 봉납했다고 들었다. 신이 아버지의 기원을 들어주지 않으셨던 일 등 여러 가지 생각이 떠올라 비참함도 슬픔도 달랠 길이 없는 기분이 들어 오늘 밤은 이 신사에서 머물렀다.

교토를 떠나온 것은 2월 20일이 지난 무렵이었는데도 역시 익숙하지 않는 여행길이기에 마음만 앞서지 발걸음은 나아가지 못한 채 3월 초가 되고 말았다. 저녁 달이 눈부시게 비추는데 교토에서 보았던 하늘과 똑같은 전경에 새삼스레 상황께서 곁에서 계신 기분이 들었다. 신사 안의 벚꽃은 오늘이 한창 때라고 뽐내고 있는데 누구를 위해서 이렇게 아름답게 피어 있을까 하는 생각이 들어.

봄의 빛깔로 덮혀버린 3월 하늘의 나루미 갯벌
머지않아 꽃도 져버리고 삼나무의 푸르름만 남게 되리.

라고 신사 앞의 삼나무 푯말에 적어서 붙여 놓게 하였다.

7 아이치현 서북부 나고야(名古屋)를 중심으로 하는 지방.
8 나고야시(名古屋市) 아쓰타구(熱田区)에 위치.
9 아이치현 아마군(海部郡) 지모루지초(甚目寺町)에 있던 역참.

212

기원하고 싶은 것이 있기에 여기에서 7일간 참배하고 다시 출발하였다. 나루미 갯벌을 멀리 바라보며 걷다가 아쓰타신궁을 뒤돌아보니 아지랑이 사이로 희미하게 보이는 붉은색의 신사 울타리가 신처럼 보였다. 옛날이 그리워서 흐르는 눈물은 참기 힘들기에

아쓰타 신이시여!
더욱더 불쌍히 여기소서.
변해버린 가엾은 신세를.

이라고 읊었다.

기요미가 관문, 미시마신사, 에노시마

기요미가淸見ヶ관문[10]을 달빛 아래로 넘어가면서도 생각이 너무 많은 나의 마음은 지나온 과거와 앞으로의 일 때문에 너무나 슬프다. 온통 새하얗게 보이는 바닷가의 잔모래 수보다도 생각할게 더 많다. 후지산 기슭 우키지마가하라浮島ヶ原[11]를 지나면서 보니 산봉우리에 아직도 눈이 깊게 쌓여있었다. 『이세모노가타리』에는 5월 무렵인데도 드문드문 흰 눈이 남아 있었다고 와카를 읊고 있으니 당연하다고 생각하면서도 덧없는 내 신세는 아무리 쌓인다 해도 허무한 것이다. 후지산의 연기도 지금은 완전히 사라져버려서 보이지 않기에 바람에 나부낄 것도 없다고 생

10 시즈오카현(静岡県) 기요미즈시(清水市) 오키쓰초(興津町) 기요미사(清見寺) 근처에 있던 관문으로 와카의 소재가 된 명승지.
11 시즈오카현 누마즈시(沼津市)와 후지시(富士市) 스즈강(鈴川) 사이에 있는 해안습지대.

213

각한다.

한편 우쓰산宇津山12을 넘었을 때에도 『이세모노가타리』에 나온 담쟁이덩굴도 단풍나무도 보이지 않았기에 우쓰산인지 전혀 생각지도 못하였는데 산을 넘고 나서 물어보니 벌써 지나 와 버린 것이다.

> 와카에 자주 읊어진다던 담쟁이덩굴은 어디인가.
> 전혀 눈치도 못채는 사이
> 우쓰산을 넘고 말았네.

이즈伊豆지방13의 미시마신사三島神社14에 참배했을 때 신전에 공물을 바치는 의식은 구마노신사 참배와 다르지 않아 긴 명석 같은 것이 깔려있는 모습도 매우 숭고해 보였다. 이곳은 돌아가신 요리토모 쇼군이 처음 만드신 하마노이치만浜の一万이라던가 하는 신사였다. 기품이 있어 보이는 여인이 여행복 차림으로 괴로운 듯이 왔다 갔다 하고 있는 것을 보고 있으면서도 나만큼 근심걱정이 많은 사람은 아닐 것이라고 생각한다.

달은 초저녁이 지나서 늦게 나오는 시기였기에 짧은 밤의 하늘도 아쉬운 기분이 들었는데 신에게 올리는 가구라에 맞춰 춤을 추는 무녀의 손놀림도 어설픈 모습이다. 궁궐에서 어린 여자아이가 입던 짧은 윗옷인 아코메 비슷한 옷을 입고 서너 명이 한데 어울려 춤추는 야오토메마이八少女舞15 모습도 흥이 나고 재미있었기에 밤을 새 지켜보다가 닭울음 소리가 들릴 무렵 신사를 나왔다.

12 시즈오카현 시즈오카시(静岡市)와 시다군(志太郡) 경계에 있는 산.
13 시즈오카현(静岡県)에 위치한 온천으로 유명한 지방.
14 미시마시(三島市) 오미야초(大宮町)에 위치한 이즈 지역 제일의 신사.
15 8명의 소녀가 신을 섬기며 가구라등을 추는 것.

214

20일이 지날 즈음에 에노시마江島**16**라는 곳에 도착했다. 그곳의 경치는 흥미롭다는 말로는 다 표현할 수 없을 정도이다. 끝없이 넓은 바다 위로 멀리 떨어져 있는 섬에 바위굴이 많이 있는 곳에 머물렀다. 이곳은 천수의 바위굴**17**이라는 곳으로 오랫동안 수행을 쌓은 듯 보이는 수행자 한 사람이 수행을 하고 있었다. 안개 울타리와 대나무로 엮은 문, 소박하지만 고상한 거처이다. 이렇듯 수행자가 접대해 주며 장소에 어울리는 먹음직스러운 조개류 등을 내어주었다.

내 쪽에서도 동행자의 짐 상자에서 교토의 토산물로 부채 등을 꺼내서 주니 "이렇게 누추한 곳에서는 교토에 관한 소식은 전해들을 수 없기에 풍문으로도 듣지 못했는데 오늘 밤은 정말로 옛 친구를 만난 것 같습니다."라고 말하니 정말 그런 것 같다. 특별한 행사 없이 모두 잠들어 조용해졌다.

밤도 깊어졌는데 머나먼 여행을 하면서 이런저런 생각을 하는데다 허술한 잠자리여서 좀처럼 잠이 오지 않는다. 다른 사람에게는 말하지 않고 숨죽여 우는 눈물로 소매는 촉촉하게 젖고 바위굴 밖에 나가 보니 구름인지 연기인지 분간할 수 없다.

밤 구름이 완전히 사라져 버리자 달도 갈 곳이 없는지 하늘 한가운데에 맑게 떠올라 있었다. 정말로 백거이의 말처럼 2천리 밖까지 찾아와 버렸다는 생각이 든다. 뒷산에서인지 원숭이의 울음소리가 들리는데 마치 창자를 베는 듯한 기분이 들었다. 마음속의 슬픔도 새삼 지금 막 시작된 것 같은 생각이 들어서 혼자서 생각하고 한탄하며 흐르는 눈물이라도 말리는 방편이 될까 싶어 교토 밖에까지 찾아왔는데 세상의 괴로움은 여기까

16 가나가와현(神奈川県) 후지사와시(藤沢市) 가타세(片瀬) 해안 근처에 있는 작은 섬.
17 바위굴에 천수관음을 모시고 그 비법을 수행한데서 유래.

215

지 몰래 따라온 것이구나 싶어서 다음과 같이 읊었다.

소나무 기둥에 억새밭이 걸린
삼나무로 지은 초라한 암자라도 좋으니
괴로운 세상에서 벗어나고 싶네.

가마쿠라에 도착

날이 밝아 가마쿠라에 도착하여 고쿠라쿠사極樂寺[18]를 참배해보니 승려의 태도가 교토와 다르지 않아 보여서 그립게 느껴졌다. 게와이고개化粧坂[19]라는 산을 넘어서 가마쿠라쪽을 바라보니 히가시산에서 교토를 보는 것과는 상당히 달라 집들이 계단처럼 몇 겹이나 겹쳐져 주머니 속에 물건을 넣은 것처럼 빽빽하다. 왠지 쓸쓸해 보여 마음 편히 머무를 생각도 들지 않는다.

유이노하마由比の浜[20]라는 곳에 가보니 커다란 도리이鳥居[21]가 있었다. 와카미야若宮[22]신사가 아득히 보인다. 이 쓰루가오카신사는 다른 가문보다도 특히 겐지源氏를 지켜주시기로 굳게 약속하셨는데 나는 전생에 인연이 있어서 겐지라는 명문 가문에서 태어났음에도 어떠한 응보로 이러한 신세가 된 것일까. 생각해보니 아버지가 다음 세상에서 극락왕생 하시도록 기원을 올렸을 때 '너의 이승에서의 행복과 바꾸겠다'라고 하셨기에 비록 거지가 된다 하더라도 원망하거나 한탄해서는 안 되는 것이다.

또 오노노 코마치小野小町[23]도 소토오리히메衣通姫[24]의 혈통을

18 가나가와현(神奈川県) 가마쿠라시(鎌倉市) 고쿠라쿠초(極楽寺町)에 있는 절.
19 가마쿠라 일곱 개의 출입구의 하나. 가마쿠라 시가의 북서부에 있는 급한 고개.
20 가나가와현 가마쿠라시 남쪽 해안.
21 신사 입구에 세운 두 기둥의 문.
22 쓰루오카 하치만궁(鶴岡八幡宮) 또는 그 아래 궁을 말함. 가마쿠라시 유키노시타(雪の下)에 위치.
23 헤이안 시대 전반기인 9세기경의 유명한 여류 가인으로, 절세미녀인 까닭에 다양한 일화가 전해지고 있으며 후세에 노(能)와 조루리(浄瑠璃) 등에도 자주 등장함.
24 인교천황(允恭天皇)의 비로 5세기의 미녀로 알려진 인물이며 너무나 아름다워기 때문에 그 아름다움이 옷을 통해 빛났다는 데서 붙여진 이름으로 야마베 아카히토(山部赤人), 가키노모토노 히토마로(柿本人麻呂)와 함께 와카의 3신으로 불림.

216

이어 받았음에도 지푸라기를 둘러쓰고 비옷을 허리에 두른 채 만년을 보내지 않으면 안 되었지만 '그래도 나만큼 괴로워했다.' 고는 쓰여져 있지는 않았었다고 생각을 하면서 먼저 신사에 참배했다. 이곳의 경치는 오토코산男山[25]의 풍경보다도 바다가 멀리 보이는 것이 볼 만하다 할 수 있겠다. 다이묘大名들이 조에淨衣[26]같은 것은 아니고 여러 가지 색의 히타타레直垂[27]를 입고 참배하고 나오는 모습이 교토와 달라 보였다.

고마치님과의 편지

이렇게 하여 에가라荏柄, 니카이당二階堂, 오미당大御堂[28]등을 참배했다. 그리고 오쿠라노야쓰大蔵の谷[29]라는 곳에 고마치小町님[30]이라고 하여 쇼군을 섬기고 있는 사람이 쓰치미카도土御門 사다자네[31]와 인연이 있기에 편지를 보내자 '정말 생각지도 못했습니다.'라며 '제가 있는 곳으로 오소서'라는 답장이 왔다. 오히려 번거로울 것 같아 그 근처에 숙소를 잡았는데 '불편하지 않습니까?'라는 등 여러 가지로 걱정해 주었기에 잠시 쉬며 여행길의 피로도 풀 수 있었다. 그 사이에 젠코사善光寺[32] 참배 안내를 부탁하였던 사람이 4월 말쯤부터 큰 병에 걸려 의식불명이었다. 난처하다고도 뭐라고도 달리 할 말이 없었는데 그 사람이 조금 나아지니 이번에는 내 자신이 자리에 눕고 말았다.

환자가 두 명이 되어버렸기 때문에 사람들도 '어찌된 일일까?' 라고 하자 의원이 "특별히 걱정할 정도는 아닙니다. 익숙하지

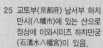

25 교토부(京都府) 남서부 하치만시(八幡市)에 있는 산으로 정상에 이와시미즈 하치만궁(石清水八幡宮)이 있음.
26 흰 천, 명주로 만든 가리기누 모양의 의복.
27 옛날 예복의 일종으로 소매 끝을 묶는 끈이 달려 있으며 문장(紋章)이 없고 옷자락은 하카마 속에 넣어서 입음. 옛날에는 평민복이었으나 후에 무가(武家)의 예복으로 사용되고 중신(公家)들도 입었음.
28 가마쿠라시(鎌倉市) 니카이도초(二階堂町)에 있는 명소들. 에가라 텐진사(荏柄天神社), 니카이당(二階堂)은 요후쿠사(永福寺), 오미당(大御堂)은 같은 곳의 쇼초주인(勝長寿院)을 말함.
29 하치만궁의 동쪽, 에가라 텐진사의 서쪽을 말하며 초기 막부의 위치이기도 함.
30 가마쿠라에 고마치 대로(大路)가 있고 근세에도 고마치 무라(村)가 있으며 현재도 그 이름이 남아있는 것으로 보아 그 주변에 집이 있었던 궁녀.
31 작자의 이종형제임.
32 나가노시(長野市)에 있는 절.

않은 여행의 피로로 지병이 난 것입니다."라고 말씀하셨지만 지금이 마지막인가 생각될 정도로 심각했기 때문에 불안함은 이루 말할 수가 없다. 예전에는 가벼운 병, 감기 기운이라든지 콧물이 흐르는 등 조금만 안색이 좋지 않은 채로 이삼일만 지나도 음양사 · 의원 등 갖은 수를 써서 집안에 내려오는 가보家寶나 세상에 소문난 명마名馬까지도 영험한 신사와 부처님께 바쳤었다.

난레이南嶺의 귤, 겐포玄圃의 배를 바친다는 등 나 한 사람 때문에 소란스러웠는데 지금은 병으로 자리에 누워서 여러 날이 지났는데도 신에게 기도도 올리지 않고 부처님에게도 기원하지 않은 채 무엇을 먹고 무슨 약을 복용하라는 지시도 없이 그저 누워서 세월을 보내는 모습은 정말이지 다른 사람이 된 것 같은 기분이 들었다. 인간의 목숨은 정해져 있기에 6월 즈음부터는 기분도 상당히 나아졌지만 아직 참배를 나설 정도는 아니어서 그냥 근처를 걷거나 하면서 덧없이 시간이 흘러 8월이 되고 말았다.

8월 15일 아침 고마치님께서 "오늘은 교토의 방생회放生会33 날이옵니다. 무슨 생각을 하고 계신지요."라고 편지가 왔기에

> 이와시미즈의 혈통을 이어받았건만
> 영락한 이 몸은 생각해본들 아무런 보람도 없네.

고마치님의 답가에는

> 그저 한마음으로 신에게 의지하소서.
> 신도 당신을 반드시 가엾게 여겨주시리.

33 신사 앞에서 고기나 새를 방생해 살려주는 의식으로 음력 8월 15일에 이와시미즈 하치만궁(石淸水八幡宮)에서 하는 것이 가장 유명함.

라고 보내왔다. 다시 가마쿠라의 신야와타新八幡34 방생회가 열린다기에 그 모습도 보고 싶어서 나가보니 쇼군35 출사 모습이 시골이기는 해도 이것 역시 훌륭했다. 다이묘들은 모두 가리기누 차림이고 히타타레를 입은 칼을 찬 호위병 모습들이 저마다 신기하였다. 아카하시赤橋라는 곳에서부터 쇼군이 우차에서 내리시는데 중신과 당상관 몇 명이 수행하고 있는 모습이 너무나 소박하기도 하고 초라하기도 하였다.

헤이사에몬 뉴도平左衛門入道36의 적자 헤이지로 자에몬平二郎左衛門이 쇼군의 사무라이도코로侍所37의 차관으로서 봉사하고 있는 모습은 예를 들어 말하자면 관백과 같은 거동으로 매우 위세가 있어 보인다. 말을 탄 채로 활을 쏘는 야부사메38가 펼쳐진다는데 보아서 무엇하랴 싶어 돌아왔다.

고레야스 쇼군의 유배

그러는 사이 얼마 날이 지나지 않았는데 "가마쿠라에 사건이 생길 것 같다."고 소곤소곤 소문이 돌았다. "누구와 관련된 일일까." 하던 참에 "쇼군이 교토로 돌아가실 것 같다." 는 말이 돈지 얼마 지나지 않아 "바로 지금 처소를 출발하신다."고 하기에 가서 보니 정말로 허술한 가마를 다이노야对の屋39 끝에 대었다. 단고지로 판관丹後二郎判官이라는 자가 쇼군께 가마에 오르시라고 말씀드리는 참에 사가미 지방수령相模守40의 심부름이라며 헤이지로 자에몬이 왔다.

34 쓰루오카 하치만궁(鶴岡八幡宮)을 말함.
35 고레야스 친왕(惟康親王)을 말하며 분에이(文永) 3년(1266년)에 가마쿠라 막부 제7대 쇼군(将軍)이 됐음.
36 가마쿠라 후기의 무장(武將)인 다이라노 요리쓰나(平頼綱)를 말함.
37 조세 징수·군역·수호(守護)와 무인(御家人)들의 진퇴(進退)·처벌 등을 담당하던 가마쿠라 막부의 중요기관.
38 말을 타고 달리면서 과녁을 차례로 쏘는 경기. 헤이안시대 후기부터 무사들사이에서 성행함.
39 침전의 동서쪽에 마주 세운 별채로 복도를 통해 침전과 통할 수 있도록 함.
40 호조 도키무네(北条時宗)의 아들인 호조 사다토키(北条貞時)를 말함.

그 후 전례대로 "가마를 반대로 대어라[41]."라고 말한다. 또 쇼군이 아직 가마에 채 오르시기도 전에 쇼군의 침전에 신분이 낮은 고토네리小舍人[42]가 짚신을 신은 채 마루에 올라 비단 발을 끌어당겨 떨어뜨리는 것을 차마 눈 뜨고 볼 수 없었다.

그사이 가마가 나가자 궁녀들은 가마에 오르지도 않고 옷을 제대로 갖춰 입지도 않은 채 "쇼군께서는 어디로 가시는 것인지요."라며 울며 나가는 자들도 있었다. 다이묘들 중에 친하게 지내던 사람이 있는 사람은 젊은 사무라이를 모시기 위해 날이 저물어갈 즈음에 배웅하려고 하는 이도 있었다. 제각각 뿔뿔이 흩어지는 모습은 뭐라 말할 수도 없다.

쇼군은 우선 사스케노야쓰佐介の谷[43]라는 곳에 가셔서 5일 만에 교토에 올라가신다 하기에 출발하시는 모습이 보고 싶어 그 주변에서 가까운 장소에 오시데노쇼텐押手の聖天이라고 하는 영불이 계시는 곳에 가서 물어보니 출발은 오전 2시로 이미 시간이 정해졌다고 한다. 막 출발하려고 하는 때에 밤부터 내리던 비가 이 시각이 되자 엄청난 바람을 동반하여 유별나게 내렸다. 요괴가 지나가는 것 같은데도 시간을 지켜야한다며 정시에 출발하면서 가마를 멍석 같은 것으로 둘러쌌다. 너무나도 참혹해서 차마 눈 뜨고 볼 수 없는 모습이었다. 가마를 대어 오르셨는가 싶었는데 무슨 일인지 다시 가마를 정원에 멈추고 잠시 있자 코를 푸신다. 남몰래 살며시 하셨으나 때때로 들리기에 소매가 눈물로 젖고 있음을 헤아릴 수 있었다.

그런데 이 분은 쇼군이지만 지방무사 같은 낮은 지위에서 스스로의 힘으로 천하를 토벌하여 쇼군이 되신 것은 아니다. 부친

41 가마의 앞뒤를 진행 방향과 반대로 하는 것으로 죄인을 호송할 때 쓰는 방법이며 여기에서는 호조 사다토키(北条貞時)의 그러한 의향을 전하러 온 것임.
42 사무라이도코로에서 잡무를 맡아 보고 옥사 일을 하던 신분이 천한 자.
43 가마쿠라의 서북쪽. 사스케(佐助)라고 씀. 그곳에 있는 호조(北条)가의 저택으로 옮기는 것임.

220

인 무네타카^{宗尊}친왕은 고사가천황의 두 번째 황자이시고 고후카쿠사인보다는 연세가 한 살 아니면 몇 개월 위셨기 때문에 만약 무네타카 친왕이 천황이라도 되셨더라면 이 분도 황위를 이으실 몸이셨다. 하지만 무네타카 친왕의 어머니이신 준후의 신분이 낮았기에 이루지 못하고 쇼군으로서 가마쿠라에 내려 오셨지만 황족의 신분이시기에 나카쓰가사^{中務} 친왕이라고 불렀던 것이었다.

고레야스 친왕은 그 후계자이시기에 신분이 고귀한 것은 말할 것도 없다. 천한 신분의 소생이라고 말하는 사람도 있지만 고레야스 친왕의 어머니는 후지하라 섭관가문⁴⁴의 출신이셨다. '부모님 모두 소홀히 해서는 안 되는 신분이신데'라는 생각이 드니 우선 앞서는 것은 눈물이었다.

> 같은 황실의 혈통이라는 것을 잊지 않으셨다면
> 이세의 신도 동정하고 계시리.

교토로 가는 길도 틀림없이 눈물에 젖을 텐데라고 미루어 짐작하였는데 이때의 와카는 전혀 전해지지 않는다. 전 쇼군 무네타카 친왕의 '기타노의 눈 내린 아침'을 읊으셨던 분의 자손이신 것을 생각하면 정말로 안타까운 일이었다.

---

44 후지와라(藤原) 가문 출신이란 뜻으로, 섭정을 맡았던 고노에 가네쓰네(近衛兼經)의 딸인 고노에 사이시(近衛宰子)를 말함.

221

새로운 쇼군의 부임

이러는 동안에 고후카쿠사인의 아들 히사아키라久明 친왕이 쇼군으로서 내려오시게 되었다고 하여 거처를 다시 지으며 각별히 화려하게 만들고 다이묘 7명이 맞이하러 가신다는 소문이 들린다. 헤이사에몬 뉴도의 차남 이누마飯沼 판관判官이 아직 판관으로 정식 임명을 받지도 않았는데 신자에몬新左衛門이라고 칭하며 그 7명과 함께 교토에 갔다. 일행은 고레야스 친왕이 간 길은 지나갈 수 없다며 아시가라산足柄山45으로 넘어 갔다고 하는데 듣는 사람 모두 너무한 일이라고 말했다.

새로운 쇼군이 곧 도착하신다며 세간의 소란스러운 모습을 보니 무슨 큰일이 일어난 것 같은데 이삼일 후 아침 일찍 고마치님으로부터 편지가 왔다. 무슨 일인가 싶었는데 참으로 뜻밖의 일로 헤이자에몬 뉴도의 부인에게 히가시니조인께서 다섯 겹옷을 하사하셨는데46 옷감을 재단한 채로 바느질도 되어 있지 않아 어찌하면 좋을지 상담하고 싶다는 내용이었다.

곤란하다고 거듭 사양하였으나 "출가하신 몸이시니 아무런 지장이 없을 것입니다. 게다가 당신이 누구인지도 모를 것입니다. 그냥 교토 사람이라고만 말씀드렸을 뿐이니까요."라고 간곡하게 부탁해 오셔서 거절하기 어려웠다. 결국에는 그곳의 유력자인 사가미의 지방수령相模の守의 편지까지 첨부하신데다 고마치님은 나에 관한한 뭐든 다 보살펴 주고 계시기에 대수롭지도 않은 일 때문에 이런저런 이야기를 듣는 것도 성가시어 헤이 뉴도의 거처로 갔다.

45 가나가와현(神奈川県) 아시가라카미군(足柄上郡)에 있는 산으로 동쪽 기슭에 관문이 있음.
46 고후카쿠사인의 황후인 히가시니조인이 막부측 실력자의 부인에게 보내는 선물임.

그곳은 사가미의 지방수령의 저택 안에 있는 별채라 했다. 쇼
군의 처소처럼 장식을 해 놓았다. 이곳은 금은보석을 여기저기
아로새겨 놓았는데 호화 저택이란 이러한 것일까 싶었다. 극락
정토의 장식은 아니지만 능라금수^{화려한} 옷를 몸에 두르고 휘장의
칸막이까지도 반짝반짝 빛나는 모습이었다. 부인이라는 분이
나오셨는데 연한 푸른색의 옷감에 보라색 실로 커다란 나무모
양으로 짠 중국비단 직물의 두 겹옷에 하얀 하의를 입고 있었다.
체격이 당당하였고 키가 굉장히 컸다. 대단한 사람이라 생각하
고 있는데 뉴도가 저쪽에서부터 잰걸음으로 나왔다. 짧은 소매
의 하얀 히타타레를 입고 능글맞은 표정으로 그분의 곁에 앉아
있는 것은 흥이 깨지는 기분이 들었다.

히가시니조인이 보내신 옷이라고 꺼내놓은 것을 보니 암홍색
으로 안쪽으로 점차 진해지는 다섯 겹옷에 푸른색 홑옷이 겹쳐
져 있었다. 겉옷의 옷감은 연한 적자색에 짙은 보라색과 푸른색
의 격자를 번갈아 가며 짰는데 잘못 꿰매져 있었다. 다섯 겹옷
의 겹침은 안쪽으로 갈수록 진해져야 하는데 밖으로 진하게 되
어 있었다. 제일 위에는 하얗게 두 번째는 짙은 보라색으로 심
히 묘한 상태이다. "어찌하여 이런 식으로."라고 말하니 "옷 담
당하는 자들도 시간이 없다하여 꿰매는 법을 모른 채 이곳에서
만들었기에."라고 한다. 이상하다고 생각하면서 겹치는 방법만
을 바로 잡게 하는 사이에 사가미의 지방수령이 보낸 시종이 왔
다. "쇼군 처소의 장식과 외견상의 일은 히키^{比企}의 담당이어서
남자들이 준비를 하고 있는데 거처의 실내 장식은 교토 사람에
게 보게 하시오."라고 하였다. 성가신 마음이 들기도 했지만 그

223

만 둘 수도 없는 상황이고 냉담하게 거절할 수도 없기에 처소로 갔다.

이곳은 심할 정도는 아니지만 그럭저럭 정석대로 되어 있었다. 장식은 곧바로 지금 이러쿵저러쿵 지시할 만한 것은 아니기에 "선반을 세울 곳, 옷걸이는 이렇게 하는 게 나을 것."이라고 말하고 돌아왔다.

벌써 쇼군이 도착하신다는 날이 되어 와카미야의 좁은 길에는 빽빽하게 사람들이 서 있었다. 관문까지 마중하러 간 사람들 가운데 맨 앞의 선발대는 지나갔고 말 이삼십 기에서 사오십 기가 훌륭한 모습으로 지나갔다. 하급관리 모습의 히타타레를 입은 고토네리들이 20명씩이나 달려왔다. 그 뒤로 다이묘들이 각양각색의 히타타레를 입고 600여 미터 이어졌다고 생각될 정도로 긴 행렬이 지나간 뒤에 새로운 쇼군이 여랑화 무늬의 하의를 입으시고 가마의 발을 올린 채로 계신다. 뒤에 이누마 신자에몬이 흑록색의 가리기누를 입고서 수행하고 있었다. 매우 훌륭한 모습이다.

쇼군의 처소에는 그곳 지방관인 호조 사다토키北条貞時와 아시카가 사다우지足利貞氏를 비롯하여 모든 중요한 사람들은 관복이 아닌 사복을 입고 있었다. 말을 이끄는 의식은 훌륭하게 보였다. 삼 일째 되는 날은 사가미님의 산장이 있는 야마노우치山ノ內로 들어가신다는 등 경사스러운 행사들을 보고 들으니 상황 거처에서의 옛일이 떠올라 감회가 남다르다.

가마쿠라에서 와카 교류

점점 한 해도 저물어가기에 올해는 젠코사[47]를 참배할 계획도 이루지 못하겠구나 하고 아쉬워하고 있었는데 고마치님의 《여기부터 뒷이야기가 칼로 잘려 있다. 어찌된 일인지 궁금하다.》

정말로 뜻밖이라고만 생각하며 지내는 동안 이누마 신자에몬이 와카를 읊는 풍류인이라는 명성이 있어서인지 와카바야시 지로자에몬若林 二郎左衛門이라는 자를 시종으로 앞세워 번번이 쓰기우타続歌[48]를 하자고 정중히 물어왔다. 그래서 가봤더니 생각했던 것보다 운치있게 렌가連歌[49]나 와카 등을 읊으며 유희하고 있었다.

그러는 사이 12월이 되고 가와고에川越[50] 뉴도라고 하는 분의 미망인 여승이 무사시武蔵[51]지방의 가와구치川口[52]라는 곳으로 내려간다고 하는데 그곳에서 해가 바뀌면 젠코사로 참배하러 갈 예정이라는 소식을 주셔서 기쁜 마음에 함께 가와구치로 내려갔는데 눈이 쌓여서 갈 길이 보이지 않았다. 가마쿠라에서 이틀만에 도착하였다.

그곳은 교토에서 훨씬 멀리 떨어진 곳으로 전에는 이루마入間[53]라는 강이 흐르고 있었다. 강 건너편에는 이와후치 여관石淵の宿[54]이라고 하여 유녀들의 거처가 있었다. 산이라고 할 만한 것은 이 지역에서는 보이지 않는다. 멀리까지 펼쳐지는 무사시 들판의 늘어진 억새들이 서리를 맞아 완전히 시들어 있었다. 그 풀숲 속을 헤치며 오고가는 사람들의 생활을 상상한다. 교토에서

47 나가노시(長野市) 모토요시초(元善町)에 있는 절.
48 사람들이 모여 주제를 선택하고 삼십 수, 오십 수, 백 수 등 일정한 수의 와카를 읊는 것.
49 두 사람 이상이 와카의 상구(上句)와 하구(下句)를 서로 번갈아 읽어 나가는 형식을 말함.
50 지금의 사이타마현(埼玉県) 가와고에시(川越市)를 근거지로 했던 호족.
51 현재의 도쿄도(東京都) 대부분과 사이타마현(埼玉県), 가나가와현(神奈川県)의 일부.
52 사이다마현(埼玉県) 가와구찌시(川口市).
53 사이타마현 치지부군(秩父都)에서 발원하여 스미다강(隅田川)으로 흘러 동경만으로 흐르는 강.
54 도쿄도(東京都) 기타구(北区) 이와후치초(岩淵町) 주변을 말함.

225

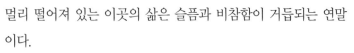

멀리 떨어져 있는 이곳의 삶은 슬픔과 비참함이 거듭되는 연말이다.

곰곰이 옛날을 돌이켜보면 두 살 때 어머니와 사별하였기에 그 얼굴도 모른다. 점점 성장하여 네 살이 되던 9월 20일 이후였던가. 고후카쿠사인에게 알려져 궁궐에 출사하는 명단에 이름을 넣은 이래 황송하게도 상황의 총애를 받아 입신출세할 수 있는 방법을 배우고 상황의 은혜를 입어 많은 세월을 보냈기에 고가가문의 영광이 될지도 모른다고 내심 기대를 품었던 것도 당연한 일이다. 그러나 그 은혜를 버리고 출가하여 불제자가 되는 것도 정해진 세상의 이치이기에 '처자식도 보석도 그리고 왕위도 이 세상의 목숨이 다할 때에는 아무런 필요가 없다. 버리고 온 속세가 아닌가'라고 생각하지만 오랫동안 세월을 보낸 궁궐도 그립고 그때그때 보여주시던 상황의 마음도 잊을 수는 없기에 무슨 일이 있을 때마다 흘러내리는 눈물 때문에 소매의 빛깔만이 짙어져 간다.

하늘이 캄캄해질 정도로 눈이 내려서 쌓이기에 교토쪽 길이 끊어져 버린 기분이 들어 멍하니 바라보고 있자니 승방주인인 여승이 "눈 속에서 어떻게 지내시고 계십니까?"라고 묻기에 다음과 같이 읊었다.

불쌍히 여겨주소서.
쌓이는 흰 눈만큼 괴로움이 쌓여
정원에서 흔적도 없이 사라져가는 내 신세를.

226

위로를 받으니 오히려 더 괴로워져서 눈물이 나는데 다른 사람들이 보면 이상하게 여길 것 같기에 슬픔을 참고 지내면서 또 다시 새해가 밝았다.

젠코사 참배

처마 끝의 매화나무를 옮겨다니는 휘파람새 소리에 깜짝 놀라지만 이미 되돌릴 수 없는 회한은 참기 힘들어 옛날을 그리는 눈물이 해가 바뀌어도 흐르는 것이다.

2월 10일이 지날 즈음이었던가. 드디어 젠코사로 가기로 결심했다. 우스이고개碓氷峠**55**와 기소木曾**56**지역의 험한 산길의 구름다리 등은 과연 밟는 것만으로도 위험한 길이었다. 가는 도중 명소도 들러 보고 싶었지만 많은 사람들과 동행하고 있어서 번거로워 그냥 지나치고 말았다. 모두와 함께하는 여행은 의외로 힘들었기에 숙원의 뜻이 있어 젠코사에서 잠시 머물면서 기도하고 싶다고 말하고 돌아가는 길에는 홀로 머물렀다.

나를 혼자 남겨 두는 것을 다들 걱정해 주기에 "인간이 죽은 후에 떠나는 중유中有**57**의 여행에는 누가 함께 가주겠습니까? 태어날 때도 홀로 왔으니 떠나갈 때도 마찬가지입니다. 만나는 사람은 반드시 헤어지고 태어난 사람은 반드시 죽음에 이르는 것입니다. 복숭아꽃이 아무리 아름답다고 해도 결국에는 뿌리로 돌아갑니다. 단풍은 깊이 물들어 한창인 때가 있어도 바람에 떨어질 때까지 그 아름다움을 뽐내는 시간은 길지는 않습니다. 추

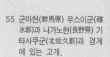

55 군마현(群馬県) 우스이군(碓氷郡)과 나가노현(長野県) 기타사쿠군(北佐久郡)과 경계에 있는 고개.
56 나가노현(長野県) 기소초(木曾町).
57 사람이 죽어서 다시 태어날 때까지의 사이를 말하며 보통 49일간이라고 함.

227

억을 그리워하는 것은 한때의 정이지요."라고 말하고 혼자서 머물렀다.

젠코사는 전망은 별로였지만 본존은 중생구제를 위해 인간으로 태어난다는 쇼진여래生身如來로 일컬어지고 있기에 믿음이 가서 백만 편의 염불[58]을 읊으며 지내고 있었는데 근처 다카오카高岡[59]에 이와미 뉴도石見入道라는 사람이 있다는 말을 들었다. 풍류를 아는 남자로 항상 와카를 읊고 악기를 연주하며 즐긴다며 여승이 권하기에 수행하는 사람과 함께 가 보았다. 그랬더니 참으로 풍취가 있는 거처로 벽촌 치고는 분수에 넘쳤다. 그와 이런저런 이야기를 하다보니 마음의 위로가 되기에 가을까지는 이곳에 머물렀다.

무사시 들판의 가을 풍경

8월 초 무렵이 되자 무사시 들판의 가을 풍경을 보기 위해 지금까지 이 주변에 있었던 것이란 생각이 들어 무사시 지방으로 돌아갔다. 그곳에는 아사쿠사浅草[60]라는 절에 당堂이 있었다. 십일면관음[61]이 계신다. 영험한 부처님이라고 들었기에 마음이 끌리어 가보았다.

머나먼 들판을 헤치고 가는데 싸리·여랑화·물억새·참억새 이외에 다른 것은 없고 이것들의 높이는 말을 탄 남자가 보이지 않을 정도였다고 하면 상상할 수 있을 것이다. 3일 정도를 가르며 가도 끝이 없다. 조금 옆으로 들어간 길에야 역참 따위

58 염불을 백만 편 읊으면 극락
  왕생한다고 함.
59 나가노시(長野市) 동부의 지명.
60 현재 도쿄의 다이토구(台東
  区) 아사쿠사(浅草)임.
61 센소지(浅草寺)의 본존은 성
  관음(聖観音)이지만 일반적으
  로 십일면관음이라고 전해짐.

도 있지만 멀리멀리 계속되는 길은 왔던 길이나 가야할 길이나 온통 들판이다.

　아사쿠사의 관음당은 조금 높이가 있고 게다가 나무 따위는 없는 들판 한가운데 있었다. 정말로 '초원에서 떠오르는 달빛[62]'이라는 구절이 떠올랐는데 마침 오늘 밤은 음력 보름이었다. 궁궐에서 열리는 관현악의 유희도 생각나지만 상황으로부터 받은 정표인 옷은 여법경如法經[63]을 서사하여 바칠 때 시주로서 팔만대보살께 봉납하였기에 지금은 가지고 있지는 않다. 그러나 상황과의 추억을 잊은 적은 없기 때문에 남은 향을 올리는 나의 마음은 옛 선인의 깊은 마음과 다르지 않다고 생각한다. 초원에서 나온 달빛은 밤이 깊어 감에 따라 맑게 떠오르고 잎 끝에 맺힌 하얀 이슬은 옥으로 보이는 듯한 기분이 들어 다음과 같이 읊었다.

**궁궐에서 보았던 달님도 좀처럼 잊히지 않지만
오늘 밤의 달님은 더더욱 슬프도다.**

　여러 가지 추억이 눈물에 어리는 기분이 들어 다음과 같이 읊었다.

**구름 한 점 없이 맑게 떠오른 달님을 바라보노라니
상황의 모습은 역시 잊을 수가 없네.**

　날이 밝아 마냥 들판에 머물러 있을 수 없기에 돌아왔다.

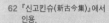

62 『신고킨슈(新古今集)』에서 인용.
63 일정한 방식에 따라 경문(經文)을 필사하는 것 또는 필사한 경문으로 보통 법화경을 필사함.

229

스미다강, 미요시 마을의 전승

그런데 스미다강隅田川**64** 근처일거라 생각하는데 매우 큰 다리로 기요미즈清水와 기온祇園의 다리 크기 만한 것을 건너다가 말쑥한 두 남자와 마주쳤다. "이 주변에 스미다강이 있었다고 들었는데 어디인가요?"라고 물으니 "이곳이 그 강입니다. 이 다리를 스다須田 다리라고 한답니다. 옛날에는 다리가 없어서 나룻배로 사람이 건넜습니다만 번거로워서 다리가 생겼습니다. 스미다강이라는 멋스러운 이름을 붙인 것이지요. 이 고장 사람들은 스다강의 다리라고 말하고 있습니다. 이 강의 건너편 기슭을 옛날에는 미요시노 마을三芳野の里이라고 해서 백성들이 베어서 말린 벼에 쌀이 맺히지 않았던 곳이었는데, 어떤 수령이 그 마을의 이름을 듣고서 쌀이 맺히지 않는 것도 당연하다며 요시다 마을吉田の里이라고 이름을 고친 이후로는 벼에 제대로 열매가 맺히기 시작했습니다."라고 이야기한다. 나리히라業平 주조**65**가 검은머리물떼새에게 그리운 교토 사람들의 일을 물었던 옛일도 떠올랐는데 이 새조차도 보이지 않기에 다음과 같이 읊었다.

> 머나먼 스미다강까지 찾아온 보람도 없이
> 그 옛날에 살았다는 검은머리 물떼새는
> 흔적조차 없네.

강안개가 일어 왔던 길도 갈 길도 보이지 않고 눈물에 젖어 하루도 저물어 가는데 아득히 저 먼 곳의 기러기 울음소리마저

64 스미다강(隅田川)은 과거에 스다강(須田河)으로 쓰였으며 아라강(荒川)의 하류로 구 동경시내의 동부를 흘러 도쿄만으로 흐름.
65 『이세모노가타리(伊勢物語)』의 주인공인 아리와라노 나리히라(在原業平).

도 때를 맞추어 나타났다는 듯이 생각되어 다음과 같이 읊었다.

　　여행지의 하늘 아래 눈물로 젖어가는 나의 소매
　　왜 젖어있느냐고 묻는 듯한
　　기러기의 울음소리가 슬프기만 하네.

　　호리카네堀兼[66]의 우물은 흔적도 없고 그저 마른 나무 한 그루
가 남아있을 뿐이다. 여기에서 더 깊숙한 곳까지 가고 싶었지만
사랑의 결말로 인한 여행은 역시 관문지기도 허용하기 어려운
세상의 이치인지라 오히려 가지 않는 편이 낫다고 생각을 고쳐
먹고 다시 교토쪽으로 돌아가려고 가마쿠라로 돌아왔다.

눈물의 강

　　그러던 중 9월 10일이 지났다. 교토로 돌아가려하니 여기서
정든 사람들이 저마다 이별을 애석해 하였다. 떠나기 전날 해질
녘에 이누마 사에몬조가 여러 가지를 준비해 두고 다시 한 번
쓰기우타를 하자며 찾아왔다. 대단히 풍류가 있다고 생각했기
에 밤새도록 와카를 읊었는데 "눈물의 강淚川[67]은 어디에 있습니
까?"라고 전에 만났을 때 나에게 질문하셨지만 나는 모른다고
대답했었다. 오늘 밤은 밤새도록 놀고 나서 "날이 밝으면 정말
로 떠나십니까?"라고 하기에 "멈추어서는 안 되는 길이기에."라
고 대답하니 그는 돌아갈 때에 술잔을 놓는 쟁반에 와카를 적어

66 사이타마현(埼玉県) 사야마
　시(狭山市)에 있는 와카의 소
　재가 된 명승지.
67 눈물을 비유적으로 표현한 가
　어(歌語). 눈물이 흘러 강이
　되었다는 과장된 표현.

두었다.

　　좀 더 머물러 달라고
　　차마 말할 수 없는 인연이기에
　　나의 소매에 머무는 눈물의 강

　답가를 하려고 생각하는 사이 또 곧바로 그는 여행에서 입을
옷 등을 보내주고

　　비록 짧은 인연이라지만
　　이 옷만이라도 몸에 걸쳐주오.

라고 보내왔다. 가마쿠라에 있을 때는 언제나 이처럼 모이는 것
을 이상하게 여겨 "수상하구나. 어떤 사이인걸까?"라고 말하는 사
람도 있었다는 것을 들었던 일도 생각나서

　　의심받아도 해명하지 않았거늘
　　앞으로는 당신을 그리워하는 눈물로 젖어버리리.

라고 답가를 보냈다.

교토로 돌아옴

교토로 돌아가는 것을 서두르는 것은 아니지만 그렇다고 언제까지나 머물러 있을 수는 없기에 아침 해가 떠올라 완전히 날이 새고 나서 출발했다. 정든 사람들이 역참에서 역참으로 차례로 가마를 보내주거나 하여 이윽고 사야노 나카야마小夜の中山[68]에 도착했다. 사이교가 '살아있기에 올 수 있었던 것이다. 사야노나카야마'라고 읊은 것이 생각이 나서 와카를 읊었다.

사야노 나카야마를 넘어가는 것은 괴로운 길
살아생전에 또다시 올수 있으려나.

아쓰타신궁에 참배했다. 철야기도를 하고 있었는데 그곳에 있던 수행자들이 "이세 신궁에서 왔습니다."라고 했다. "가까운지요?"라고 물으니 쓰시마에서 건너왔다는 것이다. 너무 기뻐서 이세 신궁에 참배하려고 생각했지만 숙원이 있었기에 우선 아쓰타신궁에서 화엄경의 나머지 삼십 권을 써서 바치려고 생각하였다. 가마쿠라에서 사람들이 준 몇 벌의 여행 옷을 모두 모아 이곳에서 법경을 베끼는 일을 시작하고 싶었는데, 아쓰타의 대궁사라는 자가 귀찮게 여러 가지 이유를 들기에 법경을 베낄 수 없을 것 같아 어떻게 해야 할까 망설이고 있는 사이에 지병이 났다. 너무 고통스러워서 어떤 수행도 할 수 없기에 교토로 돌아가기로 했다.

68 시즈오카현(静岡県) 남부. 가케가와시(掛川市)와 하이바라군(榛原郡) 가나야쵸(金谷町)의 경계에 있는 고갯길.

233

가스가신사 참배

10월 말이었던가. 교토에 잠시 돌아왔지만 여기 있는 것도 오히려 거북스러웠다. 나라방면 가스가신사는 후지와라씨 자손이 아니기 때문에 참배하지 않았지만 교토에서 그리 멀지 않아서 먼 여행에 지쳐 있는 지금은 마침 좋은 시기라고 생각하여 참배했다.

누구를 아는 것도 아니기에 그저 혼자 가서 우선 신사의 본궁을 참배하였다. 2층으로 된 문의 모습과 네 개의 신전이 기와를 맞대고 있는 모습은 정말로 고귀하다. 신전 꼭대기에서 부는 바람소리가 격렬하여 번뇌의 영면을 깨우는 것처럼 들리고, 기슭에 흐르는 물소리는 세상의 더러움을 깨끗하게 정화할 수 있을 것이란 생각이 들었다. 다시 와카미야신사[69]로 가니 무녀의 모습이 유서 깊어 보인다. 석양이 신전 위와 산봉우리 끝을 비추고 있는데 그곳에서 어린 무녀가 짝을 이뤄 춤을 추고 있는 모습이었다.

오늘 밤은 와카미야의 긴 복도에서 밤샘 기도를 하면서 밤새도록 궁인들이 가구라를 연주하는 것을 들었다. 광언기어狂言綺語[70]를 방편으로 중생을 인도하시는 신의 뜻은 깊고, 부처님·보살이 중생을 구하기 위해서 속세에 섞여 현세에 모습을 나타낸다는 화광 진和光の塵의 마음은 새삼스럽게 말할 필요도 없지만 정말로 믿음직스럽게 생각된다.

"고후쿠사興福寺의 기타인喜多院의 주지승, 마키 승정真喜僧正[71]의 제자 린카이 승정林懷 僧正이 가스가신사의 북소리와 방울 소리때

69 가스가 와카미야(春日若宮) 신사.
70 '이치에 맞지 않는 말이나 교묘하게 수식한 말'이라는 뜻으로 불교에서 물어·시가·가요 종류를 말함.
71 헤이안 중기의 승려로 법상종 (法相宗)파에 속했으며 후에 승정(僧正)를 지냈으며 에이칸(永観) 원년에 고후쿠사 (興福寺)의 벳토를 맡음.

문에 불도수행을 하기 힘들어 "내가 만약 남도 육종六宗**72**을 관장하는 장관이라도 된다면 북소리와 방울 소리를 영원히 못 울리게 할 것이다."라고 맹세했는데 드디어 숙원을 이루자 일찍이 생각하던 가스가신사의 배례전 가구라를 오랫동안 멈추게 하였다.

신사의 붉은 울타리도 왠지 적적하고 신을 모시는 사람은 한탄도 깊었다. 신의 뜻에 맡기고 지내는 동안에 승정은 "이 세상에 더 이상 바랄 것이 없다. 하지만 훈수정념薫修正念**73**을 지금은 바래야 할 때이다."라며 다시 신사에 틀어박혀 기도하면서 자신이 배워서 얻은 불법의 묘미를 마음껏 가스가신사에 올렸다. 그러자 묘진께서 승정의 꿈에 나타나 "부처께서 속세에 몸을 던져 무지한 중생이 극락왕생할 수 있을까 걱정하고 있는데 북소리와 방울 소리를 멈춰 부처와의 결연이 멀어지게 한 것에 대한 원한은 어떻게 할 수 없기에 네가 바친 불법의 묘미를 나는 받지 않으리라."라고 계시하신 이후부터는 어떤 하소연이나 탄원이 있어도 가구라를 멈추게 하지 않겠다."고 하였다는 말을 듣자 더욱더 믿음직스럽고 존귀하게 생각되는 것이었다.

홋케사, 국화울타리

날이 밝자 홋케사法華寺**74**를 방문하였다. 후유타다대신冬忠大臣**75**의 딸로 자쿠엔보寂円房라 불리는 분이 히토쓰노무로**76**라는 곳에 살고 있기에 만나서 인생의 무상함과 무정한 세상에 대해 서로 이야기하며 잠시 이런 절에서 살아 볼까 생각해 보았다. 하지만

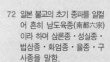

72 일본 불교의 초기 종파를 일컬어 흔히 남도육종(南都六宗)이라 하며 삼론종·성실종·법상종·화엄종·율종·구사종을 말함.
73 감화를 받고 수양을 쌓는 것과 왕생을 믿고 일심(一心)으로 염불하는 것.
74 나라시(奈良市) 홋케지초(法華寺町)에 있음. 고메이황후(光明皇后)가 창건한 진언율종의 여승방.
75 오이노미카도(大炊御門). 후지와라 후유타다(藤原冬忠)로 내대신(内大臣)을 맡았으며 작자 어머니의 연인 중 한 사람.
76 홋케사의 승방 중 하나로 지금의 가라부로(からぶろ)의 북쪽에 있음.

235

한가롭게 학문을 하고 있을 심경도 아니라고 스스로 생각되기에 그저 언제 끝날지 모르는 마음의 혼돈에 이끌려 그곳을 나와 다시 나라의 절로 향했다. 절로 가는 도중에 가스가신사의 쇼노 아즈카리生の預[77], 나카도미노 스케이에中臣祐家[78]라는 사람의 집에 들렀다.

누구의 집인지도 모르고 지나던 중에 위엄이 있어 보이는 우뚝 솟은 대문이 눈에 들어오기에 절이라도 되는가 싶어 들어가 보니 절은 아니고 유서 깊은 집안의 저택으로 보였다. 정원의 국화 울타리도 정취가 있고 색이 바래가는 국화의 향기도 궁궐과 다르지 않았다. 두 젊은 남자가 나와서 "어디에서 오신 분이십니까?"라고 묻기에 "교토에서 왔습니다."라고 하니 "볼품없는 국화 울타리라 부끄럽습니다."라고 우아하게 말한다. 알고 보니 스케이에의 아들, 곤노아즈카리 스케나가權の預祐永와 미노지역의 곤노카미權の守인 스케토시祐敏형제였다.

> 궁궐을 떠나와 떠돌아다니는 몸이지만
> 국화꽃에 하얀이슬이 내린 것을 보니
> 궁궐이 그리워지네.

라고 푯말에 적어서 국화에 묶어두고 나온 것을 발견한 것일까, 사람을 보내와 나를 다시 부르더니 여러 가지로 접대를 하며 "잠시 쉬었다 가시지요."라고 말하기에 다른 곳에서 그랬듯이 이곳에서도 묵었다.

77 가스가(春日)・이와시미즈(石淸水) 신사의 신직(神職)으로 쇼(正)와 곤(權)이 있음. 가스가신사는 나카도미(中臣)가 임명됨.
78 나카도미 스케우지(中臣祐氏)의 장남.

주쿠사, 다이마절 참배

주쿠사^{中宮寺}**79**라는 절은 쇼토쿠^{聖德}태자⁸⁰의 유적으로 태자비가 발원하여 세웠다고 하기에 마음이 끌려서 참배했다. 장로는 신뇨보^{信如房}**81**라 하여 옛날 궁궐에서 만난 적이 있는 사람이지만 나이가 들어서인지 그다지 나를 기억하고 있지 못한 듯하여 이름을 밝히지 않고 그저 잠시 들린 것처럼 인사하였는데 어떻게 생각한 것인지 친절하게 대해 주었기에 또 잠시 동안 머물렀다. 호류사에서 다시 다이마절^{当麻寺}**82**로 가서 참배했다.

"요코하키^{横佩} 대신의 딸 주조히메^{中将姫}**83**가 인간으로 태어난 아미다여래를 뵙게 해 달라고 기도를 드렸더니 여승 한 명이 나타나 "열 태^駄의 연꽃 줄기를 주신다면 극락세계를 짜서 보여드리겠습니다."라고 소망하기에 연꽃줄기로 실을 만들어 소메도노^{染殿}의 우물물로 헹구었더니 이 실이 오색으로 물들었다. 그것을 짤 준비가 된 곳에 여성 한 명이 나타나 등불의 기름을 구하며 오후 10시경부터 오전 4시경까지 짜놓고 돌아가기에 주조히메가 "자, 어떻게 하면 다시 만날 수 있겠습니까?"라고 하니 "옛날에 가엽존자^{迦葉尊者}가 이곳에서 설법을 하였고 그 후 홋키^{法其}보살이 여기에서 불사를 일으켰다. 당신이 서방정토를 그리워하는 까닭에 내가 왔다. 이 절에 들어와 만다라를 믿으면 영원히 고통은 떠날 것이다."라고 말하고 서방정토를 가리키며 날아가 버리셨다." 라고 엔기^{縁起}**84**에 적혀져 전해지는 것도 감사하고 고귀하다.

쇼토쿠 태자의 묘는 돌 모양새까지도 참으로 고귀한 분의 능

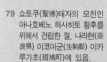

79 쇼토쿠(聖德)태자의 모친인 아나호베노 하사히토 황후를 위해서 건립한 절. 나라현(奈良県) 이코마군(生駒郡) 이카루가초(斑鳩町)에 있음.
80 요메이천황(用明天皇)의 황자로 학문에 정통하고 불심이 깊었으며 어머니를 위해 주쿠사를 건립.
81 후지와라(藤原) 가문의 유력한 가계에 속하는 승장원(僧瑾円)의 딸로 주쿠사의 중흥에 힘씀.
82 나라현(奈良県) 기타카쓰라기군(北葛城郡) 다이마초(当麻町)에 있는 절.
83 우대신 후지와라 도요나리(藤原豊成)의 딸로 다이마절(当麻寺)에서 출가했음.
84 신사나 절의 유래를 적은 것.

이란 생각이 들어 발길이 머문다. 때마침 여법경을 올리고 있는데 그것조차 인연이란 생각이 들어 기뻐서 고소데를 하나 봉납하고 돌아왔다. 이렇게 지내면서 해도 바뀌었다.

고후카쿠사인과 재회

2월 무렵이던가. 교토로 돌아가는 김에 야하타에 참배했다. 나라에서 야와타까지는 거리가 멀어서 일몰일 때 도착하여 이노하나猪鼻[85]를 올라 신사에 들어갈 때 이와미石見[86] 지방의 난쟁이들이 함께 가게 되어 "무슨 숙명으로 이러한 불구자로 태어난 것인지 생각한 적은 없습니까?"라고 이야기 하면서 걸어가고 있었는데 바바전馬場殿[87]의 문이 열려져 있었다.

이 건물은 이와시미즈의 사무를 감독하는 직책인 겐교檢校가 기도를 올리고 있을 때에도 열린 적이 있고, 오는 도중에 확실히 가르쳐 주는 사람도 없었기에 상황의 행차라고는 생각도 못하고 무심코 지나가고 있었는데, 신사의 누문樓門을 올라가고 있을 때 하급관인으로 보이는 사람이 다가와 "바바전으로 오세요."라고 말한다. "어떤 분이 와 계십니까? 나를 누구라고 알고 그렇게 말씀하시는지 짐작이 가지 않습니다. 저기 난쟁이를 말씀하시는 건 아닙니까?"라고 말하니 "그렇지 않습니다. 틀림없습니다. 당신입니다. 그저께부터 도미노코우지전의 고후카쿠사인의 행차이십니다." 라 한다. 아무 말도 나오지 않는다.

지금까지 오랫동안 마음속에서 잊은 적은 없었는데 몇 해 전,

85 하치만궁(八幡宮)이 있는 오토코산(男山)o.로 오르는 언덕길의 하나.
86 시마네현(島根県) 서부 지방.
87 이와시미즈 하치만궁 경내에 있었던 건물.

이제 여기까지라며 궁궐을 퇴출할 때 교고쿠님의 거처에서 그분을 뵈러 가는 길이 이 세상에서 마지막으로 뵙는 것이라고 생각했었다. 그런데 초라한 승복에 서리, 눈, 싸라기눈을 맞아 완전히 볼품없는 내 모습이어서 누구도 알 턱이 없을 터인데 누가 알아본 것일까 싶고 더욱이 상황이 직접 부르시리라고는 전혀 생각지 못했다.

궁녀들 중에서 나를 수상하게 보는 사람이 있어 '사람을 잘못 보았는지 확인하려고 말을 건 것이겠지'라고 생각하고 있는 사이 하급 무사 한 사람이 달려와서 "서두르시오."라고 재촉한다. 어떻게 피할 수도 없었기에 건물 북쪽의 미닫이 문가에 기다리고 있었더니 "그곳은 오히려 사람들 눈에 띄지 않은가. 안으로 들어오게나."라고 말씀하시는 목소리는 과연 옛날 그대로 변함없으신 상황이셨기에 이게 어찌된 일인가하고 생각하니 가슴이 철렁 내려앉아 전혀 움직일 수 없었다. "어서, 어서."라고 말씀하시기에 거절한다면 오히려 실례가 될 수 있다고 생각하여 안으로 들어갔다.

"잊지 않고 한번에 잘 알아보았네. 시간이 흘러도 잊지 않았던 마음은 알아주구려."라는 말로 시작해서 "옛날부터 지금까지의 모든 일들, 변해가는 세상사가 무상하게 생각되네."라며 여러 가지 말씀을 하시는 것을 듣고 있는 사이에 봄의 짧은 밤은 잠잘 틈도 없이 밝아왔다. 상황께서는 "내가 있는 동안 머물면서 꼭 다시 차분히 이야기 하세나."라고 말씀하시고 일어나실 때 옥체에 걸치신 고소데를 세 장 벗으시더니 "다른 사람에게는 말해서는 안 되는 정표다. 몸에 간직하거라."라며 나에게 주셨다.

그 심중을 생각하면 과거의 일도 미래의 일도 내세의 어둠도 전부 잊어버리고 슬픔도 비참함도 뭐라고 표현할 수 없다. 무정하게도 날이 밝아버렸기에 "그럼."이라 말하고 떠나신 자취가 한없이 정겹고 가까이 있었던 상황의 향기도 승복의 소맷자락에 남아있는 것만 같다. 남의 눈에 이상하게 보일 것 같기에 정표인 고소데를 승복 속에 겹쳐 입었는데 왠지 슬프기에

서로 옷소매를 겹치던 인연도 먼 옛일
이제는 승복의 소맷자락이 눈물로 젖네.

라고 읊었다.

　허무하게 남은 상황의 뒷모습을 눈물 젖은 소매에 남기고 물러나오자니 꿈을 꾸고 있는 듯한 기분이 들어 오늘만이라도 어떻게든 다시 한 번 느긋하게 만날 수 있는 기회는 없는 것일까 생각했다. 이런 초라한 모습으로 뵙게 된 것은 뜻하지 않은 일이지만 상황이라면 어쩔 수 없는 일이라고 이해해 주시겠지. 그러나 너무 뻔뻔스럽게 여기에 머무르며 또다시 부름을 기다리는 얼굴로 비추어지는 것은 사려가 없는 일이겠지 싶어 미련을 억지로 참으며 교토로 출발하는 심중을 헤아려 주길 바란다.

　섭사摄社[88] 순례참배에서라도 다시 한 번 멀리서나마 뵙고 싶어 승복을 입은 모습은 알아차리실지 모른다는 생각에 상황께 받은 고소데를 위에 겹쳐 입고 구경하는 궁녀들 속에 섞여서 보고 있었는데 법복을 입으신 모습이 예전의 모습과는 다르셔서 애처롭게 느껴진다.

88 본 신사의 제신(祭神)과 인연이 깊은 신을 모신 신사로 본사와 말사(末寺) 사이에 위치하며 본사의 경내에 있는 것을 경내섭사, 경 밖에 있는 것을 경외섭사라고 함.

계단을 오르실 때에는 당시 시종 재상으로 계시던 스케타카 주나곤이 상황의 손을 이끌며 들어가셨다. 어제 저녁에 상황께서 "같은 승복인 것도 그립구나." 로 시작하여 내가 어렸을 당시의 일까지 여러가지 말씀하시는 것조차 고스란히 귓속에 맴돌며 상황의 모습이 눈물로 젖은 소매에 머물렀다. 이와시미즈의 산을 나와 발길은 북쪽 교토로 향해도 나의 혼은 그대로 산에 머물러 있는 듯한 마음이 들었다.

아쓰타신궁의 화재소동

교토에 머물러 있을 수도 없기에 작년에 결심한 숙원을 달성할 수 있을까, 시험 삼아 다시 아쓰타신궁으로 가서 밤샘 기도를 올렸다. 한밤중에 신사 위에 불이 타올랐다. 신사 사람들이 우왕좌왕하는 모습은 짐작할 수 있을 것이다. 신성한 신사에서 불이 났기 때문에 평범한 사람의 힘으로 끌 수 없었던지 순식간에 허무하게 연기처럼 타오르고 말았는데 날이 새자 공허하게 재가 되어버린 곳을 재건하려고 장인들이 몰려왔다.

대궁사나 노토노시祝詞の師**89**등이 왔지만 열지 않는 신전이라 하여 옛날 신들의 시대에 야마토다케루노 미코토日本武尊가 스스로 지어서 그 안에 머무셨다는 신전의 주춧돌 옆에 커다란 목재가 아직 타고 있고, 그 불 옆의 주춧돌에 폭이 한 척 정도, 길이가 4척 정도 되는 옻칠한 상자가 함께 세워져 있었다. 사람들이 신기하게 생각하는데 신을 친히 모시는 노토노시가 가서 집어

올리며 옆을 조금 열어 보더니 "붉은 비단 주머니에 검이 들어 있을 것이다."라며 야쓰루기노미야^劍宮90의 신전을 열어서 그곳에 봉납했다.

그건 그렇다 하더라도 신기했던 것은

"이 아쓰타신궁에서 모시는 신인 야마토다케루노 미코토는 게이코천황景行天皇91 즉위 10년에 태어나셨는데 아즈마지역의 야만인들을 항복시키기 위해서 칙명을 받들고 내려오셨다가 이세 신궁에 작별을 고하기 위해 들렀다. 그때 '이 검은 그대가 전생에 스사노오노 미코토素盞鳴尊였을 때 이즈모出雲지방에서 머리가 여덟 개 달린 뱀의 꼬리 속으로부터 꺼내어 나에게 준 검이다. 여기에 비단주머니가 있다. 적에게 공격받아 목숨이 다했다고 생각될 때 이것을 열어 보거라.' 라시며 하사하셨다. 그 후, 스루가駿河지방 미카리御狩 들판에서 들풀을 태우는 불을 만났을 때에 짊어지고 있던 검이 저절로 빠져나와서 그의 주변의 풀을 베어버렸다. 그때 비단 주머니에 있던 부싯돌로 불을 켰더니 불이 적군이 있는 쪽을 덮쳐서 눈을 가려 적군이 이곳에서 전멸하고 말았다. 그런 까닭에 이 들판을 야키쓰焼津들판이라 하고 검은 구사나기草薙 검이라고 하였다."

라는 전승이 적힌 책들이 불에 타다 남아 있었다. 그것을 읽고 있는 것을 잠시 듣고 있었는데 언젠가 꿈에서 들었던 말씀이 떠올라서 신기하고도 하고 존귀하기도 했다.

90 아쓰타(熱田)신궁의 섭사(攝社)로 본사에 모신 신과 인연이 깊은 신을 모신 곳.
91 일본의 제12대 천황으로 스이닌(乘仁)천황의 두 번째 황자이며, 야마토타케루노 미코토(日本武尊)의 아버지.

이세외궁 참배

이러한 화재소동 때문에 경문을 베끼는 일도 더더욱 시기가 좋지 않은 듯한 기분이 들어 쓰시마津島에서 이세로 건너가 이세신궁에 참배했다.

4월 초이기에 왠지 온통 파릇파릇해진 나뭇가지 끝도 정취가 색달라 흥미롭다. 우선 외궁外宮[92]에 참배했는데 두견새의 첫 울음소리를 기다리는 곳으로 야마다 들판의 삼나무 숲을 삼자고 말을 걸고 있는 듯하다.

간다치神館[93]라는 곳에 첫 번째, 두 번째 네기禰宜[94]를 비롯해 신관들이 모여 있었다. 승복은 꺼린다고 들었기 때문에 어디서 어떻게 참배해야 좋을지 몰라 물어보니 "두 번째 도리이를 지나 넓은 광장 근처까지는 지장이 없겠지요." 라 한다. 이곳은 정말로 성스러운 느낌이다.

간다치 근처를 서성거리고 있으니 신관으로 보이는 두세 명의 남자가 나와서 "어디서 오셨는지요?"라고 묻는다. "교토에서 연을 맺고자 왔습니다."라고 대답하니 "보통은 불법수행자는 삼가하고 있습니다만 지치신 것 같기도 하니 신께서도 용서하시겠지요."라며 안으로 들여서 성대하게 대접하고 "제가 안내해드리지요. 궁내는 곤란하니까 먼 곳에서 참배하시지요."라고 한다. 치에다千枝라는 삼나무 밑 연못까지 가서 신관이 부정을 떨치는 의식을 엄숙하게 치르고 누사幣[95]를 바치고 참배하고 나오는데 마음속 깊은 번뇌는 이러한 의식만으로도 도저히 정화되지는 않을 것이라 생각하니 한심스럽다.

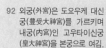

92 외궁(外宮)은 도요우케 대신궁(豊受大神宮)를 가르키며 내궁(内宮)인 고우타이신궁(皇大神宮)을 본궁으로 여김.
93 신사에서 신관들이 기도 전에 주색을 금하고 부정을 멀리하며 심신을 깨끗이 할 때 머무르는 건물.
94 옛날 신직(神職) 직위의 하나로 보통 신주(神主)의 다음 지위임.
95 신에게 바치는 제물의 총칭. 삼, 목면, 비단 또는 종이 등으로 만들어 신에게 빌 때, 또는 악령 퇴치 시에 지참하는 것.

243

외궁에서 돌아오는 길에 그 주변에서 가까운 작은 집을 빌려 묵었는데 "친절하게 안내해 준 사람은 어떤 분인지요?"라고 물어보니 세 번째 네기 유키타다라는 사람으로 간다치의 주인이었다. "안내해 준 사람은 현재 첫 번째 네기의 차남인 시치로 쓰네요시七郞常良 다이부"라고 이야기하기에 여러모로 받은 친절도 잊기 어려워

> 속세에서 중생을 구한다는 신을 모시는 신관이기에
> 출가자인 나에게도 친절히 대해 주셨으리.

라고 닥나무 껍질의 섬유로 만든 종이에 적어서 비쭈기나무 가지에 매달아 보냈더니,

> 그림자를 드리우는 야마다 들판의 삼나무 잎조차도
> 누구도 차별하지 않는 것이
> 신의 뜻이라오.

라고 보내왔다. 이곳에서 우선 7일간 머물면서 득도해탈을 기도 드리려고 했는데 신관들이 각각 와카를 읊어서 보내오고 렌가를 차례차례 읊으며 지내다 보니 풍류스러운 느낌이 들었다.

보통의 신사처럼 불경을 읽는 것은 신사 안에서는 하지 않고 호우라쿠샤法樂舎라고 하여 신사에서 4정四町96, 5정五町 떨어진 곳에서 하루 종일 염불을 하였다. 해질 녘에 그 근처에 여승이 수행을 하고 있는 관음당에 가서 숙소를 빌리려고 하자 "안됩니

96 정(町)은 거리의 단위. 1정은 60間, 약 109m.

244

다."라고 거절하며 매정하게 쫓아내기에,

　　당신과 마찬가지로 세상을 꺼리어 출가한 나이거늘
　　무슨 색이라 하여 내친단 말인가.

라고 관음당 앞에 있는 남천촉의 가지를 꺾어 닥나무 껍질의 섬
유로 만든 종이에 적어서 보냈더니 답가는 보내지 않고 숙소를
빌려주어서 그 이후부터 지인이 되었다.
　　외궁에 참배한지 7일이나 지났기 때문에 내궁을 참배하려고
하자 처음 안내를 해 주었던 쓰네요시가,

　　나그네인 당신과 와카의 연으로 친해졌거늘
　　이제 헤어지는 아쉬움이 커서
　　오히려 유감스럽기 그지없네.

라고 보내왔다.　답가로는

　　무엇이 유감이오리까?
　　나그네가 아니더라도
　　언제까지나 머물 수 없는 것이 세상의 이치라네.

라고 보냈다.

이세내궁 참배

내궁에는 특히 풍류를 아는 사람들이 있어 "이런 사람이 외궁에 머물고 있습니다."라는 소문을 듣고 "언제쯤 내궁에 참배하러 오는 것일까?"라며 기다리고 있었다고 들었기에 마음이 진정되지 않았지만 언제까지 그렇게 있을 수도 없었기에 내궁으로 갔다.

오카다岡田[97]라는 곳에 묵었는데 그 옆집에 기품 있어 보이는 여인의 거처가 있었다. 어린 여자아이가 편지를 빨리도 가지고 왔다.

> 그저 교토에서 왔다고 들었을 뿐이거늘
> 왠지 모를 그리움으로
> 또다시 소매가 젖어오네.

이 여인은 내궁의 두 번째 네기 노부나리의 후처라고 한다. "꼭 이쪽에서 방문하겠습니다."라고 쓰여진 편지에 대한 답장에는,

> 잊을 수 없는 옛일을 물으시니
> 슬픔 때문에 뭐라 대답할 말이 없네.

라고 보냈다.

나오기를 기다리는 짧은 밤의 달도 아직 뜨지 않은 때에 신사 안으로 들어갔는데 이곳에서도 여승의 모습을 꺼려하기 때문에

97 현재의 이세시(伊勢市) 우지 우라다초(宇治浦田町) 근처의 지명.

미모스소강御裳濯川 상류에서 신전에 배례를 올렸다. 비쭈기나무가 몇 겹이나 겹쳐져 있어 신사의 울타리가 멀리 떨어져 있는 듯한 기분이 들었다. 이 신사의 치기千木**98**는 왕위를 지키려고 위쪽이 수평으로 깎여져 있다고 듣고 무심결에 '옥체평안玉体安穏'이라는 말이 나왔는데 내가 생각해도 정말로 멋지다.

사모하던 마음은 변함없기에
천년만년 강녕하소서.

신성한 바람이 불고 미모스소강도 조용하게 흐르고 있어서 가미지神路의 산을 가르며 나오는 달빛은 이곳에서는 더 한층 밝게 비추어 주리란 생각이 들어 다른 나라까지 밝게 해줄 것 같다.

참배를 무사히 마치고 내려가던 중 간다치 앞을 지날 때 첫 번째 네기 히사요시의 숙소가 유독 달빛이 비쳐서 너무 쓸쓸하게 보이는데다가 모든 문이 내려져 있었기 때문에 "외궁을 월궁月宮이라고 하던가." 하는 생각에

아침해의 궁인 내궁에 산다한들
어찌하여 달빛을 차별하는가.

와카를 닥나무 껍질의 섬유로 만든 종이에 써서 비쭈기나무의 가지에 묶어 간다치 마루에 놓아두고 돌아왔는데 열어본 것인지 나의 숙소로 비쭈기나무 가지에 매달아 답가를 보내왔다.

98 신사 건축에서 지붕 위의 양 끝에 X자형으로 짜서 돌출시킨 목재.

247

이 맑은 달빛을 어찌하여 차별하리.
노송나무 문이 닫혀 있던 것은
늙은이가 깊이 잠들어버린 탓이리.

후타미 포구

이곳에서도 7일간 머무르고 나왔는데 나는 "그런데 후타미 포구는 어디 근처에 있습니까? 아마테라스 오카미가 마음을 남기셨다고 하는 이야기에 마음이 끌려서……."라고 말씀드리니 안내를 하도록 무네노부 칸누시宗信神主**99**라는 사람을 붙여주었다. 따라가 보니 기요키 해안清渚**100**, 마키에蒔絵의 소나무, 번개가 쳐서 찢어놓은 돌 같은 것을 보여주었다. 사비佐比의 묘진이라고 하는 신사의 신은 해안가에 좌정해 계신다. 그곳에서 배를 타고 다후시섬答志の島, 고센섬御饌の島, 도오루섬通る島 등을 보러 갔다.

고센섬은 청각채가 많이 자라고 있었는데 이 내궁의 네기가 뜯어서 신께 공물로 바치는 섬이다. 도오루섬은 위에 용마루와 같은 돌이 덮혀 있는데 안은 텅 비어서 그 사이를 배가 지나가는 것이다. 끝없는 망망대해의 풍경은 정말로 아름다운 곳이 많았다.

그런데 고아사쿠마小朝熊**101** 신사는 가가미쓰쿠리鏡造의 묘진明神**102**이 아마테라스 오카미의 모습을 비추었던 거울을 인간이 훔쳤다던가. 연못에 가라앉아 있던 것을 건져 올려 신사에 봉납하였더니 오카미가 "내게는 고통 받는 물고기들을 구원하고자

99 아라키타(荒木田). 이세신궁에서 칸누시는 네기보다는 하위직임.
100 상(喪)을 끝낸 신관과 참배자가 몸을 정갈히 했다는데서 유래한 이름으로 후타미우라(二見浦) 주변의 해안.
101 아사마신사(朝熊神社)를 말함. 현재의 이세시(伊勢市) 아사마초(朝熊町).
102 야마토히메노 미코토(倭姫の命)가 이곳에서 신의 거울을 만들었다는 전설과 아마테라스 오카미(天照大神)가 숨었을 때 거울을 만들었다는 신화가 혼합된 전설.

248

하는 기원이 있었다."라며 스스로 신사에서 나와서 바위 위에 모습을 나타내셨다.

바위 옆에는 벗꽃나무 한 그루가 있었다. 밀물일 때에는 이 나무의 가지에 머무시고 썰물일 때에는 바위 위에 계신다고 하기에 널리 중생을 구원하려 한다는 기원도 믿음직스럽게 생각되어서 하루 이틀 느긋하게 참배하고 싶은 기분이 들어 시오아이潮合[103]에 있는 대궁사라는 사람의 집에 숙소를 빌렸다.

너무 친절하게 대해 주어 마음이 편안해서 또 여기에서도 이삼일 지내는 동안에 "후타미 포구는 달이 뜬 밤이 정말 정취가 있답니다."라고 하기에 여자들과 함께 해안으로 나갔다. 정말로 인상적이고 재미있어서 그 감동은 뭐라 말로 표현할 수가 없다. 밤새도록 바닷가에서 놀다 날이 밝아 돌아오면서 다음과 같이 읊었다.

깨끗한 바닷가에 투명하게 비치는 달이
밝아져 오는 하늘에 남아 있는 멋진 광경을
결코 잊지 않으리.

데루즈키照月라는 도쿠센得選[104]은 이세 신궁의 신관과 인연이 있는 사람이었는데 내가 이 포구에 있다는 것을 어떻게 알았는지 상황의 궁궐에서 연고가 있었던 궁녀로부터 편지가 왔다. 뜻밖의 일이라 이상한 기분이 들어 열어보니, "후타미 포구의 달에 익숙해져 상황은 잊어버린 것인가. 생각지도 못했던 이와시미즈에서의 대화를 다시 한 번 하고 싶다."라는 자상한 말씀이 있

103 이스즈강(五十鈴川)의 하류, 시아이강(汐合川)의 하구 부근.
104 궁중에서 천황의 식사와 주안상을 만드는 미즈시도코로(御厨子所)의 궁녀.

249

었다는 내용의 편지를 받으니 내 마음속을 내 스스로도 알 수
없다. 답장으로는

> 궁궐의 밤하늘의 달에 익숙해졌는데
> 타지에 산다한들 잊으리요.

라고 읊었다. 이렇게만 있을 수 없었기에 외궁으로 돌아왔다.

이세신궁의 사람들과의 작별

이제는 아쓰타의 화재소동도 진정되었기 때문에 경문을 서사
하여 봉납하고자 하는 기원을 다하기 위해 아쓰타신궁으로 돌
아가려고 했지만 이세 신궁에서의 추억도 아쉬워서 외궁에서
읊은 와카이다.

> 괴로운 세상 속을 건넌다는 와타라이 신이시여!
> 고달픈 이 세상을 건너는 나를 인도해 주소서.

새벽에 출발하려고 하는 참에 내궁의 첫째 네기 히사요시에
게서 "요전의 추억이 생각납니다. 9월에 있는 고사이에斎会[105]에
는 반드시 오시옵소서."라고 하기에 인정이 느껴져

> 영원히 번창할 천황의 치세이니
> 9월경에 다시 오리다.

105 고사이에는 원래 궁중의 공
적행사 중 하나. 음력 9월
17일 천황이 거행하는 추수
감사 행사인 간나메사이(神
嘗祭)를 칭함. 승려들을 초
대해 식사를 하고 독경·공
양을 하는 법회를 개최.

250

라고 보냈다.

히사요시는 "마음속으로 기원한 내용은 다른 사람은 알 수 없으나 천황과 함께 나를 생각하며 기도하여 주신 것에 대해서는 어찌 답을 드리지 않을 수 있겠습니까?"라며 한밤중에 비단을 두 번 감아서 이세시마伊勢志摩의 토산물이라며

신사의 울타리 안에서
천년이나 번성한다는 소나무와 함께
당신이 약속하신 9월이 오기를 기다리리.

라고 보내왔다. 그 다음 날 새벽 밀물 때의 배를 타기 위해서 저녁때부터 오미나토大湊106라는 곳으로 가서 미천한 어부가 소금을 짜내기 위해 지은 오두막집 옆에서 객지 잠을 자면서도 "가마우지가 있는 바위 사이나 고래가 들르는 해안일지라도 그리운 사람과 함께할 수 있다면."이라고 옛날 사람들이 말하였다고 하는데 나는 도대체 어찌된 신세이기에 상황과 다시 만나기를 기다리면서도 괴로운 일들이 위로가 되지 않는다. '내가 넘어가는 산의 끝자락에도 사랑하는 사람과 만난다는 오사카逢坂 고개도 없는데'라는 생각이 들었다. 드디어 출발하려 한 새벽이지만 아직 캄캄한데 외궁의 칸누시 히사요시에게서 "내궁에 있었을 때 전달했어야 할 편지를 잊고 있었기에 보냅니다."라며

배편으로 돌아가신다고 들으니
슬픔으로 소매가 젖어오네.
나루미 해변이란 이름마저 원망스럽네.

106 시아이강(汐合川) 하구 부근의 항구.

251

라고 보내왔다. 이것에 답한 답가는

원래부터 멀어져 갈 인연이었거늘
돌아가려고 하니
소매가 눈물로 젖어오네.

라고 보냈다.

아쓰타신궁에서는 불탄 신전이 다시 세워지는 공사가 한창 진행되고 있어 어수선하였지만 숙원이 그렇게 미뤄진 것도 본 의가 아니었기에 다시 경문을 서사할 준비를 하여 남은 화엄경 30권을 이곳에서 서사하여 봉납하였다. 법회를 진행하는 스님 이 별 볼일 없는 시골의 법사이기에 사정을 잘 알 것 같지는 않 았지만 법화경을 지키는 사람을 보호한다는 10명의 나찰의 법 락[107]이기에 여러 가지 공양을 하고 다시 교토로 향했다.

고후카쿠사인과 재회

한편 생각지도 않게 오토코산에서 상황을 만난 일은 다음 세 상에서도 잊을 수 없을 것이라고 생각하고 있었는데 연고가 있 는 사람을 시켜서 번번이 내가 옛날에 살던 집에 소식을 주셨다. 그러나 어떻게 할 수도 없기에 마음 깊이 감사하게 생각하면서 허망하게 세월이 흘러 다음 해 9월 무렵이 되었다.

상황께서 후시미전으로 납신 김에 주변도 조용하고 다른 사

107 경을 읽거나 음악을 연주하
거나 춤을 추거나 하여 신불
을 즐겁게 하는 일.

252

람에게 알려질 걱정도 없으니 좋은 기회라고 누차 말씀하시기에 상황을 연모했었던 나의 나약한 마음 때문인지 그 뜻에 따르는 것이 좋겠다는 생각이 들어 남몰래 후시미전 근처로 갔다.

연고가 있었던 사람이 나와서 안내하는 것도 특별한 기분이 들어 묘했다. 상황이 오시기를 기다리고 있는 사이에 구타이당九体堂**108**의 난간에 나와 멀리 내다봤더니 세상을 고뇌라고 말하는 우지가와강宇治川**109**의 물결이 내 소매에 넘쳐흐르는 눈물의 물결과 같은 기분이 들어서 '물결만이 어둡게 다가와 보일 뿐**110**' 이라고 읊었다는 옛 와카까지 떠올리고 있었는데 초저녁이 지날 무렵에 상황께서 행차하셨다.

구석구석까지 두루 비치는 달빛 속에서 옛날 뵈었던 때와는 다른 출가하신 모습은 눈물 때문에 흐려져 뚜렷이 보이지 않는다. 내가 어렸을 때부터 자나 깨나 상황의 무릎에서 지냈던 일부터 이것이 마지막이라 생각하여 물러났던 때의 일까지 여러 가지 이야기를 들었다. 나의 옛일이지만 어찌 감개무량하지 않겠는가.

상황께서는 "이 근심 섞인 세상을 살아가자면 역시 상심하며 한탄하는 일이 많을 진데 어찌 나에게 그러하다고 말하지 않고 지내 온 것인가?"라고 말씀하셔도 이처럼 고달프게 살고 있는 원망 이외에 다른 무슨 생각을 할 수 있겠는가! '그 한탄, 내 마음을 다른 누구에게 호소하여 위안 받을 수 있을까' 하는 생각이 들었지만 상황께 말씀을 올릴 수도 없는 일이기에 묵묵히 말씀을 듣고 있자니 오토와산音羽山**111**의 사슴소리가 눈물을 자아내듯이 들리고 소쿠조인의 새벽을 알리는 종은 날이 밝아오는 하늘

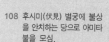

108 후시미(伏見) 별궁에 불상을 안치하는 당으로 아미타불을 모심.
109 교토(京都)부 우지(宇治)시 역을 흐르는 강. 여기에서는 넘치는 눈물을 우지강의 물결에 비유한 것으로 감개무량하다는 의미임.
110 『긴요슈(金葉集)』의 秋, 다이라노 타다모리(平忠盛)의 와카를 인용함.
111 지금의 교토(京都)시 야마시나구(山科區)와 오오쓰시(大津市)와 경계를 이룬 산.

을 알리는 것 같다.

사슴 울음소리와 함께 들려오는 종소리가
눈물을 자아내는 새벽녘 하늘이구나.

라고 마음속으로 읊조려 보았을 뿐이었다.

니조의 맹세

그러던 중 야속하게도 날이 밝아왔기 때문에 눈물은 소매에
남고 상황의 모습을 그대로 내 마음속 깊이 남긴 채 물러났다.
전날 밤에 상황께서는 "이 세상에 살고 있는 동안은 오늘처럼
달빛이 밝은 밤에는 기회가 되면 꼭 다시 만나고 싶다고 생각하
는데 자네는 이 세상이 아닌 다음 세상에서 만나기를 기약하자
니 도대체 마음속으로 무엇을 맹세하고 있는 것이냐? 또 아즈마,
모로코시唐土**112**까지 여행을 하는 것은 남자라면 그럴 수도 있겠
지만 여자는 장애가 많아서 그러한 수행이 불가능하다고 들었
다. 어떤 사람과 인연을 맺고 덧없는 세상을 멀리하는 벗으로
삼았느냐? 혼자서 여행하는 것은 도저히 불가능할 것이다.
아즈마에서 이별할 때 눈물의 강이 소매에 있음을 알았다고
와카를 주고받고 가스가신사에서 국화꽃 울타리 집을 방문하고
이세 신궁에서 9월에 반드시 재회할 것을 미모스소강에 약속한
일 등이 모두 그저 스쳐 지나간 의미 없는 약속은 아닐 것이다.

112 옛날 일본에서 중국을 부르
던 칭호.

254

깊고 오랜 인연이 있었을 것이다. 이 외에도 또 이처럼 여기저기 동행한 사람도 없지는 않을 것이다."라고 정색을 하며 물으시기에

"궁궐을 나와 여러 지방을 유랑하면서 삼계무안 유여화택三界無安 猶如火宅이라고 말하듯이 하룻밤도 편안히 보낼 수 있는 몸이 아니었습니다. 과거와 현재의 인과가 불운하기에 이처럼 괴로운 제 자신을 뼈저리게 느끼게 되었습니다. 한번 끊긴 인연을 다시 이을 수는 없습니다. 저는 이와시미즈의 후손인 겐지의 자손이지만 이 세상에서의 부귀영화는 기대할 수 없기에 아즈마로 여행을 처음 시작했을 때에도 제일 먼저 참배한 신사는 쓰루가오카 하치만 뿐입니다. 가깝게는 마음속의 기원이 성취되기를 바라고 멀게는 현세에서의 죄를 속죄하고 후세의 행복을 위해 선행을 쌓기를 기원했습니다.

신이 정직한 사람을 비춘다는 말은 분명합니다. 동쪽은 무사시 지방[113]에서 스미다강隅田川[114]까지 여행하여 보았지만 하룻밤이라도 인연을 맺은 일이 있었다면 하치만 신이신 혼치미다산존本地弥陀三尊[115]의 중생구제에 들지 못해서 기나긴 무한지옥에 떨어지겠지요. 또 미모스소강의 맑은 강을 방문하여 만일 거기에서 마음에 두는 인연이 있었다면 전해 들었던 다이콘료부胎金両部[116]의 교주가 엄벌을 주시겠지요. 미가사산의 가을 국화꽃을 찾아간 것은 정취를 즐기기 위해서였습니다. 만약 또, 나라고개奈良坂[117]에서 남쪽으로 인연을 맺어 의지하는 사람이 있어서 가스가신사에 참배했더라면, 시쇼 다이묘진四所大明神[118]의 가호를 받지 못하

113 현재의 도쿄도(東京都) 대부분과 사이타마현(埼玉縣), 가나가와현(神奈川縣)의 일부.

114 도쿄(東京)도 시가지 동부를 흘러서 도쿄(東京)만에 흘러드는 강.

115 하치만(八幡)신사에 모시는 아미타 삼존(弥陀三尊). 아미타 삼존은 아미타보살과 좌우에 모시는 관세음보살, 세지(勢至)보살을 말함.

116 태장계(대일여래를 자비 면에서 설명한 부문)와 금강계(마찬가지로, 지덕의 면에서 설명한 부문)의 양쪽 부분의 교주인 대일여래(大日如來).

117 나라(奈良)의 북쪽 출구에서 교토로 통하는 고갯길.

118 가스가(春日)신사의 사제신(四祭神)을 말함.

고 허무하게 삼악도三惡道의 하치난쿠八難苦**119**를 받겠지요.

어렸을 때는 두 살 때 어머니가 돌아가셔서 그 모습도 몰랐던 한을 슬프게 생각했고, 열다섯 살에 아버지가 세상을 떠난 이후에는 그 애정을 애타게 그리워했으며 부모를 그리워하며 흘리는 눈물이 지금도 소맷자락을 적십니다. 어릴 때는 황송하게도 상황께서 보살펴 주시고 연민의 마음도 깊으셨습니다. 그 은혜 덕택에 부모와 사별한 원통한 마음도 완전히 위로받았습니다. 점점 어른이 되어서는 상황의 총애를 받았습니다. 인간으로서 이를 어찌 중히 여기지 않겠습니까. 마음이 어리석고 미련한 것은 짐승과도 같습니다. 하지만 그것들마저도 은혜는 중요하게 여깁니다. 하물며 인간으로서 어떻게 그 정을 잊을 수 있겠습니까? 옛날 어렸을 때는 상황을 이 세상의 빛보다도 더 감사하게 생각하였고 어른이 되고부터는 부모의 정보다도 더 그리워하였습니다.

참으로 뜻밖의 사정으로 이별을 하여 허무하게 많은 세월을 보내면서도 천황과 상황의 행차를 만났을 때에는 옛날을 그리워하며 눈물로 소맷자락을 적시고, 위계수여나 관직 임명 등 다른 이들의 번창과 동료 궁녀의 승진소식을 들을 때마다 상심하지 않았다고는 할 수 없습니다. 그처럼 어지러운 마음이 진정되면 눈물이 나는 것도 어찌 할 수 없는 일이기에 마음을 진정시킬 수 있을까 하고 여기저기를 정처 없이 돌아다녔습니다.

어떤 때는 승방에 묵고 또 어떤 때는 남자들 틈에서 지냈습니다. 31자의 와카를 읊고 풍류를 그리워하는 곳에서는 여러 날을 묵으며 지냈기에 수상하게 여기는 사람이 교토에도 시골에도

119 하치난(八難)은 부처를 보고 불법을 듣는 데에 방해가 되는 여덟 가지 곤란을 말함, 즉 지옥(地獄), 축생(畜生), 아귀(餓鬼), 장수천(長壽天), 맹롱음아, 울단월(鬱單越), 세지변총(世智辯聰), 생재불전불후(生在佛前佛後)임.

많았습니다. 수행자 중에는 각지를 동냥하고 떠돌아다니는 떠돌이 중과 만나 마음에도 없는 인연을 맺는 사람도 있었다고 들었지만 저는 그러한 인연도 없는지 한쪽 소맷자락을 깔고 쓸쓸히 홀로 잤습니다.

　교토에서도 만약 이와 같은 인연이 있어서 둘이서 소맷자락을 겹치고 잤다면 쌀쌀한 서릿발이 내린 밤에 거센 바람도 막을 수 있었을 것입니다. 그러나 그와 같은 친구도 없고 사이교법사와 달리 나를 기다리고 있을 거라고 생각하는 사람도 없었기 때문에 꽃 근처에서 헛되이 날을 보냈고 단풍이 물드는 가을에는 들판의 곤충이 서리에 말라가는 소리가 내 처지를 슬퍼하는 것 같았으며 아무도 없는 들판의 풀을 베개 삼아 밤을 보냈습니다.”

라고 말씀드리자 “수행 때의 일은 단호히 많은 신사에 맹세했는데 교토의 일에 관해서 맹세가 없는 것은 옛날에 친했던 사람과 새로이 관계를 시작했기 때문이겠지.”라고 또 말씀하신다.

　“이 세상에 오래 살고 싶지는 않다고 생각하고 있습니다만 아직 마흔 살도 채 되지 않았기에 앞으로의 일은 모르겠습니다. 오늘이 되기까지 옛날에 알았던 사람과도, 또 새롭게 알게 된 사람과도 그러한 인연은 없습니다. 만약 거짓을 말했다면 제가 믿는 일승법화一乘法華**120**의 전독転読**121**을 이천일이나 하고 여법사경의 근행을 위해 몇 번이나 스스로 붓을 잡았던 것이 고스란히 황천길을 갈 때의 짐이 되어버리고, 바라던 바는 헛되이 되어서 중생을 구제하는 새벽 하늘을 보지 못하고 평생 무한지옥에 빠져 끊임없이 고통을 받는 몸이 되겠지요.”라고 말씀드렸다.

120 모든 중생에게 깨달음에 이르는 유일한 방법을 가르친다는 의미로 보통은 법화경의 교법(教法)을 말함.
121 경전의 각 권마다 처음, 가운데, 끝의 중요한 대문이나 제목, 품명만을 읽고 나머지는 책장을 넘기며 읽는 시늉만 하는 독송(讀誦)방법으로 경전의 전문을 읽는 진독(眞讀)의 반대말.

257

그러자 어떤 생각이 드셨는지 잠시 아무 말씀 없으시다가 이윽고 "무슨 일이든 단정하여 생각해 버리는 것은 좋지 않은 법이다. 정말로 어머니를 여의고 아버지와 사별한 뒤에는 오로지 내가 너를 돌보아 주지 않으면 안 된다고 생각했었다. 그렇지만 상황이 어긋나는 것을 보고 '인연이 짧아서인가' 하고 생각하였는데 이렇게 네가 나를 깊게 생각해 주었음을 알지 못하고 지내온 것을 하치만 보살이 비로소 내게 알려주려고 하셨기 때문에 이와시미즈에서 너를 만나게 되었구나."라고 말씀하셨다. 그러는 사이에 서쪽으로 기우는 달이 산 끝을 비추며 저물어 간다.

동쪽에서 솟아나는 아침 해가 점점 떠오르기 시작했다. 대체적으로 승복 차림새는 사람들 눈에 꺼려지기에 서둘러 나오려는데 그때 "반드시 가까운 시일 내에 한 번 더 …."라고 말씀하시는 목소리가 마치 내세로 안내하는 것만 같다는 생각을 하며 되돌아왔다.

상황이 돌아가신 후 생각지도 않았는데 심부름꾼을 보내시어 진심이 담긴 위문의 선물을 내려주셔서 참으로 황송하였다. 생각지도 못한 위로의 말씀을 들은 것만으로도, 설령 그것이 사소한 정일지언정 어째서 기쁘지 않겠는가! 하물며 마음을 담아 보내주셨는데 다른 사람은 모르는 일이니 과분하기 그지없다. 옛날부터 무슨 일이든간에 다른 사람이 보기에 놀랄 정도의 대접도 없었고 이것이야말로라고 말할 정도의 추억도 없었지만 상황의 마음만큼은 왠지 나를 가여워 하는 마음을 가지고 계셨던 것이라고 생각하니 새삼스레 지나간 옛날도 지금에 와서는 왠지 잊을 수가 없다.

또다시 후타미 포구 방문

이렇게 한 해를 보내는 사이 후타미 포구는 이세의 신을 두 번 보아야만 후타미=見라고 할 수 있기에 다시 들러 재차 생사의 중대사라도 기원드리려고 결심하고 나라에서 이가로伊賀路**122**라는 곳을 지나 이세로 향했는데 그보다 먼저 가사기사笠置寺**123**라는 곳을 지나갔다.

122 나라에서 가사기(笠置), 이가(伊賀)를 지나 스즈카노 세키(鈴鹿の関)로 이어지는 도로의 호칭.
123 교토부(京都府) 사가라군(相楽郡) 가사기쵸(笠置町)에 있었던 절.

Chapter 5

꿈에서 깨어나니
베개에 남아있는 새벽녘 아래에서
내 눈물을 자아내는 폭포소리가 들리네

이쓰쿠섬으로 이동

아키安芸지방의 이쓰쿠시마신사厳島神社**1**는 다카쿠라高倉선황**2**께서도 행차하신 유적지라서 마음에 끌리어 참배를 결심했다. 여느 때처럼 도바鳥羽**3**에서 배를 탔다. 가와지리河尻**4**에서 바다로 가는 배로 갈아탔기 때문에 파도 위에서의 나날도 불안하였다. 이곳이 스마須磨**5** 포구라 하는데 유키히라 주나곤行平の中納言**6**이 바닷물에 젖으며 슬픔 속에 잠겨 은둔생활을 했던 곳이 어느 부근인지 불어오는 바람에게라도 묻고 싶다.

9월 초이기에 서리를 맞아 시든 풀숲에서 실컷 울어대는 곤충소리가 숨넘어갈 듯 들린다. 연안에 배를 대고 머무르자 밤새도록 옷을 두드리는 다듬이질 소리는 이곳이 한이 서린 마을처럼 느껴진다. 그 소리를 배 안에서 베개를 한층 높게 세우며 듣게 되는 슬픈 계절이다. 아카시明石**7**포구의 아침안개에 가려져서 배

1 히로시마현 미야지마(宮島)에 자리 잡은 이쓰쿠시마(厳島)신사.
2 일본의 제80대 천황으로 제77대 고시라카와천황(後白河天皇)의 일곱 번째 황자(皇子)임.
3 교토시 후시미구(伏見区) 시모도바(下鳥羽)에 있는 선착장.
4 요도강(淀川)의 하구로 현재 아마가사키시(尼崎市) 다이모쓰(大物) 부근.
5 현재의 고베(神戸)시 스마구(須磨区).
6 아보 친왕(阿保親王)의 아들이자 아리와라 나리히라(在原の業平)의 형인 아리와라노 유키히라(在原行平). 한때 스마(須磨)에서 유배생활을 했음.
7 현재 효고(兵庫)현 남부에 있는 시(市)로, 『고킨슈(古今集)』에서 인용.

가 어디로 가는지 모르지만 정취가 있었다. 히카루겐지가 교토를 그리워하며 적마赤馬에게 한탄했다는 마음속까지 전부 헤아려진다. 이곳저곳 저어가는 사이 빈고備後지방**8**의 도모鞆**9**라는 곳에 도착했다.

다이카섬의 유녀

왠지 떠들썩한 숙소로 보였는데 다이카섬たいか島**10**이라 하여 좀 떨어진 작은 섬이 있었다. 유녀들이 세상을 등지고 암자를 지어 살고 있는 곳이었다. 그토록 번뇌가 깊어 육도六道**11**를 윤회하는 집안에서 태어나 옷에 향을 베게 하고 남녀의 사이가 깊어지기를 소망하고, 검은 머리를 빗질하면서도 오늘 밤은 어떤 남자와의 잠자리에서 흩어질 것인가 생각하고 날이 저물면 손님을 기다리고 날이 새면 그 이별을 아쉬워하면서 살아왔을 것이다.

그런데 그 모든 것을 단념하고 이렇게 은둔하여 살고 있는 것도 대견한 생각이 들어서 내가 "평소 무엇을 하면서 지내시는지요. 어떠한 연유로 출가하신 건지요."라고 묻자 한 여승이 대답하기를 "저는 이 섬의 유녀들의 우두머리였습니다. 많은 유녀들을 두고 화장을 시켜서 길 가는 나그네들이 하룻밤 묵어가는 것을 기뻐하고 떠나는 것을 한탄했습니다. 또 알지도 못하는 사람에게도 천년만년 사랑을 언약하고 꽃그늘 아래에서 한순간의 이슬과 같은 감정으로 술을 권하면서 오십 평생을 살아왔습니다만 전생으로부터 인연이 있었던지 생사의 갈림길에서 다시

8 히로시마현 동부의 옛 지명으로 과거 일본의 지방행정 구분이었던 율령국 중 기비국(吉備國)의 하나임.
9 지금의 히로시마현 후쿠야마시(福山市) 도모(鞆)를 말하며 세토나이카이(瀬戸内海)의 중요한 항구로 예전부터 유명.
10 도모(鞆)의 시가(市街) 남단으로 지금은 육지와 맞닿아 있음.
11 중생이 선악의 업인(業因)에 따라 윤회해 필연적으로 이르는 지옥·아귀·축생·수라·인간·천상의 6가지 삶의 모습으로 유녀의 업은 죄가 깊어 사후에도 육도를 윤회해 성불하기 어렵다고 생각했음.

깨어나 고향에는 두 번 다시 돌아가지 못하게 되어 이 섬에 와서 매일 아침 꽃을 뜨러 이 산에 올라 그 꽃을 과거, 현재, 미래 세상의 부처님께 바치고 있습니다."라고 말하는 것도 부럽다.

이곳에 하루 이틀 체류하고 떠나려 하는데 유녀들이 이별을 아쉬워하며 "언제 교토에 돌아가시나요."라고 말하기에, '이게 마지막이 될지도'라고 생각하여

글쎄요.
언제 돌아올지 어디서 묵을지조차
예정 없는 여행이라오.

라고 읊었다.

이쓰쿠시마신사 참배

이쓰쿠섬에 도착했다. 망망대해의 파도 위에 도리이가 아득히 치솟아 있고 백팔십칸百八十間[12]의 긴 복도는 바다 위에 서 있기에 수많은 배들이 거기에 대고 있었다. 대법회가 있다고 하여 나이시內侍[13]라는 무녀들이 저마다의 소임을 다하고 있는 듯하다. 9월 12일, 시가쿠試樂[14]라 하여 긴 복도를 에워싼 바다위에 무대를 세워 신사 앞 복도에서부터 오른다. 춤을 추는 무녀 여덟 명은 모두 여러 가지 색의 고소데에 하얀 유마키를 입고 있었다. 음악은 평범한 곡이었다. 당나라 현종이 사랑했던 양귀비

12 신전 좌우로 펼쳐져 해안에 이른 긴 복도로 되어 있음.
13 이쓰쿠시마(厳島)신사에서 일하는 무녀.
14 무악(舞樂)의 예행 연습.

263

가 추었다는 게이쇼이霓裳羽衣15라는 춤도 마음이 끌린다.

법회 날에 좌우에서 춤추는 사람이 파란 혹은 빨간 비단 옷을 걸쳤는데 마치 보살님의 모습 같았고 관을 쓰고 장식을 꽂은 모습은 양귀비의 모습처럼 보였다. 날이 저물어 가면서 노랫소리는 더욱 선명해지고 슈후라쿠秋風樂16곡이 각별하게 들려온다. 해 질 녘에 법회가 끝나자 많이 모여 있던 사람들이 모두 집으로 돌아갔다. 신전 앞도 대단히 한적해졌다. 밤을 새고 있는 사람도 다수 보인다. 음력 13일 밤 달이 신전 뒷산 쪽에서 떠오르는 모습은 마치 신불 안에서 나타나는 것 같다.

신전 아래까지 바닷물이 올라와 있고 하늘에 맑은 달빛은 또다시 물속 바닥에 머무는 게 아닌가 싶기도 하다. 한 점의 번뇌도 없는 진리의 큰 바다에 부처의 인연에 따라 여러 모습으로 나타난다는 진여眞如가 여기 이쓰쿠섬의 신으로 살기 시작하였다는 것이 믿음직스럽다. 그 본체는 아미다여래라고 하기에 "밝은 빛이 모든 곳을 골고루 비추어 염불하는 중생은 한 사람도 빠짐없이 구제해 주소서.17"라는 말처럼 빠짐없이 중생을 구제해주시리라고 생각하면서도 속세의 더러움이 없는 마음이라면 얼마나 좋을까 싶어 내 스스로도 답답함을 느낀다.

15 무곡의 하나로 당나라 현종이 꿈에 천인(天人)의 춤을 보고 작곡했다고 알려짐. 무지개로 만든 치마와 깃털로 만든 웃옷이라는 뜻으로 여자들의 화려한 차림새를 비유.
16 아악의 곡 하나. 반섭조(盤涉調)이며 4명이 함께 춤을 춤.
17 광명편조십만세계, 염불중생섭취불사.

아시즈리 미사키의 관음설화

여기에서는 여러 날 체류하지 않고 교토를 향해서 귀로에 올랐다. 배 안에 기품이 있어 보이는 여인이 있었다. 그 여인이

264

"저는 빈고지방 와치和知[18]에 사는 사람입니다만 예전부터 숙원이 있어서 이곳에 왔습니다. 제가 사는 곳도 한번 들러보세요."라며 권유하기에 나는 "도사土佐[19]의 아시즈리 미사키足摺岬[20]라는 곳을 방문해 보고 싶어 그쪽에 가던 참입니다. 돌아오는 길에 찾아가보겠습니다."라고 약속했다.

그 아시즈리 미사키에는 당이 하나 있었다. 중앙에 안치된 부처는 관세음보살이시다. 당에는 칸막이도 없고 또 주지스님도 없다. 그저 수행자나 지나가는 사람들만이 모여 신분에 위아래도 없다. 어떻게 된 일인가 하면

"옛날 한 승려가 이곳에서 수행하며 젊은 중을 한 명 부리고 있었다. 그 젊은 중은 자비를 최우선으로 하는 마음이 있었는데 어디서인지 모르지만 다른 젊은 중 한 명이 와서 오전 중의 식사와 정오의 식사를 먹었다. 원래 있던 젊은 중은 반드시 자신의 몫을 함께 나누어 먹었다. 주지스님이 충고하기를 "한 번 두 번이 아니다. 무턱대고 그렇게 해서는 안 된다."라고 말했다. 또 다음 날 아침 정해진 시각에 왔다. "마음은 나누어 주고 싶지만 주지스님이 꾸짖으셨어요. 이제 오지 마세요. 이번뿐입니다."라고 말하고 또 나누어 먹었다. 새로운 젊은 중이 말하기를 "지금까지의 정은 잊을 수 없습니다. 그러니 저의 거처로 갑시다. 자, 따라오세요."라고 말했다. 젊은 중은 그 권유에 따랐다. 주지스님은 이상하게 생각하여 떠나는 것을 몰래 바라봤는데 두 사람이 미사키에 도착했다. 거기에서 다시 작은 배를 저어서 남쪽을 향해 갔다. 주지스님은 슬픔 속에서 "나를 버리고 어디로 가는

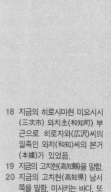

18 지금의 히로시마현 미요시시 (三次市) 와치초(和知町) 부근으로 히로자와(広沢)씨의 일족인 와치(和知)씨의 본거 (本據)가 있었음.
19 지금의 고치현(高知縣)을 말함.
20 지금의 고치현(高知県) 남서 쪽을 말함. 미사키는 바다, 또는 호수에 돌출된 육지의 끝, 갑, 곶을 말함.

것이냐?"라고 말했다. 젊은 중은 "관음보살님이 사신다는 세계로 가고 있습니다."라고 대답했다. 젊은 중 둘은 보살이 되어 뱃머리와 선미에 서 있었다. 주지스님이 괴롭고 슬퍼서 울며 발을 동동 구른 것에서 아시즈리[21] 미사키라고 하는 것이다. 바위에 발자국이 남았지만 주지스님은 허무하게 돌아갔다. 그때부터 사람을 차별하는 마음 때문에 괴로워하며 살고 있는 것이다."

라고 한다. 관음보살이 중생을 구제하기 위해 나타난다는 삼십삼체의 화신이 바로 이것인가 싶어 참으로 믿음직스러웠다.

아키마을의 사토신사佐東神社는 기온정사의 수호신인 고즈천왕牛頭天王을 모신다고 하기에 기온신사[22]에서의 일이 생각이 나고 그리워서 이곳에서 하룻밤 체류하며 차분하게 공양을 드렸다.

시로미네, 마쓰야마

사누키讃岐의 시로미네白峰[23], 마쓰야마松山[24]는 스토쿠인崇徳院[25]의 유적이기에 마음이 끌려 둘러보고 싶다고 생각하던 참에 마침 방문해야 할 친척도 있어서 배를 대고 내렸다. 마쓰야마의 법화당은 법식대로 공양이 이루어지는 모습을 볼 수 있어서 비록 스토쿠인이 지옥에 떨어졌다 하더라도 성불할 수 있을 거란 믿음이 생겼다.

사이교가 "비록 당신이 호화로운 궁전에 살았다 한들 돌아가신 지금은 무슨 소용이 있겠습니까?산카슈『山家集』"라고 읊은 것도

21 발을 동동 구른 것으로 후회하는 동작임.
22 작자는 기온신사에서 천일간 묵으며 기도했음.
23 가가와현(香川県) 사카이데시(坂出市)에 있는 봉우리.
24 지금의 사카이데(坂出)시 마쓰야마(松山)를 말하는데 시로미네(白峰)는 옛날 마쓰야마(松山)에 있던 스토쿠 천황(崇徳天皇)의 유배지였음.
25 일본의 제75대 천황으로 도바 천황(鳥羽天皇)의 첫 번째 황자였으나 호겐(保元)의 난을 일으킨 이후 고시라카와 천황에 의해 유배형에 처해짐.

생각나고 "고달픈 이 세상은 저마다의 숙명이 있어 태어났을 터인데.쇼쿠고킨슈『続古今集』"라는 옛날의 고사까지 애처롭게 떠오르기에 다음과 같이 읊었다.

**번민하는 내 신세를 떠올리신다면
저승에서라도 불쌍히 여겨주소서.**

5부대승경을 서사하는 숙원이 아직 많이 남아있기에 이 지방에서 조금 더 쓰고 싶어서 이것저것 준비하여 마쓰야마에서 그다지 멀지 않은 곳에 작은 암자를 찾아내 불도를 닦는 도량으로 정하고는 죄를 참회하기 위해 법화경을 소리 내서 읽기 시작했다. 9월 말이기에 벌레소리도 약해져서 함께해 줄 동무도 없었다. 3시에 법화경을 읽고 "참괴참회 육근죄장慚愧懺悔 六根罪障**26**."이라고 읊으면서도 항상 잊히지 않는 상황의 말씀이 마음속에 남아 있었다. 어린 시절 비파를 배울 때에 상황께 받은 술대를 비파를 단념하려고 4개의 줄을 끊어버렸지만 이 술대는 상황의 손때가 묻은 것이기에 잊지 못하고 법좌 옆에 놓았는데

**비파를 타던 그 옛날의 모습은 없지만
이 술대가 그때의 추억이라 생각하니 소매가 젖는구나.**

라고 읊었다.

이번에는 대집경 60권 가운데 남은 40권 중 20권을 서사하여 마쓰야마에 봉납하였다. 서사하는 동안은 이 지역의 지인들에

26 괴로움의 원인이 되는 6가지 감각기관인 육근(눈, 귀, 코, 혀, 몸, 마음)에 생겨 성불에 방해되는 죄업을 외우면서 참회하는 것.

267

게 여러 가지를 부탁했다. 공양할 때에는 몇 해 전 상황으로부터 "정표라네."라며 받은 세 벌 옷 중에서 한 벌을 아쓰타신궁에서 경문을 베낄 때에 독경의 시주로 봉납했다. 이번에는 공양의 시주이기에 이 옷을 한 벌 바치면서 다음과 같이 읊었다.

다음 세상까지 간직할 유품이라고
어째서 언약하지 않으셨을까.

살결에 닿으셨던 고소데는 언제까지나 손에서 놓지 않으려고 남겨 두었는데 이것도 죄가 깊기 때문이리라.

빈고지방의 와치

이런저런 사이에 11월 말이 되어 버렸다. 교토로 가는 배편이 있는 것도 왠지 모르게 기뻐서 배를 타고 갔지만 풍파가 거칠게 일고 싸라기눈이 사납게 내려서 앞으로 나아가지 못했다. 간이 철렁 내려앉을 뻔했던 것도 한심하게 느껴지고, 빈고지방이 어디인가 물으니 지금 정박하고 있는 곳에서 가깝다고 하기에 배에서 내렸다.

배 안에서 함께했던 여인이 써서 건네주었던 곳을 물어서 그 근처의 집을 찾아냈다. 뭐라 말할 수 없이 기쁜 마음으로 2·3일 지내는 사이에 주인의 모습을 보니 매일 남자나 여자를 네다섯 명을 데리고 와서 심하게 책망하는 모습은 차마 눈뜨고 볼 수 없다. 이것은 어찌된 일일까 하고 생각하는 사이에 매사냥이라며 새를 가득 살생하여 모은다. 사냥이라 하여 짐승도 가져오는 것 같다. 참으로 악업이 깊다 생각하였다.

가마쿠라에 있는 친족인 히로사와노 요소広沢の与三[27] 뉴도라는 사람이 구마노熊野[28]에 참배하러 오는 김에 들른다고 하여 집 안이 소란스럽고 지역전체가 떠들썩하게 준비를 한다. 비단 장지를 붙이고는 거기에 그림을 그리려고 하고 있을 때에 나는 별생각 없이 "그림 도구만 있으면 그리겠지만."이라고 말했더니 사람들이 "도모라는 곳에 있습니다."라며 가지러 사람을 보냈다. 참으로 후회스러웠지만 어쩔 수 없었다. 도구를 가지고 왔기에 그림을 그렸다. 그들이 기뻐하며 "자 이곳에서 정착하시지요."라는 농담을 하고 있는 사이 그 뉴도라는 자가 왔다.

정성을 다해서 접대를 하는 동안에 맹장지의 그림을 보고 뉴도는 "시골에 없을 법한 붓놀림이다. 어떤 사람이 그렸는가?"라고 하기에 집안 사람이 "이 집에 체류하고 계시는 분입니다."라고 대답하자 뉴도는 "틀림없이 와카도 읊을 것이다. 수행자의 관례로 자주 있는 일이다. 한번 만나보자."라는 데 번거로워서 구마노 참배를 한다고 들었기에 나는 "참배하고 돌아가는 기회에 느긋이."라고 얼버무리며 자리에서 일어났다.

이번 일로 시녀 두 세 명이 왔다. 에타江田[29]라는 곳에 이곳 주인의 형이 있는데 그곳에는 딸과 일가도 있어 "당신도 한번 들러보세요. 그림이 정말 예뻐요."라고 한다. 이곳의 집도 그다지 편안하지 않고 사람들이 "교토로 가기에는 이 눈보라로는 무리예요."라고 하기에 그쪽에서 남은 연말을 보낼까 싶어 아무 생

27 후지와라 히데사토(藤原秀郷)의 자손으로 후지와라 유키자네(藤原 行実)임.
28 와카야마현(和歌山縣) 서쪽 무로(牟婁)군에서 미에(三重)현 북쪽 무로(牟婁)군에 걸친 지역의 총칭.
29 히로시마(広島)현 미요시시(三次市) 에타쵸(江田町) 부근.

269

각 없이 에타에 갔다. 그러자 와치 주인이 뜻밖에도 화를 내며 "내 오랜 세월 하인이 도망간 것을 이쓰쿠섬에서 발견했는데 또다시 에타로 유괴해 버렸다. 죽여버리겠다."라며 소란을 피우고 있었다.

이게 어떻게 된 일인가 생각했지만 사정을 모르는 자는 "무슨일이 일어날지 모르니 움직이지 마세요."라고 한다. 이 에타라는 곳은 젊은 처녀들이 여럿 있고 인정미 있는 모습이다. 정감이 간다고 까지는 말할 수 없지만 이전의 집보다는 여유로운 마음이다. 이 형제들의 싸움은 어떻게 된 일인지 참으로 기가 막히지만 구마노 참배를 하고 뉴도가 돌아가는 길에 또 와치로 내려왔다. 뉴도에게 이곳에 이런 뜻밖의 일이 있어 자신의 하인을 빼앗겼다며 자기 형을 고소했다고 아뢰었다. 이 뉴도는 이들의 백부이면서 이 지방의 관리자라고 한다. 뉴도는 "무슨 일이냐? 알 수 없는 사건이구나. 어떤 사람이냐? 참배하는 것은 항상 있는 일이다. 교토에서 어떤 신분이었을지 모르는데 이처럼 한심스럽게 싸우고 있었다니…."라고 뉴도가 동생에게 말하고 있는 것을 듣고 있는 사이에 뉴도는 에타로 또 내려올 거라며 떠들썩하였다.

이곳의 주인이 뉴도에게 사정을 말하며 "아무 관계도 없는 참배하러 온 사람 때문에 형제 사이에 금이 갔습니다."라고 했다. 그 말을 듣고 뉴도는 "참으로 기이한 일이다."고 말하고 "빗추備中지방30으로 사람을 붙여 보내시게."라고 말해 주었다. 이러한 마음이 감사하기에 대면하여 사정을 말하자 뉴도는 "재능이 오히려 화가 되는 일도 있지요. 그림을 그리는 재능 때문에 당신을

30 현재 오카야마현(岡山縣) 서부를 가르키는 옛 지명.

270

놓치고 싶지 않아서 그렇게 말했겠지요."라고 한다. 렌가를 읊고 쓰기우타를 읊으며 즐거운 시간을 보내는 동안 자세히 보니 가마쿠라에서 이누마노 사에몬飯沼の左衛門[31]과 렌가를 하던 자리에 있었던 사람이다. 그 이야기를 하자 더욱더 놀라며 뉴도는 이다井田[32]로 돌아갔다. 눈이 엄청나게 내리고 대나무를 빽빽하게 엮어 높은 담을 에워싼 모습도 낯선 기분이 들어 다음과 같이 읊었다.

세상을 등지고 사는 몸일지라도
대나무 담을 에워싼 겨울 생활은 적막하구나.

교토로 돌아가다

해도 바뀌었으므로 슬슬 교토로 가려고 하던 참에 늦추위가 아직 매섭고 하니 모두들 "배로 가는 여행은 위험하지 않을까?"라고 말하기에 불안해서 그대로 지내고 있는 사이 2월 말이 되었다. 머지않아 출발하려 한다는 말을 듣고 뉴도는 이다라는 곳까지 나를 만나러 와서 쓰기우타를 읊고 돌아갈 때에는 이별을 아쉬워하며 전별 등의 여러 가지 호의를 베풀어 주었다. 이 뉴도는 가마쿠라의 고마치님 곁에 계시는 나카쓰카사노 미야의 따님[33]을 보살피는 소임이었기에 그러한 관계까지도 고려한 것으로 생각된다.

이곳에서 빗추에바라備中荏原[34]까지 갔는데 벚꽃이 한창이었

31 헤이사에몬 뉴도(平左衛門
入道)의 차남으로 가마쿠라
에서 작자와 렌가(連歌)를 친
히 주고받으며 이별을 아쉬워
했음.
32 지금의 히로시마현(広島縣) 미
요시시(三次市)의 작은 구획.
33 나카쓰카사노 미야는 무네타
카 친왕(宗尊親王)을 말함.
34 지금의 오카야마현(岡山縣)
이바라시(井原市).

271

다. 가지 하나를 꺾어서 데려다준 사람을 통해 히로사와 뉴도에
게 보냈다.

　　벚꽃이여!
　　봄 안개가 갈라놓을지라도
　　바람결에라도 떠올려주려무나.

뉴도가 이틀이나 걸리는 거리를 일부러 심부름꾼을 보내 화
답했다.

　　벚꽃 뿐만 아니라
　　한순간도 잊은 적이 없건만
　　마음을 터놓고 이야기 하지 못했네.

기비쓰노 미야吉備津の宮[35]는 교토로 가는 길에 있기 때문에 참
배했는데 신전의 장식도 신사 같지 않고 특이한 모양의 황족 저
택처럼 칸막이 등이 보이는 것이 신기하다. 날도 길어지고 바람
이 잠잠해진 시기이기에 이윽고 교토로 되돌아갔다.
　참으로 생각지도 못한 일이었다. 하향하는 길에 이 히로사와
뉴도를 만나지 않았더라면 무슨 일을 당했을까. 와치의 주인이
나의 주인이 아니라고 해도 누가 내편을 들어줄까. 그렇다면 어
떻게 되었을까 하는 생각이 드니 수행도 왠지 마음이 내키지 않
아 오랫동안 머물면서 시간을 보냈다.

35 현재 오카야마시(岡山市) 기
비쓰(吉備津)에 있는 기비쓰
신사(吉備津神社).

272

히가시니조인 세상을 떠남

교토에 관한 소식을 들으니 정월 초 무렵쯤에 히가시니조인께서 병이 나셨다고 한다. 어떤 상태인지 마음속으로 걱정이 되지만 물어볼 만한 연줄도 없기에 소문으로 듣고 있었다. 이제는 희망이 없어서 궁궐을 나오시게 되었다고 들었는데, 인생무상은 어쩔 수 없는 일이지만 살며 정들었던 궁궐을 나오신다니 궁금하기 짝이 없다. 옥좌에 나란히 앉으시며 조정의 정무도 도우시고 함께 밤을 보낸 분이시기에 임종 시에도 상황과 다름없이 궁궐에서 보내시리라 생각했건만 어째서일까 이상하게 생각하고 있는 동안에 "벌써 임종 하셨다."며 떠들썩하다.

때마침 나는 교토와 가까운 곳에 있었기에 왠지 모르게 궁궐의 상황도 알고 싶어 가보았더니 따님이신 유기몬인의 행차가 있을 거라며 하급 경호무사 두어 명이 수레를 대었다. 이마데가와 우대신今出川 右大臣[36]도 와 계셔서 "대신도 나가십니다."라며 사람들이 말을 주고받는 사이에 유기몬인의 행차를 우선 서두르며 수레를 대었는데 유기몬인은 잠시 기다리라며 제지하고 또 안으로 들어가셨다. 그러한 일이 두세 번 반복되었고 유기몬인께서 '어머니의 마지막 모습을 다시 언제나 볼까' 하며 이별을 아쉬워 하는 모습도 애처롭고 슬퍼 보인다.

많은 사람들이 보러 와 있어서 수레 가까이에 가서 들으니 사람들이 "이미 수레에 오르셨다고 생각했는데 또 급히 들어가 버리셨다."고 한다. 유기몬인은 수레에 오르신 후에도 평소의 모습과 달리 이성을 잃으신 모습이셨고 옆에서 보는 사람의 소매

36 사이온지 사네카네(西園寺 実兼)의 장남인 사이온지 긴히라(西園寺 公衡).

273

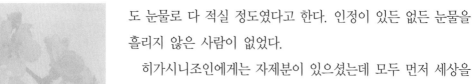

도 눈물로 다 적실 정도였다고 한다. 인정이 있든 없든 눈물을 흘리지 않은 사람이 없었다.

히가시니조인에게는 자제분이 있으셨는데 모두 먼저 세상을 떠나시고 유기몬인 혼자만 남으셨기에 서로의 정이 어떠했을지 짐작이 간다. 이렇게 슬퍼하시는 모습을 보게 되니 보잘것없는 내 자신의 마음과도 비교할 수 있을 듯하다. 히가시니조인의 마지막 행차 행렬을 배웅하면서도 내 자신이 옛날 그대로의 몸이라면 어떤 기분이었을까 생각하면서

이렇듯 별 볼일 없는 이 몸은 살아서
임종을 배웅하는 것이
덧없는 꿈만 같아 슬프기 그지없네.

라고 읊었다.

고후카쿠사인 병환

장례식은 후시미전에서 치러진다고 하여 고후카쿠사 법황과 유기몬인도 오셨다고 들었기에 두 분의 탄식도 오죽할까 상상이 가지만 상황과의 연락도 끊어져 버린 뒤로는 내 마음을 어떻게 전할 방법도 없기에 허무하게 한탄만하면서 세월을 보냈다. 같은 해 6월 무렵이던가 고후카쿠사 법황께서 병이 나셨다고 한다.

학질 기미를 보이신다고 했다. 남몰래 이제는 완쾌하셨겠지

하고 생각하고 있던 중에 위중해지셨다며 엔마텐쿠閻魔天供**37**를 거행한다고 들었기에 사정을 알고 싶어 궁궐에 들러 물어보려 했는데 물어볼만 한 사람도 없기에 허무하게 돌아왔다.

꿈에서가 아니라면 어찌 아오리까.
이렇게 홀로
소매에 젖는 눈물을.

'매일 발작이 일어나기 시작했다'고 하고 '저러다 큰일 나시는 것은 아닐까' 하는 등의 이야기를 듣자니 마음이 우울해지고 다시 한 번 이 세상에서의 모습을 보지도 못하고 끝나버릴 것 같아서 슬퍼진다. 너무나 슬퍼서 7월 1일부터 이와시미즈하치만에 틀어박혀 연명에 효험이 있다는 다케우치신사武內神社**38**에서 천 배를 올리며 이번에는 다른 변고가 없도록 기도드렸는데 5일 밤 꿈에서 일식이라며 태양이 모습을 보이지 않는다고 한다. 《※원본 그대로이다. 여기부터 종이가 잘려 있다. 종이가 잘린 곳부터 베끼겠다.》

고후카쿠사 법황의 병환의 상태도 듣고 싶어서 사이온지유키노아케보노에게 들러서 "옛날 궁궐에 있던 자입니다. 잠시 뵙고 싶습니다."라고 전해 달라고 하자 검은 옷의 변변치 않은 여승 모습을 꺼려한 것인지 바로 주인에게 알리려는 사람도 없다. 만일에 대비해 편지를 써서 가지고 갔기에 "이것을 보여드리세요."라고 말해도 곧바로 집어 드는 사람도 없다.

37 염라대왕(閻魔天)을 본존으로 모시고 병을 없애주고 죄를 빌며 아기를 낳게 해주기를 비는 밀교의 수행법.
38 이와시미즈 하치만(八幡)궁의 신사로 본사내전의 북서쪽에 있음.

275

밤이 깊어질 무렵이 되어 하루오春王라는 무사가 혼자 나와서 편지를 가지고 돌아갔다. 답장에는 "나이를 먹은 탓인가 잘 기억나지 않습니다. 모레쯤에나 꼭 들르세요."라는 사이온지의 말씀이시다. 왠지 기뻐서 10일 밤에 또 들렀더니 하인이 "법황의 병은 이미 위독하시다고 하기에 이미 교토로 돌아가셨습니다." 라고 한다. 새삼스레 앞이 캄캄해지는 듯한 기분이 들어 우콘노 바바右近の馬場**39**를 지나갈 때도 기타노北野**40** · 히라노平野**41**에 엎드려 절을 드릴 때도 "제 목숨과 바꾸어 주세요."라고 기도를 드렸다. 이 소원이 만약 성취되어 내가 이슬처럼 사라져 버린다 한들 상황을 대신하여 내가 죽었다는 것을 모르실 거라고 생각하니 너무나 서글펐다.

상황 대신에 내가 죽게 되거든
나의 묘에 내린 서리여.
상황의 꿈에 나타나 나의 죽음을 알려 주려무나.

낮에는 하루 종일 걱정으로 보내고 밤에는 밤새도록 한탄하며 밤을 지새우다가 14일 밤 또 기타야마의 사이온지 저택으로 가기로 마음먹었다. 오늘밤은 사이온지 사네카네 뉴도께서 나와서 직접 만나주셨다. 옛일을 이것저것 말씀하시며 "법황의 병환은 전혀 가망이 없습니다."라는 말씀을 듣자니 어찌 그냥 넘어갈 수가 있겠는가.

다시 한번 어떻게든 상황께 문안 갈 수 있도록 부탁하려고 생각했지만 어떻게 말을 꺼내면 좋을지 몰라서 가만히 있자 이러

39 기타노텐만궁(北野天滿宮) 남동쪽에 해당.
40 기타노텐만궁(北野天滿宮), 스가와라노 미치자네(菅原の道真)를 모심. 현재의 교토시 가미교쿠(上京区).
41 히라노(平野)는 히라노신사(平野神社)로 가미교구의 히라노미야모토(平野宮本)에 있음.

276

이러했다고 말하고 궁궐에 들러 보라고 하시는 말씀을 들으니 흐르는 눈물이 소맷자락을 적시는데 다른 사람들이 이상하게 여길 것 같아 그대로 되돌아왔다. 죽은 이를 애도하는 사람들이 우치노內野[42] 주변에서 빽빽하게 오가는 모습을 보고 언젠가 나도 그 속에 들어가겠지 생각하니 슬프다.

> 아다시 들판[43]의 묘지에
> 애도하러 오가는 이들도
> 언제까지 살아 있을 수 있으리까.

고후카쿠사인 세상을 떠남

15일 밤 니조 쿄고쿠二条京極[44]에서 사네카네 뉴도를 찾아뵙고 꿈에 그리던 병상의 상황을 뵐 수 있었다. 16일 낮이었을까. 사람들이 "이미 붕어하셨다."고 한다. 각오하고 있었지만 지금 임종을 들은 마음은 누구에게 하소연할 수도 없고 슬픔도 애처로움도 달랠 길이 없어 궁궐에 가보았더니 한쪽에서는 가지기도를 올리던 단을 헐어가는 자도 있었다. 이쪽저쪽 사람들은 스쳐 지나가지만 조용하고 별다른 소리도 없이 남쪽 전각의 등도 꺼져버렸다.

동궁[45]의 행차는 어두워지기 전에 니조 도미노코지전으로 옮기셨기에 차츰 사람들의 기척도 없어졌지만 초저녁이 지날 때 로쿠하라가 조문하러 왔다. 북쪽 로쿠하라의 수하들은 도미노

42 지금의 가미교구(上京區) 남서부의 땅으로 헤이안쿄(平安京) 시대 황폐하여 들판이 된 곳.
43 교토의 사가(嵯峨)에 있는 오구라산(小倉山)의 산기슭 들판. 여기에서는 아다시 들판에 난 풀잎의 이슬이 된 고인의 무덤을 가르키는 것으로 아다시 들판은 원래 사가의 묘지임.
44 니조(二条)길과 교고쿠(京極)길이 교차하는 곳으로 고후카쿠사인의 도미노코우지전(富小路殿)은 니조길임.
45 후시미인(伏見院)의 둘째 황자인 도미히토 친왕(富仁親王)으로 제95대 하나조 천황(花園天皇).

코지에 면해서 집 처마 끝에 횃불을 켜고 늘어서 있었다. 남쪽 로쿠하라의 수하들은 교고쿠 길의 화톳불 앞에 걸터앉아 두 줄로 늘어서 있는 모습이 삼엄하다.

밤도 차츰 깊어가지만 돌아갈 마음도 들지 않아 덧없이 정원에 홀로서서 옛일을 생각하자니 그때 그 시절의 상황의 모습이 눈에 선하다. 뭐라고 말로 표현할 수도 없이 슬퍼서 달을 바라보았더니 휘엉청 밝게 떠올라 있었기에 다음과 같이 읊었다.

청명한 달님조차 괴로운 오늘밤이구나.
흐렸더라면 오히려 기뻤으련만...

석가모니가 돌아가셨을 때는 해와 달도 빛을 잃고 미천한 새와 짐승까지도 슬픔에 빠졌다고 하는데 밝은 달을 바라보는 것조차 괴롭게 느껴지니 내가 생각해도 최소한의 도리라고 생각해서일까.

장례 행렬을 맨발로 따르다

날도 밝았지만 이대로 되돌아간다 한들 오히려 진정될 것 같지 않고 헤이 주나곤平中納言**46**과 인연이 있는 사람이 장송을 담당하는 사람이라 들었기에 그 사람과 인연이 있는 여성을 찾아가 "멀리서나마 관을 다시 한 번 볼 수 있게 해주세요."라고 부탁드렸다. 하지만 어려운 일이라 하기에 어찌할 방도가 없어 어

46 고후카쿠사인의 측근. 타이라 나카가네(平仲兼).

278

떻게든 가까이 다가갈 기회는 없을까 궁리하다가 시험 삼아 궁녀의 의상을 뒤집어쓰고 하루 종일 궁궐을 서성거렸다. 이제는 해질 무렵이 되어 관이 수레 안으로 운반되었을 것이라서 발너머에서라도 뵙고자 발 사이를 가만히 기웃거렸다. 등불의 빛 덕분에 보이는 것이 관인가 싶어 눈앞이 캄캄해지고 마음도 혼란스러워졌다. 그동안 장송 준비가 다 되었다며 수레를 가까이 대고 이미 관은 나가셨다. 지묘인전持明院殿의 후시미인께서 문까지 배웅하러 나오셔서 돌아가실 때 옷 소매로 눈물을 훔치는 모습이 매우 슬퍼 보였다.

　나는 그길로 교고쿠 길로 나와 수레 뒤를 따랐다. 하루 종일 궁궐에서 기다리고 있었을 때 준비가 끝났다며 수레를 가까이 대기에 당황하여 신고 있던 신발도 어딘가로 사라져 버려서 맨발로 따라갔다. 고죠 쿄고쿠에서 모퉁이를 서쪽으로 수레를 돌릴 때에 큰길에 서 있던 대나무에 걸려서 수레의 발 한쪽이 떨어질 것 같다며 수레를 담당하는 자가 올라서서 바로잡았다. 그러는 사이에 자세히 봤더니 주조 야마시나 뉴도[47]가 곁에 서 계시는데 승복의 소매가 눈물로 젖어 쥐어짤 정도로 보이는 것도 너무 슬프다.

　여기에서 발을 멈출까하고 몇 번이나 생각했지만 되돌아갈 마음도 들지 않기에 계속 따라가는 동안에 신을 신지 않아 발이 아파서 천천히 걸어갔기 때문에 장송하는 사람들을 뒤쫓기엔 늦어버렸다. 후지노모리藤／森[48]라는 곳의 근처인가에서 남자 한 명을 만났기에 "장송 수레는 먼저 지나갔습니까?" 하고 물으니 "이나리稲荷[49]앞을 지나갈리는 없으니 어느 쪽으로든지 길을 돌

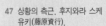

47 상황의 측근. 후지와라 스케유키(藤原資行).
48 후지노모리(藤森神社) 신사가 있는 후시미(伏見)의 지명으로 현재의 교토시 후시미구.

49 후시미구 후카쿠사(深草) 이나리산(稲荷山)의 서쪽 산기슭에 자리 잡은 이나리(稲荷) 신사. 오곡(五穀)의 신을 모신 신사.

아갔겠지요. 이쪽에는 아무도 없습니다. 벌써 새벽 4시가 되었습니다. 어떻게 가시려고 그러십니까? 어디에 가시는 분이신지 다치지 않도록 배웅해 드리지요."라고 한다.

허무하게 돌아가자니 슬프기에 울면서 혼자서 갔는데 날이 샜는지 화장이 끝나고 덧없는 연기가 오르고 있었다. 그 연기를 보니 무엇 때문에 이렇게 세상에 오래 살려고 한 것인가하는 생각이 든다. 후시미전의 일을 생각해 보니 올봄에 히가시니조인께서 돌아가셨을 때는 고후카쿠사인과 유기몬인 두 분이 함께 계셨는데 지금은 유기몬인만 계신다. 그 심정은 어떠실까 하고 헤아려보다가

상황께서 세상을 떠나신 슬픔은
옛날과 같은 마음으로
내 소매를 적시네.

슬픔을 함께 나눌 사람이 있는 출입문도 닫혀 있어서 '어떻게 지내십니까' 하고 문안을 여쭐 방법도 없다. 언제까지나 서성거리며 있을 수 없기에 해 질 녘에 돌아왔다.

유기몬인께서 상복을 입으셨다고 전해 들었는데 나도 옛날 그대로였다면 얼마나 짙은 검은 상복을 입었을까. 이전 고사가인께서 돌아가셨을 때에는 내가 고후카쿠사인을 모시고 있던 무렵인데다 돌아가신 아버지 다이나곤께서 뜻하는 바가 있다며 상복을 입히고 싶다는 뜻을 아뢰었는데 상황께서는 "아직 어리니까 평범하게 수수한 색을 입으면 된다."고 말씀하셨다. 그 후

곧바로 8월에 아버지가 돌아가셔서 상복을 입게 된 일 등 여러 가지가 생각난다.

검은 승복의 소매는
더 이상 짙게 물들일 수 없지만
슬픔은 똑같은 슬픔이리.

고후카쿠사인의 사십구제

하소연할 곳도 없어서 마음의 위안이라도 될까 싶어 덴노사 天王寺**50**에 들렀다. 석가여래가 불법을 설파하신 곳이라고 들으니 마음이 이끌리어 차분하게 잠깐이나마 흐트러짐 없이 전념하였다. 혼자서 이런저런 생각에 슬퍼하면서 유기몬인의 마음을 헤아리며 다음과 같이 읊었다.

올봄에 입은 상복 소매 위에
가을에 또 상복을 겹치시니
슬프기 그지없네.

상황의 사십구제도 가까워졌기에 또다시 교토로 올라갔다. 후시미전에 들렀더니 법회가 시작되어 많은 사람들이 듣고 있는데 나만큼 슬픈 심정인 사람은 없을 것이라는 생각에 서글프다. 법회가 끝나자 각자 보시를 받드는 모습을 보니 오늘로 마

50 시텐노사(四天王寺)를 말하며 지금의 오사카시 덴노지구(天王子區)에 있음. 천태종의 절로 쇼토쿠태자가 건립.

281

지막이라는 기분이 들어 참으로 슬프기만 한데 계절은 때마침 9월 초라서 내린 이슬과 발 안쪽에 계시는 유기몬인께서 흘리는 눈물이 서로 겨루기를 하고 있는 듯하다.

지묘인의 후시미인께서 이번에는 또 고후카쿠사인과 같은 도미노코지전에 계신다고 하는 소리를 들으니 동궁이 되시어 스미전角殿[51]에 오시기 전까지는 뵈었었던 옛일 등 이것저것 뼈저리게 슬픈 일만 잇달아 생각이 난다. '가을은 어째서 이렇게 슬픈 것인지'라는 와카처럼 상황과 아버지 두 분 다 가을에 세상을 떠나셨다. 보잘것없는 몸이지만 상황의 목숨을 대신하고 싶다고 바랐던 일도 이루지 못하고 지금까지 고달픈 이승에 머무르며 사십구재를 올리게 되다니 내 스스로 생각해도 정말 기구한 운명이다.

미이절三井寺[52]의 조주인常住院에 있는 부동명왕不動明王[53]은 지쿄나이구智興內具[54] 법사가 중병에 걸렸을 때 쇼쿠아자리證空阿闍梨[55]라는 승려가 "불법의 가르침을 받은 은혜는 무겁다. 하찮은 몸이지만 내가 스승을 대신하여 죽겠습니다."라고 말하며 스승의 목숨과 자신의 목숨을 바꾸도록 해달라고 세이메이晴明[56]에게 기도를 부탁했다. 그러자 부동명왕은 쇼쿠의 목숨을 바꾸고 "너는 스승을 대신하였다. 나는 너를 대신하겠다."라고 하니 지쿄 법사의 병도 낫고 쇼쿠의 생명도 연장되었다고 한다. 상황에 대한 은혜는 불법의 가르침의 은혜보다도 더 깊다. 그래서 내 목숨과 바꾸어 상황의 목숨을 연장시켜 달라고 기도했는데 나의 염원이 어째서 받아들여지지 않았던 걸일까. 괴로워하는 중생을 대신하기 위해 이름을 하치만 대보살이라 칭한다고 전해지

51 고후카쿠사인(後深草院)의 처소로 도미노코지전(富小路殿)의 동북쪽에 있었던 건물. 후에 고다이고천황(後醍醐天皇)의 황거로 사용되기도 했음.
52 온조사(園城寺). 지금의 오쓰시(大津市)에 있는 천태종(天台宗) 문파의 총본산(総本山).
53 조주인(常住院)은 교토 아타고(愛宕)에 있던 천태종(天台宗) 온조사(園城寺) 사찰의 하나로 쇼쿠(證空)가 창시자로 여기서는 조주인(常住院)의 부동(不動) 설화를 설명하고 있음.
54 지쿄(智興)는 쇼쿠(證空)의 스승을 말하며 나이구(內具)는 궁중에 출사한 고승으로 궁 안의 내도량(內道場)에 종사한 승려.
55 스승인 지쿄(智興)의 병을 부동(不動)에게 기도해 치유했다고 전해짐.
56 아베 세이메이(安倍晴明), 헤이안중기의 유명한 음양사.

282

고 있다. 보잘것없는 몸이라도 상관없지 않은가! 상황께서 신앙심이 얕았던 것도 아니었건만 전생으로부터 정해진 숙명은 도저히 어쩔 수 없었던 것이라는 생각을 하면서 돌아왔는데 전혀 졸리지 않았기에

> 나이가 들어 잠 못 이루는 9월의 밤에
> 나처럼 슬퍼서 울고 있는 벌레소리를 듣고 있네.

라고 읊었다.

아버지가 돌아가셨을 때도 가을 이슬과 슬픔을 겨루었는데 옛날을 그리워하며 흘린 눈물은 베고 있는 한쪽 옷소매를 흘러넘쳤다. 이번에 상황께서 승하하셨을 때도 또다시 가을 안개가 되어 피어올랐다. 『겐지모노가타리』의 구절처럼 정말로 구름 낀 하늘도 구슬프기만 한데 비가 되신 것인지 구름이 되신 것인지 참으로 불안하기 짝이 없다.

> 상황의 혼령이 어느 쪽 구름길로 가셨는지
> 알려 줄 혼령이 이 세상에는 없는 것인가.

어머니의 유품

그런데 대집경의 나머지 20권을 아직 서사하지 않아서 어떻게든 상황의 '백일 법요' 전에 끝내고 싶었지만 보시로 할 말한 여분의 옷도 없고 그렇다고 입고 있는 옷을 벗을 수도 없다. 목

283

숨을 연명할 정도밖에 물건을 가지고 있지 않기 때문에 보시할 만한 것도 없다.

어떻게 할 방법도 없어 한탄하고 있었는데 내가 가지고 있던 것 중에 부모님의 유품이 있었다. 어머니가 돌아가실 때 "이 아이에게 주세요."라며 남겨주신 평평한 손궤로 원앙새를 원형으로 도안한 문양을 마키에로 처리하였으며 부속품과 거울에까지 같은 무늬를 넣었다. 또 하나는 나시지에 학을 마름모 모양으로 도안한 문양을 다카마키에高蔣絵⁵⁷로 처리하고 벼루뚜껑 안에는 "천추만세를 기원하고 즐거움은 끝이 없다."라고 직접 아버지께서 글자를 써서 금으로 새긴 벼루이다. 내 목숨이 다해도 이것만은 손에서 놓지 않으리라 생각하였고 내가 죽어서 화장할 때도 나의 벗으로 삼겠다하여 수행길에 나설 때도 걱정스런 갓난아기를 남겨두는 마음으로 다른 사람에게 맡기고 돌아와서는 우선 이것을 가져오게 하였고 부모님을 만나는 기분으로 손궤는 46년을 보내고, 벼루는 33년의 세월을 보냈다. 이 유품들에 대한 애착이 어찌 깊지 않겠는가.

곰곰이 생각해보면 사람에게 있어 목숨 이상의 보물은 아무것도 없는데 상황을 위해서는 그것마저 버려야겠다고 생각했다. 하물며 현세에서의 보물, 물려줘야 할 아이도 없는 것이나 마찬가지다. 만약 상황의 목숨을 대신하려는 오랜 소원이 성취되었다면 허무하게 이 유품은 다른 집안의 보물이 되었을 것이다.

그러나 부처에게 공양하며 상황의 극락왕생을 바라고 부모님을 위해서라도 이 유품을 넘기는 것이 낫겠다고 생각하며 이것을 꺼내보았다. 세월과 함께 정이 들었는데 이야기하거나 웃거

57 옻칠 바탕에 금은박으로 무늬
를 돋보이게 한 마키에(蒔絵).

나 한 일은 없었지만 어째서 가엾지 않겠는가. 때마침 아즈마 지역으로 인연을 맺어 시집가는 사람이 이러한 물건을 원하고 있다고 하여 부처의 자비인지 생각했던 것보다 훨씬 비싸게 가져간다고 한다. 마음먹었던 오랜 소원이 성취된 것은 기쁘지만 손궤를 넘겨주면서 다음과 같이 읊었다.

양친의 유품이라 소중하게 간직한 손궤이거늘
이제 헤어질 거라 생각하니 슬프도다.

9월 15일부터 히가시산 소린사双林寺[58]부근에서 죄를 참회하기 위한 불사를 시작한다. 이전의 대집경 20권 때에도 그리고 불경을 옮겨 적는 지금도 상황을 그리워하는 마음은 잊을 수 없었는데 일편단심으로 "돌아가신 영혼이 망집에 빠지지 않고 극락왕생하게 해주세요."라고만 자나 깨나 기도드린 것은 내 스스로 생각해도 전생의 인연이 애처롭기만 했다. 기요미즈산清水山[59]의 사슴소리는 나의 벗처럼 여겨지고 섶나무 울타리의 벌레 소리는 눈물을 자아내 슬픈데 새벽녘 법회 때문에 깊은 밤에 깨어 있으니 동쪽에서 떠오른 달이 서쪽으로 기우는 무렵이 되어 버렸다. 절에서의 새벽근행도 끝나버렸다고 생각하고 있던 시각에 소린사 산꼭대기에서 홀로 근행을 하고 있는 승려의 염불소리가 너무나 적막하게 들려오기에 다음과 같이 읊었다.

어떻게든 상황이 가신 저승길을 찾아가고 싶네.
행여 상황의 망혼이 남아있을지 모르니.

58 현재 교토시 히가시산구(東山區)에 있는 천태종(天台宗)의 절로 일본 최고(最古)의 기도 도장(道場)으로 알려져 있음.
59 기요미즈절(清水寺) 뒤쪽에 있는 산. 사슴의 명소로 유명.

고승을 고용하여 경문을 베끼기 위한 용지와 물을 가져오게 해서 요카와橫川**60**로 보내고 나는 히가시 사카모토東坂本**61**로 가서 히요시日吉**62**신사를 참배했다. 할머니가 옛날 이 신사에서 신의 은혜를 받으셨다며 항상 이전에는 자주 데려가 주셨는데 떠나고 나서는 《※여기서부터 또 칼로 잘려 있다.》

"어떤 분을 위한 공양입니까?"라는 소리를 들으니 감정이 복받쳐온다. 고후카쿠사인의 묘지에 봉납해 바치는 것도 다른 사람 눈에 이상하게 보일까 싶어 걱정스럽지만 상황께서 각별히 신앙심이 깊으셨던 것이 생각나서 가스가신사에 들러 본궁 쪽 대기에 봉납했다. 때마침 산봉우리에서 우는 사슴소리가 특별히 내 마음을 아는 듯하기에 다음과 같이 읊었다.

산봉우리의 사슴과 들판의 벌레 우는 소리마저도
슬퍼서 우는 내 동무로 여겨지는구나.

아버지 33주기

아버지가 돌아가신지 올해로 33주기가 되었기에 절차대로 공양을 거행하며 항상 부탁드리는 승려께 보낸 후주몬에

무정하게도 오래 살아서
아버지의 33주기를 맞이하네.

60 교토에 있는 히에이산(比叡山) 엔라쿠사(延曆寺)에 있는 3탑(三塔)의 하나를 말함. 히에이산은 동탑(東塔), 서탑(西塔), 요카와(橫川)로 불리는 3가지 구역으로 나눠져 있음.
61 히에이산(比叡山)의 동쪽 산기슭을 말하며 서쪽 산기슭 오하라(大原)를 니시사카모토(西坂本)라고 함.
62 지금의 오쓰시(大津市) 사카모토(坂本)에 자리 잡은 히요시(日吉)신사.

라고 적었다. 가구라오카라는 곳에서 아버지를 화장했던 흔적을 찾아 들렀더니 오래된 이끼에 서리가 짙게 맺혀 길을 메우고 나뭇잎 밑을 헤쳐 가자 돌탑이 기념물로 남아있었다. 이것도 참으로 슬픈데 이번의 칙찬집[63]에 아버지의 와카가 선택되지 않아서 더욱 슬펐다. 내가 궁궐에 있었더라면 선정되도록 했을 것이다. 아버지는『쇼쿠고킨슈續古今集[64]』이래 칙찬집에 와카가 대대로 선정되어 실렸었다. 또 우리 집안의 옛날을 돌이켜 보더라도 선조 도모히라具平 친왕[65]에서부터 아버지까지 8대를 이어온 와카의 전통이 덧없이 끊어지려고 하는가 생각하니 슬프고 아버지의 마지막 말씀이 생각이 나서 읊는다.

> 대대로 명문으로서 이어져온 와카의 길이
> 나의 대에서 끊어져 버리는 것이 아섭도다.

이처럼 푸념을 늘어놓으며 묘지에서 돌아온 날 밤 꿈에 아버지는 옛날 그대로의 모습이셨고 나도 생전과 같이 마주하며 원망을 늘어놓았다. 꿈속에서 아버지가 "너의 조부 고가 태정대신 미치테루通光[66]께서 "끝이 있기에 산기슭에도 낙엽이 지고 이슬로 물들기 시작한다."라고 읊으셨고 또 내가 "안개가 끼면 기러기가 돌아오겠지. 내가 돌아갈 길도 봄이련가."라고 읊은 이래 대대로 칙찬집의 작자였다.

또 외조부 효부쿄 다카치카兵部卿 隆親는 와시노오鷲の尾[67] 행차 때에 "대대로 행차가 이어져 오늘은 꽃 색이 더욱 발한다."라고 읊으셨다. 친가와 외가 양쪽 집안으로 봐서 너는 와카의 길에서

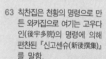

63 칙찬집은 천황의 명령으로 만든 와카집으로 여기는 고우다인(後宇多院)의 명령에 의해 편찬된『신고센슈(新後撰集)』를 말함.
64 고사가인의 명령에 의해 편찬됐으며 작자의 아버지인 마사타다(雅忠)가 지은 와카는『쇼쿠고센슈(續後選集)』에 1수,『쇼쿠고킨슈(續古今集)』에 3수,『쇼쿠슈이슈(續拾遺集)』에 1수가 실렸음.
65 무라카미(村上) 천황의 황자인 도모히라(具平) 친왕 시절부터 작자의 아버지인 마사타다까지 8대간 이어진 오랜 전통을 말함.
66 작자의 할아버지
67 교토시 히가시야마구(東山区)의 료젠와시미(靈山鷲尾) 부근으로 시조가(四条家)의 별장이 있음.

287

멀어질 몸이 아니다. 도모히라 친왕 이래 우리 집안의 역사가 오래되었지만 와카의 전통이 끊어질 일은 없다."라고 말하시면서 계시더니

> 더욱더 한결같은 마음으로 와카를 지어 남기거라.
> 사람을 차별하지 않는 풍류를 아는 세상이 올 것이니.

라고 읊으시고 떠나가셨다. 깜짝 놀라 눈을 뜨자 허망하게도 아버지 모습은 눈물로 젖은 소매에 남아 있고 그 말씀은 아직도 꿈을 꾼 머리맡에 맴돈다. 이제부터 각별히 와카의 길에 정진할 마음도 깊어져서 이 기회에 히토마로人麿**68**묘에 7일간 참배하였다. 그 7일째 되는 밤 철야 도중에 다음과 같이 읊었다.

> 인연이 있어 황족의 후손의 집안에 태어났거늘
> 허무하게도 이렇게 세상에 묻혀서 살라고 하는가?

이때 노인이 꿈속에서 나타나셨기에 그 모습을 그림으로 그려서 남기고 그 말씀을 기록해 두었다. 이것을 히토마로 고시키 人麿講式 **69**라고 이름을 붙였다. 히토마로의 마음에 드신다면 내 가문의 가도歌道를 부흥시키고 싶다는 나의 숙원은 성취되겠지. 숙원이 성취된다면 그려두었던 히토마로의 초상 앞에서 이 고시키를 공양하려고 마음먹고 상자 속에 넣어둔 채 허무하게 지내다가 다음해 3월 8일 이것을 공양하고 제사를 지냈다.

68 나라현(奈良県) 텐리시(天理市)에 있는 가키노모토노 히토마로(柿本人麻呂)의 무덤을 말함.
69 고시키(講式)는 부처·보살 또는 고승 등의 위덕을 찬양하는 의식을 말하는데 여기에서는 히토마로의 초상화를 걸어놓고 그 덕을 찬양하는 의식에 쓰는 제문(祭文)을 의미.

아버지의 유품

　이렇게 5월 무렵이 되어 승하하신 상황의 일주기도 가까워졌
다. 5부대승경을 서사하여 봉양하고 싶다는 오랜 숙원 중에서
이미 3부는 끝내고 이제 2부가 남았다. 내일을 기약할 수 있는
세상도 아니다. 부모님의 두 개의 유품 중 하나를 팔아 공양드
렸고 남은 아버지 유품을 남겨 둔들 무슨 소용이 있을까. 남겨
둔다 한들 저승길에 가지고 갈 수도 없다는 생각이 들어 또다시
이것을 처분하려고 마음먹었다.

　생판 모르는 사람의 것이 될 바엔 나와 인연 있는 자에게 주는
것이 나을 것이라 생각했다. 잘 생각해보니 다른 사람들이 마음
속의 신불에 대한 맹세와 그 기도하는 마음까지는 모르고 내가
세상을 살아가기 힘들어서 이제는 돌아가신 부모님의 유품까지
허무하게 돈으로 바꿔 버리는가 하고 생각한다고 해도 어쩔 수
없다고 여기고 있었다. 그러는 사이에 마침 쓰쿠시筑紫[70] 다자이
후의 차관이 가마쿠라에서 쓰쿠시로 내려가는 도중 교토에 체
재하고 있다가 전해 듣고 이것을 샀다. 어머니의 유품은 동쪽으
로 팔려가고 아버지의 유품은 서쪽으로 팔려가니 참으로 슬픈
일이었다.

　　눈물을 흘리며 넘겨준 아버지의 유품 벼루는
　　서해로 흘러가더라도
　　언젠가는 다시 만날 수 있기를 빌어보네.

70 규슈(九州)의 옛 이름.

289

라는 생각을 하며 넘겨주었다.

한편 5월 10일경부터 남은 2부의 경문을 베끼기로 결심했는데 이번에는 가와치지방의 쇼토쿠태자 묘 가까운 곳에 잠시 들릴 곳이 있었기에 그곳에서 또 대품반야경大品般若經[71] 20권을 써서 태자의 묘에 봉납하였다. 7월 초에는 교토로 올라갔다.

고후카쿠사인 1주기

상황의 일주기가 되었기에 후카쿠사에 있는 묘지에 참배하고 후시미전에 들렀더니 이미 법회가 시작되었다. 샤쿠센인石泉院의 스님[72]이 법회를 주관하는 후시미인 주최의 법회였다. 승하하신 상황의 필적 뒷면에 후시미인께서 직접 베끼신 경문이라는 소리를 들으니 후시미인께서도 나와 같은 생각이셨는가 싶어 감사하고 황송하면서도 참으로 슬프다.

뒤이어 유기몬인의 시주라 하여 겐키호인憲基法印[73]의 동생이 주관하였다. 이것 역시 아버지이신 상황의 필적 뒷면에 베껴 쓴 경문이라는 점이 많은 불사 중에서도 가장 귀가 솔깃해지는 것이었다. 오늘로서 복을 벗으니 그토록 더운 햇볕도 그다지 괴롭게 느껴지지 않았기에 아무도 없는 정원에 남아 머물러 있었다. 법회가 끝나자 환궁하신다며 혼잡한 가운데 누구에게 호소하고 싶은 마음도 들지 않기에 다음과 같이 읊었다.

71 대승불교 초기의 경전으로 반야공관(般若空觀)을 설명한 기초 경전이라고 할 수 있음. 원제는 마하반야바라밀경(摩訶般若波羅蜜經)이며 여기서는 전체 40권 가운데 전반의 20권을 말함.
72 분에이(文永) 시절 창건된 샤쿠센인(石泉院)을 말하며 스님은 고후카쿠사인 임종시 선지식(善知識)이자 승관(僧官)의 최고직인 승정(僧正)이었던 주겐(忠源)을 말함. 선지식은 불도를 깨치고 덕이 높아 불도에 들어가게 교화, 선도하는 승려를 말함.
73 호인 대승도(法印 大僧都) 노리자네(憲実)의 아들.

290

상황을 추모하는 눈물도 오늘로 끝이라는데
언제까지나 마를 틈도 없는 내 소매여.

후시미인과 고후시미인께서 설법하는 곳으로 오셨음을 발 너머로 알 수 있었는데 후시미인께서는 상복이 유달리 검게 보이는 것도 오늘이 마지막인가 생각하니 슬프게 느껴진다. 고우다인後宇多院이 행차하셔서 설법하는 곳으로 함께 들어가시는 것을 바라보면서 상황께서 승하하신 이후에도 황실의 번영은 계속되는 것은 훌륭한 일이라고 느껴졌다.

가메야마인의 병환

요 근래 또 가메야마인께서 병환이 드셨다고 한다. 좋지 않은 일이 그렇게 자주 일어날 리도 없고 가메야마인의 병환은 자주 있는 일이라서 돌아가시리라고는 생각하지 않고 있었는데 회복할 가망이 없다며 이미 사가전으로 행차하셨다고 들었다. 작년과 올해의 불행은 어떻게 된 일인가 싶은데 내가 어찌할 수 없는 일이니 애처롭기만 하다.

남은 반야경 20권을 올해까지 베끼려는 숙원을 구마노에서 성취하려고 여러 해 전부터 생각했기에 물이 심하게 얼기 전에 출발해야겠다고 결심했다. 9월 10일 무렵에 구마노를 향해 출발하였는데 그때도 법황의 병이 아직도 여전하다고 들었기에 결국 어떠한 결과를 듣게 될 것인가 하는 생각이 들었지만 작년 고후카쿠사인이 돌아가실 때만큼 한탄스럽지 않은 것은 묘하기 그지없는 괴로움이었다.

나치에서의 꿈

저녁과 새벽에 항상 하는 목욕재계를 하며 나치산那智山에서 이 경문을 쓴다. 9월 20일이 지났기에 산봉우리의 바람도 다소 거칠게 불고 폭포소리도 울음소리와 다투는 듯 슬픔을 자아내기에 다음과 같이 읊었다.

> 슬픔 때문에 흘린 눈물로
> 소맷자락을 몇 번이나 적셨는지
> 물어봐주는 사람이라도 있으면 좋으련만.

부모님의 남은 유품을 죄다 넘기면서까지 경문을 베껴서 공양하려는 나의 뜻을 구마노곤겐權現[74]께서도 받아들여 주셨다는 생각이 들었다. 경문을 베낄 날짜도 얼마 남지 않은데다 산을 떠나갈 날도 가까워졌기에 아쉬운 마음이 들어 밤새 절을 올리다가 잠시 깜빡 잠이 든 새벽녘 꿈속에 아버지 곁에 내가 있었다. '고후카쿠사인의 행차 도중'이라 하신다. 바라보니 도리다스키鳥襷[75]를 돋을 무늬로 짠 직물에 주황색 옷을 입고 오른쪽으로 약간 기울이신 모습이다.

나는 왼쪽 발에서 나와서 상황을 맞이했다. 상황께서는 쇼조

74 사람들을 구하기 위해 부처나 보살이 일본의 신으로 모습을 바꾸어 나타나는 것을 말함.
75 능직 비단 등에 들어가는 문양으로, 일본 고유 진종(珍種)인 긴꼬리닭(尾長鳥)이 날개를 서로 마주하는 모양을 다른 모양 안에 무늬로 짜서 넣은 것.

전証誠殿**76**으로 들어가시며 발을 조금 올리시며 웃으시는 모습이 정말로 기분이 좋아 보이셨다. 아버지는 "유기몬인께서도 행차하셨다."라고 알리셨다. 바라보니 흰색 하카마에 고소데만을 입으시고 니시노고젠西の御前**77** 안에서 발을, 그것도 반쯤 올려 하얀 옷 두 벌을 양쪽에서 꺼내시고는 "부모님의 유품을 동쪽과 서쪽으로 보낸 너의 마음을 가엽게 생각하고 있다. 두 장을 모아 주겠다."라는 말씀을 받잡고 본래 자리에 돌아와 아버지를 향해 "상황께서는 전생에 10가지 선행을 지킨 공덕에 의해서 태어난다는 천황의 자리에 계시면서도 전생에서 무슨 업보로 인해 오른쪽 어깨가 자유스럽지 못하신 건지요."라고 말씀드렸다.

아버지는 "어깨가 자유스럽지 못한 것은 앉아 계시는 곳 밑에 부스럼이 있어서이다. 이 부스럼은 우리와 같은 무지한 중생들이 뒤에서 따르고 있어 이것을 불쌍히 여기시어 품으려 하시는 까닭이다. 전혀 자신의 과실은 아니다."라고 하신다. 다시 올려다보자 상황은 여전히 같은 자세로 기분 좋은 얼굴로 가까이 오라고 말씀하신다.

나는 다가서서 어전 앞에 무릎을 꿇었다. 하얀 젓가락처럼 위쪽은 새하얗게 깎이고 아래쪽은 죽백나무 잎이 두 장씩 있는 가지를 두 개 갖추어서 주시는가 싶었는데 문득 잠에서 깨보니 뇨이린당如意輪堂**78**에서 죄장을 참회하는 설법이 시작될 무렵이었다.

별 생각 없이 옆을 더듬어보니 노송나무 뼈대의 하얀 부채가 하나 있었다. 여름도 아닌데 참으로 신기하고 감사하게 생각되어 이것을 집어 들어 도장에 두었다. 이러한 연유를 말하자 나치산의 스님과 빈고備後의 가쿠도라는 스님이 "부채는 천수관음

76 원래는 구마노(熊野) 본궁의 신전(社殿)을 말하지만 여기서는 나치(那智)신사의 두 번째 전을 말함.
77 나치(那智)신사의 네 번째 전.
78 나치산(那智山) 세이간토사(青岸渡寺)의 본당으로 여의보주를 써서 중생에게 행복과 재산을 주는 관세음보살인 여의륜관음(如意輪観音)을 본존으로 함.

의 몸이라고 합니다. 반드시 좋은 일이 생길 겁니다."라고 한다. 꿈속의 상황 모습이 어른거리고 경문을 베끼는 일도 끝났기에 마지막까지 소중히 갖고 있던 옷을 언제까지 남겨둘 수 없을 것 같아 할 수 없이 시주하려고 꺼내며

> 오랜 세월 소중히 해왔던 유품이거늘,
> 오늘이 마지막이라니
> 참으로 슬프기 그지 없네.

라고 읊었다. 나치산에 모두 봉납하고 돌아오는 길에 다음과 같이 읊었다.

> 꿈에서 깨어나니
> 베개에 남아있는 새벽녘 아래에서
> 내 눈물을 자아내는 폭포소리가 들리네.

　지난번 베개 곁에 있었던 부채를 지금은 상황의 유품이라고 스스로 위로하며 돌아왔는데 가메야마 법황께서는 이미 돌아가셨다고 한다. 만물이 변하기 쉽고 덧없는 것은 세상의 이치라고 말하지만 계속 안 좋은 일이 이어지니 괴로워지고 나 혼자만 공허하게 살아서 어찌할 바도 모르겠는데 해가 바뀌었다.

유기몬인과의 만남

매년 3월 초 무렵에 참배를 올려왔기에 이와시미즈 하치만궁에 들러 참배했다. 정월 무렵부터 나라奈良에 체재하면서 외부와의 연락도 전혀 없었기에 이곳에 행차가 있을 거라고 누가 알았겠는가. 여느 때처럼 이노하나猪鼻쪽에서 올라갔더니 바바전이 열려 있었다. 일찍이 이곳에서 상황과 우연히 만났던 일이 떠올라 신사의 앞뜰로 가 보았더니 행차 맞을 준비가 되어 있었다. 내가 "어떤 분의 행차이십니까?"라고 물어 보았더니 "유기몬인의 행차."라고 한다. 유기몬인과 다시 만난 인연과 작년 구마노에서의 꿈속에 뵈었던 모습까지도 생각나 너무나 감격스러워서 그날 밤은 밤을 새웠다.

다음날 아침 아직 어두운데 궁녀처럼 보이는 나이든 시녀가 신사 앞에서 여러 가지 준비를 하고 있었다. 누굴까 싶어 말을 걸어보았다. 도쿠센 오토라누得選おとらぬ[79]라는 사람이다. 너무나 반가운 마음에 궁궐 돌아가는 사정을 묻자 "옛 사람들은 모두 세상을 떠나가시어 젊은 사람들뿐입니다."라고 한다. 내 존재를 알려주고 싶기도 하고 유기몬인의 신사순례만이라도 먼발치에서 보려고 식사도 하지 않고 숙소조차 가지 않고 있었더니 "드디어 도착하셨다."고 한다. 한쪽 구석에 숨어 있는데 기품 있는 가마를 타시고 신사 앞으로 들어오신다.

고헤이御幣[80] 소임을 맡은 사이온지의 동궁곤노다이부春宮権大夫[81]를 보면서 그의 아버지 다이조뉴도太政入道[82]가 사에몬노카미左衛門督[83]이셨을 무렵의 모습과 비슷한 기분이 들어 감개무량했다.

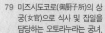

79 미즈시도코로(御厨子所)의 상궁(女官)으로 식사 및 잡일을 담당하는 오토라누라는 궁녀.
80 신전에 올리거나 신관이 불제에 쓰는 막대기 끝에 가늘고 길게 자른 흰 종이나 천을 끼운 것. 여기서는 주군의 고헤이를 받드는 역할을 말함.
81 사이온지 사네카네(西園寺実兼)의 사남(四男)인 후지와라 가네스에(藤原兼季)로, 동궁곤노다이부를 역임.
82 작자의 연인이었던 사이온지 사네카네(西園寺実兼), 즉 유키나케보노를 말함.
83 우에몬부(右衛門府)와 함께 황궁의 여러 문을 지키는 사에몬부(左衛門府)의 장관.

오늘은 약사여래와 인연이 있는 초여드렛날이라 하여 도가노狩尾[84]신사로 가서 격식대로 참배가 있다고 한다.

노송나무랑 대나무를 엮어 만든 화려한 장식을 하지 않은 가마 두 대에 아주 수수한 차림이셨는데 만약 몰래 참배하는 것이라면 사람을 물리지도 않을 테니 내가 누구인지도 알릴 수도 있겠지. 멀리서나마 조금이라도 모습을 바라볼 수 있을까 싶어 찾아가고 있었는데 나와 마찬가지로 도보로 걸어오는 젊은 궁녀 두세 명과 함께 가게 되었다.

신사에 들어가서 그분일까 하고 생각되는 뒷모습을 삼가 뵈었다. 벌써 눈물이 흘러내려 소맷자락을 적시고 물러날 마음도 들지 않아 그대로 있었다. 신사 참배가 끝나셨는지 서 계시며 나에게 "어디에서 왔는가?"라고 말씀하시기에 지난 옛 이야기부터 말씀드리고 싶었지만 나는 "나라쪽에서 왔습니다."라고 말씀드렸다. "홋케사法華寺[85]에서 왔는가?"라고 말씀하시는데 눈물만이 넘쳐흐르니 이상하게 생각하실 것 같아 되도록 말을 않고 떠나려 했는데 역시나 슬퍼서 멈춰 서 있자 벌써 돌아가실 시간이 되었다.

헤어지기 아쉬워하던 참에 내려오실 곳이 높아 좀처럼 내려오시지 못 하시기에 나는 "어깨를 밟고 내려오세요."라며 곁으로 가깝게 다가갔더니 이상하게 여기시기에 "옛날 어릴 때는 몸소 모셨는데 잊어버리셨습니까?"라고 말씀드리는데 눈물이 하염없이 쏟아져 내렸다. 유기몬인께서도 그간의 일을 물으시며 "앞으로 언제나 찾아오시오."라고 말씀하신다. 구마노에서의 꿈과도 딱 들어맞아 돌아가신 상황과 같은 시기에 게다가 참배하

84 도가노(狩尾)신사. 하치만궁 (八幡宮)의 본전 서쪽 방향 약 550미터. 도가노산(狩尾山) 에 있음.
85 지금의 나라(奈良) 홋케지쵸 (法華寺町)에 있는 진언율종 의 여승들이 사는 절.

였던 곳도 이 이와시미즈였다고 생각하니 마음속에 간직한 이 신사에 대한 깊은 신앙심이 헛되지 않았음이 기뻤지만 나의 마음을 아는 것은 눈물뿐이다.

걸어가는 궁녀 중에 특히 처음에 나와 말을 나눈 사람이 있어 이름을 물어보니 효에노스케라고 한다. 다음날 유기몬인께서 돌아가신다고 하여 그날 밤은 가구라와 관현가무 등이 있었는데 해 질 녘 무렵에 벚꽃가지를 꺾어 효에노스케에게 "이 꽃이 지기 전에 궁궐로 찾아뵙지요."라 말해 놓고 다음날 아침 일찍 유기몬인 귀경보다 먼저 신사를 나올 생각이었는데 이런 행차를 만나게 된 것도 하치만 대보살님의 뜻으로 여겨졌기에 대보살님께 감사 인사라도 드리려고 생각하여 3일간 신사에 머무르며 기도드린 후 교토로 올라가 유기몬인에게 편지를 올리며 '그런데 벚꽃은 어떻게 되었나요?'라고 쓰고

약속한 날이 지나버렸기에
벚꽃은 허무하게 바람에 흩어져 버렸네.

라고 보냈다. 유기몬인께서는

약속한 날수가 지났다한들
그 꽃이 어찌 바람에 흩어지리오.

라는 답장을 보내주셨다.

고후카쿠사인의 3주기

그 후 유기몬인께 번거롭지 않을 정도로 편지를 주고 받았는데 옛날로 돌아간 듯한 기분이 들었다. 7월 초 무렵부터 돌아가신 상황의 3주기를 맞아 유기몬인께서 후시미전에 드셨다. 왠지 그 법요를 보고 싶지만 지금은 남아있는 유품도 없고 써야 할 경문이 앞으로 한 부 남아있어 올해는 다 완성할 수 없는 것도 괴로워 궁궐 근처 가까이 있으며 멀리서나마 삼가 뵐 생각이었다.

보름날 이른 아침에는 후카쿠사인의 법화당에 들렀다. 새로 안치된 상황의 초상에 절을 드릴 때마다 너무나 감개무량하였다. 흐르는 눈물을 소매로 다 닦을 수가 없을 정도였다. 공양하는 승려와 줄서있는 사람들이 이상하게 생각했는지 "가까이 다가가서 보시오."라기에 기쁜 마음에 다가가 절을 드리는데 아직도 흘릴 눈물이 남아있는가 하는 생각이 들어 다음과 같이 읊었다.

**돌아가신 상황의 유품인 초상을 향해 절을 드리며
또다시 눈물에 젖는 내 소매여.**

15일 보름달이 환히 비치는 밤에 효에노스케의 방에 들러 지나온 옛일부터 지금까지의 일을 계속 생각해 보지만 여전히 아쉬운 기분이 들어 밖으로 나와 묘조인전明靜院殿 근처에서 서성이는데 "지금 막 드셨습니다."라고 한다. 무슨 일인가 싶어 봤더니 오늘 아침 후카쿠사인의 법화당에서 뵌 초상을 들여가는 것이었다. 책상 같은 것에 안치하고 잡일을 하는 하급관리인 듯한 4

명이서 꾸미고 있었다. 불상을 만드는 장인과 검은 승복을 입은 사람 둘이서 지시를 하고 있었다. 또 책임자 한 명과 궁궐 무사 한두 명 정도 있고 하얀 종이를 이은 것으로 가리며 들어가신 모습은 꿈만 같았다.

천자로서 문무백관을 호령하던 모습은 내가 어려서 알지도 못한 채 지나갔다. 태상천황太上天皇**86**의 존호를 받으신 후 내가 시중을 들었던 옛일을 생각하면 몰래 행차하시더라도 수레차를 대는 곳에서 봉사하는 중신과 행차를 받드는 당상관이 있었는데 지금은 아무 수행원도 없이 저승길을 홀로 얼마나 헤매고 계실까 하며 심정을 헤아리자니 지금이 처음인 것처럼 슬프게 느껴졌다. 다음날 아침 마데노코지의 다이나곤 모로시게大納言師重**87**께서 '근처에 계셨군요. 어젯밤 법요를 보신 심정은 어떠신지요?'라고 하기에 답장에 다음과 같이 적었다.

　　어젯밤 밝게 비추던 상황의 초상을 뵙노라니
　　달빛도 벌레울음소리도 하나가 되어 슬퍼하네.

16일 법회는 법화경의 공덕을 칭송하는 것으로 석가모니와 다보여래가 함께 계신 연화좌에서 잇달아 공양이 있었다. 이미 고우다인이 행차해 있으셔서 특히 정원과 건물 내에서도 엄중하게 일반인을 제한하며 쫓아냈고 "승복 차림은 특히 안 된다."는 소리를 들으니 슬펐다. 이것저것 상황을 살피며 낙수받이 돌 언저리에서 설법을 들으면서 옛날 그대로 궁궐에서 시중들던 몸이었더라면 하고 스스로 싫어서 버린 옛일마저도 그립게 생

86 양위(讓位)한 천황을 부르는 존칭.
87 작자와 친했던 미나모토 모로치카(源師親)의 아들.

각된다.

　추선공양을 위한 기원문이 끝나갈 무렵부터 죄장을 참회하는 경이 끝날 때까지 도무지 눈물이 멈추지 않는다. 옆에 인상 좋은 스님이 있었는데 그 스님이 "어떠한 분이시기에 그렇게나 한탄하십니까?"라고 물어보길래 돌아가신 상황께 누가 될까 싶어서 "어버이와 같으신 분이 돌아가시어 그 상이 막 끝났기에 특히 슬퍼서."라고 얼버무리고 그곳을 떠났다.

　고우다인은 그날 저녁 환궁하셨다. 유기몬인의 주변에 사람도 적고 조용히 바라보시는 모습도 왠지 슬퍼서 돌아갈 기분도 들지 않기에 궁궐 가까운 곳에서 쉬고 있었다. 고가 전 대신이 같은 집안인 것도 잊기 어려워서 이따금 편지를 서로 주고받고 있었는데 이번에 편지를 보냈더니 그에게서

　　교토에서 조차 가을 경치는 슬프거늘
　　며칠 밤을 후시미에서
　　새벽달을 바라보고 있나이까.

라고 보내왔다. 위로를 받으니 더 한층 생생하게 슬픔이 견디기 힘들게 느껴져서 다음과 같이 읊었다.

　　가을이 지나갈 때마다 상황의 시절을 그리워하였거늘
　　후시미에서의 새벽녘 하늘은 또다시 슬픔을 보태는구나.

　또다시 받은 그의 편지에는

정말로 옛일을 지금 일처럼 그리워하시네.
후시미 마을의 가을 정취 속에서.

라고 적혀있었다.

　보름에 혹시 승려에게 시주로 주실 일이 있으면 사용하시라고
유기몬인께 부채를 바치는 보따리에 다음과 같이 적었다.

　　상황을 잃은 슬픔의 눈물이 채 마르지도 않았거늘
　　3주기 가을을 맞이하리라고
　　생각이나 했겠는가!

발문

　고후카쿠사인께서 세상을 떠나신 후로는 신세한탄을 하고 싶
은 인연도 다 끊어진 듯했다. 작년 3월 8일 히토마로의 초상을
부처님께 올렸는데 올해 같은 달 같은 날에 유기몬인께서 이와
시미즈로 납시시어 만나게 된 것도 불가사의하다. 작년 꿈에 보
았던 상황의 모습이 마치 현실처럼 느껴진다. 그런데 숙원의 결
과는 어떻게 되어 가는지 걱정이 되지만 오랜 시간 간직해 온
믿음은 헛되지는 않을 것이라고 생각하기에 이러한 나의 살아
온 모습을 혼자서 담아두기는 너무나 아쉬웠다. 게다가 내가 수
행의 뜻을 품게 된 것도 사이교법사가 수행하셨던 모습이 부러
워서였기에 그러한 생각들을 헛되지 않게 하고 싶어서 이러한

변변치 못한 나의 이야기를 써내려간 것이다. 후세에 남길 만할 유물로까지는 생각하지 않는다.

《※ 여기부터 또 칼로 잘려있다. 어떻게 된 일인지 염려스럽다.》

Appendix

부 록

도와즈가타리 개략 연표

권 명	년 호 (서기)	작자 나이	도와즈가타리 기사 내용
1권	분에이(文永) 8년 (1271년)	14세	• 고후카쿠사인의 후궁이 됨. (4세부터 궁정에서 성장함)
	분에이 9년 (1272년)	15세	• 아버지 세상을 떠남. • 유키노아케보노와 애인관계가 됨.
	분에이 10년 (1273년)	16세	• 고후카쿠사인의 황자를 출산
	분에이 11년 (1274년)	17세	• 유키노아케보노의 아이를 낳음. • 황자요절
2권	겐치(建治) 원년 (1275년)	18세	• 가유즈에 사건 • 아리아케노쓰키와 만남.
	겐치 2年 (1276년)	19세	• 아리아케노쓰키와 절교를 결의
	겐치 3年 (1277년)	20세	• 온나가쿠 사건 • 고노에 오이도노와 정사(情事)
3권	고안(弘安) 4年 (1281년)	24세	• 아리아케노쓰키와 관계회복 • 아리아케노쓰키의 아이를 출산 • 아리아케노쓰키는 병으로 세상을 떠남.
	고안 5年 (1282년)	25세	• 가메야마인과의 소문 • 아리아케노쓰키의 두 번째 아이 출산
	고안 6年 (1283년)	26세	• 히가시니조인의 명으로 궁궐에서 추방당함.
	고안 8年 (1285년)	28세	• 기타야마준후 90세 축하연회에 봉사

권 명	년 호 (서기)	작자 나이	도와즈가타리 기사 내용
4권	쇼오(正応) 2년 (1289년)	32세	• 출가한 니조의 동국여행 • 가마쿠라, 가와쿠치
	쇼오 3년 (1290년)	33세	• 젠코사, 나라(奈良)여행
	쇼오 4년 (1291년)	34세	• 이와시미즈하치만에서 고후카쿠사인과 재회 • 아쓰다신궁, 이세여행
	에닌(永仁) 원년 (1293)	36세	• 후시미에서 고후카쿠사인과 만남
5권	겐겐(乾元) 원년 (1302년)	45세	• 서국여행 • 이쓰쿠시마신사, 시라미네, 와치
	가겐(嘉元) 2년 (1304년)	47세	• 히가시니조인 세상을 떠남. • 고후카쿠사인 세상을 떠남. • 아버지 33기를 맞이함.
	가겐 3년 (1305년)	48세	• 고후카쿠사인 1주기를 맞이함. • 가메야마인 세상을 떠남.
	도쿠지(德治) 원년 (1306년)	49세	• 유기몬인과 편지를 주고받음. • 고후카쿠사인 3주기 불사에 참석

주요등장인물 계보

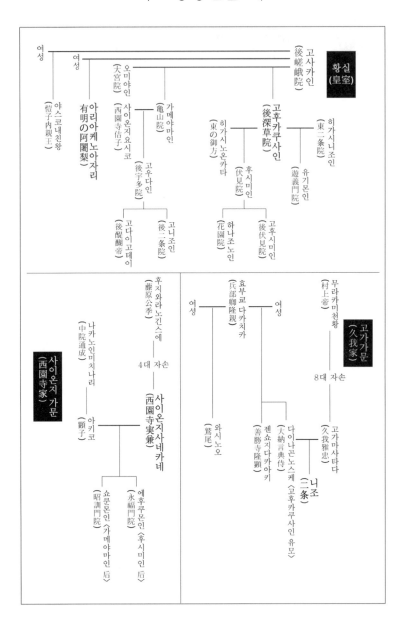

한일 관직 대조표

일본

관위	태정관(太政官)	8성(8省)	신기관(神祇官)	기타
정1위	태정대신 (太政大臣)			
중1위				
정2위	좌대신(左大臣) 우대신(右大臣)			
중2위	내대신(內大臣)			
정3위	다이나곤(大納言) 곤다이노곤(權大納言)			
종3위	주나곤(中納言)			고노에다이쇼(近衛大將)
정4위상				
정4위하	찬의(參議)	교(卿)	하쿠(伯)	
중4위상	다이벤(大弁)			동궁부(東宮傅)
종4위하				다이부(大夫) 곤노다이부(權大夫) 고노에추조(近衛中將) 에몬논가미(衛門督) 효에노가미(兵衛督)
정5위상	주벤(中弁)			쇼니(少弐)
정5위하	쇼벤(小弁)	다이후(大輔) 다이한지(大判事)		고노에쇼조(近衛少將)
종5위상	쇼나곤(少納言)			가쿠시(學士)
종5위하		쇼후(少輔)	다이후(大副)	스케(亮) 곤노스케(權亮)
정6위상	다이게키(大外記) 다이시(大史)		쇼후(小副)	
정6위하		주한지(中判事)		
중6위상		쇼조(少丞)	다이유(大佑)	다이신(大進)
종6위하			쇼유(小佑)	쇼신(少進)

조선

품계	의정부	6조	기타문관	무관
정1품	영의정 좌의정 우의정		도제조	영사 도제조 대장
중1품	좌찬성 우찬성		판사 제조	판사
정2품	좌참찬 우참찬	판서	지사 판서 대제학	지사 제조 도총관
중2품		참판	동지사 상선	동지사 부총관
정3품		참의 참지(병)	직제학	첨지사 별장
종3품		참의	집의 사간	대호군 부장
정4품	사인		사인 장령	호군
종4품			경력 첨정	경력 부호군 첨정
정5품	검상	정랑	정랑 별좌 교리	사직
중5품			도사 판관	도사 부사직 판관
정6품		좌랑	좌랑 별제	
중6품			주부 교수	부장 수문장 종사관

※ 상기의 대조표는 일본의 관직에 대한 독자의 이해를 돕기 위하여 역자가 조선과 비교하여 간략하게 정리한 대조표로서 시대별, 부서별로 직위가 변함을 유의하기 바란다.

저 자

고후카쿠사인 니조 後深草院二条, 1258년~미상

가마쿠라시대 일기문학 『도와즈가타리』의 작자이며 고후카쿠사인의 궁녀. 세상을 떠난 연도는 명확하지 않지만 1306년 이후로 추정된다. 니조의 아버지는 나카노인 다이나곤(中院大納言) 고가마사타다(久我雅忠), 어머니는 다이나곤 시조다카치카(四条隆親)의 딸 다이나곤스케(大納言典侍)이다. 2살 때 어머니를 여의고 4살 때부터 고후카쿠사인의 궁정에서 자란다. 14세 때 고후카쿠사인의 은혜를 입지만 15세 때 아버지가 세상을 떠나고 황자도 요절해 버린다. 31세 무렵에 출가하여 비구니가 되어 수행(修行)의 여행에 나선다. 『도와즈가타리』는 니조의 자전(自傳) 회상문학으로 전체 5권중 3권까지는 화려한 궁정생활이, 4권과 5권은 출가 이후의 니조의 여행의 기록이 그려지고 있다.

역 자

김선화 金善花

목포대학교 일어일문학과, 건국대학교 문학석사를 졸업하였다. 이후 일본 나고야대학에서 문학석사, 문학박사 학위를 취득하였다. 전공은 일본고전문학이며 여류일기문학을 중심으로 여성들의 자기표현에 주목하여 중세여성의 삶과 종교에 대하여 연구하고 있다. 현재 국립목포대학교 일어일문학과 부교수로 재직 중이다.
저서로 『우타타네·이자요이일기』(2010년), 『문학으로 보는 일본의 온천문화(공저)』(2012년)가 있다. 논문으로는 「일본고전문학에 나타난 성(性)」, 「일본 중세여성교훈서에 나타난 여성교육에 관한 연구」, 「중세문학에 나타난 禁忌에 대하여」 외 다수가 있다.

한 국 연 구 재 단
학술명저번역총서
[동 양 편]　610

도와즈가타리

초판 인쇄　2014년 7월 25일
초판 발행　2014년 8월 05일

저　　자 | 고후카쿠사인 니조 後深草院二条
역　　자 | 김선화
펴 낸 이 | 하운근
펴 낸 곳 | 學古房

주　　소 | 서울시 은평구 대조동 213-5 우편번호 122-843
전　　화 | (02)353-9907　편집부(02)353-9908
팩　　스 | (02)386-8308
홈페이지 | http://hakgobang.co.kr/
전자우편 | hakgobang@naver.com,　hakgobang@chol.com
등록번호 | 제311-1994-000001호

ISBN　　978-89-6071-428-1　94830
　　　　978-89-6071-287-4　(세트)

값 : 22,000원

■ 이 저서는 2011년 정부(교육과학기술부)의 재원으로 한국연구재단의 지원을 받아 수행된 연구임 (NRF-2011-421-A00067).
This work was supported by National Research Foundation of Korea Grant funded by the Korean Government (NRF-2011-421-A00067).

이 도서의 국립중앙도서관 출판시도서목록(CIP)은 서지정보유통지원시스템 홈페이지 (http://seoji.nl.go.kr)와 국가자료공동목록시스템(http://www.nl.go.kr/kolisnet)에서 이용하실 수 있습니다.(CIP제어번호: CIP2014022082)

■ 파본은 교환해 드립니다.